Kim Michele Richardson

La librera de Kentucky

Traducción de Ignacio Alonso Blanco

LIBROS
EN EL
BOLSILLO

© de la traducción: Ignacio Alonso Blanco, 2023
© Editorial Almuzara, S.L., 2023
Edición en Libros en el Bolsillo, enero de 2024
            www.editorialalmuzara.com
            info@almuzaralibros.com
            Síguenos en redes sociales: @AlmuzaraLibros

Director editorial: Antonio E. Cuesta López
Libros en el bolsillo: Óscar Córdoba
Edición: Javier Ortega
Impreso por BLACK PRINT

I.S.B.N: 978-84-10520-57-8
Depósito Legal: CO-2124-2023

Código IBIC: FA
Código THEMA: FA
Código BISAC: FIC014070

Editorial Almuzara
Parque Logístico de Córdoba. Ctra. Palma del Río, km 4
C/8, Nave L2, nº 3. 14005 - Córdoba

Impreso en España - *Printed in Spain*

La existencia de bibliotecas es la mejor prueba de que aún hay esperanza para el hombre del futuro.

T. S. Eliot

KENTUCKY, 1936

La librera y su mula lo vieron al mismo tiempo. El animal alzó sus orejas y se detuvo de modo tan repentino que sus pezuñas delanteras resbalaron, haciendo que las alforjas se escurriesen y desparramando los libros de la porteadora por el suelo. La mula se empeñaba en mirar hacia arriba, hacia atrás, hacia cualquier lado excepto en dirección a lo que tenía enfrente.

La librera recogió las riendas y apretó sus piernas contra los flancos de la mula, sin poder apartar los ojos del espectáculo desplegado frente a ella. Arreó de nuevo a su montura. El animal alzó la cabeza mostrando los dientes, levantó el hocico al aire dulzón y sus vibrantes rebuznos retumbaron en la silenciosa montaña.

La mujer se envaró y tensó las riendas. Frente a ella, un cuerpo se mecía adelante y atrás bajo la gruesa rama de la que colgaba. Una soga se apretaba alrededor de su cuello, chirriando por la tensión del peso. Una bandada de buitres cabecirrojos trazaba círculos en lo alto, inclinando sus feas y desplumadas cabezas hacia la forma inanimada, con sus sombras tan juntas unas de otras que parecían perseguirse derramándose sobre la agostada hierba.

De la reseca tierra surgieron unos extraños chillidos y la librera apartó su perpleja mirada del cadáver dirigiéndola al suelo. Junto a una lata de buen tamaño, volcada en él, había un bebé tirado en el polvo, con su delgado rostro contraído, crispado por el furor.

La brisa de la montaña soplaba perezosa, cambiante, arrastrando el hedor de la muerte y del suelo. La rama crujió como si la carga que soportaba la hiciese gemir. Un calcetín ensangrentado se mecía bajo el extremo de un cerúleo pie azulado. La librera contempló aturdida las vetas azules de la carne y se tapó la boca con la mano. El calcetín resbaló y fue a caer junto a la cabeza del sollozante bebé.

Una ráfaga de aire se elevó para después descender pasando por encima del calcetín como si pretendiese levantarlo, pero la prenda permaneció en su lugar, clavada en la tierra… Era demasiado pesada para que la moviese una simple brisa estival.

La librera levantó la mirada y colocó una mano oscurecida frente a su rostro azulado, como si comparase su color con el del cadáver colgado. Examinó su piel azul cobalto y después reunió valor para volver a mirar al cuerpo sin vida, atado, unido por siempre, como las raíces del roble negro, a la dura, eterna tierra de Kentucky, que tantos habían puesto tanto empeño en abandonar.

I

Apenas habían pasado quince horas del nuevo año en Troublesome, Kentucky, cuando mi padre ajustó la vela de cortejo para que ardiese durante una inquietante cantidad de tiempo.

Satisfecho, Papi la sacó de nuestra casa hecha de troncos, de una sola habitación, y la colocó en nuestro porche tallado a mano. Estaba esperanzado. Confiaba en que 1936 fuese el año en el que su única hija, Cussy Mary Carter, de diecinueve años, se casase y dejase su empleo en el Proyecto de la Biblioteca Ecuestre. Confiaba en la proposición de su último pretendiente.

—Cussy —dijo, llamándome por encima del hombro—, le prometí a tu madre antes de morir que me encargaría de hacer de ti una mujer respetable, pero casi me he arruinado comprando velas en el intento. A ver si esto mantiene la llama, hija.

Levantó la vieja palmatoria de hierro forjado por la espiral de metal que sujetaba la vela, y parecía una cola de rata, para volver a mover el pasador de madera, subiendo y bajando la candela dentro de la retorcida sujeción.

—Ya tengo una vida respetable —dije en voz baja mientras lo seguía al porche para sentarme en una silla de madera y acurrucarme bajo el remendado edredón que llevaba conmigo. El primer día de enero había colocado una fina capa de nieve sobre nuestra casa en la quebrada. Papi posó la palmatoria y prendió una cerilla para encender el farol colgado en el porche.

Dos polillas de invierno se acercaron a la luz trazando círculos hasta posarse cerca del farol. La límpida humedad se mezclaba con el humo de la leña cubriendo la diminuta cabaña como una sombrilla. Tiritando, me tapé hasta la nariz bajo el cobertor cuando una cortante ráfaga de viento barrió las montañas silbando con suavidad entre los pinos y las oscuras ramas desnudas de los robles negros.

Un momento después, Papi recogió la vela de cortejo, alzó un dedo sobre el pábilo y proyectó la mandíbula; la aprobación se reflejó en su ceño.

—Papi, gano veintiocho dólares al mes y creo que hago un buen trabajo llevando libros a los montañeses que necesitan instrucción.

—Yo ya vuelvo a trabajar; ahora la mina funciona a tiempo completo —dijo, pellizcando el pábilo.

—Aún soy necesaria…

—Lo que necesito yo es que estés a salvo. Este frío podría matarte, como mató a tu madre. Eres todo lo que tengo, Cussy, y todo lo que queda de nuestra gente. Eres la última, hija.

—Papi, haz el favor…

Bajó una mano y me apartó un mechón de los ojos.

—No pienso verte subiendo y bajando por esos peligrosos pasos a lomos de un jamelgo, internándote en cárcavas oscuras y arroyos helados solo porque al Gobierno le haya dado la gana de meter esos estúpidos aires intelectuales en nuestras montañas.

—Es un trabajo seguro.

—Puedes ponerte enferma. Mira lo que le pasó a esa librera, y a su montura también. Era una testaruda y el pobre corcel tuvo que pagar por su temeridad.

Una racha de nieve giraba creando remolinos sobre el patio cubierto de hojas.

—Eso ya fue hace años, Papi. Yo monto un caballo de alquiler, tiene fuerza y pisa con mucha seguridad. Y soy tan buena y capaz como cualquiera. —Lancé una mirada a mis manos, cada vez más oscuras, como una silenciosa traición azul. Las metí de inmediato bajo el edredón, obligándome a mantener la calma—. Por favor... Sé razonable. Es un trabajo honrado...

—¿Y dónde está tu honra? Algunas paisanas se quejan porque esos libros que llevas por ahí arriba son indecentes.

—Eso no es verdad. Se llama literatura, y es bastante buena. —Se lo intenté explicar de nuevo, como tantas otras veces—. *Robinsón Crusoe*, Dickens y los demás... Y un montón de números de *Mecánica Popular*, e incluso de *Woman's Home Companion*.[1] Folletos con trucos para arreglar las cosas estropeadas. Patrones de costura. Cocina y limpieza del hogar. Cómo aprovechar el dinero. Cosas importantes, Papi. Cosas respetables...

—Uy, qué aires... Lo que no es respetable es que una mujer ande cabalgando por esas colinas perdidas como si fuese un hombre —contestó con tono severo.

—Eso ayuda a educar a la gente y a los jóvenes —le dije, señalando a la esquina donde estaba la pequeña saca llena

---

1 Revista mensual dirigida al público femenino publicada entre 1873 y 1957. (*N. del T.*)

de revistas que iba a repartir en las próximas jornadas—. ¿Recuerdas el artículo de *National Geographic* acerca de Cussy, el lugar donde nació el bisabuelo, allá, en Francia? Por eso me pusisteis ese nombre... Te gustó...

—Sí, ganaste el nombre, maldita sea, y yo el tener que lidiar con tu tozuda cabezota. No necesito que ningún libro me diga de dónde vienen los míos, o tu nombre. Tu madre y yo lo sabíamos de sobra. —Enarcó una ceja, preocupándose un poco más por la llama de la vela de cortejo, dejando el pabilo justo donde quería. Y como siempre, dependiendo del hombre que viniese, cuánto tiempo deseaba que el viejo cronómetro estuviese encendido.

Papi desvió la mirada hacia el arroyo y después de nuevo a la vela, y vuelta a las riberas, estudiándolas. Se debatía entre aumentar o disminuir el tiempo. Después, rezongando una maldición, lo colocó más o menos a la mitad. Situaría el medidor alto para que la vela ardiese a lo largo de una visita prolongada, o bajo si aparecía un petimetre al que Elijah Carter no considerase un buen pretendiente.

—Papi, la gente quiere libros. Y mi trabajo es atender a los que tienen ganas de aprender.

Levantó la vela de cortejo.

—Una mujer debería estar cerca de los fogones ocupándose de lo suyo.

—Pero si me caso, la Administración de Proyectos Laborales me quitará el trabajo.[2] Yo soy librera. ¿Por qué, si incluso Eleanor Roosevelt lo aprueba...?

---

2 Works Projects Administration o WPA, agencia dedicada a proporcionar trabajo a los desempleados. *(N. del T.)*

—La primera dama no va a hacer el trabajo de un hombre, y mi hija soltera tampoco, y mucho menos subiendo por esos recovecos a lomos de una burra con malas pulgas.

—Los montañeses están aprendiendo cosas. —Una vez más volví a mirar mis manos y las froté bajo el cobertor—. Los libros son el mejor modo para que lo hagan…

—Lo que más necesitan es tener comida en sus mesas. La gente de aquí pasa hambre, hija mía. Los bebés están famélicos y enfermos, y los viejos se mueren. Por aquí nos hartamos de roer huesos. No hace ni dos semanas que la viuda Caroline Barnes tuvo que andar nueve millas por ahí arriba intentando salvar a sus pequeños y, al final, para nada.

Había oído hablar de cómo aquella pobre mujer llegó trastabillando al pueblo comida por la pelagra y murió en plena calle. Muchas veces he visto los sarpullidos causados por el hambre. El mes pasado, una mujer que vivía en una de esas cárcavas perdió a cinco de sus doce hijos, y un mes antes toda una familia había muerto en las colinas, algo más arriba.

—Pues la gente me dice que los libros les ayudan a soportar sus penurias y que es lo mejor que les podría haber pasado —argumenté.

—No pueden vivir de los garabatos de los libros —dijo, dándole un papirotazo al pábilo y haciéndome callar—. Y esto —añadió, tocando la palmatoria con un nudillo— es lo mejor para ti.

Así colocada, la desnudez de la vela parecía desesperada, vergonzosa. Advertí ese mismo desasosiego en los ojos grises de mi padre.

✳✳✳

No me importó que durante mucho tiempo compartiese los temores de Papi respecto al posible sino de su única hija, hasta el día en que oí hablar del programa de ayudas sociales llamado *New Deal*, creado por Roosevelt con el fin de ayudar a la gente durante la Gran Depresión. Nosotros vivíamos en una gran depresión desde que tengo memoria, pero entonces, de repente, el Gobierno dijo que necesitábamos ayuda y se propuso dárnosla. El pasado año, el presidente había añadido al plan una Agencia Estatal de Empleo para proporcionar trabajo a las mujeres y llevar el arte y la literatura a la vida del kentuckiano. Muchos montañeses —por aquí lo somos todos— probaron por primera vez las delicias que podía facilitar una biblioteca, delicias que se saboreaban... y nos dejaban con ganas de más.

En el pueblo había visto folletos que pedían a las mujeres que solicitasen un empleo para cargar libros por aquellas montañas a lomos de cualquier montura. Cogí con disimulo una de esas solicitudes y la rellené sin que Papi lo supiera, pidiendo un puesto como porteadora de libros un mes después del fallecimiento de Mamá.

—¿Te han dado el empleo... a ti? —preguntó Papi perplejo el verano pasado, cuando obtuve el trabajo.

No le conté que había evitado a las supervisoras de zona llevando mi solicitud directamente a la estafeta. En el papel ponía que una podría entregarlo a la encargada de la biblioteca del pueblo o enviarlo a la dirección general de las bibliotecas ecuestres, en Frankfort. No decía nada acerca del color de piel y, desde luego, nada sobre el color de la mía. Así que decidí tratar con unos completos desconocidos de la ciudad en vez de confiar en las jefas de Troublesome.

—¿Es que nadie más lo solicitó? —me preguntó Papi—. Además, tú no puedes trabajar —añadió con premura.

—Papi, necesitamos el dinero, es un trabajo honrado y…

—Nadie se casará con una mujer ocupada con un empleo.

—Ya, ¿y quién se iba a casar con una azul? ¿Quién iba a quererme?

Estaba segura de que nadie se casaría con alguien de *la gente azul de Kentucky*. Nadie se uniría a una mujer con los labios y las uñas del color de una chara azul, con la piel del color de las matas de azulejo que crecen por nuestros bosques.

Apenas miraba a nadie a los ojos por temor a que mi color traicionase mis sentimientos. Un leve sonrojo, un estallido de gozo o ira o un repentino sobresalto se plasmarían en mi piel cambiando mi tono más suave hasta dejarme la tez del color de un arándano maduro, y haciendo que la otra persona huyese a la carrera. No parecía haber muchas esperanzas de matrimonio para la última mujer de los montañeses azules que tenían confundido al resto de la Commonwealth… A la gente de todo el país e incluso a los médicos.

—Una chica sana capaz de adquirir un color tan azul como una de esas damiselas que sobrevuelan los arroyos de este bendito Kentucky —dijo una vez el viejo médico de las montañas, lleno de asombro, y a continuación me puso un apodo: «Damisela». Apenas la palabra abandonó sus labios quedó ligada a mí.

Papi siempre dice lo mismo cada vez que hablamos del asunto:

—Cussy, tienes la oportunidad de casarte con alguien que no sea como tú, con alguien que te saque de aquí. Por eso me dedico a palear carbón. Por eso trabajo por una miseria.

Y la desgracia quedaba suspendida en el aire para que se cebase en mí. La gente de nuestro clan era endógama, y nada más. Pero no era cierto. Mi bisabuelo, una persona azul, llegó de Francia, se asentó en estas montañas y se casó con una kentuckiana blanca de pura cepa. A pesar de eso, tuvieron varios hijos azules entre los habituales vástagos blancos. Unos cuantos se casaron con forasteros, pero el resto hubo de contraer matrimonio con primos debido a que no podían viajar demasiado lejos, como sucede con otros clanes montañeses asentados por estos lares.

Los azules no tardamos en internarnos en las montañas para huir del escarnio. En instalarnos en la zona más sombría de la región. A Papi le gustaba bastante, decía que era el mejor sitio, el más seguro para mí, para la última de nuestra especie… La última. Pero yo había leído acerca de esas «especies» en las revistas. El alce oriental, la paloma migratoria. ¡Extinciones! La mayoría de los bichos habían sido cazados hasta su extinción. La idea de que me diesen caza, de extinguirme, de ser la última azul, el único ejemplar de mi especie sobre la faz de la tierra, me aterraba tanto que se me cortaba la respiración y entonces corría al espejo, me arañaba la garganta y me golpeaba en el pecho para recobrar el aliento.

Mucha gente recelaba de nuestro aspecto. Aunque como Papi trabajaba en la mina, su piel casi azul pálida no molestaba a nadie, pues todos los mineros salían de la galería con ese mismo aspecto.

Pero yo no tenía carbón para hacerme pasar por una kentuckiana blanca o negra. No tuve una vía de escape hasta que tomé la ruta de los libros. En aquellos bosquecillos de viejos árboles oscuros, los jóvenes socios de la biblioteca, al verme a lomos de una mula cargada con una alforja llena de libros esbozaban brillantes sonrisas y gritaban diciendo: *Ahí está la librera... ¡Ha llegado la librera!* Y en ese momento me olvidaba de mi peculiaridad, de por qué la tenía y de lo que significaba para mí.

Hace poco, la directora de la biblioteca hizo un comentario acerca de mis observaciones, y dijo que el trabajo como librera me había proporcionado una educación tan buena como la que podría haber obtenido en cualquier escuela.

Me encantó oír aquellas palabras. Yo, henchida de orgullo, adopté un color prácticamente púrpura, a pesar de que, con cierto aire de asombro, Eula Foster les dijese a las otras portadoras de libros: «Si una azul puede aprender tanto gracias a nuestros libros, imaginad lo que este programa puede hacer con la gente normal... No cabe duda de que esto será una fuente de luz en tan oscuros tiempos...».

Y yo me deleitaba bajo el cálido esplendor que me producía la sensación de ser una mujer leída... Una persona normal.

Pero cuando Papi supo del aterrador viaje de Agnes,

de cómo el mes pasado su montura la tiró en la nieve y se fue, se empeñó aún más en su decisión de casarme. No tardó en ofrecer una generosa dote, consistente en cinco dólares y diez acres de nuestro carrascal, como si esta fuese una luz tan brillante que impidiese ver mi color de piel. Apenas se presentó la perspectiva de poseer una parcela, acudieron carcamales y colegiales a cortejarme sin hacer caso a que yo era una de esas personas azules. Un puñado preguntó acerca de mi fertilidad, como si estuviesen tratando ganado... En realidad, buscaban una garantía de que sus vástagos kentuckianos no saldrían con esta tonalidad azul.

Respecto a Papi, bien podría haber venido a pedir mi mano el horroroso trol de *Los tres cabritillos y el ogro*. Últimamente se había dedicado a disponer la vela de cortejo de modo que ardiese durante una cantidad de tiempo incómodamente larga para cualquiera que fuese por allí.

Pero yo no podía arriesgarme. Las normas de la Administración de Proyectos Laborales concretaban que las mujeres con un esposo en edad de trabajar no podrían optar a un empleo pues, por pura lógica, el marido era el cabeza de familia.

Lógica... Pues por mucha lógica que tuviese, a mí me gustaba bastante mi parecer. Me encantaba mi libertad —amaba la soledad de aquellos últimos siete meses— y vivía para el gozo que suponía llevar libros y material de lectura a los montañeses, que aguardaban mis visitas con desesperación, ansiosos por recibir la letra impresa que introducía un mundo de esperanza en sus tristes vidas y oscuras cárcavas. Mi labor era necesaria.

Y yo, por primera vez en mi vida, me sentía necesaria.

✳✳✳

—Así, con esto bastará.

Papi se ocupó una última vez de la vela de cortejo y finalmente posó la palmatoria sobre la mesa, frente a la mecedora donde me sentaba y el sitio vacío junto a mí. Descolgó su casco con lámpara de carburo de un gancho y lanzó un vistazo hacia el oscuro bosque que se extendía al otro lado del arroyo que cruzaba nuestro terreno.

La nevada arreció, caían gruesos copos.

—Creo que vendrá de un momento a otro, hija.

A veces el pretendiente no se presentaba. Esperaba que aquella fuese una de esas ocasiones.

—Me voy.

Dejó una caja de cerillas sobre la bandeja de goteo de la palmatoria y le echó un último vistazo a la vela.

Lo sujeté por una manga y susurré frenética:

—Por favor, Papi, no me quiero casar.

—¿Se puede saber qué pasa contigo, hija? No es de recibo desafiar el orden natural del Señor.

Tomé la palma de su mano en la mía y la apreté, lanzándole un ruego silencioso.

Papi miró mi oscurecida mano y apartó la suya.

—No dormí para acercarme hasta su cárcava y arreglar esto.

Abrí la boca para protestar, pero me hizo callar alzando una mano.

—Esta condenada tierra no es un buen lugar para una mujer sola. Ya es bastante cruel para un hombre. —Papi recogió su chuzo labrado a mano, con un extremo terminado en una punta de flecha afilada como una navaja—. He cavado mi propia tumba desde el primer día que me puse a palear carbón. No pienso cavar dos. —Golpeó las tablas con la contera—. Vas a tomar un esposo para tener a alguien que cuide de ti cuando yo ya no pueda hacerlo.

Abrochó los botones de su abrigo, recogió la fiambrera de latón que había dejado sobre la tablazón del porche y se fue caminando sin prisa hacia la mina para trabajar en el turno de noche.

Oí el relincho ahogado de un caballo y me volví en dirección al crujido de hojas, esforzándome por escuchar a pesar de la bulliciosa canción de las aguas del arroyo. El pretendiente no tardaría en llegar.

Me incliné sobre la barandilla de madera y observé. Cuando ya no se veía el titileo de la lámpara minera de Papi y estaba segura de que ya se había internado en el bosque, estiré un brazo, ajusté el pasador de madera del reloj de vela y bajé la vela de cortejo para que la cera tocase el borde de la vieja sujeción espiral apenas unos minutos después de ser encendida… Era la señal para que ese último pretendiente supiese que se esperaba su pronta y súbita retirada.

Alcé mis manos y observé cómo adquirían una tonalidad azul huevo de pato.

II

Apenas había pasado otra semana gris como un cadáver cuando Papi citó a otro pretendiente en nuestro porche. El hombre desmontó lentamente y ató su montura a un árbol. Era otro ogro hambriento que andaba de caza, otro del que tenía que huir.

Pasé el pulgar por las yemas de los dedos, contando la cantidad de pretendientes que me habían visitado. Tenían que ser más de una docena, quizá bastantes más, puede que casi dos docenas si contaba a los que no se habían presentado, a los que dieron la vuelta al llegar a nuestro carrascal.

Observé al hombre subir los escalones con paso pesado; esperaba con impaciencia que ocupase su lugar para poder encender la vela de cortejo y librarme de él.

Con movimientos torpes, saqué una cerilla de la caja. Este quehacer de encender la vela después de la llegada del esperanzado pretendiente escogido por mi padre siempre me correspondía a mí, y la realizaba en cuanto el pretendiente tomaba asiento.

Hewitt Hartman se dejó caer sobre la mecedora; a punto estuvo de partir la madera del asiento, en el momento en que yo prendía la corta candela. Se encorvó por encima de una prominente barriga, jugueteó con su sombrero mientras removía con la lengua un buen pedazo de tabaco de mascar antes de escupir un saludo que no fui capaz de entender. Después, con la mirada fija en sus rodillas, me pidió que le mostrase la escritura de la parcela.

En silencio, entré en casa, la saqué al porche y coloqué el documento junto a la vela de cortejo. Detecté un ligero resplandor en el señor Hartman y fui hasta la barandilla, crucé las manos a mi espalda y observé cómo se estremecía la llama; la cera se derretía más despacio que nunca.

El hombre gruñó unas cuantas veces mientras leía la escritura. La dote de diez acres era más que generosa. El terreno se podía limpiar para aprovechar la madera o labrar, e incluso venderlo, si tal era el deseo de su dueño. Papi nunca quiso tener vecinos; aunque tampoco tuvo medios, disposición o dinero para hacer nada. Pero a medida que se agravaba su enfermedad y su determinación por verme casada persistía, sus pensamientos se aferraron a otras cosas.

El señor Hartman se inclinó hacia la palmatoria y estudió la escritura bajo la amarillenta luz de la vela; la codicia destellaba en sus ojos sin vida. Los entornó y me lanzó una mirada al rostro, después los volvió al papel y luego otra vez a mí. Sacudió el viejo documento y lo recorrió con un dedo mugriento; sus labios mascaban sobre la bonita caligrafía de la escritura. De nuevo me lanzó una oleada de miradas.

Finalmente, se levantó aclarándose la garganta y escupió un taco de tabaco por encima de la barandilla. Un reguero de saliva marrón manchaba su labio inferior, y unas gotas brillaban en su barbilla.

Hartman cogió la vela de cortejo y la levantó hasta mi rostro. Luego, con un estremecimiento, posó la escritura y apagó la llama con un fuerte soplido.

—Ni por todo el territorio de Kentucky.

Su apestoso aliento a podrido rebasó la negra pluma de humo cortando el mío.

✷✷✷

No había pasado ni una semana cuando Papi volvió a sacar la vela de cortejo, levantando esta vez la candela hasta su punto máximo. A finales de enero, y tres pretendientes después, se iba a asegurar de no tener que hacerlo de nuevo.

El hombre se presentó a primera hora de la tarde tocado con un sombrero raído. Se tomó su tiempo para leer la escritura y luego permaneció sentado con los labios fruncidos, pasándose los dedos por su pelo ralo mientras lanzaba miradas a la llama de la vela de cortejo. Se removió varias veces en el asiento, golpeando su flácido sombrero contra unos bombachos sucios; cada movimiento levantaba un penacho de olor rancio. La última semana de enero, tras dos visitas al porche, Papi le dio la bendición al pretendiente, firmó la escritura y apagó mi última vela de cortejo. El viejo galán se levantó de un brinco y agarró el documento. Evitó mirarme a la cara, pero recorrió mi cuerpo con ojos lascivos deteniéndose en mis pechos, evaluando su nueva adquisición.

—No me quiero casar —le dije a mi padre, asustada, agarrándome a él en el porche—. No quiero dejarte.

Mis ojos lanzaban rápidas miradas al viejo, que esperaba en el patio junto a su mula. Tenía su mirada fija en mí, sacudiéndose una pierna con el sombrero, cada golpe sonaba con más fuerza e impaciencia.

—Hija, debes tomar esposo y vivir tu vida —me respondió, sujetándome la barbilla con su mano callosa—. Tienes que estar a salvo. —Se volvió, tomó una respiración jadeante y tosió varias veces—. Tienes que hacerlo, es tu deber. Y el mío es asegurarme de que no te quedes sola cuando me haya ido… Debo mantener la promesa que le hice a tu madre.

Sus agotados pulmones resollaron y volvió a toser; la mina de carbón le estaba robando la vida.

—¡Tengo mis libros!

—Lo que tienes es una tontería, hija. —Había una nota de pesar en aquella voz que apenas salía de su garganta.

—Perderé mi ruta y mis socios. Por favor, no puedo permitírmelo. —Cogí una de sus mangas, sacudiéndola—. Por favor, con él no.

—Tienes que formar una gran familia. Los Frazier son un clan antiguo, con parientes repartidos por todas estas colinas.

—Por eso. Es pariente del pastor Vester Frazier. —Me llevé una mano a mi desbocado corazón al pensar en él, en su congregación de cazadores impenitentes y sus mortales aguas bautismales arroyo abajo—. Papi, ya sabes lo que el predicador hace a la gente como nosotros, lo que ha hecho…

Me posó una mano en el hombro y negó con la cabeza.

—Este no se relaciona con la gente del predicador, y me ha dado su palabra de que te protegerá. Se hace tarde, hija. Tengo que prepararme. La empresa espera que hoy cargue unos cuantos vagones o perderé mi trabajo. Ve con tu nueva familia —insistió con voz suave.

Miré al individuo que estaba en el patio retorciendo su sombrero de trapo con forma de pastel, enrollando nuestra escritura del viejo terreno de los Carter, cambiando el peso de su cuerpo de una pierna corta y musculosa a otra mientras su mirada iba de nosotros a su huesuda mula, ansioso por marchar. Ráfagas de aire invernal corrían entre las copas del bosque, agitando las ramas y alborotando el estropajoso pelo gris del hombre.

—Pero Papi, por favor, estoy… le tengo miedo. —Busqué mi pañuelo, pero al no encontrarlo froté mi goteante nariz con la manga del abrigo.

—El señor Frazier te dará su apellido y cuidará de que tengas un techo sobre la cabeza y comida en el estómago.

—Ya tengo un apellido, ¡y es el único que quiero tener!… Librera.

Advertí la confusión en los ojos de mi padre. Tenía el rostro descompuesto. Estaba segura de que no quería que me fuese, pero temía más no dejarme ir. Yo estaba tan asustada como él, y aún más por los tipos como ese que estaba en el patio.

—Papi, por favor, sabes cómo quería mamá a esos libros, y cuánto los quería para mí.

¡Mamá! Su ausencia me partía el corazón, anhelaba sentir sus reconfortantes brazos.

—Tu madre quería que estuvieses a salvo, hija.

Frazier se acercó a su mula y apoyó los hombros en el animal para protegerse del cortante frío.

—Ese no me da seguridad, y hay algo en él que me asusta mucho. —La vieja cabaña crujió, gimió como si confirmase mis palabras, como si intentara mantener a aquel hombre alejado—. Y no se baña... Mira los pantalones que lleva... Si se los quita los podría dejar tiesos en una esquina. Yo... Yo no quiero casarme. Papi, por favor, no quiero estar en ningún sitio a solas con él, no...

—Hija, haría que tuvieses una buena boda y una gran despedida si pudiese, pero la empresa no consiente que un minero como yo falte dos veces en un mes... A no ser que la falta venga justificada por un sepulturero o por los rosados labios del jefe. Por la mañana iré a casa del señor Murphy y alquilaré a su viejo jamelgo Bib, para llevarte tus cosas a casa. Me aseguraré de que estés instalada. Vete, hija. Ahora te llevará al oficiante y esta noche serás la señora de Charlie Frazier. Ve con tu hombre. Vete, hija, se hace tarde. —Agitó una mano—. No lo hagas esperar.

Sus palabras pesaron como rocas en mi pecho.

Papi rebuscó en los bolsillos de sus pantalones y sacó un pañuelo limpio, el que esa misma mañana le había lavado, y me lo dio.

Lo arrebujé en mi húmedo y tembloroso puño, estirándolo, apretándolo y volviéndolo a retorcer.

Con los hombros hundidos, Papi se volvió para entrar. Luego, agarrado al pestillo, se detuvo en el umbral.

—Ahora perteneces a Charlie Frazier.

—¡Pertenezco a este lugar y me debo a mi trabajo! No me apartes de mis libros de esta manera. Por favor... Papi, no dejes que me lleve. —Caí de rodillas y alcé mis manos, implorando—. Deja que me quede —susurré con voz ronca—. Papi, por favor... Papi. ¡Ay, Dios Todopoderoso! Por favor...

La puerta se cerró tragándose mi ruego y llevándose mi luz. Quería echar a correr, fundirme en aquella oscura y podrida tierra, desaparecer bajo el frío suelo de Kentucky.

Me llevé el retorcido pañuelo a la boca y apreté, observando cómo mi mano mostraba su aflicción con un profundo color azul oscuro.

✳✳✳

Rojo como un rábano, así era él.

Lo que hizo mi esposo de sesenta y dos años, Charlie Frazier, al intentar por primera vez plantar su feroz semilla en mí fue peor que la mordedura de una serpiente de cascabel, o de cómo imaginaba que sería el ataque de una serpiente. Revolviéndome, aparté la almohada con la que me había cubierto la boca.

—Estate quieta —siseó—. Quieta, demonio azul. No pienso sufrir la visión de tu cadavérica cara. —Me cubrió los ojos y la boca con su otra mano, ocultándose mientras bombeaba dentro de mí.

Me zafé de su agarre, lo mordí y arañé ahogada de miedo y furor, luchando por respirar.

Golpeó mi vientre, pellizcó mis pechos y me aporreó la cabeza hasta hundirme en una absoluta negrura.

La segunda vez que me la metió, una sombra gris se abatió sobre su rostro rosado como la polla de un perro.

Al recuperar el conocimiento me encontré tirada en el frío y sucio suelo. El sonido de una voz flotaba sobre mí; intenté hablar, pero las palabras no salían de mi boca. Alguien me cubrió con un cobertor y me hundí de nuevo en una intermitente oscuridad, hasta que otra voz me volvió a despertar.

Me esforcé por abrir los párpados, pero solo pude abrir un ojo parcialmente, apenas lo suficiente para vislumbrar el rostro de Papi.

—*Pa... pi.* —La palabra brotó de mi garganta. Estiré una mano. Sentí un profundo dolor y grité, sujetando mi tumefacto brazo.

—No intentes moverte, hija mía. —Me levantó la cabeza y me colocó una taza en la boca—. Bebe esto. —Una parte de mi labio estaba tan hinchada que me tocaba la nariz, el líquido se derramó mojándome la barbilla. Papi me secó la húmeda piel con la manga de su abrigo, inclinó de nuevo la taza e intentó darme otro trago. Probé el licor casero, pero tosí y lo escupí, pues el líquido me quemaba, ardía en mis sensibles encías y mis labios partidos.

Entonces estalló otro tipo de dolor, cortante como un cuchillo que me hizo boquear en busca de aire, alejé a Papi y me cubrí una oreja con la mano, solo para apartarla de inmediato y ver la palma cubierta con la pegajosa sangre que se escurría del tímpano.

Papi sacó su pañuelo y lo apretó contra mi oído.

—Presiona ahí un minuto. —Me colocó la mano sobre el paño y levantó la taza—. Intenta bebértelo todo.

Papi me acercó el licor a la boca y yo tomé un buen trago.

—Eso es, ahora un poco más, Cussy. Te hará bien. —Cuando hube terminado, Papi posó la taza y me estrechó cuidadosamente entre sus brazos, acariciándome el pelo.

—¡Mamá! —sollocé pasando una mano entre sus hombros y mi oreja, presionando, intentando detener las puñaladas de dolor—. ¡Quiero ir con mamá!

—¡Chist! Ya me ocupo yo, hija mía —dijo, meciéndome—. Acaba de llegar el médico, te vamos a llevar a casa. Allí descansarás.

Entorné los ojos para mirar al hombre que estaba junto al pilar de la cama.

—¿Doctor?

—Tú te pondrás bien, Damisela, pero a él le ha estallado el corazón —dijo el médico montañés al lado de la hundida cama de matrimonio mientras cubría a Frazier con una fina sábana de franela, antes de atender las fracturas de mis huesos.

Papi enterró al hombre y a mi vela de cortejo en el jardín, junto a un alto pino.

III

Mis huesos se arreglaron en algún momento entre aquella primera clavada y la llegada de la primavera y, además, logré tres cosas: recuperar mi antiguo empleo en la biblioteca como porteadora de libros; una mula vieja, a la que llamé Junia, y noticias de la semilla de Frazier. Apenas unos días después me deshice del malhadado engendro de Frazier mediante la ingesta de una infusión de tanaceto que encontré entre las hierbas secas que Mamá guardaba en la bodega.

El frío de la mañana me cortaba el rostro, hundí la barbilla aún más en el abrigo aceitado de Papi y arreé la mula hacia la casa de nuestro primer socio de la biblioteca. Vadeamos un brumoso arroyo antes del amanecer, sus oscuras aguas mordieron los tobillos del animal y Junia, deseosa de apurar el paso, inclinó sus largas orejas hacia delante. El viento de finales de abril corría entre los frondosos y afilados dientes de los oxidendros, molestándola, peinándole su grisácea y corta crin. Más allá del arroyo se extendían las colinas, del descompuesto manto del bosque brotaban tiernos retoños de galax, con sus hojas en forma de corazón, y por los viejos raigones nudosos corría la hiedra que surgía del fértil suelo y trepaba por montones de hojas caídas, cetrinas y marrones.

Junia se detuvo en medio del cauce al oír un chapoteo y emitió medio rebuzno quejumbroso.

—Arre, pequeña —le dije, señalando a una rana—. ¡*Arre*! —la apremié, frotándole el cuello allí donde crecía la crin—. Vamos, ¡arre!

El animal agitó la cola, aún inseguro, escudriñando los árboles, en dirección al sendero que llevaba a la casa de Frazier.

—Arre, Junia. Vamos, mujer, que tenemos que llevar los libros. —Tiré de las riendas hacia la izquierda, haciéndole volver la cabeza de modo que no pudiese mirar... Ella tampoco tenía por qué recordarlo.

La mula era mi herencia, lo único que poseía Frazier. Eso y tres dólares, algo de calderilla, una escupidera embreada y su apellido. Antes de que Frazier se casase conmigo, alquilaba mi montura en el establo del señor Murphy por siete dólares y veinticinco centavos al mes, al igual que la mayoría de las libreras. Me habría arreglado muy bien con su caballo, o con un burro pequeño, para realizar mis rutas, pero es que no pude dejar que aquel pobre animal muriese atado al árbol de Frazier.

La capa de la mula estaba manchada de sangre, y la carne de sus heridas abiertas supuraba sobre el helado suelo invernal. Pero una mirada al animal me dijo que aquella mula deseaba vivir, que era capaz de pelear con feroces coces y buenos mordiscos. Vi algo en sus grandes ojos castaños que me convenció de que podríamos lograrlo juntas.

—Ese bicho es un problema —dijo Papi—. ¡Véndelo! De todos modos, no vale para nada... Un caballo o un burro te harán mejor servicio, hija. Ya sabes, a un caballo le dices qué hacer y a un burro se lo pides... Sí, señor, los caballos están encantados de obedecer tus órdenes, pero una mula… Que el diablo me lleve… —Señaló a Junia con el dedo—. Con un bicho de esos te pasas el día riñendo, y con esa en concreto vas a tener que pelear para conseguir cualquier cosa, vas a tener que negociar cada paso con esa tozuda criatura. —Y dicho eso, se volvió mascullando—: Esa mula solo sirve para sacrificarla en la mina…

Me opuse con vehemencia al oír esas palabras. El sacrificio al que aludía se llevaba a cabo si una mina pasaba la noche cerrada. Al amanecer metían a una de las mulas en la galería, antes de abrirla a los trabajadores, por miedo a que se hubiese producido alguna fuga de grisú durante la noche. Los mineros ataban una candela o un candil encendido sobre el lomo del animal y lo mandaban solo. Si no escuchaban ninguna explosión o no veían a la mula salir a toda prisa de la galería envuelta en llamas, entonces sabían que era seguro entrar en la mina y comenzar la jornada de trabajo.

Papi me dejó llevarla a casa, aunque de mala gana. Compré una botella de linimento para caballos, una silla de montar usada y unos suaves sudaderos para mi vieja mula. Devolverle la salud a la famélica y maltratada montura me costó un mes de cuidados. Y luego otro más para que dejase de intentar cocearme y morderme. Ni Papi ni ningún hombre osaba quedarse quieto a su lado, no fuera que el animal le propinase una buena coz lateral o adelantase la mandíbula y le diese un feroz mordisco en el pellejo. No obstante, a pesar del temperamento mostrado hacia los hombres, yo la montaba hasta el pueblo y me maravillaba de lo delicada y dócil que era con las mujeres y los niños.

Junia alzó su nariz y yo inspeccioné el bosque una vez más orientando mi oído sano hacia la brisa, acariciándome el lóbulo. El médico me dijo que quizá el otro jamás sanase, y de momento así era, pues se hacía el silencio cuando tapaba el bueno con la palma de la mano.

Una bandada de pavos con sus pavipollos buscaba alimento al otro lado del arroyo.

—Ya no puede hacernos daño, mi vieja amiga —le dije, tranquilizándola con unas palmadas en la cruz—. Vamos, que somos porteadoras de libros en misión oficial al servicio de la biblioteca. —Junia olfateó el aire con su nariz. Aguardé en silencio, dejándola decidir si era seguro continuar nuestra ruta de entrega de libros.

Para alivio mío, el animal apartó la mirada del sendero que llevaba a casa de Frazier y se dirigió a la ribera. Esa iba a ser una buena jornada. La ruta de los lunes era larga. Algunos días solo tenía que atender a un puñado de socios, pero en aquella ocasión me habían dado a uno nuevo, además de las siete casas y la escuela de los montañeses que ya visitaba.

Salvamos la enmarañada ribera y coronamos la colina dejando atrás conejos y ardillas escabulléndose entre la maleza. La mula alzó su hocico y relinchó, recordando que ya habíamos realizado esa ruta la semana pasada para preparar nuestra primera jornada de vuelta al trabajo.

El pitido de un tren se perdió entre las azuladas filas de colinas del este, llevando su ferroviaria melodía a las barrancas, cárcavas y cañones del viejo Kentucky. Incliné la cabeza a un lado para dejar que me inundase el tono de aquel sonido. Mi mente no tardó en acercarse a los pasajeros del tren acomodados dentro de aquellos grandes vagones de metal que atravesaban los bosques de estas montañas cortadas por incontables kilómetros de ríos y arroyos. A qué bonitos lugares los llevaría la locomotora… Una vez soñé con un tren lleno de gente azul viajando. Gente azul como yo. Alguien en algún lugar que se pareciese a mí…

Junia resopló como si hubiese oído mis disparatados pensamientos.

—Podría suceder —le dije a la mula—. Podría haber otros como yo por ahí fuera.

A lo lejos, la propiedad de los Moffit destacaba bajo la luz de la mañana. Junia, impaciente, apretó la marcha y luego, al ver a la chica, pasó a un rápido trote.

Aquel era el primer reparto desde mi boda, en enero, pero al ver a la socia allí arriba, esperándome así, me pareció como si nunca hubiese dejado mi empleo.

Por fin había llegado la primavera, y con ella me quité de encima el invierno y la muerte de mi lecho nupcial; por un instante volvía a ser la niña de diez años que fui. Me incliné hacia la fresca brisa primaveral al tiempo que sentía los libros traquetear dentro de mis alforjas… La vida corría por mis huesos. Arreé a la mula con un golpe de talones y chasqueé la lengua unas cuantas veces para animarla a emprender el galope. Poder regresar a mis libros era como instalar mi corazón en un santuario. Estallé de gozo, quité importancia a mis penas y me perdoné a mí misma por dejar pasar mi juventud y que mis sueños languideciesen destruidos por una vida dura en una tierra severa, donde la gente tenía ideas e inclinaciones crueles.

IV

Angeline Moffit, de dieciséis años, aguardaba en pie, descalza sobre el patio cubierto de barro con las manos apoyadas en sus poderosas caderas. El viento hinchaba su ajado vestido rosa amaranto flagelando sus largas piernas, y el deshilachado dobladillo susurraba con fuertes chasquidos bajo una fina bata llena de agujeros; el rictus de su boca mostraba fastidio.

—¡Damiii... sela! —dijo, saludando con la mano—. Por fin has llegado, Damisela. ¡Ya estamos en abril! Te echaba de menos. Veo que tienes nueva montura, ¿cómo se llama?

—Te presento a Junia.

—Ah, Junia suena bien. Ven, Junia, acércate, vieja apóstola.

Angeline, una de las más jóvenes socias de mi biblioteca, me recordó con ese término que le había leído el pasaje bíblico Romanos 16:7, donde se habla de Junia, la única apóstola. Era el mismo versículo que Mamá me leía y la razón por la cual me pareció un nombre adecuado. No tardé en percatarme de lo inteligente que era el animal, de cómo no había manera de hacerle caminar si intuía la presencia de algún peligro. Junia, una protectora, una profetisa de dieciséis manos de altura, ya me había salvado del ataque de un gato montés, de una jauría y, hace poco, de una resbaladiza pendiente cubierta de musgo que corría riesgo de desprendimiento.

Mi vieja compañera aguardó hasta que vi al gato montés y después lo dejó ir, oyó a los perros antes de que pudiese haberlo hecho ningún humano y me hizo ir hacia un lugar donde ningún perro salvaje osaría entrar. Y, respecto a la pendiente, simplemente se negó a continuar hasta que desmonté y vi con mis propios ojos cuál era el problema, aunque me puse en ridículo al probar la estabilidad del terreno, pues caí rodando hasta darme un fuerte golpe en las posaderas que me detuvo en seco. Junia no era asustadiza, como mi viejo caballo, ni tenía las patas como palillos, como el burro. No titubeaba frente a la adversidad, más bien al contrario, pues me defendería y lucharía si llegaba el caso. La gente decía que una buena mula de monta era mucho mejor que un caballo y que cabalgar una por esas montañas era igual de eficaz que llevar una escopeta. Sin embargo, Papi aún no estaba convencido de la valía de Junia, y tampoco confiaba en su carácter gruñón.

Junia acarició con su hocico el hombro de la chica y se encariñó con ella al instante, dejando que tomara sus riendas y la sujetase a un alto tocón cubierto de colas de pavo.

—¡Ha llegado! ¡Ha venido la librera con los libros! —chilló Angeline dirigiéndose a la cabaña.

Desmonté de la mula y abrí la alforja, buscando.

—Siento que haya pasado tanto tiempo, pero el invierno ha sido... Esto... —Dejé que las palabras sin pronunciar flotasen en el aire, pues no quería hablar de mi casamiento.

Angeline le quitó importancia con un gracioso ademán.

—Algo he oído. Pero no importa. Lo que importa es que estás aquí. Te he echado de menos.

Me pregunté cuánto habría oído y sentí cómo el rubor azul inundaba mi rostro mientras sacaba el *Silabario para niños o Primera Cartilla* y se lo tendía. Tomó el libro, lo estrechó contra su pecho y murmuró una suave palabra de agradecimiento.

Rebusqué algo más y encontré un panfleto religioso y una revista.

—Toma, el número de *Mecánica Popular* para el señor Moffit —le dije.

—Ma-mecánica... Pe-pu-lar —leyó, siguiendo el texto con su pequeña y mugrienta uña, observando la ilustración de la portada—. Damisela, esto es un avión.

Lanzó una temerosa mirada al cielo.

—Nunca he visto uno de verdad —susurró—, pero el señor jura que ha visto uno sobrevolando las colinas. Dice que se tiró al suelo cuando pasó volando por encima de él.

Yo tampoco había visto ninguno, pero la creí.

—Y sé que la esposa del presidente se subió a uno cuando vino a Kentucky —afirmó, agitando un dedo acusador.

Nos quedamos mirando al cielo intentando imaginar a Eleanor Roosevelt allí arriba, dentro del vientre gris de una máquina que atravesaba nuestras montañas surcando el aire.

—Resulta difícil creer que la gente llegue a estas colinas así —Angeline apenas respiraba, ahuecando las manos alrededor de sus ojos, escudriñando los cielos—.

Ya verás, dentro de nada no harán falta estas monturas; ni siquiera andar a pie. Te meterás dentro de una de esas enormes máquinas que fabrican y ellas lo harán por ti.

Me tensé cuando la pequeña deslizó una mano dentro de la mía y la estrechó. Ningún blanco tocaba nunca a un azul de modo tan amistoso. Ninguno excepto Angeline. No importaba cuántas veces me hubiese cogido de la mano, el gesto continuaba siendo extraño para mí; la sujeté con suavidad a mi lado, sin decir nada, aunque con la sensación de estar, en cierto modo, contaminándola.

Con todo, me agradaba su tacto suave, el cual me hacía añorar a Mamá y desear haber tenido una hermana, quizá incluso un bebé, un pequeñín. Pero jamás tendría un bebé, ni hombre alguno. Si las noticias habían llegado hasta allí arriba, estaba segura de que la gente del pueblo ya estaría propagando rumores diciendo que, de alguna manera, mi color había matado a Frazier... Cotilleos acerca de que un demonio azul había asesinado a un hombre en su lecho nupcial. Me recordé a mí misma que eso era una bendición. No pertenecía a ningún hombre y en modo alguno nadie me obligaría a casarme de nuevo. Mi respiración se calmó y, poco a poco, esa certeza dejó en mí una ligera sensación de alivio.

—Aviones y trenes... —le dije a Angeline, sintiendo un ligero estremecimiento ante esa idea y los oscuros pensamientos que acababa de tener.

—El mundo se está haciendo muy grande, Damisela. Y cada vez nos sentimos más pequeños —dijo Angeline, apenas con un susurro—. Está creciendo demasiado rápido. Sucede justo delante de ti, pero no lo ves. No es natural. —Inclinó la cabeza hacia el suelo y enterró los dedos de los pies en la tierra, como enraizándose para no ser arrastrada.

—Desde luego que está cambiando, Angeline. —Lo cierto es que la idea me daba esperanzas; esperanzas de que una de esas grandes y ruidosas máquinas trajesen un día a alguien como yo—. Será mejor que entre a saludar al señor Moffit.

—Ay, Damisela, ya verás cuánto se alegra de verte; ha estado en cama. Salió y se hizo daño en un pie —me dijo, con un ligero rubor en las mejillas.

Según me había contado Eula Foster, le habían pegado un tiro en un pie por robar un pollo.

—Quizá el nuevo préstamo alivie su malestar —contesté.

Volvió a cogerme de la mano y me llevó por unas piedras colocadas a modo de escalones hasta un porche hecho con palos. Esta vez sentí su calor en mi corazón, saboreé la sensación de tener la hermana que jamás tuve.

Me incliné para rebasar un viejo avispero que colgaba bajo el hundido alero. Dentro del único habitáculo de la cabaña vi a un ratón casero correr para esconderse bajo una cocina ennegrecida, alimentada con las débiles llamas de un tocón medio podrido. La luz del sol se filtraba a través de las paredes forradas con papel retorcido y difuminaba las sombras en los rincones de la vivienda.

Una sartén de hierro colado llena con nabos y puerros silvestres cocía a fuego lento, atestando la sala con un vapor pegajoso. En las paredes se alineaban amarillentos periódicos salpicados por las palabras escritas con la rudimentaria caligrafía de Angeline en sus hojas medio arrancadas.

—Voy a buscarte un asiento —me dijo la chica. Recogió una vieja lata de *Mother's Pure Lard* colocada junto a la cocina y luego arrastró ruidosamente el enorme cubo de latón por la tablazón de pino.[3]

Un sucio colchón de plumas, con las costuras rotas y rellenado parcialmente de paja, estaba colocado junto a una ventana con el cristal estallado con grietas como patas de araña. El esposo de Angeline yacía junto al alféizar, dormitando, con el dolor plasmado en el semblante. No podían pagar al médico, pues no había dinero, y esa herida no se curaba. Aquel hombre, de solo treinta años, tenía el rostro avejentado, hosco, arrugado como un peñasco a la intemperie, y ojeras grises; estaba aún más escuálido que la última vez que lo vi.

El astillado mango de un hacha sobresalía bajo la cama, donde Angeline lo debía de haber colocado con la esperanza de que una antigua superstición fuese cierta: la que decía que esa herramienta cortaría el dolor del individuo.

Angeline posó una mano sobre el hombro de su esposo y lo despertó, sacudiéndolo con suavidad.

—Es lunes y por fin ha regresado, Willie. Mírala, aquí está.

El hombre hizo un gesto de dolor.

—Le he traído un número de *Mecánica Popular* —le dije.

—No esperaba que regresase, viuda de Frazier —contestó, mirándome con los ojos entornados.

—Sí, señor, soy yo, la librera; y he regresado. —Mi nuevo título me horrorizaba; en el instante en el que Eula

---

3 Popular marca comercial de manteca de cerdo. *(N. del T.)*

Foster me lo puso supe que se quedaría conmigo para siempre. La semana pasada, al regresar a la central, Eula cruzó sus poco acogedores brazos y me llamó tratándome con mi nuevo título; su cortante saludo rezumaba una mezcla de aborrecimiento y decepción. La desesperación, que sentí como un nudo en el estómago, hizo que bajase mis ojos por miedo a ver el rechazo en los suyos.

El señor Moffit ladeó la cabeza señalando el cubo para que tomase asiento mientras Angeline le ajustaba una andrajosa colcha carmesí bajo la barbilla. Después alisó la ropa de la cama, acomodándolo un poco más. Luego, satisfecha, salió por la puerta sin hacer ruido.

Coloqué la lata de manteca más cerca de su cama, me senté, abrí la revista por la primera página y la levanté frente a mi rostro. Él volvió la cabeza hacia la ventana.

Lo hacíamos por simple comodidad. El señor Moffit no tendría que ver mi cara y yo no habría de preocuparme por incomodarlo. No lo culpaba, pues ambos teníamos desfiguraciones, algunas de ellas sin color.

El señor Moffit acercó más la colcha a su barbilla y entonces advertí algo en lo que nunca había reparado: tenía las uñas de un color extraño, no extraño para mí, que era azul, pero sí para los blancos.

Todas y cada una de sus uñas eran de color azul claro.

Observé las mías. Casi tenían la misma coloración. Lancé un vistazo disimulado hacia su rostro y orejas, blancas como dientes de leche, y volví a observar sus uñas; después lo recorrí con la mirada.

A los pies de la cama asomaba uno de los dedos de sus pies, dedos que jamás había visto. Tampoco era blanco. Era del color de la maría de ojos azules que crece en las colinas, la flor de dos colores que la Naturaleza pinta de azul lavanda por un lado y blanco por el otro. ¡Azul! Estaba perpleja.

Mamá me había dicho, ya hacía mucho tiempo, que algunos de los nuestros, los azules, habían nacido coloreados como la maría de ojos azules, igual que él. Y que otros adquirieron la coloración durante su juventud. Los azules que solo mostraban su color en las uñas evitaban con facilidad cualquier penuria, pues les bastaba ocultar sus manos y pies con guantillas y calcetines.

Me pregunté si el señor Moffit tendría algún otro problema o si aquello se debía al dolor por la herida de bala que tenía en el pie.

El señor Moffit se volvió hacia el otro lado y cerró los ojos.

—Listo.

—Muy bien, señor. Ya verá cómo este es un buen artículo, señor Moffit.

Volvió su cabeza de nuevo hacia la ventana.

—*Conociendo nuestras aeronaves* —comencé a leer. El señor Moffit carecía de instrucción y le gustaba que le leyese algunas páginas—. El motor de un avión…

Leí cinco minutos más de los previstos, después eché un vistazo por encima de las páginas y lo vi dormido. Posé la revista a su lado, sin hacer ruido. Miraría las ilustraciones y la devolvería a mi regreso para que se la sustituyese por otra.

Fuera, en el patio, Angeline señaló las palabras que había estado garabateando en el suelo con un palo.

—Me has enseñado bien. Mira… Jardín. Caballo. Hogar. Angeline —dijo, orgullosa, y después me entregó el libro de *La gallinita roja* que había tomado prestado en diciembre—. Lo siento, Damisela. Se estropeó un poco un día que Willie se cabreó y lo tiró por ahí. Me alegro de que hayas vuelto, Willie me arrea porque no soy capaz de leerle las cosas que le dejas. Dice que alguien de color no debería leer mejor que yo. Lo siento mucho, de verdad… —Me agarró de la mano y reafirmó su disculpa con un apretón. Bajé la mirada, observándonos unidas de ese modo, e intenté retroceder, pero Angeline me sujetó con más fuerza y susurró—: Esto no hace mal a nadie. A nuestras manos no les importa que sean de diferente color. Es igual de agradable, ¿no?

Lo era. Pero al señor Moffit no le gustaba la gente que no tuviese su mismo color. Acostumbraba a exigir que me quedase en el patio. Pero su ansia por la palabra impresa no tardó en minar sus requerimientos y, al final, le permitió a Angeline que me llevase a casa para leerle en la pequeña mesa de madera; así de desesperado estaba porque los libros le ayudasen a huir de su miseria, la miseria de no haber tenido nunca lo suficiente para llenarse la barriga o poder ahorrar unas monedas para comprar un par de balas con las que disparar, quizá, a un conejo; pero entonces una miseria ponzoñosa avanzaba muy despacio desde la herida de bala hacia su interior.

Vi en su rostro, en sus huesudos hombros hundidos, que se había rendido hacía ya mucho tiempo, que cada noche deseaba que no hubiese un mañana. No había nada que la dulce Angeline pudiese hacer para ayudarle sin que despertase en él una ira aún mayor.

Leyó la preocupación en mis ojos y dijo:

—A veces se sulfura tanto que me asusta un montón. Tiene mala fe. No hay motivos para que siempre esté gruñendo como un oso enfurecido.

Solté la mano de Angeline y examiné el lomo de su antiguo préstamo.

—Espero que la señorita Harriett y la señorita Eula no se sulfuren demasiado, Damisela.

Metí su libro en mis alforjas.

—Supongo que lo podré encuadernar de nuevo. —Sabía que Harriett Harden, la encuadernadora y asistente de la directora, me sermonearía de lo lindo, y que incluso se sulfuraría. Y que la jefa de las libreras, Eula Foster, fruncirá los labios consternada.

Pero, en cualquier caso, era demasiado valioso para no arreglarlo, pues la demanda de libros era enorme y el material de lectura insuficiente.

La última vez que llevé estropeado uno de los libros que Angeline tomó en préstamo, Harriet arrugó la nariz y lanzó una advertencia.

—Dile a la señora Moffit que el Gobierno paga el sueldo de las porteadoras de libros. ¡Y nada más! No tenemos ni libros ni dinero suficiente para reemplazarlos. Si no se ve capaz de cuidar el libro que haya tomado prestado de la biblioteca, descontaré el coste de tu sueldo ¡y a ella la eliminaré de la ruta!

La gente del Gobierno no proporcionaba ni libros ni material impreso para el uso de la biblioteca. Estas cosas eran donación de bibliotecas mayores, situadas en pueblos más grandes y ciudades más ricas, de agrupaciones femeninas, de asociaciones escolares de padres de alumnos, e incluso de los grupos de escultismo cuyos miembros estaban repartidos a lo largo y ancho de Kentucky y Ohio.

La mayor parte de los libros enviados estaban dañados, ajados y desencuadernados. El Gobierno tampoco nos asignaba un lugar adecuado para almacenarlos.

La estafeta de Troublesome Creek ofreció su cuarto trasero al proyecto de la biblioteca para que se emplease como lugar de almacenamiento, clasificación y restauración del material.

—Espero que se pueda arreglar —susurró Angeline, preocupada.

—Me lo llevaré a casa y lo encuadernaré —le dije con una sonrisa.

—No volverá a suceder. —Con gesto vacilante, levantó el nuevo libro que le había traído—. ¿Me lo leerás antes de marchar?

Nos dedicamos a su nuevo libro y leyó el texto sin problemas. Angeline tenía una gran ansia por leer y escribir. Cuando hubo terminado, sacó del bolsillo media zanahoria reseca y me miró, pidiéndome permiso.

—Es para Junia.

Junia levantó las orejas.

La desesperada situación del país se había enraizado en Kentucky, extendiéndose como una espantosa enredadera, ahogando el ánimo de las personas y estrangulando sus vidas. Por una parte no quería aceptar el regalo de Angeline, pues vivían de sobras como esa. Pero por otra, tampoco quería ofenderla rechazando su generoso ofrecimiento.

A un lado se encontraba la parcela donde la chica ponía todo su empeño por extraer una cosecha decente del agotado suelo arcilloso y la nada, cubierta por filas de tallos del maíz de la temporada pasada, secos, tirados de cualquier manera. Junto a ella, había un jardín a cuadros donde zanahorias, remolachas y nabos luchaban por sobrevivir entre hierbajos, escaramujos y puerros silvestres. Más allá crecían unas espesas matas de mostaza castaña.

—Gracias, Angeline. Junia te lo agradece en el alma. —La chica se la dio, sabiendo de sobra que aquella mula torda de veinte años era lista y de buena gana me traería de nuevo a su casa. Junia, golosa, introdujo el hocico en los bolsillos de la jovencita en busca de otra zanahoria.

Angeline sacó algo más, cogió la palma de mi mano y posó en ella un pequeño paquete de tela.

—¿Podrías llevarle esto al médico? Son doce semillas de trilio rojo. Eran de mi abuela, para que venga a curar a Willie. —Plegó mis dedos alrededor de ellas.

Dudaba que el médico acudiese a cambio de unos granos. Una visita suya no costaba menos de cuatro dólares, pues desde su casa tardaría unas buenas tres horas en desplazarse hasta allí, ya fuese en mula o a caballo.

—El pie ya lo tiene muy mal y las uñas se le están empezando a poner azules. No quiero enterrarlo, al menos no ahora que espero un hijo —explicó.

—¿Un hijo?

—En verano.

—¿Tan pronto?

Recorrí su escuálido cuerpo con la mirada, sus pómulos marcados y la sombra azulada alrededor de sus ojos, preguntándome cómo era capaz de soportar el martirio del embarazo. La codiciosa tierra le había arrebatado buena parte de su aspecto juvenil.

Con su rostro de rasgos suaves y forma de corazón y su largo cabello rubio parecía una persona frágil, delicada, más adecuada para llevar una vida cómoda en alguna de las ciudades que conocía por mis lecturas. No obstante, sabía que Angeline trabajaba con más ahínco que un par de fornidas montañesas y que, a pesar de su apariencia, era dura como el pedernal. Pero de todos modos me preocupaba que la chica no fuese lo bastante fuerte para soportar el parto, y que aquellas viejas montañas aún le robasen algo más que su aspecto juvenil.

—Será el 18 de julio. Lo he contado —dijo Angeline.

—Ah, pues que… —Los buenos deseos se ahogaron en mi garganta—. Le llevaré las semillas.

Angeline cogió un palo.

—Ya sé cómo se llamará. ¿Quieres verlo?

Sorprendida y curiosa porque hubiese pensado en el nombre del bebé, balbuceé un «sí».

Se acuclilló con el palo y garabateó en la tierra con cuidado, acompañando con los labios el trazo de cada letra. Tachó un par de ellas y lo intentó de nuevo. Después, satisfecha, se alzó señalando al suelo.

—HONEY —dijo, golpeando el nombre con su vara—. Lo supe un día que me hice un té y leí las hojas… Decían que iba a ser una niña. Quiero que sea tan dulce como su nombre. —Acarició su pequeño vientre.

—Honey. Es un nombre bonito —contesté, pues me recordaba el dulce carácter de Angeline.

—A Willie no le gusta. Dice que es el nombre de algo de color y que no lo acepta. —Angeline se frotó las manos en el polvoriento faldón de su vestido con la mirada perdida, como si contase los atardeceres que faltaban para dar a luz. En su rostro se plasmó una expresión de cansancio y decepción—. Willie me prometió que en verano me llevaría al festival para que oyese tocar a los violinistas. Pero creo que esta vez no vamos a ir a ningún baile.

En la biblioteca había estudiado los panfletos enviados por el Ministerio de Sanidad y recordé que debería llevarle uno.

Angeline sacudió el vestido y colocó una mano sobre su vientre.

—Y aquí estoy, con dieciséis años, preñada, a punto de estropear mi aspecto y sin ni siquiera haber bailado una vez en un verdadero festival —dijo, frotando sus ojos con un puño huesudo.

Alcé una mano.

—Pues a mí me parece que no necesitas ningún festival para bailar. Y, llegado el caso, ni siquiera uno de esos violines. Bailar es gratis, como el agua de lluvia, que la puede recoger quien quiera.

Angeline sonrió al oírme.

—Sé un montón de canciones, y algunas incluso las puedo bailar.

Cantó una antigua y animada balada, giró una vez, dos, riendo mientras su musical voz llenaba el aire.

—Tienes una voz bonita —le dije.

—Me sé muchas más, Damisela.

La chica comenzó a cantar otra alegre canción y, de nuevo, bailó dando vueltas. Por un instante observó cómo mi pie golpeaba el suelo a compás y una de mis manos rebotaba contra los faldones de mi vestido. Parecía como si tuviesen voluntad propia; me detuve de inmediato, pues temía estar dando un espectáculo.

Al terminar la canción, me dijo:

—No te olvides de decirle al médico que esas semillas son del huerto de mi abuela Minnie, Dios la tenga en su gloria. Y que sus granos bastan de sobra para pagar el doble de sus honorarios, si se pudiesen pagar con dinero. Yo creo que incluso el triple.

Parecía orgullosa, como si me hubiese dado algo tan grande como la luna y valioso como los cielos.

Las guardé en el bolsillo.

—Bajaré al pueblo en mayo y me aseguraré de que las reciba.

—Se las puedes dar a Jackson.

La miré perpleja.

—Jackson Lovett —explicó—. Aún no lo he visto, pero ya habrá vuelto a casa. Se instaló en la finca del viejo Gentry; Willie dice que siempre está yendo y viniendo del pueblo con suministros. ¿No está en tu ruta?

—¿El señor Lovett? —Toqué la alforja, recordando de pronto que aquel día tenía una nueva parada, aunque nunca había oído hablar de ese hombre; solo lo que Eula Foster me había dicho y que se añadiría otra parada a mi ya larga ruta—. Sí, creo que es él.

Monté a Junia.

—He oído que se fue al Oeste y construyó una presa para el presidente —me dijo Angeline, mirándome con los ojos entornados.

—La presa Hoover. —Me asombré al recordar las maravillas que había leído en las revistas acerca de ella.

—P-R-E-S-A —deletreó Angeline—. Llévala a casa sana y salva, Junia —dijo rascando las orejas de la mula mientras me lanzaba rápidas miradas. Después, añadió en voz baja—: Me he enterado. He oído hablar de Agnes, la librera esa que perdió su caballo intentando vadear el arroyo Hell-fer-Sartin. Me contaron cómo estuvo dando tumbos por la nieve y… Bueno, tuvo que ser horroroso morir así.

Me pregunté cómo habría sabido del accidente de Agnes, pero entonces recordé que en diciembre había visto al señor Moffit cerca de la central. O quizá se hubiese enterado por el servicio postal que recorría las colinas cada dos semanas. Lo cierto es que no recordaba haber visto nunca una carta en su casa. Por aquellas colinas no iban más visitantes que el cartero y yo, además de esporádicas visitas del doctor en caso de que alguien no lograba curarse tomando algún tónico casero y se podía permitir pagar los servicios médicos.

—Willie solía tener parientes por allí, en Hell-fer-Sartin —dijo Angeline—. Pero no los conozco.

El pueblo de Hell-for-Certain, que pronunciaban y escribían como Hell-fer-Sartin, así llamado hace décadas por un viejo predicador que pasó por allí cuando le preguntaron por su visita,[4] nombre que quedó fijado en la lengua de los lugareños, se encuentra a caballo entre dos condados. Esa ruta, con sus abruptas pendientes rocosas y su peligroso y accidentado terreno, era una de las más difíciles que una porteadora de libros podía cubrir.

Johnny Moses, el viejo caballo alquilado por Agnes, se partió una pata en la desembocadura del arroyo Hell-fer-Sartin. La librera cogió las alforjas repletas de material de lectura, se las cargó a la espalda y dejó al animal agonizando sobre la nieve. Se detuvo en la cabaña de Baxter y le pidió que fuese a terminar con el sufrimiento de la pobre bestia. El viejo señor Baxter se dedicó a sacar un buen provecho de cada libra de carne y pulgada de piel hasta que llegó el dueño y se llevó los restos.

---

4 La respuesta del personaje se podría traducir como «un auténtico infierno». (*N. del T.*)

Agnes cubrió a pie casi veintiséis kilómetros, nada menos, subiendo y bajando barrancos, atravesando desfiladeros y recorriendo traicioneras veredas, sin dejar de visitar a un solo socio de la biblioteca; de alguna manera, logró llegar a casa sin apenas un triste rasguño que testificase sus dos aciagas jornadas de trabajo.

Charlamos unos minutos más, hasta que Junia emitió un gemido de advertencia quitándose de encima la mano con la que le acariciaba la crin.

—Nos vemos el lunes —dijo Angeline.

—Arre, viejita.

Me despedí de la chica con un gesto.

Angeline recogió su vara y la arrastró por el fango tarareando una nana como saludo a la larga jornada que tenía por delante. De pronto se detuvo.

—¿Has oído eso?

Agucé el oído. En alguna parte, un cuclillo piquigualdo cantaba su fúnebre lloriqueo. El pájaro volvió a cantar, esta vez durante más tiempo, y yo inspeccioné el cielo en busca de nubes. El firmamento mostraba un brillante color azul.

—Este ya es el tercer canto —afirmó Angeline, inquieta.

Los montañeses creían que el canto del cuclillo anunciaba un fallecimiento. Angeline buscó mi mirada y vi plasmado en sus ojos el temor de que el canto del ave se dirigiese a ella. El pájaro volvió a emitir su triste canto.

V

Cabalgué hacia la siguiente parada dejando el canto del cuclillo atrás, en el sendero embarrado, mientras pensaba en la herida del señor Moffit y en el bebé a punto de llegar.

Podría ser yo la que esperase un hijo. Me estremecí al pensar en lo cerca que estuve de serlo, de que posiblemente diese a luz a otro azul, con la sucia simiente de Frazier, a esa edad y en tiempos tan duros.

Alcé los hombros, atondé a Junia y comencé a silbar una melodía alegre para abandonar tan oscuros pensamientos y superar la desazón que me producía pensar en la familia Moffit.

Junia se plantó en el suelo y alzó sus orejas al llegar al borde de los bosques. Tras dedicar un rato a engatusarla, logré meterla en la espesura del monte. Una vez dentro, la oscura tierra, las hojas, los troncos medio podridos y el musgo, que trepaba entre los retoños de pinos, álamos y falsas acacias y creaba un dosel sobre el maltrecho sendero, me hundieron más en mis pensamientos. A medio camino se oyó el chasquido de una rama y Junia se paró en seco, agitó la cola cortando el aire y cabeceó, sacándome de mis reflexiones.

—Arre, muchacha. Arre. —Froté su corta crin y le di un golpecito en sus enormes y flexibles orejas.

A nuestra derecha advertí algo similar a un aparecido, pero tras un parpadeo vi qué había causado tal ilusión.

No se trataba de ningún espíritu, sino de un hombre que me miraba taimado. No me engañaba la palidez de su blanco semblante. Era un hombre oscuro, lleno a rebosar de la negrura que llevaba dentro. Y la verdad es que no se escondía, más bien aguardaba despatarrado contra la corteza de un árbol, con una bota apoyada sobre una raíz nudosa, sin importarle quién lo pudiera ver; estaba segura de conocerlo. Sí, yo conocía a ese hombre.

Era el predicador Vester Frazier, primo de mi difunto esposo. Lo había visto husmeando entre los árboles una semana antes, cuando salí a inspeccionar mi recorrido, y también en la central, merodeando cerca de Junia. Ya llevaba tiempo detrás de mí, pero de manera más descarada desde que me quedé viuda.

Había hecho lo mismo con otros como yo: Michael McKinney, el enano con tres pezones que recorría las colinas con su carro de cabras a pecho descubierto; el chico de ojos rosados y el cabello blanco como la lana de un cordero; la niña melungeon,[5] de siete años, que sufría unos ataques que ni tónicos ni hierbas eran capaces de calmar, y la mujer de los Goodwin, cuyos trillizos había ido a ver aquel individuo, para después declarar que «no es propio de una mujer temerosa de Dios dar a luz a más de un vástago, pues solo serán bestias; sin duda es obra de Satán plantar múltiples simientes en una mujer así».

---

5 Término aplicado a un pueblo mestizo de origen desconocido asentado en el centro de los Apalaches. (N. del T.)

Y estaban los ateos, los que nunca habían visitado una iglesia, y un puñado de impíos a los que, según Vester Frazier y sus seguidores, el diablo había concedido sus peculiaridades. Criaturas extrañas sin nombre.

Cuando Vester Frazier y la congregación de su Primera Montaña de la Verdad de Cristo intentaron expulsar a los demonios bautizando a aquellos pecadores en las gélidas aguas del arroyo Troublesome, la niña de siete años entró en coma y murió, dos de los trillizos se ahogaron, el chico de piel blanca como la leche se quedó mudo y a Michael McKinney le partieron una extremidad y le machacaron una de sus clavículas antes de que lograse huir; nadie había vuelto a verlo desde entonces.

Papi hizo cuanto estuvo en su mano para mantenerme apartada del bautismo de Frazier. Me contó que cuando nací expulsó al predicador de nuestras tierras amenazándolo con un arma; en realidad, le arrancó la Biblia de las manos de un disparo. Y aún tuvo que expulsarlo en otras dos ocasiones, en mi sexto y duodécimo cumpleaños. Después habló con el *sheriff* y creyó que se había librado de él para siempre.

El hecho de que Frazier estuviese allí arriba, en mi ruta, me aterró. Tenía que estar dándome caza. Busqué su montura con la mirada y comprendí que la había ocultado, mientras él se quedaba a la espera.

Mi respiración se hizo rápida y superficial y en mis sienes se instaló una especie de martilleo.

Junia retrocedió alarmada. Tiré de las riendas y le di un golpe de talón, arreándola para que lo rebasara. Pero la mula no quería obedecer. En vez de avanzar, inclinó sus orejas hacia delante, emitió un fuerte rebuzno y agitó la cabeza de un lado a otro, disponiéndose al enfrentamiento con Frazier.

Desmonté y, nerviosa, busqué a tientas su ronzal para intentar tirar de ella y llevarla más allá del lugar donde estaba el predicador.

Frazier se cruzó en el sendero y Junia le soltó en el rostro el cálido y fuerte resoplido de sus narinas. El hombre la sujetó por el freno y tiró con fuerza, produciéndole un corte en la boca. La mula retrocedió y entonces él le propinó una patada en una de sus patas traseras, enviándola al suelo de espalda; un chillido se ahogó en el pecho del animal.

—¡Junia! —grité, avanzando hacia ella—. Por favor, no le haga daño.

La vieja mula intentaba levantarse y quitárselo de encima, pero Frazier la mantenía en el suelo sujetando el freno, que se clavaba en las tiernas encías del animal, y con una bota pisándole el cuello.

—No deberías estar llevando la palabra de Satán en esta alegre jornada, ¿no te parece, viuda de Frazier? —preguntó el predicador.

—Suéltela, pastor, estoy haciendo un servicio para la biblioteca. Permítanos pasar en paz.

—Por la senda del pecado —gruñó—. A buen seguro que Dios nuestro Señor te encadenará en las mazmorras de las tinieblas por la iniquidad de tu alma, a menos que busques tu salvación a través del bautismo.

—Trabajo en el programa de la Administración de Proyectos Laborales, señor. Estoy al servicio del Gobierno.

—Otra triste caterva de inicuos. Deja que te lleve a Jesús, viuda de Frazier. Te ayudaré a atravesar las llamas del infierno para que puedas suplicar misericordia y goces de Su redención.

Se inclinó y sacudió la baba de Junia de la pernera de su pantalón, sin dejar de mirarme.

Así inclinado, el pastor me recordó a Charlie Frazier y retrocedí. Tenía el mismo cabello mugriento, la misma barba rala y los mismos dientes cubiertos de sarro marrón; la lascivia plasmada en su mirada me indicaba que pretendía darme una clase de salvación diferente a la que ofrecía Jesús.

Los músculos de Junia temblaban mientras intentaba zafarse del agarre del hombre. Frazier tiró con más fuerza y los ojos de la mula se abrieron de par en par, horrorizados, oscurecidos por el miedo, quizás por reconocer al horrible pariente de quien en el pasado tanto la maltrató. Y entonces se quedó completamente quieta, excepto por el movimiento de su caja torácica.

—Le está haciendo daño. ¡Deténgase! —Intenté apartar sus manos. La lengua de Junia sobresalía por un lado del hocico, su boca rezumaba espuma y sus ojos estaban desorbitados de puro pavor.

—Por... Por favor, pastor Frazier, déjenos ir...

Sus ojos destellaron y en ese momento soltó su agarre y dio una patada desganada en el suave hocico tordo de Junia que la sobresaltó, haciendo que se alzase de un brinco y huyese aterrada levantando nubes de polvo y ramas.

—So, Junia, ¡so! —grité yendo tras ella.

Frazier me agarró del brazo y me atrajo hacia él con un tirón.

—No puede ser bueno el lugar a donde vayas, sea cual sea. —Su boca desprendía un aliento rancio.

Aparté la cara.

—Estoy trabajando, señor. Tengo que llegar a mi siguiente parada. —Sentía cómo la coloración recorría mi piel, mis manos estaban adquiriendo una negruzca tonalidad azul—. Por favor... Por favor, déjenos pasar, pastor.

—Perpetras la obra del diablo llevando libros pecaminosos a buenas gentes temerosas de Dios. Eres un ser impío nacido del pecado. Necesitas ir a la iglesia.

—Son... Son buenos libros y mi madre me enseñó la Palabra de Dios.

—¡Eres una pagana! —dijo, clavándome las palabras en el pecho.

—Conozco a Jesucristo nuestro Señor. Ahora, por favor, déjeme ir —lo dije como si fuese verdad, aunque no era una afirmación demasiado sólida, pues ambos sabíamos que la gente azul no íbamos a la iglesia... De hecho, nunca había estado en ninguna, ni jamás nadie me había invitado a entrar ni siquiera en la más sencilla capilla del monte. El hogar era mi iglesia.

—Tenía una mácula —siseó—, era una atea que a buen seguro estará ardiendo en el infierno por ti, un pecado cometido contra la tierra de Dios.

—¡Yo no soy nada de eso, pastor! No soy un pecado. —Intentaba zafarme de su doloroso agarre—. Los míos dicen que Dios no solo está en su iglesia. Mamá conocía al Señor y leía las Escrituras todos los días. No estamos manchados...

—¡Era el coño de la Bestia! Y la única palabra pura es la palabra del Señor, la escrita para Su iglesia y la que me encomienda mostrarte. Muchacha, tú no eres más que un demonio que ha descargado su iniquidad sobre Charlie y tiene una acuciante necesidad de instrucción.

—Pastor, por favor…

—Te puedo salvar. Dios puede curar ese endemoniado color. —Me sujetó con más fuerza—. Tengo la vocación de llevar a casa a los perdidos, mi deber es salvar a los míos. Vas a venir conmigo.

Miré a mi alrededor, pero no vi nada más que un bosque sin ningún lugar por donde huir… El terror comenzó a crecer en mi interior.

De vez en cuando se contaban historias. Relatos narrados entre susurros acerca de mujeres tendidas en un sendero, atacadas salvajemente en el bosque, violentadas por hombres malvados. Y yo sabía que Vester Frazier era malvado.

A comienzos del proyecto de la Biblioteca Ecuestre, un contrabandista borracho abordó a una librera en plena ruta y le robó su montura. El *sheriff*, enfurecido, envió a una patrulla para darle caza. El representante de la ley era partidario del programa y admiraba los servicios rendidos por las porteadoras de libros. Papi me contó que encontraron al borracho y lo llevaron al pueblo, lo azotaron en público frente a la central y después lo arrastraron hasta las colinas empleando el mismo caballo de carga que había robado. Dejaron al criminal sobre un montón de mierda de oso.

El *sheriff* dijo que era importante tener libreras en nuestra región, pues no había ninguna biblioteca y solo se contaba con un puñado de minúsculas escuelas en las que el único material de lectura eran unos viejos libros de texto. Declaró que cualquiera que hiciese daño a una librera, deshonrase o agrediese a una porteadora de libros o a cualquiera al servicio de la biblioteca habría de afrontar severas consecuencias. Después clavó la advertencia en el interior de la estafeta. La gente lo vitoreó.

Eso hizo que nuestra labor fuese más segura. Y la verdad es que me sentía más protegida a lomos de Junia. La busqué entre la arboleda, pero no estaba a la vista.

—Déjeme en paz. Déjeme o el *sheriff* hará caer sobre usted el peso de la ley —amenacé.

—¡La ley! —dijo, frunciendo los labios—. Me importa una mierda la ley de los hombres, y lo mismo digo de ese viejo zoquete, pariente mío.

El *sheriff* estaba casado con alguien de su familia, pero había oído que hacía tiempo tuvo una discusión con Frazier acerca de una parcela y que desde entonces se llevaban a matar.

—Mi padre va... —Sentía la boca caliente y polvorienta—. Mi padre hará que responda ante la ley. —Las rasposas palabras se deslizaron entre mis dientes, debilitadas.

—Escucha, muchacha. En esta tierra no hay más ley que la Suya. —El predicador me acercó a él y añadió con tono áspero—: Hay un arroyo justo detrás de esa arboleda. Ahí te puedo bautizar, limpiarte de una buena vez... y darte la redención que la gente como tú no conoce y la que mi pobre y querido Charlie no tuvo.

Estaba segura de que me arrastraría hasta ese lugar y después me ahogaría.

Apretó su agarre.

—La verdad es que el muchacho nunca pudo mantener sus tierras, ni sus putas. Lo raro es que fueses la última. Utilizaste tus hechizos contra él, ¿no emplearías ese coño azul tuyo? —Se frotó contra mí y me pasó sus ansiosas manos por las nalgas y el pecho, clavándome sus dedos huesudos para palparme mejor.

Me revolví con todo mi ímpetu, intenté zafarme, pero su agarre era muy fuerte.

—¡Déjeme en...!

—Tú vienes conmigo —dijo, sujetándome con fuerza mientras me acercaba la boca al oído—. Te meteré un fuego incandescente que quemará a esos demonios azules de una vez para siempre.

Frazier me agarró del cuello con ambas manos, me atrajo hacia él y babeó mis labios con un horroroso y rudo beso.

Me limpié la boca con el dorso de la mano, escupí y vi un rastro de sangre allí donde sus dientes habían arañado mi carne. Volvió a clavar sus labios en los míos. Forcejeé, luché contra la náusea que subía por mi vientre recordando la sangre pegajosa que me empapó los muslos cuando Charlie Frazier se quitó de encima... El mes que había pasado restregando entre mis piernas, dejándolas en carne viva y sangrando para librarme de su mugre.

Vislumbré la sombra alargada de algo, o de alguien, a su espalda y después oí un golpe sordo y un asustado rebuzno.

Junia gemía corriendo hacia nosotros, sus patas levantaban puñados de tierra negra y podredumbre.

—¡Bruja azul! —dijo con voz airada. Me arrojó al suelo y corrió a la espesura con Junia trotando tras él, chascando los dientes y profiriendo unos alocados gemidos que parecían capaces de arrancar la corteza de los pinos.

VI

Junia regresó sola de la espesura. Temblando, me coloqué a su lado y recé. Pero sentía cierta falsedad en mis plegarias, como siempre, pues no pertenecía a ninguna Iglesia y me costaba creer eso que decían los míos, que Dios estaba en todas partes; no tardé en sentir una tremenda vergüenza al comprender que no era más que una pecadora. No importaba cuánto o con cuánta devoción rezase, seguía careciendo de una Iglesia… Y eso me dejaba la sensación de vacío y la soledad que produce saber que no perteneces a ninguna parte. Sabía que, seguramente, a nuestro Señor Jesucristo le parecería adecuado que pasase el resto de mis días en la nada.

El hombro de la mula se estremeció bajo mis manos. Calmarla me costó una hora, y otra aliviar mi sensación de náusea e intentar apartar a Vester Frazier de mis pensamientos. Me había robado la libertad y el regocijo que estaba sintiendo aquella mañana. Me enfurecía y asustaba que hubiese podido hacerlo con tanta facilidad. Consulté el reloj, sacudí el polvo de mis faldones y monté.

Continuamos nuestro camino e hice tres paradas más en otras tantas cabañas. Al llegar a la casa de Lovett, me dolía el cuello de tanto mirar a mi espalda, y los nervios hacían que mi piel brillase.

La cumbre de Lovett era algo digno de ver, y no tardé en relajarme un poco y sumergirme en el espectáculo. A lo lejos se superponían capas de oscuras montañas azuladas, y sus cortes se ondulaban en cada recodo oscureciendo o aclarando su tonalidad azulverdosa según pasaban las nubes. Soplaba una brisa fresca. Llegó a mí el aroma de las flores de un manzano próximo, una mata de madreselva trepaba por un tramo de cerca derrumbado y mariposas y abejas de gruesas patas revoloteaban sobre los viejos maderos en busca de néctar.

Todo era vida. Uno podía sentir el latido de la montaña, no como en mi hogar, embutido en una oscura y podrida hondonada repleta de viejos trozos de corteza y musgo. Un lugar que permanecía oscuro a lo largo del día y se oscurecía aún más de noche. Había algo religioso en la montaña Lovett, como si perteneciese a alguna Iglesia.

—Arre, muchacha —dije, aún preocupada, haciendo que Junia rodease a cierta distancia al nuevo socio de la biblioteca.

Jackson Lovett estaba de rodillas en el patio lateral, sus hacendosas manos estaban ocupadas trabajando la mampostería de un brocal agrietado mientras tarareaba con voz ronca una balada; tenía la tez oscurecida por un bronceado dorado que me recordaba uno de esos caros y viejos pergaminos, pero mantenía un aspecto juvenil.

—Déjalo en el porche —me dijo, sin apenas mirarme.

Dirigí a Junia hacia la escalera y desmonté, pero mantuve las riendas en la mano. Dentro de las alforjas encontré una raída copia de *A Plea for Old Cap Collier*.[6]

---

6 *Una plegaria por viejo Cap Collier*, obra del humorista y columnista estadounidense Irvin S. Cobb (23 de junio de 1876 – 11 de marzo de 1944)

Intentaba llevar libros que me pareciesen del gusto particular de cada socio y siempre me agradaba cumplir sus peticiones, pero con tal escasez de material de lectura, y como solo iba a la central una vez al mes, me resultaba imposible seleccionar un libro concreto para cada uno. Al sacarlo de la bolsa de cuero, cayeron dos libros sobre la hierba, al lado de Junia.

La mula dio un respingo e intenté calmarla.

—Tranquila, Junia. Tranquila.

Me incliné para recoger los libros tirados junto a sus cascos, aún sujetando las riendas, y le toqué las rodillas para que retrocediese.

El señor Lovett se acercó a ayudar. Cogió la brida de Junia y, antes de que pudiese advertirle del carácter gruñón del animal, la mula echó sus orejas hacia atrás y lo mordió.

El hombre apartó la mano, sacudiendo la muñeca, renegando entre dientes y sujetando la herida.

—Lo siento, señor. ¡Lo siento mucho! Ha pasado un día aterrador en el sendero —me disculpé propinando un repentino azote en la grupa de Junia, riñéndola con suavidad—. De verdad que lo siento. No le gusta mucho… eh… la gente. —Rebusqué en las alforjas, saqué un viejo rollo de vendas y se lo ofrecí al señor Lovett.

—Ya me ocupo yo —dijo, rechazando mi oferta con un gesto. Subió al porche, cogió una jarra de la baranda, la abrió y derramó su claro contenido sobre la mordedura—. Este alcohol la sanará más rápido.

---

en la que se reivindica el valor de las «novelas de diez centavos» (novelas «baratas») frente a los «clásicos» como material de lectura entre las clases trabajadoras. (*N. del T.*)

Busqué las semillas de Angeline, que había guardado en el bolsillo.

—La señora Moffit me pidió que entregase estas semillas al doctor como pago por sus servicios. Su esposo necesita cuidados médicos.

—Aún pasarán unos días antes de que vaya al pueblo. —Observó su herida con gesto de dolor y después se vendó la mano con una tira de trapo mientras me lanzaba fugaces miradas.

—Se encuentra muy mal.

Nuestros ojos se cruzaron y no pude apartar la mirada. Tenía unos ojos bonitos y vivaces, pero no había nada alegre en ellos. Revelaban algo más profundo, una mezcla de riesgo y peligro, de conquista; pero no se trataba de algo dañino, no podía decir que me asustase o intimidase en modo alguno, ni que me diesen ganas de atacarlo o alejarme de él. Sus ojos mostraban una mezcolanza de curiosidad, pérdida y otras cosas relacionadas con el pasado que no supe definir y que, de alguna extraña manera, se habían enraizado hasta llegar a formar parte de él.

Rompió el hechizo apartando la mirada y volvió a examinar su mano.

—Verá, señor, le han pegado un tiro. —Al darme cuenta de mi falta de tacto, hundí la barbilla en el pecho sintiendo que mis orejas ardían poniéndose azules y que mi rostro estaba adquiriendo la misma tonalidad que mis manos—. Está malherido —añadí, entrelazando las manos a mi espalda, deseando haber llevado los guantes de gamuza que me había hecho mi padre.

—Por robar pollos —se limitó a decir, inspeccionando su vendaje una vez más.

Volví a guardar las semillas en mi abrigo, toqueteando el pequeño paquete con los dedos. Era mucho pedir a favor de un ladrón y el señor Lovett parecía demasiado ocupado para invertir esa cantidad de horas, las que tardaría en llegar al pueblo y volver. No tenía sentido. Yo misma iría al pueblo en unas semanas; entonces buscaría al médico.

El señor Lovett, satisfecho con su cura, sacó un cuchillo del bolsillo.

Retrocedí tirando de las riendas de Junia, acercándola a mí, temerosa de que la hiriese.

—Así que Junia —dijo plantándose frente a la mula, moviendo el cuchillo frente a ella, estudiándola—. ¿Así te llamas, vieja amiga?

Junia aplanó sus orejas y lanzó una de sus patas delanteras propinando una patada. El señor Lovett se hizo a un lado; el golpe no le alcanzó en la sien por apenas una pulgada.

Tiré del freno y le reñí.

—¿Así es como tratas a un nuevo amigo? —dijo el señor Lovett mientras cogía una manzana del porche. Cortó un pedazo de fruta y se lo tendió al animal.

Junia torció la cabeza, observando de reojo al hombre y al trozo de manzana. Justo cuando pensaba que no le iba a hacer caso, lanzó su cabeza hacia delante y cogió toda la manzana de su mano.

—¡Junia! —grité, preocupada por la posibilidad de que el hombre le pegase… O algo peor.

En vez de eso, rio de buena gana y guardó el cuchillo en el bolsillo.

—Vaya, Junia, ya veo que te has hecho con una buena mulera. Y parece que de verdad se preocupa por ti. Bueno, tú limítate a traer a la librera por aquí y te prometo que habrá más cosas de estas para ti.

Junia dejó caer sus orejas y mascó, estudiándolo. La mula jamás sería cariñosa con él, ni con ningún hombre, después de lo que Charlie Frazier y su pariente le habían hecho.

El señor Lovett recogió del suelo su copia de *A Plea for Old Cap Collier*.

—¿Tienes alguno más? Me gusta Cobb, pero este lo leí cuando estuve en el Oeste.

La lectura de las obras de Irving S. Cobb, el célebre escritor de Kentucky, era muy habitual en las colinas; era un gran humorista y mi padre disfrutó leyendo las historias de *El juez Priest*.

—No, señor, hoy no. Los demás son peticiones. Y la mayoría son las que el mensajero dejó en mi puesto. Pero lo intentaré y traeré otras el lunes que viene. ¿Le gustaría algo en concreto?

—Me gustaría leer el último de John Steinbeck.

—El segundo martes de cada mes voy a la central. Me aseguraré de buscar y realizar su petición. —Para mí era un regalo poder escoger material de lectura para mis socios, en vez de llevarles lo que fuese que el mensajero dejara en mi apartado de recogida.

—Gracias. ¿Lees mucho?

—Sí, señor, comencé a leer en el momento en que pude sostener un libro y no he parado desde entonces. Mi madre me enseñó con las biblias de la familia y periódicos viejos. Teníamos panfletos, un vetusto himnario y algunas viejas latas de aceite estropeadas, y contenedores de basura con anuncios que le pedía a mi padre que trajese para enseñarme.

—La mía hizo más o menos lo mismo. —Miró a las montañas como si tuviese un bonito recuerdo de aquello.

Me pregunté si su madre había sido una lectora. La mía no tuvo una gran formación, pero leyó lo suficiente para casi tenerla. Heredó la inteligencia de su abuelo francés y comenzó a organizar una pequeña biblioteca con ocho buenos libros que mi padre había conseguido después de ahorrar para comprárselos. Se empeñó en que yo aprendiese a leer y escribir, igual que ella. Papi estuvo de acuerdo, así que le construyó unas estanterías en un rincón para que colocase los libros, a pesar de que él ya no sentía casi ningún interés por la lectura y solo de vez en cuando ojeaba un artículo en algún periódico o revista. Siempre decía: «Esos libros no valen para otra cosa que no sea perder el tiempo. La gente tiene mejores cosas que hacer».

Estaba encantada de que a ese cliente le gustasen tanto los libros, y sorprendida porque leyese o se preocupase de la lectura. Por esos lares, la mayor parte de los hombres pedían catálogos o revistas de mecánica.

Muchos montañeses se negaban a leer, mientras otros tuvieron que aprender a la fuerza cuando los muchachos de Kentucky, sus hijos, fueron a la guerra y comenzaron a llegar cartas a casa. Pero entonces se me ocurrió pensar que cualquiera lo bastante avispado para construir una presa allá en el Oeste, tenía que ser inteligente.

—He echado mucho de menos los libros —dijo—. Sería genial leer unos cuantos nuevos. Me gustaría pedirte algunos si me los puedes conseguir.

—Haré lo que pueda, señor.

Entonces se dirigió a Junia.

—Sí que eres rápida… A ti no te hace mucha gracia

la gente, ¿verdad? A ver, moza, ¿te gusto un poco más después de comer esa deliciosa manzana? —Luego inclinó la cabeza hacia mí—. ¿Y qué hay de ti?

—¿Cómo dice? —pregunté mientras recogía los otros libros del suelo.

—Tú… Sé que te gustan los libros. ¿Te gusta la gente?

—Creo que… Será mejor que me vaya. Los demás socios están esperando a recoger los préstamos del lunes. —Aún me quedaba pasar por la escuela y las casas del señor Prine, de la familia Smith y de Loretta Adams; iba siendo hora de marchar.

—Llámame Jackson. —Avanzó un paso hacia mí—. Y tú debes de ser…

Junia emitió un gemido espectral, mostró los dientes y se colocó entre nosotros, bloqueándolo, lanzando mordiscos al aire en su busca.

Una vez más agradecí el mal genio de la mula.

Refugiada detrás de Junia, le lancé un vistazo por encima de la silla y susurré:

—Cussy Mary, pero algunos me llaman Damisela.

Me apresuré a guardar los libros en las alforjas, coloqué el pie en el estribo y monté.

—Damisela… —dijo, pronunciando el nombre como si lo saborease mientras me lanzaba miradas a la cara y las manos—. Y, a decir verdad, una bella damisela. Bonita como una de esas marías de ojos azules. —Señaló con la barbilla hacia un viejo árbol adornado con todo un faldón de esas flores silvestres, la mata resplandecía con suaves tonos azules y blancos.

—Arre —murmuré, dirigiéndome a Junia sin saber qué contestar al hombre, pues el color que me hacía arder el rostro decía más que cualquier cosa que mi lengua pudiese pronunciar. Luego, con más firmeza y antes de que mi color lo intimidase lo suficiente para hacerlo huir, repetí la orden—: ¡Arre!

Le dio una palmada en la grupa.

—Ve con cuidado, Junia.

Junia meneó la cola y alzó las orejas.

La animé con golpes de talón. El animal no se movía. El señor Lovett me observó. Dejé caer todo mi peso sobre la silla y volví a clavar los talones en el flanco del animal, pero Junia no hacía caso, como si hubiese decidido ser terca como una mula y arruinar nuestra gallarda salida.

—Adiós, Cussy Mary —se despidió sonriendo, y en esta ocasión sus ojos también sonrieron.

Levanté las piernas todo lo que pude y las dejé caer sobre los flancos de Junia con toda mi fuerza, haciendo que las cinchas sonasen como un aleteo. Sentía el rubor cubriéndome de pies a cabeza.

—¡Arre de una vez!

Junia resopló y partió al trote.

—Jackson Lovett —murmuré, y detuve la mula en el sendero, minutos después de haber abandonado la cabaña y fuera del alcance de su oído, dándole vueltas a sus palabras—. ¿Cuáles crees que son sus intenciones?

Junia alzó su labio superior y mordisqueó el aire con sus grandes incisivos.

VII

Dejamos a nuestro último socio, Loretta Adams, en el instante en que las montañas, moteadas de sombras, pasaban a ser negras como la carbonilla. Junia, ansiosa por llegar a la seguridad de nuestra barranca, nos llevó sin flaquear su buen paso ni una sola vez.

Le quité las riendas, la silla y las alforjas, y la dirigí hacia el pequeño cobertizo que Papi había construido para ella a regañadientes.

Junia se revolcó en la hierba del patio disfrutando de su libertad. Un rato después le limpié las pezuñas y la llevé al establo. Inspeccioné su piel, encontré unos cuantos arañazos y le curé las heridas con un ungüento. Después de cerrar la media puerta de madera, arrojé un buen montón de heno por encima. La mula metió la nariz dentro del pequeño cubo colocado junto a la entrada y torció la boca enseñando los dientes.

—Ha sido una larga jornada, vieja amiga —le dije, cansada—. Bueno, ahora permite que me dedique algo de tiempo. —Me despedí haciéndole cosquillas en sus mustias orejas. Ella, solemne, me miró y me apartó la mano.

Llené un cubo de agua para la cabaña, recogí las alforjas y me apresuré a entrar en el porche.

Incliné la cabeza al entrar, asustada por tener que pasar la noche sin mi padre, por la soledad que iba a dejar en cuanto se fuese a la mina. La verdad es que no la sentía mientras repartía libros, pero en cuanto subía los escalones del porche, una creciente sensación de vacío me golpeaba al pensar en las largas y oscuras horas que tenía por delante.

Miré hacia el arroyo y aspiré el húmedo aire nocturno para olvidar mis amargos pensamientos, para olvidar que Frazier merodeaba por ahí, a la caza. La niebla se espesaba. A veces, cuando la noche estaba despejada, sacaba una silla, me sentaba en el patio con Junia y miraba las estrellas hasta que mi respiración se calmaba y podía reunir suficiente valor para regresar al interior de la cabaña.

Papi tuvo que oírme llegar a casa. Me llamó entre toses.

—Buenas noches, papi —dije al entrar en la cabaña, intentando poner algo de entusiasmo en mi saludo. Dejé el cubo en el suelo y posé los libros.

Acababa de despertar. Bostezó, rascó su rostro cubierto con una incipiente barba y se puso un peto de trabajo sobre sus calzoncillos largos.

—Llegas tarde, hija.

—Lo siento, papi. He tenido un día un poco fastidiado —admití.

—¿Algún problema ahí fuera? —La preocupación que sentía se plasmó en sus cejas, tiznadas de carbón.

—Pues… No, no, señor —respondí, decidiendo contar una mentira piadosa y ocultar la verdad tras una débil sonrisa—. Ha sido una larga cabalgada para ser mi primera jornada. Puse a la gente al día con sus lecturas y algunos quisieron que me quedase un rato.

No pensaba decirle nada de Vester Frazier. Otra cosa sería sorprender a un intruso en tu domicilio, pues había una ley de Kentucky que protegía a cualquier persona, independientemente de su color, en caso de allanamiento. Pero nosotros, los azules, no podíamos osar castigar a nadie si el daño se había perpetrado fuera de nuestra propiedad.

A lo largo de los años, más de un azul víctima de algún maltrato que había decidido deshacer un entuerto, defender el honor de un pariente o enfrentarse a quien lo acosase recibió una buena tanda de latigazos o, sencillamente, desapareció en estas colinas. Colton, tío de mi padre y un minero muy trabajador, fue uno de ellos; lo arrojaron a la galería de una mina de carbón abandonada después de que propinase un puñetazo al hombre que acosaba a su mujer. No encontraron los huesos de Colton hasta cinco años después.

Corrían otras habladurías —cosas que susurraban los míos cuando me creían dormida o lo bastante lejos para no poder oírlos— acerca de azules ahorcados por algo tan nimio como contestar mal a una persona blanca.

—Hoy visité a un nuevo socio —dije—. El señor Lovett.

—¿Ocasionó algún problema?

—No, señor. Es… —¿Qué era?—. Es un tipo bastante simpático. Fue al Oeste a construir una presa para el presidente. Ha comprado la hacienda del viejo Gentry. Tenía unas ganas tremendas de leer y le dejé uno de Irvin Cobb.

Papi no respondió, se limitó a sentarse en la cama y a forcejear poniéndose las botas, con la barbilla apoyada en la cocina.

—Me adelanté un poco y comí las alubias que preparaste esta mañana.

Aliviada porque no estuviese de humor para organizar un escándalo por mi trabajo, me acerqué a la cocina; las viejas y desbaratadas tablas del suelo se quejaron bajo mis pies. Corté dos rebanadas de pan del bollo que había cocido el día anterior y me serví unas alubias del puchero sin caldo. Las machaqué, las extendí en el pan y metí el sustancioso bocadillo en su tartera, después añadí una manzana y una fibrosa zanahoria de las que teníamos en la bodega.

—Papi, voy a prepararte algo de té —le dije.

—No tengo tiempo. Ya llego tarde.

—¿Otra reunión del sindicato?

—Pues sí.

—Mamá decía que esa gente es demasiado peligrosa.

—No es cosa de mujeres.

—Ya, pero me preocupo por ti. Mira, papi, si se declara otra huelga es casi seguro que habrá más muertes. Durante la última murieron tres mineros y golpearon a unos cuantos más hasta dejarlos tullidos, inútiles de por vida. Los guardias de la empresa volverán a tomar las armas y son capaces de pegarle un tiro a cualquiera que pretenda declararse en huelga. Me asusta pensar que…

—Hija, mira el pánico que corre por ahí fuera. Esos tipos al servicio de la empresa son unos asesinos, matones armados. Hay que hacer algo, cielo mío. La gente está mucho peor ahora que antes de que llegasen. —Tosió—. Trabajamos diecisiete horas diarias en un suelo rocoso, con las rodillas sangrando de tanto picar en un oscuro agujero, y eso mientras tememos que haya otro derrumbe o que una explosión nos sepulte en esa maldita tumba. Por todos los demonios, hija mía, valemos menos que esa mula cascarrabias que montas. Mira qué le pasó a Daniel.

Era demasiado pequeña para acordarme, pero aquellos hombres engañaron a Daniel, el hermano mayor de mi padre, que trabajaba en el carbón, para que se sacrificase sin saberlo, diciéndole que ya habían enviado a la mula; lo hicieron solo porque dos semanas antes la empresa había perdido a una. Daniel entró el primero, con un candil, y hubo una explosión. Gritó pidiendo ayuda, pero la empresa no podía sacarlo de allí sin provocar otro derrumbamiento. Papi se quedó en el lugar dos días con sus dos noches hablando a su hermano a través de un respiradero abierto entre las rocas y los escombros, mientras Daniel yacía en el frío y oscuro vientre de la mina, torturado por feroces quemaduras, clamando piedad. La tercera mañana, cuando Daniel quedó en silencio, la empresa selló la boca de la mina y llamó a su capellán para que dijese unas palabras.

Los ojos de mi padre se llenaron de tristeza al hablar.

—Ayer despidieron a Jonah White, después de que un pilar colapsase y cayese sobre la mula con la que trabajaba; le partió la espalda al pobre animal. Jonah acabó con un brazo machacado, se le veía el hueso.

Me froté el brazo que me había partido Frazier, horrorizada por el sufrimiento que debieron de soportar el minero y su mula.

Papi sacudió la cabeza, apretó los dientes y siseó:

—El jefe le dijo al viejo Jonah que acababa de comprar una burra muerta y después le pagó con una piedra. Mira lo que te digo, será mejor que nadie tenga un accidente en el que una de las mulas de la empresa resulte muerta o herida, a no ser que se deba a la búsqueda de alguna fuga. De otro modo, lo despedirán o lo suspenderán de empleo y sueldo así. —Chasqueó los dedos—. Ay, pero si un minero pierde un miembro o muere en ese oscuro agujero del infierno, entonces lo reemplazan sin pestañear. Están chupando la sangre de los hombres de Kentucky, están exprimiendo la tierra. —Se echó hacia atrás y tosió—. Está desapareciendo todo, hija mía. Los caminos embarrados para entrar o salir del pueblo, los que se meten en nuestras pardas colinas. ¡Los…! —La ira que sentía le bloqueó su ya tensa mandíbula y volvió a toser—. ¡Los que se nos meten por nuestro agonizante culo! Esa empresa del demonio no nos quitará el ronzal hasta que estén bien seguros de haberse forrado con nuestro oro negro y habernos agotado, ni un maldito segundo antes.

—Papi, deja que vaya otro. ¿Por qué siempre te eligen a ti? No has tenido un día libre desde hace más de un mes…

—Precisamente por eso tengo que ir, hija. —Enganchó las correas del peto sobre sus hombros y después se echó el abrigo por encima. Le tendí su tartera y se puso en la cabeza su viejo casco con lámpara de carburo.

El cansado rostro de Papi se contrajo con profundas arrugas de preocupación, y eso que ni siquiera había comenzado su turno. Aún tendría que caminar ocho kilómetros hasta llegar a la mina. Me hubiese gustado mucho que quisiera trabajar con Junia, así la podría montar, pero cuando se lo propuse, me contestó: «Preferiría recorrer esas cinco millas descalzo entre espinos antes que montar a ese maldito animal».

—¿Vas a ir a la central esta semana? —preguntó al llegar a la puerta.

—No, señor, voy dentro de dos —respondí, tras echar un vistazo al calendario clavado en la pared y ver mis garabatos en el segundo martes de mayo.

—Pude limpiar parte del sendero para que cabalgues más cómoda.

—Gracias, papi. —Lo besé en la mejilla—. No olvides tu chuzo —le recordé.

Uno nunca sabe si se va a encontrar con un oso, una jauría o alguna otra bestia de cuatro patas, o de dos, acechando para atacar. Pensé en Vester Frazier y llevé mis manos a la espalda para ocultarlas de la aguda vista de mi padre, pues empezaron a tomar color.

—Descansa un poco, hija.

Apenas lo había dicho y ya había salido por la puerta, tosiendo mientras caminaba hacia su asfixiante labor.

Descansar sonaba bien. Solo que aún tardaría un poco en poder hacerlo. Después de comer un cuenco de sopa, me puse el delantal y me preparé para ordenar la cabaña, barrer la gran alfombra hecha con retales que había confeccionado el año pasado y limpiar las oscuras tablas del suelo, donde mi padre dejaba sus botas manchadas de carbonilla.

Mantener limpia una casa donde vivía un hombre que trabajaba en el carbón resultaba una tarea casi imposible y que, además, no se podía dejar para más tarde.

A pesar de que las porteadoras de libros teníamos el fin de semana libre, parecía imposible que aún hubiese que limpiar más de lo que traía Papi.

Quité las sábanas de la cama de mi padre y lavé la ropa blanca manchada de hollín, la extendí en el patio y luego la colgué en una cuerda dispuesta en el techo tras la cocina económica, sin cesar de preocuparme por la seguridad de mi padre en aquel oscuro agujero, por la posibilidad de una fuga de grisú, una explosión o un desprendimiento de rocas. Aquello ya era suficiente para volver loco al más cuerdo, y lo único que podía hacer era bloquear mis pensamientos.

Froté mis agrietadas manos deseando tener a mi madre para poder compartir mis preocupaciones con ella. Acostumbraba a leer la Biblia, sus novelas o a cantar alguna canción francesa; su voz era como un bálsamo calmante que nos distraía a las dos cuando Papi estaba trabajando. Hice la cama de mi padre tarareando una de sus melodías, le puse las limpias sábanas de muselina que había hecho con el rollo de tela que me trajo el año pasado de la tienda que la empresa minera tenía en el pueblo.

Acabada de hacer la cama, recogí un candil y la pila de ropa de trabajo de mi padre, salí al patio y la fregué en la tabla de lavar con jabón de trozo, la enjaboné, la aclaré y la retorcí hasta que tuve calambres en las manos, para volver a lavarla después; hube de vaciar cuatro veces el agua negruzca hasta que la ropa quedó limpia de carbonilla. Finalmente me dediqué a mis largos y mugrientos faldones, mis calcetines y mi ropa interior.

Regresé a la cabaña y al flexionar los rígidos dedos de mis manos recordé el cubo del porche. Metí la vieja cubeta de cinc, la llené y la arrastré hasta el pie de la estufa para que se calentase.

Preparar el baño para mi padre me llevó dos viajes a la fuente, y aún otro más rematarlo. En el tercero agucé el oído, escuché en la quietud atenta a cualquier cosa que pudiese faltar. Junia me llamó con suavidad, me acerqué a ella y le dediqué un tranquilo saludo. Mi vieja amiga tenía las orejas caídas, los ojos soñolientos y una actitud relajada. Me avisaría si hubiese algún peligro.

«Mira a los animales, las aves, los perros salvajes, los bichos… El Señor puso todo su poder en sus oídos para que pudieran protegerse. Y esa es una salvaguardia que también nos protege a nosotros», me había enseñado mi padre.

Le di de nuevo las buenas noches a la mula y metí el último cubo. Mi padre regresaría por la mañana, agotado, renegrido y derrengado. Haría que se desnudase de cintura para arriba y después que se arrodillase sobre el cubo, como hacían todos los mineros que tenían la fortuna de contar con una familia que los ayudase, para que pudiese restregar el pegajoso carbón adherido a su espalda.

Subí a la buhardilla, preparé una pila de ropa mía para lavarla al día siguiente, después cogí la almohada de mi cama y lo bajé todo.

La cabaña, con la colada colgada para secarse, estaba casi impoluta; terminados mis quehaceres, puse una tetera y preparé nuestra mesa de madera para cortar hojas de tela y papel y luego pegarlas y arreglar el libro de Angeline.

De una estantería próxima recogí un libro de recortes que había recopilado con las contribuciones de mis socios, lleno con lo que esperaba que fuesen cosas interesantes. Había recortado un morral con un alegre estampado para proteger las tapas. En nuestro tiempo libre, las porteadoras hacíamos libros en los que recogíamos la sabiduría popular de aquellas colinas, recetas, patrones de costura, remedios caseros y trucos de limpieza que nos contaba la gente. Los periódicos nos enviaban números atrasados y nosotras recortábamos poemas, artículos, ensayos y otras noticias del mundo, y luego componíamos los libros de las montañas. Los libros de recortes se habían convertido en una parte esencial del proyecto de la biblioteca y se pasaban de un hogar a otro.

Abrí el libro y pegué unas instrucciones escritas a mano acerca de cómo hacer palos de escoba a partir de tallos de maíz en la página opuesta a donde había colocado un patrón de encaje con un viejo retal de puntilla, que algún desconocido había donado.

Recorrí las páginas entre sorbos de té. Dos estaban llenas con las viñetas de las tiras de los domingos que tanto gustaban a los montañeses. Los hombres preferían a *Dick Tracy* y *Lil' Abner*,[7] mientras las mujeres parecían no cansarse de leer las aventuras de *Blondie*.[8] Y los más jóvenes clamaban por tiras de *Little Orphan Annie* y *Buster Brown*.[9] Me aseguraba de invertir tiempo en buscar tiras, recortarlas de los periódicos viejos y guardarlas para componer más libros de recortes. Solo tenía tres, y dos de ellos, ajados y casi desencuadernados, estaban en préstamo. Ay, si tan solo pudiese echar mano a más material de lectura.

Me recordé buscar el libro para el señor Lovett, pasé algunas páginas y paré. Los montañeses buscaban esa sección llena con los últimos remedios caseros de las revistas y los panfletos sobre la salud que enviaba el Gobierno. Me hacía feliz que mucha gente, sobre todo los ancianos, insistiesen en compartir sus métodos.

---

7   La primera trata de las aventuras del popular policía, la segunda narraba las peripecias de una familia que vivía en una arruinada ciudad de Kentucky; esta última no tuvo mucho éxito en España. *(N. del T.)*

8   Tira conocida en España como *Pepita y Lorenzo*. *(N. del T.)*

9   *La pequeña huérfana Annie*, una tira con tintes picarescos y *dickensianos*. La segunda trata de un personaje creado a partir de la mascota de una empresa de calzado estadounidense. *(N. del T.)*

Alguien, que había escrito instrucciones para el empleo de la piedra de imán, recomendaba a los lectores que llevasen la piedra colgada en el cuello para atraer el dinero, el amor y la buena fortuna. Más abajo había una nota acerca de las alectorias escrita por Emma McCain, la vieja partera, en la que se enseñaba a las mujeres cómo podían encontrar la piedra en la rodilla de un gallo viejo, que recomendaba sujetar durante el parto para proteger al neonato. La matrona había llevado en persona la nota hasta la biblioteca, orgullosa de su valor, y me rogó que pegase su mensaje en el libro. Bajo las instrucciones de uso del amuleto, Emma escribió un recordatorio especialmente dedicado a los esposos: «Lleve una alectoria para excitar a su mujer y hacer que esté más dispuesta».

Pasé la página con un gesto de pesar. Recomendaba guardar una pata de topo en el bolsillo como protección frente al dolor de muelas. Papi no concedía gran crédito a ese remedio, pero llevaba un cristal de roca, una piedra loca que había sacado del vientre de un milano blanco, al igual que muchos otros montañeses que tuvieron la fortuna de encontrar una. Se decía que la piedra protegía contra la rabia transmitida por perros y mapaches. Si uno sufría una mordedura, debía colocar la piedra sobre la herida para que extrajese el veneno que causaba la hidrofobia.

Un puñado de hojas más, sembradas de recetas de sopas y trucos de limpieza; una de ellas recomendaba una mezcla de agua, vinagre y limón para los suelos de tablas de pino manchados de hollín y las paredes quemadas por el invierno. Un dibujo con instrucciones que mostraba cómo hacer una estufa ocupaba una página entera. Las indicaciones para la construcción de una letrina exterior, con plaza para dos, ocupaban otra.

Pasé a la sección de poesía que había preparado y me detuve para releer uno de mis poemas preferidos, *In a Restaurant* [*En el restaurante*], de Wilfred Gibson. Me encantaba cómo casi podía escuchar la música de violín escrita en ella. A su lado pegué *Trees in a Garden* [*Árboles en un jardín*], de D. H. Lawrence. Era un hermoso poema dedicado a los árboles y, con este, casi podía oler el crudo aroma de las cortezas, las hojas y las frutas.

Cerré el libro de recortes montañés y dediqué un rato a admirar la limpia cabaña mientras masajeaba mis muslos y pantorrillas, tensos tras la larga cabalgada de la jornada. Entonces recordé mi horario, fui a la pared y cogí el calendario del economato de la empresa minera.

Me senté, busqué la fecha del día y realicé una última nota en el recuadro del lunes 24 de abril, marcándolo con el texto «1ª jornada en ruta y un socio nuevo, J. Lovett»; después me quedé mirando el horario que tenía para el resto de la semana.

El lunes hice nueve visitas, entre ellas una a la escuela. Fue maravilloso ver a los niños, y sonreí para mí al recordar lo entusiasmados que se habían puesto al verme. En el sendero había visto a dos chicos de más edad llevando cubos. El más alto abrió los ojos como platos al verme y le dijo al otro: «Hoy no voy a pescar cangrejos, tengo que ir a la escuela, por ahí viene la librera». Y de inmediato echó a correr delante de mí.

En el patio de la escuela, un niño subió a un árbol y gritó balanceándose en una rama colgado por las rodillas: «¡Ahí viene la librera! ¡Ya está aquí la librera!». La maestra se alegraba tanto porque se hubiese restablecido el servicio de préstamo que no se molestó en regañar al travieso jovencito.

Evoqué las visitas a otros socios en aquella jornada, la primera de mi regreso. A Martha Hannah se le cayó la colada limpia al suelo al verme entrar en su patio. El señor Price incluso salió al porche a comerme con la mirada y dedicarme una pequeña sonrisa, cosa inaudita. Y la señorita Loretta lloró, aunque jamás lo admitiría; la anciana insistió en que sus viejos ojos estaban enfermos cuando le ofrecí un pañuelo.

Me quedé mirando el calendario, observando las marcas que había escrito. Los martes tenía que seguir el curso del arroyo para llevar material de lectura a todo aquel que lo aceptase. El miércoles habría que subir a Hogtail, una ruta peligrosa, pasar por la casa de la familia Evans y visitar al joven señor Flynn. El jueves tenía que invertir la jornada en mi puesto, intercambiando material por nuevos libros y atendiendo a cualquier cosa que trajese el mensajero. A veces, cuando el cartero no podía llegar a una casa, dejaba en la central cartas a la espera de ser entregadas. Y por fin llegaba el viernes, y con él mi última ruta, que consistía en una excursión de veintinueve kilómetros para llevar material a la gente de Oren Taft, en Tobacco Top.

Añadí unas cuantas notas y después, satisfecha, dejé el calendario a un lado. Coloqué mi almohada sobre la mesa, posé mi cabeza y acaricié con la mano el bordado azul del dobladillo, abrazando los pliegues de la tela que Mamá me dio hacía ya tanto tiempo.

Cuando yo tenía cinco años, ella cosía vestidos a juego para las dos. Eran de color azul claro, con llamativas bandas de tonalidad más oscura que, por alguna razón, pensaba que hacía parecer nuestra piel más blanca y mucho menos colorida.

—Un truco que funciona bien —explicaba en las escasas ocasiones que nos arreglábamos para ir a visitar el pueblo—. El color es como el brillante cielo de Kentucky cuando los ángeles lo salpican de azulillos —me decía con un guiño—, y precisamente en esos pajaritos es lo primero en lo que se fija la vista.

Le hizo prometer a mi padre que la enterraría vestida con uno de esos vestidos. Yo guardé el mío; tras su fallecimiento, hice con aquellos harapos una suave funda de almohada en la que bordé azulillos volando en la bastilla para que me recordasen a ella, a nosotras.

Pasé los dedos por las costuras, miré la sala; el ruido de mi respiración confería un poco de vida a la soledad de la cabaña, mis ojos se velaron, fijos en la nada que entonces inundaba mi hogar. Mis pensamientos derivaron a los Frazier y comencé a cantar una de las nanas francesas de mi madre, imaginando sus manos acariciándome el pelo, sus suaves dedos recorriendo mi rostro. Mi voz no tardó en apagarse, sentí los párpados pesados y los cerré.

No sé cuánto tiempo llevaba dormida cuando me despertaron los rebuznos de Junia; me levanté de un brinco y crucé la sala trastabillando. Me lancé al suelo de rodillas, saqué la escopeta de mi padre de debajo de la cama y me acerqué lentamente a la ventana. Eché un vistazo entre la cortina, pero no vi nada más que oscuridad. Junia volvió a llamar.

Abrí la puerta de par en par y bajé la escalera corriendo. Empuñé el arma con firmeza y agucé el oído intentando detectar la presencia de algún animal salvaje. Nada. Sin embargo, podía sentir algo, o alguien, ahí fuera, en la oscuridad. Entorné los ojos y observé con detenimiento la línea de árboles hasta el arroyo. Oí un ruido a mi izquierda y volví a inspeccionar el bosque con la mirada. No era un bicho pequeño correteando sobre las hojas. Era el movimiento de algo grande, y estaba segura de que allí había alguien. «Quizá Frazier y su congregación, o algunos del pueblo a la caza de azules», pensé. Oí de nuevo un ruido de movimiento, alcé el arma y afirmé la culata con fuerza. No sabía decir cuántos había, o quiénes eran, pero de una cosa estaba segura: eran cazadores.

Junia rompió el silencio con un lloroso gemido. Incliné la cabeza intentando oír algo, y entonces detecté el sonido de pasos y más movimientos suaves. El temor martillaba en mi oído sano, casi impidiéndome oír nada. La mula resopló y quedó en silencio. Permanecí allá fuera un momento, hasta que la oscuridad que me envolvía me llenó de pánico.

Me apoyé contra la puerta, dentro de la cabaña. La larga jornada en ruta me había roto los nervios haciendo que me doblase, boqueando en busca de aire. La escopeta temblaba en mi mano. «Papi puede cuidarse de cualquier animal, pero¿ quién se cuidaría de Frazier y los cazadores?», pensé.

Unos segundos después, me enderecé y subí a mi sitio en la buhardilla armada con la escopeta.

VIII

El segundo martes de cada mes me tocaba trabajar en la oficina central de la biblioteca, y mayo no era diferente. Aquellas jornadas no teníamos que realizar nuestra ruta e íbamos directamente al pueblo.

Al amanecer, atravesé las colinas de camino a la central. La brisa primaveral se enredaba entre las viejas hierbas invernales y el aroma de la floreciente sanguinaria, de los cerezos silvestres y de las azaleas endulzaba el aire de la montaña, pero bajo mi piel se arrastraba una incómoda sensación de desasosiego; deseaba terminar cuanto antes con mi servicio mensual en la biblioteca y volver a mis rutas.

Siempre me sentía como una ladrona escurriéndome en el pueblo, con mi gorro de ala ancha y la barbilla hundida en el pecho para evitar los señalamientos y las desorbitadas miradas de la gente.

Estaba atando a Junia en un lugar cerca de la estafeta cuando oí que alguien me llamaba. Era el médico. Llevó a su montura hacia nosotras, pero Junia resopló al ver el caballo, haciendo que el dócil animal retrocediese.

—Me alegro de verte, Damisela.

—Pues iba a visitarlo esta misma tarde, señor.

—¿Qué ocurre, muchacha, estás bien? —preguntó preocupado, enderezándose para verme mejor.

—Perfectamente, señor. Es por el señor Moffit, está enfermo y...

Alzó una mano.

—Tengo que ir a hacerle la cura de gota al señor Franklin.

—Sí, señor, claro. —Rebusqué en el bolsillo de mi abrigo buscando las semillas de Angeline—. La señora Moffit me pidió que le diese esto como pago por el cuidado del pie herido de su esposo.

Me acerqué a él y le tendí el pequeño paquete.

—Son del huerto de Minnie —le dije al recordar el detalle, esperando que le importase algo.

El médico lo abrió y negó con la cabeza.

—Es una pérdida de tiempo atender a un ladrón de gallinas. Que le cure el pie solo servirá para que se levante y vuelva a robar a la gente honrada.

—Está empeorando...

—Es un ladrón, Damisela.

Mascullé un «sí pero no» y añadí:

—La señora Moffit está embarazada y muy preocupada por su esposo, señor. No hubo... —Me detuve e intenté recordar mis lecciones de gramática—. No hay... No tienen medicinas en casa, señor —dije despacio, con sumo cuidado.

Se ajustó sus lentes y se inclinó acercándose a mí.

—¡No tienen nada! —espeté, y en ese momento sentí cómo el rubor teñía mi piel. Miré a mi alrededor para ver si alguien me había visto y entonces vi al señor Lovett yendo a la tienda de la empresa minera.

—Kentucky no es lugar para ladrones, Damisela. Y Moffit bien sabe que por estos lares la vida de un pollo vale más que la de un hombre. Poco fue que terminase con un pie maltrecho. Muchos piensan que hubiese sido mejor haberle agujereado bien el pellejo y dejarlo como un colador. —El médico se echó hacia atrás en la silla, satisfecho con su homilía.

Oculté mis oscurecidas manos entre los pliegues de mis faldones, sintiendo vergüenza ajena del señor Moffit.

Un rato después se enderezó y añadió:

—Mira lo que te digo, amiga mía. Le vas a decir a la señora Moffit que venga al pueblo y le haré una buena revisión, a ella y a su hijo. Gratis. Tú también puedes venir, Damisela. —Alzó una ceja hirsuta—. Ya ha pasado una buena temporada desde que te atendí. Unos tres meses desde tu noche de bodas, creo. —Señaló mi vientre con uno de sus largos dedos—. Tendríamos que echarle un vistazo a eso.

Me encogí, quería esconderme, ocultar mi rostro. Desde que tenía memoria, el médico se había interesado por nosotros, los azules. Durante años pasó por nuestra cabaña preguntándonos acerca de nuestras dolencias, rogándonos que le permitiésemos atendernos. Era un hombre bastante afable, de hablar suave y, al parecer, con un ansia sincera por saber de nuestro bienestar. Sin embargo, Papi insistía en que solo era sed de sangre. El propio doctor le dio la razón al presentarse poco después del fallecimiento de mi madre para rogarnos que le permitiésemos tomar una muestra de su piel y su sangre antes del entierro. Mi padre lo maldijo y lo echó de casa.

—Bueno, voy a visitar a mi paciente. Ven a verme, Damisela. —Hizo girar a su montura y tiró el precioso pago de Angeline al suelo.

Recogí las semillas y las envolví. Desolada, fui a toda prisa a la habitación trasera de la estafeta de Troublesome

Creek. Alguien había pintado *Biblioteca Central* en un nuevo cartel situado sobre la puerta, aunque la gente en raras ocasiones entraba. Nuestra oficina no era una verdadera biblioteca; lo cierto es que solo había unas pocas en el Kentucky oriental. La pequeña sala era el lugar donde trabajábamos las porteadoras de libros y solo la empleábamos para almacenar y clasificar el material de lectura, disponer los ejemplares y colocarlos para que el mensajero los recogiese y llevase a los puestos correspondientes.

Me incliné sobre la mesa, abrí la ventana de la atestada central y agradecí la inundación de brisa bañada por el sol. Oí un retumbar de cascos e hice una pausa para observar a una carreta detenerse junto a la tienda de la empresa minera. Aquel viejo carretón se deformaba bajo el peso de su carga de ataúdes, uno de los productos con mayor salida.

Escuché unas risitas nerviosas a mi espalda y me volví a medias. Al otro lado de la sala, las supervisoras cotilleaban acerca del próximo baile popular, que se celebraría en junio, mientras lanzaban miradas por la central, no fuera a entrar alguien. Ordenaban montones de revistas, panfletos y periódicos mientras sus murmullos tamborileaban en el aire atestado por el ruido del papel, seguidos por esquirlas de risas desagradables.

En silencio, desempaqueté una caja de libros consciente de que se alegraban a expensas de alguien más.

La radio de válvulas comenzó a emitir las débiles palabras de un locutor, como si en la sala se hubiese iniciado una conversación irregular, hasta que el discurso se oyó firme y claro. La radio, marca Sears, era donación de una asociación femenina de Cincinnati, pero Harriet

Hardin, la supervisora adjunta, solo permitía que aquel bonito aparato que parecía una catedral estuviese en su mesa de trabajo, donde recogía la débil señal de la única emisora que nos dejaba escuchar, la WLOC, y su programa *The Mountain Table*. Había unas cuantas emisoras que ponían *jazz*, ya fuese interpretado por bandas u orquestas, pero Harriet pensaba que solo los bárbaros escuchaban *jazz* y que las canciones y las letras eran demasiado rápidas, demasiado malvadas.

Aquel día era una locutora quien hablaba en el programa de la WLOC. Admiraba el modo tan claro con el que pronunciaba las palabras, acabándolas en el momento justo y no arrastrándolas de cualquier manera, como hacía la gente de por aquí. La escuchaba con atención siempre que podía, e incluso practicaba las frases de los anunciantes.

A veces, a lo largo de mis rutas, las ensayaba con Junia: *Señora Abernathy, recuerde que tenemos una cita en el restaurante de Roderick a las ocho. Cocinan un exquisito pato asado con una divina salsa de brandy. Es el mejor bocado de la ciudad…* De vez en cuando me arriesgaba a soltarle unas cuantas expresiones a mi padre hasta que, confuso, enarcaba una ceja y me lanzaba una advertencia diciéndome que me estaba dando aires de grandeza. A veces se me trababa la lengua y volvía a mi habitual jerigonza, plagando mi discurso con «de ques» y «me ses».

Me concentré en la nítida voz de la locutora y la escuché cómo anunciaba el nombre del ganador del Derby de Kentucky, un caballo llamado Bold Adventure, y vocalicé sus palabras para poder repetirlas más tarde. Luego, mientras anunciaba el estreno de una película, sonreí al recordar a uno de mis jóvenes socios cuando me dijo que iba a tomar un tren para ir a ver *Rebelión a bordo* con su chica.

La mujer de la radio anunció al ganador del gran Premio Pulitzer: *Miel en el cuerno*, de H. L. Davis. Aplaudí entusiasmada. Había leído aquella historia acerca de los pioneros de Oregón y me encantaba.

Harriet me lanzó una mirada de desaprobación y volví de inmediato a mi labor.

Una pila de matrículas viejas, recogidas para la biblioteca, aguardaba bajo mi mesa. Con ellas hacía sujetalibros para las mesas o estanterías de la central, sin olvidarme de guardar algunos para mi puesto; era sencillo, bastaba con doblar el extremo de una de aquellas placas herrumbrosas sobre el borde del tablero.

A las libreras no nos daba la jornada para bajar al pueblo y completar la ruta. Un mensajero especial, normalmente un empleado de correos que se ofrecía voluntario, llevaba los libros a unos puestos próximos a las colinas para que fuésemos a recogerlos. El mío era una vieja y diminuta capilla de madera que ya había sufrido las abundantes crecidas de un arroyo cercano y demasiados aguaceros. El santuario tenía unas cuantas estanterías en el interior, construidas por voluntarios, y una mesa que alguien había donado para proteger el suministro de material de lectura hasta que fuese a recogerlo. Los días que teníamos que trabajar en la central, nos permitían llevar algunos libros a casa para aligerar la tarea del mensajero.

Junia relinchó fuera. Levanté la mirada y vi a Jackson Lovett saliendo de la tienda de la empresa minera. Iba comiendo una manzana de camino a la estafeta. Se acercó a Junia con una amplia sonrisa, aunque se detuvo a una distancia prudencial de la rebuznante bestia…

Hasta que me descubrió en la ventana y alzó la manzana, preguntándome con la mirada.

Asentí en silencio, algo aturullada, bajé el ala de mi gorro y me dediqué a preparar unas cuantas placas más.

Harriet se acercó en silencio, colocándose a mi lado.

—Jackson —dijo, apenas susurrando para sí mientras inclinaba perezosa su regordete cuerpo de veinticinco años hacia el alféizar—. ¿No es todo un carácter? Se marchó al Oeste para construir esa presa tan grande y después poder vivir como los ricos. Una buena jugada. Y, además, se dedicó a invertir el dinero que ganó con el sudor de su frente. Ahora es todo un hacendado, y saca una buena pasta de la madera y los minerales de sus tierras. ¡Mua! —Lanzó un beso—. Un hombre tan atractivo e inteligente necesita a su lado a una chica bonita y lista. —Enderezó los hombros y dio unos golpecitos en el marco superior de la ventana, ansiosa por ser la chica de la que hablaba—. Solo faltan tres semanas para el concurso de tartas. Me pregunto quién será la afortunada.

El primer viernes de junio, Troublesome celebraba el tradicional baile de las Tartas, un concurso de repostería destinado a emparejar a los solteros. Cualquier soltera podía asistir con solo preparar un pastel para la fiesta. El baile consistía en una noche de celebraciones sobre el suelo cubierto de serrín de la antigua tienda de comestibles, cerrada desde que la empresa minera la hundiese, como había hundido la mayoría de los negocios. Música de violín, bailes de obstrucción y pies planos[10] que se

---

10 *Clogging y flatfoot dance* (literalmente, baile de obstrucción y pies planos) es un tipo de danza típica de la región de los Apalaches, sobre todo en los estados de Kentucky y Carolina del Norte, que los bailarines ejecutan golpeando rítmicamente el suelo calzados con zuecos o zapatos planos. *(N. del T.)*

convertían en una oportunidad para conseguir una cama de matrimonio. Las tartas se pondrían a subasta entre los hombres, y el mejor postor pasaría el resto de la velada bailando con la cocinera.

Jamás había asistido a una de esas fiestas, pues sobre el umbral había un cartel que ponía NO SE PERMITE GENTE DE COLOR, pero la gente hablaba tanto de ellas que era como si hubiese asistido. Eula y Harriet metieron el tema en todas las conversaciones que había escuchado desde mi regreso a la central, ya hacía unas cuantas semanas. Hablaban de confeccionar vestidos nuevos y de sus recetas preferidas. Yo escuchaba, oía retazos de las conversaciones y me imaginaba bailando. La noche del baile, simularía celebrar el mío en la silenciosa soledad de mi cabaña.

Harriet continuaba dándole vueltas al asunto.

—Sí que me gustaría servirle un buen pedazo de tarta de melocotón —suspiró, soñadora.

Mientras, yo limpiaba la herrumbre en una esquina de una matrícula con un estropajo de acero.

—¿Qué demonios hace Jackson tonteando con esa bestia desaborida que montas? —preguntó y luego se volvió hacia mí, rozando mi manga por accidente.

Harriet frunció los labios, apartó el brazo y lo sacudió como quien se quita un bicho.

Tenía miedo de tocarme. La supervisora me había preparado para mi ruta a regañadientes, y solo la jornada antes de permitir que al día siguiente fuese sola. «He tardado una semana en preparar y enseñarle las cosas a esa azulada de espesa mollera», fue la mentirijilla que le contó a Eula Foster.

Lancé una mirada furtiva a Jackson y a Junia, después masculleé una disculpa por haberme tocado, me aparté, inspeccioné otra placa y continué con mi labor de doblar las planchas.

—¡Pero mírate, Damisela! —chilló Harriet.

Levanté la mirada, sobresaltada por su grito.

Los ojos de Harriet se iluminaron con un destello de ira y después escupió:

—Se te está poniendo la cara como un arándano maduro. Parece un borrón de tinta. —Rio—. Mira, Eula, ¿acaso no parece un asqueroso manchurrón?

Su desprecio me hirió como un latigazo. A veces creía que Harriet deseaba ver precisamente eso, mi bochorno, mi vergüenza, y por esa razón me zahería con tanto empeño. Apreté una mano contra la mejilla y advertí cómo su avejentado rostro color zanahoria había perdido su vago tono rosáceo.

Harriet estiró las mangas de su vestido, las sacudió y después regresó a su mesa de trabajo dando fuertes pisotones, sentí cada uno de sus pasos como una patada en el vientre. Se desplomó pesadamente sobre su asiento y subió el volumen de la radio.

Fuera, Junia chilló y calló de inmediato. Jackson se encontraba frente a ella, pero manteniendo una distancia de seguridad, con una manzana en la mano, hablándole. Junia volvió la cabeza, le lanzó una mirada de lado, echó la nariz hacia atrás y cogió la manzana que el hombre le tendía.

No pude evitar soltar una suave carcajada; después miré a Harriet lanzando un vistazo por encima del hombro y la vi ocupada con su correo. Me volví y le dediqué a Jackson Lovett una discreta sonrisa de agradecimiento.

Entonces se acercó a la ventana.

—Verás, Cussy Mary, un amigo me ha dejado un libro y me preguntaba si has oído hablar de él.

Curiosa, me incliné hacia fuera.

—*Fer de lance...* —dijo, sacando el libro del bolsillo de su abrigo.

Antes de responder, me volví y vi a Harriet ojeando una revista mientras tarareaba en voz alta la canción que sonaba en la radio.

—Sí, señor —respondí en voz baja—. Es la primera novela de Rex Stout para la colección de Nero Wolfe. Es una buena novela policiaca, de misterio.

—¡No me digas! Me gustan las de misterio. —Sus ojos brillaron traviesos—. Gracias, Cussy Mary. —Se llevó un dedo a la cabeza a modo de amistosa despedida, dio una palmada en la grupa de Junia y se fue caminando tranquilamente.

Me quedé mirándolo, perpleja, hasta que dobló la esquina.

Al terminar con mis sujetalibros, me dediqué a la pila de cajas llenas de material de lectura que acababa de llegar e inspeccioné las nuevas donaciones. Esa era la mejor parte de mi trabajo, revisar los libros descartados por las bibliotecas de la gran ciudad siempre me sorprendía, pues hallaba incontables tesoros que aquella gente adinerada consideraba carentes de valor, buenos para deshacerse de ellos.

Saqué dos libros, pensé en guardar uno para Angeline y al final escogí para ella *El cuento de doña Ratoncilla*. Después ojeé un par de panfletos acerca de cómo cuidar bebés y también los aparté. Al fondo de una de las cajas había una copia de *El doctor Doolittle*, la cogí y la guardé para un querido socio.

Continué rebuscando y encontré un viejo libro de gramática inglesa de una escuela de Chicago. Era un hallazgo perfecto, tenía todas las páginas y ninguna rota. Estudié el libro de texto y lo coloqué en el montón de Angeline. Quizá sacase tiempo para aprenderme todas esas lecciones y enseñarle algo a la muchacha.

Para gran sorpresa mía, encontré una novela que parecía nueva y que Harriet se moría por leer: *Las estrellas miran hacia abajo*.

La sopesé en la mano, pensando en leerla yo antes. Le encantaba aquel escritor escocés y anhelaba leer su última obra, ambientada en un pequeño pueblo minero inglés. Si averiguaba que la había encontrado pero que no se la había dado, me lo haría pagar con creces. Quizá el libro hiciese más agradable su amargada condición. Me acerqué a ella y se lo tendí con la esperanza de que así fuese.

Ella, desconfiada, miró primero el libro y después a mí como si le hubiese puesto una trampa para conejos.

—Sé cuánto le gustan los libros del señor Cronin —le dije, y coloqué la novela sobre su mesa en un intento por sacarle una sonrisa amistosa.

La cogió con un movimiento rápido, no sin que antes oyese cómo me daba un sobrio agradecimiento y viese un atisbo de satisfacción en su mirada.

—Y está nueva. La verdad es que tiene buena pinta —le dije.

—Pues claro, sí, sí. Ay, la de *Los tres amores* de Lucy Moore fue magnífica ¿sabes? ¡Una obra maestra! ¿Y cuando él se ahoga? La manera en la que ella se dedicó a su hijo… Y todo en balde. Una tragedia… —Harriet esbozó una sonrisa triste que suavizó su semblante.

Yo también la había leído. Lucy Moore, la protagonista, era una orgullosa y decidida indigente capaz de vencer y mostrar su valía solo a través de los hombres.

—La escena del monasterio ese, en Bélgica —parloteaba Harriet—, cuando ella... —La supervisora adjunta se detuvo y me lanzó una mirada.

Me encantaba cómo Harriet amaba sus libros. La cambiaban, la convertían en una persona diferente, mejor, y por un instante me olvidé de quién era ella... Y de quién no era yo.

—Ay, Damisela... ¡Damisela! —Chasqueó los dedos frente a mi rostro, sacándome de mis pensamientos—. Vuelve al trabajo —rezongó, aunque sabía que estaba encantada con la novela y, más aún, con la oportunidad de hablar de ella como si fuese una experta en literatura.

Mi tonta sonrisa se tensó.

—Sí, señora...

Regresé a mi puesto e inspeccioné una caja en busca de revistas que resultó no tener nada. Lo que sí encontré fue un patrón de *Vogue* para hacer ropa infantil que guardé para los libros de recortes. Había una vieja partitura que le encantaría tener a Winner Parker, la maestra. Cogí unos cuantos panfletos más, acerca de salud e higiene, y los coloqué en mi creciente pila.

Una vez satisfecha, los ordené con cuidado y me puse con la siguiente caja; buscaba los almanaques forestales que me había pedido un socio. Revolví a fondo y me partí una uña rebuscando algún libro de Steinbeck.

Encontré una vieja revista de junio de 1935 en cuya portada de papel satinado se veía a una dama ataviada con un vestido de novia digno de un cuento de hadas, y varios libros para Oren Taft, que estaba en mi ruta de los viernes. Era el que vivía en el cañón abierto en la cima de la montaña. Tenía que viajar un día entero para llevarle material de lectura a él y a su pequeña comunidad. Sin embargo, a pesar de la agotadora jornada y el impredecible estado de los senderos, siempre merecía la pena ver su afable rostro.

Vislumbré un periódico bajo una pila de viejos libros de texto y ejemplares del *Reader's Digest* y lo cogí pensando en llevárselo a los Smith. El periódico tenía fecha del 5 de mayo de 1936, es decir, era prácticamente nuevo, no como los que solemos recibir, que en muchas ocasiones tienen un mes de retraso, o más.

Sentí como si una descarga rodease mi cuello y se me subiese a la cabeza; me froté mis amoratadas manos encantada por el hallazgo. Estreché el periódico contra mi pecho, me incliné, exhalé una profunda respiración, hundí la nariz en la tinta aún fresca e inhalé.

Era un número del *Louisville Times*. Ojeé los titulares acerca de una redada que la policía había efectuado en un salón de juego de la ciudad; leí sobre la invasión italiana de un extraño lugar llamado Etiopía y después hojeé las páginas hasta que di con un anuncio aún más extraño: un traje de baño para mujeres que costaba, ni más ni menos, seis dólares y noventa y cinco centavos; dinero suficiente para alimentar a varias familias de montañeses durante una semana. La tela era de color marrón o gris apagado, aunque no es que hubiese mucha, pues dejaba al descubierto buena parte del cuerpo de aquella mujer cosmopolita y permitía que las miradas recorriesen cada centímetro de su piel.

Yo, asombrada, no podía apartar los ojos de aquella ajustada prenda de cuerpo entero, de los bien formados pechos y muslos de la mujer y de sus piernas ligeramente cruzadas. Recuperé la cordura y, sintiéndome culpable, pasé la página, temerosa por haber visto algo raro y consciente de que la gente de por aquí consideraría aquello una vulgaridad.

Lancé una furtiva mirada a la supervisora. A buen seguro que lo censuraría y destruiría sus páginas como había hecho con *El velo pintado*, de Maugham, cuando lo donaron, además de otros materiales de lectura que tildó de ofensivos, tentadores y corruptores de la moral de los profundamente espirituales montañeses.

Después de pasar unas cuantas hojas más, mis ojos se fijaron en un vestido estampado que costaba doce dólares y ochenta y ocho centavos. La impecable modelo, una mujer de la ciudad, por supuesto, lucía un vestido de lino drapeado de color azul claro con un blanco ribete festoneado, sombrero de fieltro a juego y guantes blancos como la nieve. Sobre la fotografía, se anunciaba en negrita: «El próximo domingo es el Día de la Madre».

Pasé un dedo sobre el vestido mientras revisaba a fondo mis pensamientos acerca de la modelo. Mi madre solo tenía un vestido de calidad y era del mismo color. De mi color.

Durante muchos meses tuve la sensación de oír el frufrú de sus faldas azul celeste rozando mi piel mientras me hacía cargo de sus quehaceres, atendiendo las labores de un hogar destrozado por tan dolorosa pérdida, con mi padre comportándose como un extraño, destruido por el pesar. De vez en cuando me detenía para hundir el rostro en los fantasmales tejidos de su ropa y elevaba una dolorosa plegaria.

Cuánto sentía su ausencia, cuánto recordaba su cabeza inclinada hacia el candil al hundir sus dedos en cera de abeja para cubrir los hilos y fortalecer las viejas y desgastadas hebras —sus manos se movían rápidas y elegantes arreglando las puntadas del tejido—, sus afilados dientes mordían el hilo sobrante y sus diestros dedos anudaban mientras yo, sentada a sus pies, observaba cómo su cadencia daba paso a un himno más dulce que el cantar de cualquier ave.

—¡Viuda de Frazier! —llamó la directora de la biblioteca, Eula Foster, acercándose a mi espalda y arrancándome el periódico de las manos—. Yo me ocupo de esto. Y, viuda de Frazier... Ay, por favor, ate a esa bestia suya y a sus malas pulgas en la parte trasera del edificio. No la ate al lado, porque está causando un alboroto y asusta a los transeúntes.

Harriet, sentada en su mesa de trabajo, silbaba entre dientes mientras encuadernaba libros.

—No sé cómo soportas a un bicho tan irascible, Damisela. Yo ya le habría pegado un tiro para vender su carne; la habría desollado en el mismo árbol en el que la encontraste.

Casi me levanté de un brinco y choqué con Queenie Johnson, una porteadora de libros negra de treinta y dos años.

—Esa mula es un fastidio —masculló Eula.

Junia no hubiese desentonado en tan apacible estancia.

—Me ocuparé de ella. —Susurré una disculpa a Queenie. Pero al volverme para salir vi que estaba herida—. ¿Qué te ha pasado? —pregunté, alarmada.

—Apenas fue un pellizco —respondió Queenie alzando una mano rasguñada, punteada con gotas de sangre—. No es más que un arañazo, cielo. La vieja Junia la lio parda al ver al pastor pasar por ahí. Él le pegó con su bastón y ella se revolvió intentando arrancarle un pedazo de carne; la verdad es que casi le arrancó una manga. —Queenie ahogó una carcajada tapándose la boca con los nudillos.

Harriet atravesó a Queenie con una pétrea mirada.

—El pastor Frazier bautizó a mis dos sobrinas —dijo—. Es un hombre bueno y temeroso de Dios que no merece sufrir el acoso de bestias inmundas. —Acentuó las últimas palabras como si nos las dirigiese a nosotras.

Queenie no le hizo caso, frunció los labios y añadió en voz baja:

—El pastor la golpeó tres veces más, así que supuse que debería ir en su ayuda y calmarla de alguna manera, pero Junia… Bueno, la pobre muchacha volvió a echarle esos horrorosos y enormes dientes verduzcos. Falló una vez y, en vez de a él, me mordió a mí.

—Ay, Queenie…

—No era su intención; la verdad es que, a juzgar por el pesar que vi en sus ojos, diría que se sintió mal —afirmó con una sonrisa.

Miré a su espalda. A través de la mosquitera de la puerta vi a Vester Frazier al otro lado de la calle, bajo la marquesina de cemento de la tienda de la compañía minera, pasando un palo sobre los ladrillos cocidos por el sol, atravesándome con una malévola mirada. El escalofrío que sentí hizo que me apoyase en la puerta para mantenerme en pie.

—¡Damisela! Regresa al trabajo —me advirtió Harriet. Me volví para contestar un «sí, señora» y entonces lo vi, vi lo que no había sido capaz de ver antes. De pronto supe que sus manos regordetas se habían sumergido en las frías aguas bautismales del arroyo junto a las del predicador y sus seguidores cuando ahogaron a los bebés de los Goodwin y a los demás. Advertí el patente odio de Harriet ardiendo en su rostro, después volví a mirar a Frazier y me sentí enferma. Cazada. El predicador me disparó una pétrea sonrisa que me hizo retroceder y, de nuevo, chocar con Queenie.

—Parece que Birdie vuelve a llegar tarde —informó Harriet a Eula con un gruñido—. Voy a mandarle que venga la próxima semana y no le pienso dejar hacer ni una sola ruta hasta que no haya inventariado todos los libros; se va a pasar el día entre ellos.

Queenie me colocó una mano en el hombro.

—¿Estás bien, cielo?... ¿Cielo?

—Sí... Sí. —Volví a mirar fuera y vi que se había ido—. Siento mucho que te haya mordido. ¿Te duele? Deja que te limpie la herida. —De nuevo volví a mirar a la calle. Vacía. Aliviada, moví la barbilla hacia la pequeña hornacina de la sala para que Queenie fuese al nuevo aseo femenino y lavarle la herida, y quizá también refrescarme la cara con agua fría, pero Eula se plantó frente a nosotras. Señaló con un dedo rígido el cartel de No SE PERMITE GENTE DE COLOR colgado sobre la puerta.

Queenie bajó la mirada, fijándola en la punta de sus zapatos. Había solicitado cinco veces el puesto de porteadora de libros, y recibido otros tantos rechazos, antes de conseguirlo. Vi sus solicitudes, y parecían mejor redactadas que la mayoría. Queenie había escrito su nombre con buena letra y sin faltas, además de concretar su edad y proporcionar toda la información pertinente. Pero rechazaron todas sus peticiones.

El verano pasado, Queenie visitó la central y pidió una hoja de solicitud, pero Harriet se negó a darle una.

Regresó un mes después. Yo me encontraba clasificando en la sede cuando entró, dejó una carta sobre el escritorio de Eula y anunció:

—Aquí dice que tengo el empleo. Lo pone justo ahí, y viene de parte de la Oficina de Empleo Femenino de Louisville, Kentucky.

Eula se inclinó y leyó en voz alta la orden de la Oficina de Empleo Femenino en la que le encomendaban concederle a Queenie Johnson una ruta como porteadora de libros; su voz sonó amarga hasta el final.

El rostro de la supervisora se palideció hasta adquirir el tono de un traje de novia, estrujó la carta con una sola mano y le ordenó a Queenie que aguardase fuera. Harriet, con el rostro tan azulado como el mío, derribó sus muy bien ordenadas pilas de panfletos eclesiásticos y arrojó dos libros al otro lado de la sala; uno de ellos me dio en el brazo.

Finalmente, dijeron a Queenie que entrase y le dieron un libro para que leyese en voz alta. Ese era el único requisito de la biblioteca para conceder el empleo y, por norma general, consistía en leer algo de un libro de cuentos infantiles. Queenie lo leyó como si nada, después sacó un diccionario de su bolso y leyó dos páginas; lo hizo mejor que cualquiera de nosotras.

Eula le concedió una ruta larga y traicionera, la peor después de la mía. Y como Harriet se negó a entrenarla, la tarea recayó sobre mí. Queenie desconfió al principio, pero a media semana ya se encontraba cómoda con la ruta y me ofreció, tímida, la mitad de una buena galleta de mantequilla. Nos detuvimos a la orilla del arroyo para descansar, compartí con ella mi manzana y hablamos acerca de su familia.

Charlamos sobre libros, las rutas y los socios y las dos estábamos encantadas de la suerte que teníamos por ser bibliotecarias ecuestres y realizar tan importante labor pionera, como nos recordaba el encargado de la Administración de Proyectos Laborales. Le conté a Queenie cómo pasé por lo mismo que ella, pues también yo me había saltado el orden jerárquico para evitar a Eula, y acabé enviando la solicitud directamente a los jefes de la ciudad.

Queenie me dijo que su esposo, Franklin, había muerto en una explosión minera, como su padre; el fallecimiento la dejó sola con tres niños y su abuela, una mujer viuda y enferma. Las fiebres mataron a su madre; su pequeña familia era todo lo que tenía en el mundo.

Eula volvió a apuñalar el aire con su dedo, señalando el cartel.

—Será mejor que me vaya, Cussy —me dijo Queenie—. Te veo el miércoles, como de costumbre. —Se dirigió a su mesa y recogió las alforjas.

Levanté la vista hacia el cartel. Me parecía un despilfarro de pintura y buena madera, de agua corriente y de la sofisticada letrina interior instalada aquel mismo invierno. Por estos lares solo había un puñado de «coloreados»: Queenie, sus hijos y la abuela Willow y la criada del médico, Aletha, una mujer que venía de un lugar llamado Jamaica; ocho, contando a mi padre y a mí.

Eula agitó el dedo, pero esta vez en mi dirección, posando su humillante mirada en mis ojos.

—Y a usted solo se le permite entrar para… Hacer la limpieza, viuda de Frazier.

Bajé la mirada humillada y consciente de cuál era mi

lugar y de que era yo a quien en realidad temían, a quien más detestaban.

Ya bastante difícil era tener la piel de color, y mucho más si este era tan raro y feo como el mío, además de ser la última de mi clase. De alguna manera, gente como Harriet y Eula aún empeoraban más la situación, pues se aseguraban de hacerme saber que su color, que cualquier color, era mejor que el mío. Yo era una desgracia para la gente como ellas y para el resto de la humanidad. Y debía quedarme donde estaba, exactamente ahí donde me querían. Por debajo de ellas. Siempre sola y siempre por debajo.

—Bien sabe las reglas. Los azules y otras gentes de color se van fuera —dijo Eula, sacudiendo la cabeza mientras sus ojos nos lanzaban rápidas miradas a Queenie y a mí—. No les podemos permitir que empleen las dependencias interiores. No nos gustaría correr el riesgo de coger… Bueno, da igual, ¡no podemos y basta ya!

Harriet se levantó de un brinco, lanzando su silla hacia atrás de mala manera.

—¡Por el amor del cielo! —chilló, presionando un dedo gordo contra su mandíbula verrugosa—. Pues claro que pueden contagiarnos cualquier enfermedad. Id fuera a lavaros ahora mismo. Y, Damisela, llévate a ese mugriento animal antes de que yo misma le pegue un tiro.

Sus ojos me decían que estaba dispuesta a hacerlo, y que también le gustaría hacérmelo a mí, así que me apresuré a recoger mis cosas y salí dando un portazo justo cuando llegaba Birdie; casi dejo a la joven librera girando como una peonza.

IX

El lunes siguiente fui hasta casa de Angeline, pero no estaba. Como no quería molestar al señor Moffit, me entretuve en el jardín perdiendo unos buenos veinte minutos antes de admitir que la muchacha había salido a la caza de alimento.

Junia recorría los senderos a paso lento.

—Arre —le rogué cuando se detuvo en la vereda donde habíamos visto a Frazier. Miré a mi alrededor, frotándome el cuello para aliviar un escalofrío. Tras unos minutos, mis nervios empezaron a tensarse y chillé—: ¡Arre! Se hace tarde.

Pero el animal no se movía. Me puse frenética, desmonté, escudriñé la arboleda con mucha atención y guie al animal por otro camino, más largo y que nos llevaría más tiempo. Al montar, la mula apuró el paso con las orejas tiesas, vigilantes, para asegurarse de que él no la seguía. Yo me incliné estrujándome sobre su cabeza con los ojos bien abiertos y vigilantes, como ella.

Pasamos por las siguientes tres cabañas de la ruta y dejé los préstamos en las escaleras de entrada a viviendas diminutas como dedales. No tenía ningún libro para el señor Lovett, así que no me detuve en su domicilio y proseguí hasta las casas de los demás socios.

Un gallinero inclinado y un pequeño establo de madera para las cabras se encontraban en un patio de tierra junto al alto edificio de la escuela de una sola aula, una edificación hecha con maderos de castaños talados en el bosque; los huecos abiertos entre los troncos estaban cubiertos con barro y hierbas. El humo de la chimenea formaba volutas sobre las negras tejas de un palmo, elevándose por la escarpada ladera de una colina boscosa. La puerta de la escuela estaba cerrada y no había estudiantes en el patio. Junia les lanzó un autoritario rebuzno a las cabras y dos pollos volaron del palo del gallinero, contestando con sus cacareos.

Unas pequeñas caritas se asomaron a la estrecha ventana desde el interior del edificio. Oí el repiqueteo de pies pequeños y unas risas ahogadas antes de que la puerta se abriese de par en par.

La maestra Winnie Parker salió rodeada de una resplandeciente escolta de ocho pequeños. La mujer, de treinta y seis años, dio una palmada al verme.

Desmonté.

—¡Cussy Mary, por fin ha llegado! —exclamó. Cogió las riendas y se las entregó a uno de sus alumnos de más edad.

—Venga conmigo, señorita Junia —dijo la niña antes de salir trotando hacia el poste de enganche.

—*La librera ha llegado* —canturreaban los estudiantes.

—Pues claro que sí —dijo uno con voz aguda.

—¡Señora librera, tengo una gran sorpresa para usted! —anunció una pequeña a la que le faltaban los dientes de leche, agitando un trozo de papel—. Mamá me ha dicho que le dé este patrón de cubrecamas para su libro de recortes.

Cogí la hoja y vi que servía para hacer un edredón tejido con punto de cruz y la cenefa bordada.

—Menudo edredón más bonito, a la gente le encantará hacerlo. Dale las gracias a tu mamá de mi parte —le dije mientras observaba el patrón una vez más antes de guardarlo en un bolsillo. La niña se sonrojó y me dedicó una pequeña reverencia antes de escabullirse detrás de Winnie y los demás.

Un niño corrió acercándose a mí.

—Señora librera, necesito un libro sobre la guerra. Sobre la Guerra Mundial. Cuando crezca voy a luchar.

—Yo quiero uno sobre China, como el que nos trajo el año pasado —apostilló otro.

—Era *The Chinese Twins*,[11] de la señora Perkins, que lo escribió —anunció orgullosa una niña con las trenzas deshilachadas—. Se llamaba Lucy... Me acuerdo de su nombre.

—Lucy Fitch Perkins —confirmé, impresionada.

—¡Eso! *The Chinese Twins* —dijo el niño, animado—. Pienso meterme en una gran locomotora y vivir en ella... Cuando crezca un poco más; mi madre dice que será pronto.

Me encantaba que los libros floreciesen en aquellas mentes infantiles. Papi estaba equivocado. Necesitaban más a los libros que cualquier otra cosa que este lugar les pudiese ofrecer. Se morían por aprender, por saber cómo dejar esta dura tierra para ir a otra mejor, más benigna.

—Bueno, ya es hora de que la dejemos ir por sus libros —terció Winnie.

—Le he traído dos nuevos —le dije.

---

11 *Los gemelos chinos* (1935), de Lucy Fitch Perkins. *(N. del T.)*

Los ojos de la maestra se abrieron de par en par.

—¿Dos? ¡Alabado sea el Señor!

Por norma general, solo podía conseguir uno, pero el pasado miércoles Queenie me había dado uno de los suyos.

—*Un granjero de diez años*[12] y *Mountain Path*[13] —anuncié—. Y también tengo algo para usted, señora.

Las delgadas manos de Winnie volvieron a dar una palmada, esta vez ordenando a sus alumnos que regresasen al aula.

—Y sentaos —les dijo antes de volverse hacia mí—. Vamos a echarle un vistazo al material de lectura.

Saqué unos libros de mis alforjas, rebusqué un poco, hasta que encontré una revista enrollada y se la entregué.

—¡Ay! —exclamó, ojeándola. La portada, suave y ajada, estaba compuesta con cinta adhesiva y la contraportada era una rígida hoja de cartulina. Pasó un dedo por sus hojas de esquinas dobladas—. Se acordó.

—Al final la devolvieron y sabía cuánto quería este préstamo. Quédese con ella tanto tiempo como guste, señora.

—Gracias. Esto me hará compañía hasta que Albert vuelva a casa. —Apretó el número de la revista *Love Story* contra su rostro,[14] aspirando el aroma de la tinta—. La trataré con mucho cuidado.

Había mantenido esa revista circulando entre las mujeres, que en secreto me pedían «lecturas excitantes»,

---

12 *Farmer boy* (1933). Novela histórica infantil escrita por Laura Ingalls, autora de la célebre *La casa de la pradera*. *(N. del T.)*

13 *Sendero de montaña* (1936), de Harriette Simpson. *(N. del T.)*

14 Revista *pulp* (término para publicaciones baratas impresas en material de poca calidad) de gran popularidad en Estados Unidos entre 1921 y 1947. *(N. del T.)*

después de haberla sacado a escondidas de la central el año pasado antes de que la supervisora tuviese oportunidad de darle su aprobación, pues no se la daría. También se la había ocultado a mi padre.

Winnie pasó un largo invierno enjaulada en el diminuto ático donde dormía, encima del aula. No había nadie en las colinas que tuviese una habitación o comida de sobra para alojar a la maestra. Su esposo se fue al norte, a Detroit, para trabajar en una fábrica y aún no había regresado a buscarla. Muchos montañeses abandonaban la ciudad en busca de trabajo, dejando atrás a sus esposas hasta que pudieran conseguir un sustento adecuado para ellas… Y les enviaban algún que otro cheque salarial. Supuse que Winnie se sentía sola, como yo. Y que cualquier clase de lectura podría ayudarle.

—No fue complicado —le dije, en serio, sintiéndome orgullosa de lo que le había traído. Le tendí una partitura.

—Ay, y también música nueva. Gracias, Dios mío. —Examinó las hojas y a continuación preguntó—: ¿Cómo está Elijah?

—Bien, gracias por su interés. Pero pasa muchas horas en la mina y eso va a acabar con él antes de tiempo.

—Estas colinas envejecen a una. ¿Cómo le ha ido la semana, Cussy Mary?

—Bien. —La fuerza de la costumbre hacía que metiese las manos en los bolsillos para ocultar mi color, aunque allí no era necesario, y además mi piel tenía un suave y aceptable color azul grisáceo.

Winnie fue la única que acudió a casa para interesarse por mí tras la muerte de Charlie Frazier… La única que llevó un pastel y se sentó conmigo durante toda una jornada dominical, y la siguiente también, leyendo para mí mientras me recuperaba de la paliza que me había dado mi difunto esposo. Nunca me preguntó qué había sucedido, ni mostró interés por saberlo, y yo no le hablé del asunto, pero pude ver en sus ojos que lo comprendía. En ellos también brillaba una mezcla de ira y preocupación.

El verano pasado me atrapó una terrible tormenta y Winnie insistió en prepararme un camastro junto a la estufa de la escuela para pernoctar. No me parecía correcto dormir en una habitación debajo de la residencia de una socia, así que cuando la lluvia amainó, antes de medianoche, doblé la ropa de cama, la ordené, salí en busca de Junia y me dirigí a casa iluminando el camino con un candil que brillaba como una luciérnaga, mientras la llovizna destellaba entre oscilantes sombras amarillentas, peinando el sendero frente a nosotras.

—Cussy Mary —dijo Winnie levantando un libro—, ¿tiene un momento para leerles algo?

Adoraba el modo que tenía de pronunciar mi nombre, siempre lo empleaba para llamarme; nunca lo hacía con el viejo apodo que me había puesto el médico o, peor aún, con mi nuevo tratamiento: viuda de Frazier. Cuando nos conocimos, hacía tiempo ya, me preguntó con mucha delicadeza acerca de mi condición.

—¿Tal vez diez minutos? —preguntó, engatusándome.

Lo cierto es que no disponía ni de uno, no ya de diez. Junia había caminado muy despacio aquella jornada y la espera por Angeline ya se había llevado veinte. Además, esas colinas comían bastante luz, pues el sol se alzaba despacio por encima de ellas y después la noche se cerraba repentinamente. El tiempo es algo que no sobra por estos lares.

Aquella jornada me tocaba una ruta de unos veintiocho kilómetros a vuelo de pájaro, pero en mula eran muchos más. Ya llegaba tarde a mi próxima parada. Habría anochecido cuando regresase a casa. Tendría que alimentar y cuidar de Junia y, encima, había de prepararle la cena a mi padre antes de que regresara a la mina; eso por no hablar del resto de labores domésticas pendientes.

Pero es que Winnie me lo pedía con tanta dulzura... Y si me daba prisa, y Junia no se entretenía ni presentaba demasiadas dificultades, quizá no regresase a casa muy tarde.

—Me parece que tengo algo de tiempo para los niños —dije.

Winnie, ya dentro del aula polvorienta por el polvo de tiza, me llevó hasta el piano colocado contra la pared del fondo. Por encima, colgaban un hacha de leñador y un dechado de punto de cruz de los Diez Mandamientos. También había un reloj de péndulo, con el péndulo inmóvil. Unos bancos de burda talla formaban una línea recta sobre las inclinadas planchas de castaño frente al escritorio de la maestra.

La savia y las cortezas de la leña hacían crepitar el fuego prendido en una vieja estufa de leña situada en un rincón.

Winnie me ofreció la banqueta del piano. Dos años antes, el médico había donado aquel bonito piano *Story & Clark* de caoba y abeto tras el fallecimiento de su esposa, y se aseguró de dejarle a Winnie la hermosa cubierta de piel de zorro rojo que le había comprado a un trampero para que adornase la banqueta.

Winnie dijo que fue un martirio lograr que el carro tirado por un caballo llevase aquel pesado mueble montaña arriba. Le preocupaba que la pieza fuese demasiado soberbia y hermosa. Pero hubo gente que recorrió kilómetros para disfrutar de la oportunidad de poder ver un piano como aquel, un piano de verdad, acariciar su brillante madera y tocar sus teclas de marfil. Lo cierto es que el instrumento era todo un espectáculo, e incluso en estos días aún iba gente rogando que se lo dejasen ver o poder, aunque solo fuese, pasarle una mano por encima.

Winnie colocó la resbaladiza piel estirando la colgante cabeza del zorro, su cola, las zarpas y sus patas traseras.

Los pequeños se sentaron sobre el burdo suelo de madera formando un semicírculo frente a mí. Henry, un frágil niño de diez años, se acercó y pasó una rápida mano por la peluda zarpa del zorro.

Le dio un ligero tirón a mi falda.

—Señora librera, me gustó mucho el libro de *Peter Pan*. Vuelva a traerlo, por favor.

—Lo intentaré, Henry —respondí con una cálida sonrisa.

Sabía que el aspecto enfermizo del pequeño se debía al hambre.

Los niños montañeses eran más delgados que los jóvenes representados en las ilustraciones de los libros que les llevaba, ellos lo habían advertido y comentado en más de una ocasión, maravillados por las poblaciones ficticias donde vivían los personajes y donde estaba disponible todo tipo de alimento.

De todos modos, no podía evitar darme cuenta de cómo aquellos estudiantes aguardaban mi regreso, cómo me respetaban, en silencio, sin revolverse o moverse ni una sola vez, tan necesitados de las historias de aquellos libros como de la comida que siempre parecía escasa en el mundo real.

—Librera —dijo una pequeña llamada Nessie, levantando una mano—, la próxima vez podría traerme un libro de cocina. Es que, señora, dentro de dos semanas mi hermana va al baile de las Tartas y necesita una buena receta.

—*El baile de las Tartas, con o sin moras, es la última oportunidad para las viejas solteronas* —canturrearon varios niños entre risitas y besos lanzados al aire hasta que Winnie dio una palmada.

—Dile que estaré encantada de traerle uno —respondí. Las iglesias de todo el Estado siempre nos enviaban libros de cocina. Y, además, también había recetas en periódicos y revistas.

Abrí el libro de Wilder y comencé a leer el primer capítulo de *Un granjero de diez años*.

Quince minutos después había terminado.

Henry levantó una mano.

—Señora, cuando crezca voy a ser un librero, como usted.

Unos cuantos chicos rieron disimuladamente.

—Ni vas a crecer ni eres una chica, idiota.

—Sí que voy a crecer —respondió Henry—. En el libro de *Peter Pan* dice que todos los niños crecen. Y seré librero si me da la gana.

—De eso nada —replicó uno—. Dice que todos... ¡Excepto uno! Y ese uno eres tú, idiota.

Henry, herido, se achicó.

Winnie les lanzó una mirada desaprobadora haciéndolos callar.

Clementine, la niña mayor sentada sobre sus piernas, al fondo, se alzó de rodillas y dijo:

—Señora librera, ¡yo quiero trabajar en la biblioteca como porteadora de libros!

—Eso es porque nunca te vas a casar, larguirucha —espetó un niño alto, descalzo y vestido con unos pantalones que le quedaban grandes y una camisa harapienta. Después, le dio un tirón a una de sus trenzas.

Clementine le dio un puñetazo en el brazo.

El chico intentó pellizcarla, cogiéndola de un hombro.

—Bueno, no me queda otro remedio… —Y entonces susurró su puya—: No eres lo bastante azul.

Winnie dio una palmada fuerte y airada.

—¡Silencio!

Me aclaré la garganta con suavidad y le dije a la clase:

—En la biblioteca no solo trabajan chicas. Ahora mismo hay un hombre que se ocupa de una ruta en Woodford. Y, señor Norton —le dije al niño que le había dado un tirón a la trenza de Clementina—, entre nosotras hay mujeres viudas con hijos.

Sabía de al menos otras dos mujeres cuyos esposos las habían dejado para ir a trabajar a las fábricas de la ciudad. Las libreras le contaban una pequeña mentira a la Administración de Proyectos Laborales diciendo que las habían abandonado; así podrían alimentar a sus hijos hasta que sus esposos regresasen a buscarlas.

Norton humilló la cabeza.

—Lo siento, señora. Es verdad —susurró.

Varios alumnos levantaron la mano, deseosos de tener permiso para hablar.

Winnie volvió a dar una palmada para pedir silencio.

—Niños, agradezcamos a la señora librera su visita.

Una vez fuera, me despedí de la maestra y monté a lomos de Junia.

—Hasta pronto, Cussy Mary, que tenga buena ruta —dijo Winnie, frotando una de las orejas de Junia.

Henry salió corriendo de la escuela.

—¡Librera! ¡Señora librera, espere!

Miró a la maestra desplazando su peso de un pie a otro, rogándole con sus débiles ojos permiso para hablar.

—Date prisa, Henry. Ya la hemos entretenido bastante.

—Mire, señora librera, he guardado esto para usted —dijo sin aliento, y a continuación me ofreció el paquete envuelto con papel que sujetaba su puño mugriento—. Lo conseguí al ganar el concurso de deletreo de la señora Parker —anunció con una amplia sonrisa.

Winnie posó una mano en la huesuda espalda del niño.

—Cierto —confirmó—. Henry deletreó todas las palabras sin ningún problema.

El pequeño se lo entregó a Winnie, que lo recogió y lo puso en mi mano.

Comencé a quitar el papel de la envoltura y Henry chilló:

—¡No lo desenvuelva, señora! No… No hasta que tenga un hambre terrible.

—Gracias. Pues entonces lo guardaré —le dije, dando un golpecito en el pequeño paquete—. Henry, ¿ya ha llegado el nuevo bebé? —pregunté, recordando que había mencionado a un nuevo bebé allá por diciembre.

—No, señora, pero mamá cree que vendrá pronto. Se ha puesto tan grande que ya no puede acompañarme hasta la escuela, aunque solo sea un trecho. Dice que ya soy bastante mayor para venir solo.

Lo cierto es que la mayoría de los escolares recorrían

kilómetros ellos solos. Algunos tenían hermanos que los acompañaban. Otros encontraban compañeros a lo largo del camino, si tenían la fortuna de vivir cerca de alguien.

—Estaría bien que tuvieses un hermano, o una hermana —apunté.

—Sí, señora. Espero que este viva —respondió, la preocupación le crispó el rostro. Cambió de pie el peso del cuerpo, pasando un dedo desnudo por la tierra. Las costillas de Henry se marcaban bajo una camisa demasiado pequeña, su clavícula destacaba como un antinatural caballete bajo su pálido rostro.

Su madre había perdido al último hijo. ¿O a los dos últimos? No lo recordaba. Siempre había nuevos bebés en las colinas, si uno no contaba a los moribundos.

—Un nuevo hermanito —dije, intentando que mi voz sonase cálida, positiva y algo entusiasmada.

—Me gustan mucho los recién nacidos —afirmó con una ancha sonrisa.

—Dile a tu madre que le deseo lo mejor.

—Sé deletrear frambuesa. ¿quiere oírme? —alardeó.

—Esa es una palabra complicada —dije y esperé. Winnie había organizado concursos de deletreo con los libros que le llevaba. Me reconfortaba saber que yo formaba parte de eso.

—F-R-A-M-B-U-E-S-A —deletreó Henry a toda velocidad—. Y no lo abra hasta que no pueda con el hambre.

Dicho eso, regresó apresurado a la escuela.

«¿Qué será?», me pregunté mientras me alejaba a lomos de Junia.

X

Apenas abandoné la escuela comenzaron a formarse nubes bajas y grises. Un perro ladró a lo lejos, tras el retumbar de un trueno, y el aroma de la lluvia endulzó los remolinos de la fantasmagórica bruma.

Saqué el reloj de mi bisabuelo de entre los pliegues de mi abrigo, la pieza de plata colgaba de mi cuello con un hilo de cuero a modo de leontina... Era un regalo de mi madre que había llegado a ella de mano en mano desde tiempos de su abuelo, en Francia.

Presioné la abombada tapa, moví el pasador y se abrió la ornamentada caja. Miré el interior y vi la posición de las negras manecillas sobre el dial de porcelana, lo cerré y volví a guardarlo bajo mi abrigo.

Al dejar la escuela cabalgué la mayor parte del tiempo por Bear Branch, y casi al final llevé a Junia por la resbaladiza ruta bordeada de árboles retorcidos, pues estaba impaciente por entregar el número del semanario *Time* en la hacienda del señor Prine, aunque siempre con los ojos y oídos bien atentos a cualquier señal de Frazier.

Aquellas revistas de noticias no eran las correspondientes a la semana en que se recibían en la central, pues a veces tenían hasta tres meses de retraso o más, pero el señor Prine, un viudo que combatió en la Gran Guerra, solo aceptaba tomar en préstamo el semanario *Time*.

Cogí su antiguo préstamo de la escalera de entrada y le eché un vistazo al nuevo, cuya portada mostraba la fotografía de alguien, una dama mayor, con un nombre difícil: Abby Greene Aldrich Rockefeller. La revista la presentaba como una persona «con buen olfato para los nuevos talentos», y a mí me pareció que bien podría ser así dado su estiloso sombrero, su elegante vestido oscuro y sus perlas.

Enrollé el número de enero, tal como el señor Prine me había pedido hacía tiempo, y lo dejé encajado entre la jamba de la puerta y el cerrojo.

Ya casi eran las tres y media, debía darme prisa.

Apenas había recorrido unos kilómetros en dirección a mi próxima parada cuando Junia se detuvo; me di cuenta de que habíamos llegado a Saw Briar Trace. Mi antiguo caballo de alquiler solía hacer lo mismo y Junia había tomado el sendero tranquilamente las tres últimas veces, incluso lo recorría a buen paso. Pero ese día no estaba tan dispuesta a tomarlo.

—No tengas miedo —le dije, desmontando. La llevé por las riendas a lo largo de aquel sendero lleno de matojos, con la cabeza inclinada para evitar los espinos y apartando las ramas con el codo.

Me desagradaba pensar que Junia pudiese sufrir algún rasguño, pero no había un modo más sencillo de llegar a nuestra siguiente parada. Pensaba examinar su piel esa misma noche y ponerle algún ungüento en cualquier herida que tuviese. Además, tenía que acordarme de pedirle a Papi que lo limpiase antes de que la maleza espesase en verano. Hacía algún tiempo, él había insistido en alquilar el caballo del señor Murphy unas cuantas jornadas para repasar mis rutas en busca de cualquier posible contratiempo, argumentando que, si estaba tan comprometida y decidida a llevar esos libros inútiles, al menos tenía que asegurarse de que lo hiciese en un entorno lo más seguro posible.

Junia caminaba despacio, con paso zigzagueante e indeciso. Chasqueé la lengua para apurarla un poco.

Hubo un ligero movimiento entre las puntiagudas hojas anaranjadas de un pino y apareció un conejo en el embarrado sendero. Más adelante vi una trampa para animales de la que sobresalía la pata de un conejo de cola blanca. Me sonaron las tripas. Esa noche una familia iba a disfrutar de una buena cena a base de conejo en salsa y galletas. La parte que más me gustaba era la tierna carne de la espalda y, por un instante, casi pude sentir el sabor de tan delicioso bocado.

Ya hacía horas que había comido, y compartido con Junia, el pan y la manzana que llevaba conmigo.

Medio mareada, rebusqué en el bolsillo en busca del regalo de Henry.

—Tengo un hambre tremenda —dije en voz alta, deteniéndome.

Junia husmeó el aire.

Le quité el papel y encontré un pequeño caramelo de la marca *LiveSavers*.[15] Winnie compartió conmigo un paquete cuando fue a visitarme. Era aficionada a

---

15 Literalmente *salvavidas*, pues tenía un agujero que le daba el aspecto de un flotador. Es un caramelo similar al comercializado en España por la marca Chimos. (*N. del T.*)

los caramelos y acostumbraba a premiar a los buenos estudiantes con uno.

Lo lamí. ¡Sabía a frambuesa!

Pensar en que Henry me había dado su trofeo, su precioso bocado, me hizo un nudo en la garganta. Fue un gesto grandioso por su parte. El pasado año, el pequeño había perdido a un hermano por inanición, su padre los había abandonado y su madre estaba embarazada. ¿Durante cuánto tiempo lo habría guardado para mí, esperando a dármelo? ¿Cuántas veces lo habrían tentado las dentelladas del hambre? ¿Cuántas veces habría sentido el estómago vacío durante la espera? No lo sabía, pero no me cupo duda de que su amor por las palabras y los libros fue más fuerte que el hambre.

Envolví el caramelo y lo guardé en el bolsillo para llevarlo a la caja donde guardaba mis más preciados tesoros: un dedal de plata de mi madre; tres botones de latón con un bonito borde apergaminado; su pequeña Biblia encuadernada en piel; una carta escrita por mi bisabuelo y la navaja de mango de hueso marrón que era la preferida de mi padre cuando era pequeño.

—Vamos, vieja amiga. ¡Arre! —dije montando a Junia. Una canción se fijó en mi mente y comencé a cantarla para distraerme y engañar el hambre.

Llegué a la cabina de los Smith y rebasé el tendedero a lomos de mi mula; a nuestro alrededor se arremolinaba el aroma a jabón y algodón limpio. La luz de la caída de la tarde incidía en ángulo sobre la hierba que se plegaba en un suelo cada vez más oscuro. Guie a Junia hasta la ventana.

Martha Hannah y sus pequeños se apiñaron en el

combado marco sacando el rostro, alegrándose de volver a verme.

La joven madre dejó la cebolla que estaba pelando. Apartó a algunos niños, ordenándoles que volviesen a sus quehaceres.

—Perdone el retraso, señora —le dije, presintiendo que había interrumpido la cena. Se me hizo la boca agua al mirar dentro y oler las verduras que se freían en una sartén untada de grasa. Una niña echaba granos de maíz en una pesada cazuela con agua hirviendo para hacer afrecho, mientras su hermana desollaba un conejo a su lado.

—No pasa nada, librera. ¿Tiene hoy en las alforjas alguno de esos periódicos? —me preguntó, esperanzada.

—No, señora —respondí deseando haber logrado ocultar el que me quitó Eula. Los periódicos de la ciudad se agotaban pronto y en raras ocasiones se devolvían. Mucha gente empleaba las hojas impresas para empapelar sus cabañas, aislarlas de la ventisca, mantener el calor y adornar un poco sus apagadas habitaciones. Los pequeños hacían muñecos de papel—. La próxima vez que vaya a la central me aseguraré de guardarle uno —le dije.

—¿Tiene algo de *Woman's Home Companion*?

Se movió y vi que volvía a estar embarazada.

Las revistas de *Woman's Home Companion* eran una petición muy habitual. Las montañesas obtenían nuevas curas y remedios de ellas y dejaban de emplear los antiguos sistemas de sanación.

—Lo siento, señora, hoy no. Le buscaré una en la central, será lo primero que haga —le aseguré.

—Le agradeceré que me traiga una. Nester Rylie leyó una de esas y me dijo, el año pasado, que desde entonces ya no frota los dientes de los bebés con sesos de marmota cuando les duelen, ni les pone tripas de gallina en las encías cuando están en la dentición. Y que leyó una receta para hacer una pasta de la buena que cura el muguet, o eso me dijo, y desde entonces ninguno de sus nueve hijos ha tenido que volver a beber agua del zapato de un desconocido para curarse.

Oí tras ella el roce de un cazo de cobre en un cubo de agua. Una de las hijas de Martha Hannah se lo traía a su madre.

—Para el camino, señora bibliotecaria —dijo la niña.

Le tendí mi botella con funda de piel, que me había hecho mi padre, la llenó con la rica agua del manantial y me la devolvió.

Intercambiamos libros y todos me dieron las gracias. Los pequeños pasaron las manos por la peluda cabeza de Junia y tocaron los mechones de la erizada crin, que sobresalían entre sus orejas.

Junia se acercó al alféizar, inclinándose sobre el marco, disfrutando de aquellas manos curiosas, husmeándolas en busca de alguna vianda. El menor, sobresaltado, retrocedió chillando y riendo, mientras otros dos, mayores, gritaban emocionados y acariciaban tranquilamente la boca del animal.

—Léanos un cuento, señora librera —voceó uno.

—Yo quiero leer *Colmillo Blanco* —dijo otro.

—No, mejor *La llamada de lo salvaje* —se impuso uno más grande.

—Silencio, pequeños. ¿Dónde están vuestros modales? —reprendió Martha Hannah—. La señora librera ha recorrido un buen trecho hasta llegar aquí, y el de vuelta aún será más largo.

Me hubiese gustado disponer de tiempo para charlar

y leer, pero Martha Hannah comprendía que la suya era la penúltima parada de los lunes y que tenía poco. Le prometí que lo dejaríamos para las largas jornadas estivales.

Su esposo, Devil John, un tipo que se dedicaba a la destilación ilegal de alcohol, entró en el patio y pasó a mi lado con el rostro inexpresivo, sin saludarme.

Martha Hannah lo vio al mirar por encima de mi hombro.

—Volved a la tarea, jovencitos, la cena ya debería estar puesta —espetó—. Junior, termina de pelar esas alubias. Y vosotras, Lettie y Collen, traed la colada. —Su voz había adquirido un tono cortante y estridente—. ¡Carson! —llamó, sacando la cabeza por la ventana para mirar al otro lado del patio—, vaya por Dios, ¿aún no has escardado el jardín? ¡Ponte de una vez!

Abandoné la casa de los Smith y no había recorrido tres kilómetros cuando descubrí a Vester Frazier, bueno, no exactamente a él, sino a su escurridiza sombra... Una bota sucia y el dobladillo de su largo abrigo sobresalían tras el tronco de un grueso cafetero de Kentucky. Cerca, oí el suave relincho de su caballo.

Tomé aire; me sentía desnuda y expuesta. Que todavía me estuviese siguiendo me produjo un nudo en el estómago que me subió hasta la garganta, dejando un sabor a bilis.

Junia también debió de haber visto a Frazier, pues chilló y emprendió un rápido galope. Me sujeté con fuerza, dejando que pusiera tierra de por medio.

Al frente vi a una mujer y a un niño recogiendo bayas. Yo, encantada de ver agente de la zona, detuve a Junia y los dejé pasar. El chico se paró y señaló.

—Mira eso, mamá.

Vi que se acercaban y levanté una mano para hacer un saludo amistoso, confiada en tener la oportunidad de hablarles de los servicios de la biblioteca. Pero el chico dejó caer la cesta de bayas que llevaba y chilló.

—¡Ay, mamá! ¡Mírala, es ella! Es el fantasma azul del que me hablaste.

Mi gesto de saludo quedó congelado en el aire.

La mujer tiró del brazo del pequeño con tanta fuerza que lo hizo trastabillar y chillar.

—No la mires, William —le advirtió, recogió la cesta y tiró del niño hasta rebasarme. Los sollozos del chico ascendieron mezclándose con los trinos de las golondrinas que volaban persiguiéndose unas a otras.

Junia olfateó las bayas desperdiciadas, apreté las piernas alrededor de sus flancos y tiré de las riendas.

—¡So! —ordené.

El chico volvió su mirada hacia mí y la mujer apretó su agarre tirando de él, alejándose sendero abajo, pero no sin que antes viese plasmado en sus ojos desorbitados el temor causante de las pesadillas infantiles.

Bajé la cabeza, dolida porque yo fuese la causa de las suyas.

Una hora después, até a Junia en la baranda de un porche carcomido y llamé a la puerta de mi último socio. La mujer, de setenta y cinco años, salió.

—Pero bueno, si es Damisela. Pasa dentro, hija.

Aliviada, eché un vistazo por encima del hombro y entré. Loretta Adams se sentó en su pequeña mesa, que tenía una pata carcomida y coja. Frente a ella, dos tazas vacías esperaban sobre el delicado mantel con manchas marrones que había intentado centrar. En un lado tenía apilados cuadros de tela. Sobre una otomana próxima y bien cubierta con su funda, había un montón de ropa para coser.

Velas de sebo desprendían olor a grasa animal y derramaban una cálida luz sobre las encaladas paredes y las cortinas caseras. Loretta colocó el Antiguo Testamento en su regazo, sobre el mandil.

—Señorita Loretta —le dije con voz suave—, soy yo, la librera.

—Sé quién eres, pequeña. Estoy corta de vista, pero no sorda.

—Sí, tiene razón. —Le dediqué una amplia sonrisa y posé un libro sobre la mesa. La señorita Loretta estaba casi ciega, era una solterona que vivía sola y que solo tenía un sobrino que se preocupaba por su bienestar. Y eso cuando no estaba fuera durante un mes o más.

Loretta todavía leía un poco y escribía con buena caligrafía, pero decía que hacerlo le cansaba la vista y a veces no veía más que sombras. Por lo demás, su oído era tan bueno como el de cualquiera, pensaba con claridad y estaba en plenas facultades.

Presumía de ser capaz de dar la puntada más firme de Kentucky, coser la sábana más bonita o el mejor traje de los domingos… En su juventud fue una buena costurera y alguna vez le había llevado cartas de gente que le pedía que le cosiese ropa para un bautizo, una boda, un funeral o, simplemente, para ir a la iglesia los domingos.

La cabaña de Loretta estaba limpia y ordenada, aunque tampoco había mucho que limpiar en aquel pequeño habitáculo. Las paredes estaban oscurecidas, tostadas, por la cocina económica, como las de todos los hogares de las colinas. Pero la cama estaba hecha y sobre ella había su edredón doblado con gran cuidado; además, se notaba que había barrido la tablazón del suelo y limpiado un poco el polvo. Sobre la cocina económica tenía una tetera empapada de vapor. A su lado había una pequeña sartén con pan de melaza, cuyo aroma endulzaba el cargado ambiente de la sala, y junto a este otra fuente llena de agua.

Bajo el horno estaban dos gatos muy delgados; Mirto y Algodoncillo levantaron sus peludas y blancas cabezas, bostezaron y volvieron a dormir.

Loretta pasó una mano torpe sobre la mesa tanteando en busca de las tazas de porcelana que había dispuesto. Las encontró y empujó una hacia mí.

—Hoy te has retrasado. Coge el libro y tomemos un té, pequeña —me dijo.

Saqué una cuña de pino encajada bajo la pata de la mesa, cogí el libro que le había llevado del desvencijado mueble y lo coloqué en lugar de la cuña, lo cual le confirió estabilidad y detuvo el tintineo de las tazas.

Recogí las tazas, fui a la cocina a servir nuestros tés, regresé a la mesa y, agradeciendo que no pudiese ver mi ansiosa sed, le di un buen trago al mío antes de darle a Loretta el suyo. Me sequé la boca con una manga y clavé la mirada en el pan.

—Coge algo de pan, trae acá la tetera y sírvete más —dijo—. Hay de sobra para una segunda taza, hija mía, incluso para una tercera. Tenemos suficientes raíces de sasafrás y el agua del manantial de esta vieja montaña bastaría para inundar el país entero; además, hoy hay pan de sobra.

—Muchas gracias —murmuré sintiendo que me ardía el rostro. A pesar de que no veía bien, comprendí que podía observar cosas que otros con vista de águila no pueden ni vislumbrar. Sin embargo, no pensaba coger ni un trozo de pan. Puede que eso fuese todo lo que tenía para el resto de la semana.

Coloqué una de las viejas sillas con el asiento partido junto a la mesa y me hundí en el cojín que Loretta había hecho con tiras de corteza.

Loreta me tendió su Biblia y la abrí por el Libro de Ruth, donde lo habíamos dejado, y leí hasta que, unos veinte minutos después, tocó mi pierna con su bastón.

—Ve a casa, pequeña. Pronto oscurecerá.

Me froté los ojos. La sombra de la montaña ya penetraba en la cabaña, jaspeando las paredes con manchas oscuras.

Me agaché, saqué con cuidado el libro de la biblioteca que había colocado bajo la pata y lo cambié por la cuña de pino mientras sujetaba el tablero de la mesa para que las cosas no se deslizasen.

Sostuve el libro durante un instante y le dije:

—Señorita Loretta, aquí tiene un ejemplar de *El doctor Dolittle*, creo que le podría gustar algo de…

Loretta alzó una mano para hacerme callar y negó con la cabeza.

—Es lectura limpia, señorita Loretta, es muy bueno y trata de un médico muy simpático que habla con los animales y…

—Hija mía, eso son tonterías. Y te digo lo que ya te he dicho antes: no pienso permitir que me leas uno de esos libros del Gobierno.

—Pero…

—Esos libros son una basura, obra del diablo. Son tonterías. Llévatelo.

—Como guste —respondí, deseando que de vez en

cuando me dejase leerle algo de la biblioteca y no siempre pasajes de su Biblia.

Cada vez que le llevaba uno al que creía que podría aficionarse, se sulfuraba.

—Esos libros de la ciudad no valen para la gente como yo… No dicen nada que tenga sentido para nosotros, los que vivimos en las colinas. Solo bobadas y cháchara sin sentido.

—Sí, claro, tiene razón —susurré, conciliadora.

—Era 1857 cuando mi padre trajo esta magnífica Biblia y cuatro de las tazas de té de mi madre desde Texas, donde predicó, para asentarse en estas viejas colinas de Kentucky durante unos buenos cuatro años antes de que naciésemos mi hermana y yo. Esto es todo lo que queda del juego de té. —Señaló con un dedo las dos delicadas tazas blancas con el borde dorado y bonitas asas decoradas—. Y esto fue lo que le ayudó a encontrar su camino —añadió, tocando la Biblia—. Fue el único libro que tuvo y el que quiso que yo conociese.

—Claro, la verdad es que es muy bueno —asentí.

—Pequeña, por supuesto que sé que tienes que traer libros —se dio aires, alisando sus arrugados faldones—, pero me sigue gustando más el mío. Y no te voy a engañar.

Alguien le había dicho a Loretta que el único propósito de mis visitas era entregar libros, aunque se lo desmentí. Al sacar el tema, le conté qué había gente en mi ruta a quienes solo leía, pero que la lectura no se limitaba a sus propios libros. Con todo, Loretta pensaba que, si empleábamos el préstamo de la biblioteca para calzar la pata de la mesa y después me lo llevaba, no se sentiría como si estuviese defraudando al Gobierno.

—No, no se preocupe, usted no defrauda a nadie

—la consolé—. Usted es una montañesa muy honrada, señorita Loretta.

La anciana irguió orgullosa su cabeza y asintió, entonces se deshizo el moño y un mechón de cabello cayó sobre sus ojos enfermos.

—Vaya a descansar, yo regresaré pronto para leerle un poco más —le dije.

Loreta señaló la cesta colocada en el suelo, junto a la puerta.

—Llévate algo de raíz para tu padre, hija.

Se colocó el cabello con la mano y se levantó de la silla.

—Gracias, se lo agradezco mucho.

La ayudé a llegar renqueando hasta la estrecha cama de hierro y le quité sus pesados zapatos, dejándoselos bajo el armazón, junto a su viejo revólver Colt. Logró colocar el edredón, no sin esfuerzo, extendiéndolo sobre el forjado de los pies de la cama.

Loretta señaló el bulto bajo la ropa a los pies de la cama.

—Ay, tengo que llenar el cerdito de agua —dijo, incorporándose.

—Ya se lo lleno yo, señorita Loretta.

—Dios te bendiga, hija mía.

Saqué la pieza de cerámica con forma de cerdo de debajo del edredón, lo llevé fuera, le quité el tapón que tenía en su gruesa espalda y vacié el agua fría en el jardín.

Un momento después llené el calentador con el agua hirviendo de la cocina y volví a colocarlo bajo el edredón a los pies de la cama para que le diese calor durante la noche.

—Me arden los ojos —dijo Loretta—. Estoy algo cansada. ¿Puedes quedarte un minuto para ayudar a lavarme los ojos, hija?

—Calor que sí. —Cogí un trapo dispuesto junto a

la jofaina colocada sobre un pequeño soporte junto a la cocina, hundí la tela en la palangana llena de tintura medicinal y la escurrí. El olor acre de la hierba curativa se pegó a mi mano.

—Aquí tiene —le dije, colocándole el trapo húmedo en la palma abierta de su mano intentando no ofenderla con mi toque.

Loretta realizó un movimiento torpe, la tela cayó al suelo y nuestras manos se tocaron.

Se me escapó un ligero jadeo entre los dientes.

Antes de que pudiese devolverle el trapo, tanteó en busca de mi mano, la cogió y susurró con su anciana voz:

—¿Ves todas las telas que tengo, pequeña?

—Sí, tiene un buen montón.

—Pues bien, las telas son como las personas. No hay demasiada diferencia entre unas y otras. Algunas somos más presumidas, unas más rígidas y otras más flexibles. Como las telas, las hay coloridas y monótonas, feas y bonitas, viejas y nuevas. Pero al final todos estamos cortados por el mismo patrón a partir de la tela que Él creó. Tela…, nada más.

—Sí, es cierto —murmuré.

—Mira, sé que eres una azul, pero a estos viejos ojos míos no les importa, y la verdad es que tampoco distinguen demasiados colores. Pero puedo sentir los corazones, hija mía. Y el tuyo es bueno. Eres una buena montañesa.

De pronto, cayó sobre mí todo el peso de aquella dura jornada, cubriéndome la piel, inundándome los ojos de cansancio. Mi mano comenzó a temblar, aunque quizá fuese por la débil y vieja mano de Loretta. Pero no, su toque era cálido y firme; me apretó la mano y colocó la otra sobre la mía, acariciando mi carne.

Levanté la cara hacia el techo, cerré los ojos, el dolor y la soledad de mi interior creció, desbordándome. Intenté dominar mis sentimientos, pero aquella jornada echaba de menos a mi madre más que nunca. Su amor y, más que nada, sus suaves caricias. Me preocupaba olvidarla con el paso del tiempo, y estaba bien segura de que sería muy improbable que recibiese una amable caricia de nadie debido al color de mi piel. Era un fantasma azul, el espectro de las pesadillas infantiles.

Me dolía el alma por mi madre, por mi horrible color y por lo que Charlie Frazier me había quitado. Ahí estaba la fealdad del predicador, la dureza de esta tierra, la vergüenza que pesaba sobre mis hombros. Siempre estaban ahí, dentro de mí; la desgracia se había fijado en mi alma como si tuviese vida propia, una crudeza negra y pesada como si un pedazo de carbón de Kentucky hubiese llevado su mugre a nuestro hogar.

Se hizo un silencio espeso que crecía mientras las sombras de los rincones y las grietas se movían a la luz de la candela rozando el techo lleno de telarañas.

Loretta soltó mi mano con suavidad.

—Dame el remedio para los ojos, pequeña.

Le di el trapo y ella lo apretó sobre sus ojos, húmedo con la infusión de hidrastis que había hecho para ayudar a curarlos.

—¿Hay algo más que pueda hacer por usted, señorita Loretta?

La anciana sacó dos pequeñas piedrecitas de las que se emplean para quitar cuerpos extraños de los ojos y me las puso en la mano.

—¿Te importaría enjuagarlas, hija?

Cogí las piedras planas de color lechoso, que ella dijo

procedentes de las entrañas de un halcón, y las metí en el barreño de tintura de hidrastis, las removí, las sequé con un paño limpio, según le gustaba a ella, y se las devolví.

La anciana se recostó sobre la cama, colocó una de esas piedras bajo cada párpado y cerró sus abultados ojos confiando en que el remedio la curase.

—Nos vemos el próximo lunes, señorita Loretta —le dije a modo de despedida. Llegué a la puerta y me acuclillé junto a la cesta llena de ginseng, sasafrás y otras hierbas; cogí una raíz pequeña y un buen trozo de corteza de sauce blanco y salí. La compensaría en verano, cuando floreciesen las plantas de ojo brillante... le traería esa planta medicinal para que cuidase sus ojos.

No me gustaba aceptar sus ofrecimientos, pues sabía que ya no era capaz de salir a recoger hierbas y dejaba esa tarea a su sobrino. Pero el sauce curaba dolores, calmaba la tumefacción y hacía bajar cualquier fiebre por alta que fuese. Quizá le sirviese al señor Moffit.

Una capa de frío y oscuridad me saludó al salir.

Junia roznó tranquila. Me subí a ella y la puse en dirección a casa.

Me volví para despedirme con la mano, aunque Loretta no lo veía. Su cabaña estaba medio tragada por las sombras y la bruma que bajaba de las cumbres, envuelta en un halo de luciérnagas que devoraban la oscuridad.

El bosque se abría al frente. Me detuve para buscarlo, sintiendo sus ojos taimados sobre mí, su negrura asfixiándome. Estaba ahí fuera, cazando al acecho. Y sabía que no buscaba algo para cenar. Junia se estremeció y alzó su hocico, sintiéndolo también. Atondé a la vieja mula, arreándola para que se apurase.

XI

Junia nos llevó a casa a través del bosque empapado por la bruma sin aminorar el trote hasta que vio las volutas de humo saliendo de nuestra chimenea.

—Vuelves a llegar tarde —dijo Papi cuando abrí la puerta y entré.

—Lo siento, papi, la gente estaba muy entusiasmada por volver a tener el servicio de la biblioteca.

—¿Leíste para la vieja Loretta?

—Sí, señor, unos buenos veinte minutos, y después la ayudé a acostarse. —Me quité el abrigo y lo colgué en el gancho junto a la puerta.

—Bien —gruñó mientras se inclinaba para subir los calcetines bajo las perneras de sus pantalones. Papi sabía que Loretta solo permitía lecturas de la Biblia y, además, le tenía cariño a la anciana.

—Pensaba que era tu noche libre, ¿dónde vas a...? ¿Vas a salir?

—Sí, hija. Anoche, la esposa de Lee Sturgil se puso enferma y le prometí que haría su turno para que no le pagasen con un pedrusco.

—¿La hija del *sheriff* está enferma?

—De parto —contestó, mirando hacia otro lado.

Últimamente algunos mineros le habían pedido a

Papi que cubriese sus turnos para evitar sanciones o problemas con los jefes de la empresa.

Al recordar la tisana de Loretta, busqué en mi abrigo y saqué la raíz.

—La señorita Loretta nos ha dado esto. Deja que te prepare una taza de hidrastis antes de que te vayas.

—Otra noche será, hija. No puedo llegar tarde. Toma algo de sopa y descansa. Pasó el médico y dejó una de sus cestas. —Metió un pie en su bota de trabajo.

El viejo médico era al único que papá hacía venir a casa, aparte de aquellos pretendientes a los que citó. El médico había dejado pequeños regalos en más de una ocasión, como manzanas, un tarro de mermelada o una caja de galletas, al tiempo que lanzaba tímidos ruegos para que le permitiésemos tomar muestras de sangre, rasparnos la piel o llevarnos al centro médico de Lexington. Papá nunca le abría la puerta y le decía que dejase su regalo en el porche.

Agradecida, cogí una manzana y jugueteé con ella pasándola de una mano a otra.

—Papá, hace un rato oí un ruido ahí fuera —dije apartando la cortina para mirar a la bruma del otro lado de la ventana, incapaz de ver nada.

—Vi un gato montés en el sendero, y creo que al regresar esta mañana lo volví a ver junto a la falsa acacia.

—¿Un gato montés? No estoy segura de que fuese un animal, papá, yo…

—Tengo que irme para que puedan ocuparse de la hija del *sheriff*. Echaré un vistazo por la mañana, hija. Estate atenta.

—Sí, señor.

Suspiré por tener que hacerlo, por saber que había más de una cosa ahí fuera dándome caza. Quizá si le contaba lo del predicador a mi padre se quedaría en casa y ambos estaríamos a salvo.

Solté la cortina y me dirigí a él.

—Papá, hace unas semanas, el predi…

Pero ya había salido por la puerta antes de que pudiese concluir la frase. Salí al porche y me quedé observando el fantasmal brillo de su candil cortar la bruma hasta que lo perdí de vista.

Fruncí el ceño, preocupada, regresé al interior de la cabaña y rebusqué en la cesta del médico. Encontré pan y mermelada, así que unté varias rebanadas para cenar.

Me apresuré a realizar las labores domésticas a la luz de un candil, deteniéndome solo para prender de nuevo la cocina con unas cortezuelas de abedul y yesca de pino que recogí en el porche. Coloqué con cuidado la yesca de abedul sobre el fondo de hierro colado de la cocina, le prendí fuego y sobre las incipientes llamas coloqué las astillas de pino. Un aroma a madera y resina inundó la cabaña.

Horas después, saqué el regalo de Henry del bolsillo de mi abrigo y subí la escalera de la buhardilla. Dejé el caramelo en la mesa situada junto al colchón de algodón que Papi se había empeñado en darme cuando me trajo de casa de Frazier. La verdad es que siempre había dormido bien en un jergón, pero él creyó que el colchón, cuyo anuncio prometía «aliviar el dolor de huesos y proporcionar el mejor descanso», me ayudaría a sanar más rápido. Papi tenía crédito en la tienda de la empresa y lo empleó para comprarme el colchón; además, me dijo que ese mes había cobrado una pequeña paga extra.

Sin embargo, la verdad es que apenas tenía un par de centavos en el bolsillo y yo sabía que tuvo que trabajar jornadas de dieciocho horas para ganar esa pequeña paga extra. A la compañía no le gustaba que los hombres de Kentucky anduviesen por ahí con dinero en los bolsillos, y para asegurarse de que así era, pagaban la mayor parte de los salarios en forma de pagarés; recibos que solo se podían emplear en la tienda de la empresa. Si un individuo se oponía a tener que gastar su sueldo en ese establecimiento, lo despedían de inmediato. La empresa también permitía de buena gana que los trabajadores recibiesen adelantos, pues los pagarés se emitían como si fuesen préstamos con interés, de modo que las familias mantenían una fuerte deuda con la compañía; por si fuese poco, los encargados le decían a cualquiera que osase enarcar una ceja: «Eso sirve para facilitar la vida de los mineros, evita que los trabajadores del carbón tengan que lidiar con las vicisitudes de prácticas ilegítimas y les enseña cómo son los negocios honestos al adquirir un buen crédito».

Me puse el camisón, aparté la ropa de cama y me metí bajo el edredón. Mis pensamientos volvían una y otra vez al preciado regalo de Henry y al hambre que sufría.

Papi y yo también habíamos soportado nuestra dosis de hambre. Solo teníamos bayas, colmenillas, ardillas, conejos y cualquier otra cosa que pudiésemos conseguir en el bosque. A veces, Papi intercambiaba sus capturas por alimentos que no podíamos obtener, como huevos, maíz o fruta. En raras ocasiones nos podíamos permitir los caros productos de la tienda de la empresa minera. El pagaré de la compañía y mi sueldo nos ayudaban a mantenernos más o menos a flote, a pesar de que mi padre gastase la mayor parte en las medicinas disponibles en la tienda de la empresa y no en las que podía recetarle el médico, más fuertes, para tratar su enfermedad pulmonar. A pesar de todo, continuaba endeudado al tener que comprar los medicamentos más modernos, la siguiente poción infalible que llegaría al establecimiento. Los medicamentos de la tienda solo servían para paliar un poco su enfermedad, como una especie de tirita, lo suficiente para que pudiese volver a bajar a la galería y conseguir más dinero con el que adquirir las novedosas medicinas que la empresa almacenaba y ofrecía a los mineros.

Nosotros solo éramos dos. Las aproximadamente trescientas personas que habitaban nuestra comarca tenían sus casas en el bosque, a orillas de un arroyo o en la falda del monte, y los pocos que vivían en el pueblo o en los aledaños de la mina eran, en su mayoría, familias numerosas.

No me parecía justo que ahí fuera hubiese un medicamento para Henry y para todos los «Henrys», para los hambrientos y menesterosos. En Kentucky, en estos tiempos, la viruela o la gripe no eran dolencias tan comunes como el hambre. La rabia de los desesperados y el pensamiento de que había tiendas repletas de productos para curar el hambre me mantenían en vela.

Cogí el caramelo y lo apreté contra mis labios, aspirando el tentador aroma de aquella dulce y sólida golosina. «… Hasta que tenga un hambre terrible», me había advertido.

Me estiré y metí el regalo de Henry en la caja de hojalata que tenía sobre la mesita de noche, donde guardaba mis recuerdos. «Aún no tengo un hambre terrible», pensé. Apagué la vela con un soplido, elevé una plegaria por mi padre, por Henry y por todos los que son como Henry, aunque esta no surtiese más efecto que el de formular un deseo al ver una estrella fugaz.

De todos modos, añadí unas fervorosas plegarias rogándole al Señor que nos librase de todo mal, a nosotros y a los pequeños, y una especialmente ferviente por el descanso eterno de Caroline Barnes, que había caminado unos mortales catorce kilómetros con el fin de alimentar a sus hijos, medio muertos de hambre... Catorce kilómetros a través de las frías y duras colinas de Kentucky. Catorce kilómetros sola, muerta de frío, en los que cada paso tuvo que ser una agonía.

Apreté la angustia dentro de un puño y de mis labios brotó un sonido devastador escapándose entre mis dientes. Respondió un chotacabras; hundí la cara en la suave almohada azul y tragué la pena anudada en mi garganta, los horrores que sentía a punto de llegar.

XII

La mañana de mayo progresaba despacio en el resabiado Kentucky. Una luna infantil, la que se ve a plena luz del día, no tardó en ascender por el brillante cielo matinal. Para un niño montañés, la luna diurna suponía un espectáculo digno de ver. Las madres y las ancianas abuelas de las colinas, hechas al lento paso de la vida y una existencia de escasez, preferían acostar a los pequeños mucho antes de que cayese la noche, antes de que se prendiese en ellos el fuego del hambre.

Recorría el camino hacia una montaña lejana tarareando canciones para distraerme, elevando a veces mi voz hacia las distantes colinas azules y las reinitas del pinar, encantada de la marca que estábamos consiguiendo. Habían pasado dos jornadas desde que viese a Frazier por ahí arriba y me relajé pensando en que aquella fue la última vez.

La ruta de los miércoles solo tenía tres paradas, pero la primera era la más complicada. Además, no resultaba muy estimulante el hecho de que tuviese que cubrir la mayor parte del trayecto a pie, pues tenía que llevar a Junia durante un kilómetro subiendo por el embarrado, estrecho y retorcido sendero de la montaña Hogtail. Era un paso seguro para la mula, pero no me arriesgaba a hacerlo montada en ella. Casi me desmayo del susto la primera vez que perdió pie al tomar una curva muy cerrada subiendo el abrupto sendero; sus cuartos traseros trastabillaron a centímetros del borde y me libré por un pelo de aquel abismo sin fondo. Un paso en falso y estaría cayendo hasta el verano, y nadie me encontraría hasta que el invierno hiciese desaparecer el verdor de las gruesas copas de los árboles. Desde que llevé ese susto, cubrí la mayor parte de la subida a pie. Por lo demás, aquella era una jornada agradable. Podría encontrarme con Queenie, cosa que me alegraba. La mayoría de los miércoles nos encontrábamos en el camino y nos sentábamos a charlar.

Me detuve cuando faltaba la mitad del trecho para alcanzar el paso, en un amplio recodo.

—Ya es hora de que me lleves, vieja amiga —le dije a Junia.

La mula superó con tranquilidad varias curvas cerradas hasta que llegamos a una bifurcación y Junia intentó tomar el sendero auxiliar, el que descendía. Desmonté y volví a caminar llevándola por las riendas, acercándome a las paredes rocosas y los ralos arbustos de la ladera durante el resto de la subida.

Superado el último paso, por fin vimos la torreta del vigía forestal.

R. C. Cole, de diecisiete años, observaba desde lo alto de su torreta, con el viento enredando su cabello cobrizo. Vestía ropa harapienta, una camiseta agujereada y unos raídos pantalones vaqueros de color marrón, y se encontraba a casi veinte metros de altura, en la torre de la montaña Hogtail construida por el Cuerpo Civil de Conservación. Vi su impaciencia en el modo en que agitó sus brazos y oí su prisa en los fuertes golpes que daban sus pies en la plataforma de acero.

Esperaba por mis libros, pues según él lo llevaban más alto que donde ya se encontraba. El muchacho quería estudiar los nuevos artículos acerca del tiempo y los bosques, y siempre me rogaba que le subiese números del *Farmer's Almanac*[16] y el *National Geographic,* cualquier cosa que le ayudase a ascender en su trabajo hasta llegar a ser el encargado de las torretas y así ganar más dinero para poder estudiar y emplearse como guardia forestal.

Me dijo que eligió el Cuerpo Civil de Conservación como lugar donde comenzar su carrera por pura lógica. Habían estado construyendo torretas de vigilancia con cabinas en las montañas de Kentucky desde que el presidente Roosevelt crease el cuerpo de obreros. En el instante en que R. C. cumplió dieciséis años, mintió para ingresar en el Servicio Forestal diciendo que tenía diecisiete. Solicitó el empleo para seguir los pasos de su padre primero y de su madre después.

Su madre, Hallie Cole, fue la primera mujer empleada en Kentucky como vigilante en una torreta forestal. Después de que el padre de R. C. muriese alcanzado por un rayo, Hallie lo sustituyó y ocupó su puesto en la torreta de Pearl Knob, a unos treinta y dos kilómetros al este de allí, y el Cuerpo de Conservación se lo permitió. La torreta Pearl había sido el hogar de los Cole desde su construcción, bastante antes de que el Cuerpo Civil de Conservación se hiciese cargo de la vigilancia de incendios.

---

16 Literalmente, «Almanaque del granjero». Publicación anual similar al *Calendario Zaragozano. (N. del T.)*

R. C. ya llevaba un año viviendo en la cabina de acero de la torreta Hogtail, escudriñando las colinas con vista de águila en busca de fuego, aunque también vigilaba las condiciones meteorológicas, pues en cuanto divisaba el menor rastro de humo o la formación de nubes oscuras alertaba a los guardabosques con una radio especial de manivela.

Até a Junia a la abrupta escala de acero, busqué el préstamo para R. C. y saqué las dos cartas que la directora me había pedido que entregase.

R. C. se inclinó sobre el borde de la plataforma con aún más entusiasmo y emoción.

—Señora Damisela —gritó desde lo alto, haciéndome un gesto—. ¿Podría subir las cosas? Creo que he encontrado una humareda. ¡Tengo que mantener la vigilancia!

Desapareció regresando al interior.

Subí los ochenta y cuatro escalones jadeando hasta detenerme en la trampilla, llamé con un golpe y me hice a un lado. R. C. tiró de la hoja de madera y subí los cuatro que me quedaban hasta sus dependencias.

—¡Librera! Apúrese, venga a ver esto —dijo R. C.

Se dejó caer en una silla frente a su buscador de incendios Osborne, estudió el mapa topográfico circular y después se levantó para otear por los cuatro ventanales que envolvían su pequeña cabina.

—¿A usted que le parece? —Tocó con suavidad el buscador de incendios y señaló—. Justo ahí. ¿Cree que es humo? —Volvió a mirar por la ventana al cielo azul de Kentucky, los vastos bosques, sus ríos y arroyos, y después bajó la vista hacia el aparato colocado en la mesa de madera.

R. C. me ofreció su silla.

—Aquí, eche un vistazo.

Quitó una camisa sucia de la silla, la tiró al suelo y limpió el asiento con su antebrazo.

Le tendí un viejo número de *Forest & Stream*,[17] y las cartas que le enviaban de casa y me senté, todavía intentando recuperar el aliento después del vuelo de escaleras. R. C. repasó las páginas de la revista. Me acerqué un poco más al aparato, pero una pata de la silla se enredó en la camisa de R. C. al intentar levantar y moverla; se bloqueó.

—Vaya, lo siento, señora —dijo, ruborizándose—. Permita que lo arregle. No puedo dejar que se estropeen los aislantes. Ya sabe, le pueden salvar la vida a uno.

El pasado verano se desencadenó una fuerte tormenta en la zona y cayeron rayos alrededor de la diminuta cabina. Me contó que los relámpagos llenaron el cielo con sus garabatos y que jamás había oído nada parecido al fragor de aquellos truenos. Al parecer, algo golpeó el pararrayos colocado sobre el habitáculo y una gran bola de fuego rodó por el techo y bajó por un lado de la torreta hasta estrellarse contra el suelo, chamuscando la tierra.

Después de que se le pasase el susto, se apartó de su escritorio. La barandilla y la escalera relucían con un ardiente color naranja que lo hizo retroceder al interior.

Llamó a la oficina forestal y al día siguiente enviaron a dos guardias a Hogtail. Los hombres colocaron aislantes de vidrio bajo las patas de su silla y le ordenaron que se sentase con los pies levantados en cuanto viese aproxi-

---

17 Revista estadounidense dedicada a la caza, la pesca y otras actividades al aire libre. *(N. del T.)*

marse una tormenta, aunque estuviese a kilómetros de distancia. Pues bien, la camisa de R. C. se había enredado en el vértice de uno de esos aislantes, los pequeños cubos de cristal adheridos a las patas de la silla.

El muchacho enderezó la silla y se apartó. Volví a sentarme. Miré a través del visor del buscador de incendios. Poco a poco, lo moví hasta que ambas miras se alinearon con el fuego.

—Está cerca de Jewel Creek —dije, orgullosa de que me hubiese enseñado a utilizar el aparato, y más orgullosa aún de que confiase en mi palabra—. Mire, R. C., podría ser bruma, pero no estoy segura. —Me levanté de la silla.

—Podría ser —lo observó un rato más y añadió—: Tengo que vigilarlo y estar listo para informar a los forestales—dijo.

Levantó la revista con el ceño fruncido.

—Lo siento, R. C., el almanaque estaba en préstamo. Creo que esta revista puede ser útil hasta que lo consiga.

—No se preocupe, señora, está bien. Se lo agradezco mucho. —Ocultó su decepción tras una amplia y dulce sonrisa y se puso a ojear la revista—. La verdad es que parece interesante. —La dejó sobre su estrecho camastro con somier de cuerdas y abrió una de las cartas, leyéndola aprisa, ansioso por tener noticias de casa.

Era demasiado cortés para recordarme que solo lo había visitado tres veces el año pasado. Confiaba en poder conseguirle unos cuantos libros de texto sobre ciencia y geografía, además de un almanaque forestal, pero aún no habíamos recibido una donación de ese tipo.

—Señora Damisela —dijo, guardando la carta en su bolsillo trasero mientras recogía dos sobres de la fría plancha de la cocina económica—. ¿Podría echar esto al correo?

—Mañana mismo las dejaré en mi puesto para que las recoja el mensajero, pasará la próxima semana…

—¿Sería posible enviarlas antes? Una es para mi madre y esta otra… —golpeó el sobre con un dedo—, esta es para el señor Beck. Es el padre de mi chica, de Ruth… Pero tengo que contactar con él lo antes posible. —Sus ojos me lanzaron una mirada suplicante—. Esta carta es importante, señora. —Cambiaba el peso de su desgarbado cuerpo de una pierna a otra, sin parar, impaciente por obtener una respuesta.

Ruth Beck era su novia. Y durante el último año, todos los sábados, sin excepción, R. C. bajaba de la montaña y después caminaba más de seis kilómetros hasta la estación ferroviaria de Jasper Creek. Allí pagaba los diez centavos que costaba el billete hasta Willsburg, una población de mayor tamaño, donde iba a encontrarse con Ruth, una muchacha de quince años. Después compraba un par de entradas de veinticinco centavos en el nuevo cine de la localidad para regalarle a su chica una cita agradable.

Las orejas de R. C. se pusieron al rojo vivo.

—Yo, esto… Señora Damisela, verá… ¡Voy a pedir la mano de Ruth al señor Beck! —espetó—. Señora, si no fuese mucha molestia entregarla…

—¿El señor Beck no trabaja en la mina?

—¡Sí! Sí, señora, desde luego que sí.

—Se la daré a mi padre esta noche para que se la entregue en mano —lo animé, deseosa de ayudar a los jóvenes enamorados.

—Muchísimas gracias. Se lo agradezco en el alma, señora Damisela.

R. C. parloteó alegre acerca de sus planes durante unos minutos; andaba necesitado de compañía con aquel solitario trabajo.

Media hora después, desaté a Junia y me dispuse a dirigirme hacia mi siguiente parada.

—No se olvide de traerme el almanaque del granjero, señora Damisela. Voy a instruirme leyendo para trabajar de guardia forestal.

—De verdad que voy a intentarlo por todos los medios, R. C. —Odiaba que el muchacho no dispusiera de los libros que necesitaba, que no hubiese los suficientes para proporcionarle una vida mejor.

—Pienso casarme con Ruth y traerla aquí cuando su padre nos dé su bendición —repitió su voto, inclinándose sobre la barandilla.

Al llegar a los pies de la montaña donde estaba el vigía, seguí un arroyo durante una hora antes de detenerme para que Junia bebiese. Mientras la dejaba descansar, me senté y saqué el viejo libro de gramática del bolsillo de mis faldones, donde lo guardaba, con la esperanza de que Queenie pasara por allí; de vez en cuando interrumpía mi lectura para asegurarme de que el predicador no andaba por las cercanías.

Poco después me encontré con una magnífica «redacción» y llamé a Junia.

—¡Junia! Ven a escuchar esta buenísima redacción.

La mula dejó de beber, levantó la cabeza del arroyo y se acercó con fuertes pisadas, derramando agua sobre mis zapatos.

Me levanté de un brinco y me coloqué frente a ella.

—Este párrafo perfecto pertenece a *El viento en los sauces*.

Junia levantó la boca y movió la mandíbula como si ella también quisiera escuchar aquellas palabras.

Me reí y le di una palmada en el cuello.

—Bueno, ahora te vas a estar quieta, que tengo que ponerme a estudiar nuestra lección.

El agua del arroyo borboteaba como de costumbre, pero los pájaros cesaron sus trinos y bajé la vista a la página.

—«¡Acepta la Aventura, escucha la llamada, ahora, antes de que pase el momento irrev... —se me trabó la lengua al llegar a tan difícil palabra y deseé con toda mi alma tener un diccionario—... Irrevocable!»[18] ¿O se lee «irevocable»...? —Fruncí el ceño, segura de que la pronunciaba mal.

Junia relinchó como si así fuera.

—Pues muy bien, señorita apóstola sabelotodo, me gustaría oír cómo lo lees tú —le dije, sintiendo un cálido rubor en el rostro, a pesar de que allí no hubiese nadie que pudiera zaherirme o burlarse de mí.

Me aclaré la garganta.

—¿Podemos continuar, Junia? —le pregunté con tono afectado antes de proseguir mi lectura imitando la voz de una locutora de radio—. «¡Sólo es cuestión de cerrar la puerta detrás de ti, dar un alegre paso adelante, y dejar atrás la vieja vida para comenzar una nueva! Luego, algún día, dentro de mucho tiempo, regresa a casa si quieres, cuando hayas bebido la copa y el juego haya acabado, y siéntate al borde de tu río tranquilo...».

---

18 Según la versión disponible en línea en http://proyectos.iepresbiterobmg. edu.co/gallery/EL%20VIENTO%20EN%20LOS%20SAUCES.pdf. *(N. del T.)*

Junia, como si se estuviese aburriendo, hizo exactamente eso y deambuló de regreso al arroyo.

—«¡Acepta la Aventura, escucha la llamada, ahora, antes de que pase el momento irrev...!» —repetí, y aquella difícil palabra se trababa como una maldición, al tiempo que volvía a desear tener un buen diccionario.

A mi espalda oí unos suaves relinchos. Sobresaltada, giré hacia el ruido.

Era Queenie a lomos de Maude, su vieja montura de alquiler.

—Buenos días —saludó. Queenie mostraba una ancha y amable sonrisa—. No pude evitar oír tu deliciosa *lecura* —dijo, pronunciando mal la palabra lectura—. Cariño, ¿hoy te toca darle la lección a Junia? Quizá debieras leerle la Biblia —se guaseó con una sonrisa de suficiencia.

La referencia me produjo un escalofrío.

Queenie no sabía que Frazier me estaba dando caza como hacen los gatos monteses con un pájaro herido. Había visto al predicador pasar junto a ella en el pueblo, pero sin dedicarle ni una sola mirada ni hacer el menor esfuerzo por saludarla. Era como si ella fuese invisible para él; no pude evitar desear que me pasase eso mismo. El pastor no tenía ninguna querella con Queenie, no le importaba que fuese blanca o negra; él buscaba a los de verdad diferentes y afligidos.

—No... No, eso sería una idiotez —respondí e inspeccioné los árboles con un rápido vistazo, después busqué a Junia con la mirada, a pesar de que sabía que la mula siempre detectaba el peligro con sus amplias narinas, sus orejas móviles y esos grandes ojos suyos que podían verlo todo a su alrededor. Pero en ese momento descansaba tranquila en la ribera—. Una completa tontería —susurré y esbocé una débil sonrisa.

Queenie se revolvió en su silla y me señaló con el dedo.

—Lo que es una tontería es oír a la persona más lista que conozco desperdiciar la música natural de su voz para imitar a esas presuntuosas de la ciudad.

Cerré el libro sintiéndome algo más que tonta, aunque también un poco orgullosa por su generoso cumplido.

—Tienes, sencillamente, una voz preciosa y natural con la que no necesitas cambiar las palabras o jugar con ellas para que al final parezcan tan falsas como esas que dicen los que se creen más inteligentes —afirmó, y luego llevó a Maude hasta un árbol.

—Quiero aprender. Quisiera saber... Saber todas las palabras, Queenie. —Alcé la barbilla—. Conocerlas todas y pronunciarlas bien.

Queenie me miró pensativa y desmontó.

—Conozco a gente que siente esa misma necesidad. La necesidad de llenar el cerebro hasta que les explote. Mi padre la tenía y me la pasó a mí.

Rebuscó en su bolsa, sacó un mendrugo y un libro, después se dejó caer despreocupadamente sobre la hierba y con un asentimiento me invitó a hacer lo mismo. Me senté a su lado.

Queenie abrió un viejo diccionario Webster y pasó sus finas hojas hasta que se detuvo, llevó su dedo a una palabra y la señaló con un golpecito.

—Irrevocable —tronó su voz con musicalidad y sin la menor vacilación.

Repitió la palabra y dijo:

—Se dice irrevocable... Es como inevitable. Ahora inténtalo tú. —Me colocó el libro en la mano.

Tragué saliva, pasé la vista por la columna de palabras y la pronuncié sin el menor problema.

Queenie me dedicó una alabanza.

Orgullosa, saboreé la palabra unas cuantas veces más antes de devolverle el grueso volumen.

Queenie rio, pero yo sabía que era de orgullo por mí.

Dejó el diccionario junto a mis faldones.

—Quédatelo el tiempo que te parezca, hasta que hayas aprendido.

—No puedo aceptarlo...

—Tú dame nuevas palabras la próxima vez que nos veamos para demostrarme que ni mi libro ni tu cerebro están criando moho, y quédatelo hasta que te las sepas de pe a pa. Eso mismo me dijo mi padre cuando me lo prestó. —Se levantó, sacudió sus largos faldones y ajustó su tocado—. ¿Cómo está tu padre?

—Se pasa el tiempo trabajando. ¿Y los chicos y Willow?

—Últimamente bastante bien. Estaríamos mejor si pudiésemos marchar de aquí. ¿Has pensado alguna vez en irte, Cussy?

Negué con un gesto.

—¿A dónde iba a ir? ¿A dónde irías tú?

—Pues al norte, hasta Pensilvania, para conocer allí a más gente como yo. ¿Nunca has querido que hubiese más gente como tú por aquí?

—Mi padre dice que ya no queda nadie como yo. Me conformo con que haya gente amable, eso es todo.

—He oído que hay gente maja cerca de Filadelfia.

—Queenie me atrapó con el travieso secreto que brillaba en sus ojos.

—¿Y qué más sabes de Filadelfia, Queenie? —pregunté enarcando una ceja y mirándola a los ojos, confiada en recibir buenas noticias.

Levantó la voz con tono cantarín.

—Ay, puede que quizá haya oído algo. Algo sobre un trabajo como asistente en la biblioteca que van a abrir en la gran ciudad de Filadelfia.

—Queenie, ¿has enviado una solicitud?

—La he enviado. —Sus ojos destellaban—. La eché al correo hace una semana.

—Filadelfia —murmuré, apenas capaz de hacerme a la idea.

—La señorita Harriet me habló personalmente del puesto. E insistió en que lo solicitase. Y yo fui lo bastante tonta para hacerlo.

Al contrario que yo, Harriet daría lo que fuese con tal de deshacerse de Queenie.

—Allí hay médicos negros que pueden cuidar de mi abuela enferma y también escuelas para negros donde llevar a mis chicos. Pronto lo sabré —Queenie gorjeaba como un pájaro—. Ay, Señor, es una delicia de sitio. He leído que hay un departamento de asistencia para las familias. Es una bendición que el presidente conceda ayudas, que su nuevo programa esté cobrando fuerza y se contraten a más bibliotecarias. Ahí fuera el mundo es muy diferente, cielo. Hay oportunidades como no hemos visto nunca y que la gente de la ciudad no intenta arruinar. La señorita Eula se ha ofrecido a escribirme referencias. Ay, con todas esas posibilidades… Imagínate.

No podía. Quizá hubiese oportunidades y bendiciones

para la gente de su color, pero jamás había visto nada de eso para los míos. No obstante, deseaba con todas mis fuerzas que disfrutase de ellas; por otro lado, todo lo que podía hacer era mantener las manos a la espalda para evitar darle un abrazo.

—Seguro que habrá oportunidades magníficas.

Queenie me apretó un brazo. Pero apartó la mano de inmediato y señaló el diccionario.

—Tráeme palabras nuevas… Trae el cerebro lleno de ellas.

—Gracias, Queenie. Lo haré. Buena suerte, y buena ruta.

—Nos vemos el próximo miércoles. Que te vaya bien en la tuya, cielo.

Se acercó a Maude y la montó.

La observé alejándose hasta que la perdí de vista. Pensé en sus oportunidades y bendiciones, y comencé a desear que fuesen para mí. Me imaginé en una gran ciudad como esas abarrotadas poblaciones de los libros… Los rostros amistosos, la posibilidad de conseguir un buen empleo como bibliotecaria, que a mi padre lo atendiese un médico competente y que dispusiera de los mejores medicamentos. ¿Sería posible que en una gran ciudad encontrase al menos a una persona como yo? Es posible que en una ciudad como esa se admitiesen más de dos colores, y puede que, en vez de intentar destruir sus vidas, dejasen en paz a los que, como yo, no tienen uno de esos dos colores.

Distraída, espanté a una abeja y entonces lo vi, vi mi pecado en la cada vez más oscura tonalidad azul de mis manos al cerrar un puño con fuerza; después lo apreté aún más y sentí vergüenza de mi inútil envidia.

Recogí el diccionario y me perdí en la letra «B» durante más tiempo del previsto, hasta que Junia resopló llamando mi atención.

—Benévola —dije, dejando que la palabra se deslizase dos veces en mi boca. Apreté la página contra mis labios—. Una dama benévola. Eso es nuestra Queenie Johnson, vieja amiga —le dije a Junia y me levanté.

***

El camino de descenso desde la torreta de R. C. era más fácil que el de ascenso. Dejé una carta y un boletín eclesiástico a los Evans, una pareja de gente mayor a la que no le interesaba charlar, que en raras ocasiones abría la puerta y que reusaban mirarme cuando tenían que hablar conmigo. Dejaban sus préstamos en la barandilla del porche, apartaban la cortina y observaban desde la seguridad del interior. Cambié rápidamente el material antes de ir a toda prisa a ver a mi último socio.

Alguna que otra vez, Bill, el jefe de correos, me pedía que le entregase a los Evans una carta de su hijo, que vivía en Nebraska. Aquella fue una de esas veces. Siempre me quedaba mirando el sobre intentando imaginar de qué clase de lugar se trataba basándome en las pruebas que obtenía del sello y el matasellos.

Me preguntaba qué aspecto tendría la gente y a qué se dedicaba. Recordé haber leído algo en el *National Geographic* acerca de un zoo muy famoso que tenían allí, y que la Administración de Proyectos Laborales había organizado la construcción de grandes recintos para osos y felinos en ese lugar. Pensé en el zoo y me pregunté por qué la gente haría cosas así, quién estaría dispuesto a pagar por ver a esos animales en tales condiciones. Aquí eran libres como la lluvia o el viento, y uno puede ver todo tipo de bichos si se tiene la disposición adecuada, buen ojo y la boca cerrada. La gente de Nebraska tenía que ser rica para despilfarrar el dinero de esa manera…

Junia salió al trote del patio de los Evans y entonces oí cómo se abría la puerta. La señora Evans me llamó.

—Librera, venga aquí.

Tiré de las riendas de Junia e hice que se volviese hacia ella.

—Dígame, señora Evans, ¿en qué puedo ayudarla?

Levantó el sobre con manos temblorosas y lo tendió hacia mí.

—El señor Evans se ha ido una semana a Burl Top. Necesito ayuda para leer la carta de Patrick… Yo, bueno, creo que he vuelto a perder las gafas.

Nunca la había visto con gafas, pero sabía que algunos montañeses analfabetos, y orgullosos, le decían eso mismo a Bill; algunos incluso llevaban fundas de gafas vacías. Sorprendida, bajé de la mula.

—Por supuesto, señora, estaré encantada de leérsela.

Cogí la carta y la abrí. Dentro había unos billetes doblados, que le entregué. Me dedicó una rápido sonrisa, avergonzada pero agradecida; me aclaré la garganta con suavidad y comencé a leer la carta de su hijo.

2 de abril de 1936

Querida familia:

El día nueve de abril Abigail dio a luz una niña

fuerte y saludable, y hemos decidido llamar a nuestra primogénita Sallie.

El mes pasado compré tres reses de raza Hereford. Hace una semana, Maybelle parió dos buenos terneros. A sus catorce años, nuestra querida amiga se ha convertido en mi mejor reproductora; pienso hacer que vuelva a quedar preñada dentro de tres meses.

Recibid un fuerte abrazo de Abigail y de vuestro hijo, que os quiere,

Patrick

La señora Evans pasó suavemente el dobladillo de su delantal por los ojos y se sorbió la nariz.

—Una nieta, y se llama como yo. Tengo mi primera nieta y mi hijo se está haciendo un ganadero importante. Gracias, librera. El señor Evans se va a entusiasmar.

Ella lo estaba, desde luego, y al devolverle la carta una dulce expresión brilló en sus ojos suavizando los agotados rasgos de su rostro. Ser capaz de dar una pequeña alegría, una buena noticia, a un socio me alegraba el espíritu.

La señora Evans me dio las gracias de nuevo y después frunció el ceño.

—Espere en el patio —me ordenó y se volvió para entrar en la casa. No tardó en regresar y me tendió algo envuelto en un pequeño trozo de tela; luego, dubitativa, lo posó en la barandilla para que lo recogiese.

—He vuelto a hacer demasiado pan con chicharrones, pero como el señor Evans no está en casa se va a echar a perder. Es para usted, librera; por las molestias.

—Ay, señora, no ha sido ninguna molestia... —Pero

ya había vuelto al interior antes de que pudiese rechazar educadamente su oferta.

No me parecía bien aceptar el regalo. Probablemente, el pan era la única comida que tenía para pasar la semana. Y la comida era el objeto más valioso que se le podía dar a alguien… El regalo más generoso que un ciudadano de Kentucky pudiese hacer a otro.

✶✶✶

Esperé a Timmy Flynn, de once años, bajo un capulí en la desembocadura del arroyo Ironwood.

Timmy vivía al otro lado de un arroyo que yo podía vadear sin problema, pero a su madre no le gustaba el servicio de la biblioteca y se negaba a que en su casa entrase yo o un libro del Gobierno. Pero como Timmy no tenía una escuela cerca, su madre le había dado una vieja y abollada olla con tapa y le dijo que la colocase bajo el árbol grande al otro lado del arroyo. Según me había advertido: «Tiene que dejar ahí la lectura del chico, siempre y cuando los libros del Gobierno sean adecuados y usted no se acerque más».

Después de unos minutos de esperar y llamar al muchacho, recogí el anterior préstamo de Timmy de la olla y volví a colocarle la tapa.

Al erguirme, sentí que algo me golpeó el brazo y rebotó en uno de mis zapatos. Un pequeño guijarro había caído junto a mi pie. Entonces vi al chico observándome tras un grueso arbusto capulín, contento y lleno de picardía.

—Librera —llamó, ensanchando aún más su sonrisa—, ¿qué me ha traído?

—Pues he traído un libro muy interesante, señor Flynn. Venga a verlo. —Aparté un poco la tapa—. Trata de un chico muy simpático que se llama Danny.

—Usted es una mujer azul muy simpática —dijo. Corrió a mi lado y se acuclilló para mirar. Sus ojos se iluminaron al ver su préstamo preferido, *Ask Mr. Bear.*[19]

Lo recogió y se sentó bajo la amplia copa de un sauce negro, recostándose cómodamente contra el escamoso tronco del árbol y pasando las páginas con sus pequeños y rápidos dedos.

Era un niño delgado, de la talla de un chico de casi la mitad de su edad. Sin poder evitarlo, coloqué el paquete de pan a su lado. Timmy, sorprendido, dejó el libro y lo cogió. Me miró, dubitativo.

—Yo he comido mucho y no podré terminarlo —afirmé con el hambre rugiendo en mi vientre. Nos quedaba poco dinero y últimamente había menos caza debido a la enfermedad que padecía mi padre.

—Yo puedo comer pan de maíz en cualquier momento, sin problemas —respondió y comenzó a desenvolverlo. Se lo llevó a la boca y lo engulló tan rápido que estuvo a punto de ahogarse dos veces. Yo, temiendo por él, me acerqué de inmediato preparándome para ayudarle a tragar dándole unas palmadas en la espalda. Un segundo después levantó los ojos arrasados por las lágrimas del atragantamiento. Tenía migajas en la cara y un destello de agradecimiento en su mirada. Recogió los restos de sus mejillas y se los llevó a la boca, después

---

19 *Pregúntale al señor Oso* (1932), obra de Marjorie Flack que narra las peripecias de Danny, el protagonista, buscando el regalo perfecto para su madre. *(N. del T.)*

lamió hasta el último trozo que pudiese haber quedado en el trapo donde estuvo envuelto. Un minuto después ya había retomado su libro.

Coloqué su anterior préstamo en mi alforja y saqué un libro de recortes. Era el más grande que tenía, lleno de recetas, fotografías de la prensa y pequeños consejos que me habían dado los considerados montañeses. Me hubiese gustado que la señora Flynn lo viese. Pero no me atrevía a vadear el arroyo y tener que oír sus quejas.

Se lo tendí a Timmy.

—Bueno, échele un vistazo. Llevo las alforjas a rebosar y creo que no voy a tener sitio para llevar a casa mi libro de recortes más importante.

Miré a la olla y después a Timmy.

—Pues sí que es grande, librera.

—Lo es. La verdad es que podría dejarlo aquí —comenté con tono confidencial—, pero la olla no tiene el tamaño suficiente y no me parece un lugar seguro para él —añadí tocándome una mejilla con gesto pensativo.

Timmy entornó los ojos y se rascó la cabeza, también pensativo.

—Es uno de los mejores que tengo y no quisiera que terminase roto o mojado. Trae un consejo para hacer tallas, que me dio el viejo Pell Gardner, y otro muy bueno sobre cómo afilar navajas. Además, hay una magnífica ilustración para hacer una buena caña de pescar.

Al oír todo eso, los ojos de Timmy se abrieron de par en par y se incorporó sobre sus rodillas.

—A mi padre le gusta tallar.

—Ya… No quisiera ser un fastidio, ¿pero, señor Flynn, cree que su madre dejaría que lo guardase en casa? Será solo esta vez, hasta que regrese.

Timmy asintió, se levantó de un brinco y me lo arrancó de las manos.

—No, señora, no le importará. ¡Nada de nada! Lo mantendré a buen recaudo en la letrina.

—Gracias, señor Flynn —monté a Junia y añadí—: Dígale a su madre que ahí tiene una receta de Libby Brown para hacer unas tortas de aceite realmente deliciosas.

—A mi padre y a mí nos encantan, y la tía necesita una buena receta para el baile de las Tartas del mes que viene —Timmy salió corriendo hacia el arroyo y lo vadeó chapoteando mientras zigzagueaba con cuidado llevando los libros en alto.

Sentí un revuelo a mi espalda, entre las hojas. Junia agitó la cola. Escudriñé los árboles y no vi nada, pero sentí algo. Volví a pasar la mirada por la arboleda, buscándolo despacio. Junia tenía la vista fija al frente y las orejas tiesas, también a la escucha.

Al otro lado del arroyo, Timmy gritó de alegría y llamó a su madre.

Junia pestañeó y volvió la cabeza hacia los chillidos del niño.

Timmy volvía a gritar.

—Mira, mamá, mira esto. ¡He conseguido la receta para un pastel!

Junia relajó las orejas.

Sacudí las riendas y reí entre dientes.

—Arre, pequeña. Vamos a casa.

Junia rebuznó dejando que el sonido se debilitase hasta convertirse en temblorosos gemidos, como si también riese.

XIII

Soñaba que hacía libros de recortes sobre una torreta forestal en llamas cuando los furiosos gemidos de Junia me despertaron en plena noche. Me quedé un rato intentando salir del sueño.

Parpadeé, me froté los ojos en la absoluta oscuridad y escuché el silencio. Me estiré en busca del candil, encendí una cerilla y consulté la hora en mi reloj. Eran poco más de las cuatro y aún faltaban veinte minutos para que llegase la hora de levantarme.

Me desplomé sobre la almohada, acurrucándome aún más bajo las mantas. Era mayo, pero el tiempo había refrescado y el aire se colaba por las placas sueltas y los resquicios de los troncos. Volví a escuchar los agudos gemidos de la mula y después el estampido de un disparo de escopeta.

Me incorporé de un brinco y salí de entre la revuelta ropa de cama.

Me puse la vieja bata de mi madre, bajé apresurada la escala de la buhardilla, trastabillé, no puse el pie en el último travesaño y caí dándome un fuerte golpe en la rodilla. Me froté la zona dolorida y fui a por la escopeta que mi padre guardaba bajo la cama, pero no estaba en su sitio.

Me asusté, encendí un candil y abrí la puerta de par en par.

La tenue luz de la vieja lámpara de carburo de Papi se movió de un lado a otro desde su casco de minero y entonces se fijó y destelló con luz fuerte sobre el pesebre.

Mi padre se acuclilló junto a un cuerpo con Junia a su lado, dando furiosos golpes en el suelo con sus cascos y llenando el aire de la noche con sus chillidos.

—Hija, apúrate, aparta a este animal —gritó al verme—: ¡Apártate! —Se quitó el casco y lo agitó frente a ella—. Quítala de aquí antes de que vuelva a coger la escopeta y esta vez te prometo que no fallaré. Date prisa y llévate a este maldito animal.

Vi la escopeta de Papi en el suelo, a su lado, y di un grito ahogado.

—¡Junia! —llamé. Dejé el candil en el suelo y corrí hacia ella con los brazos alzados. Pero la mula se limitó a sacudir su enorme cabeza y machacar la tierra con los cascos de sus cuartos delanteros, preparándose para pelear—. ¡Eh! Apártate. Apártate, pequeña. Vamos, vamos, muchacha. —Me hice a un lado e intenté bloquearla.

—Vamos, chica. Tranquila, vamos. Tranquila. —Me acerqué despacio y le acaricié un costado. Sus músculos se estremecían, le di suaves palmadas, la acaricié y le toqué un hombro y su boca gris mientras le hablaba en voz baja. No tardó en calmarse y apoyar su cansada cabeza sobre mi hombro. Miré a mi espalda y vi la causa de su inquietud.

Yacía en el suelo, estaba segura de que había vuelto de la tumba y me asustó tanto que chillé.

—¿Le ha dado un ataque al corazón? —pregunté.

—Mete a la mula en el establo —ordenó Papi—. ¡He dicho que la metas! —Se quitó el casco alzando la luz por encima del cuerpo—. ¡Llévatela ya!

Junia respingó y emitió un gemido ahogado. Cogí un dogal del establo, se lo pasé por el cuello, lo ajusté y tiré de ella pasando sobre el barro y una chapa astillada. La puerta de madera había caído después de que la mula la cocease y el lazo que servía para cerrarla estaba en el suelo, lejos del marco.

Tiré de la puerta, levantándola, y la cerré con un pedazo de soga, después me apresuré a ir donde estaba mi padre y me arrodillé junto a él y a Vester Frazier.

—¿Está vivo? —susurré, debatiéndome entre el deseo de que lo estuviese y el temor de que lo estuviera. Tenía la cabeza ensangrentada, la frente abierta con un horrible corte, la mandíbula astillada hasta la boca y la nariz torcida a un lado, goteando sangre.

—Todavía le queda algo de vida —dijo mi padre—, y lo va a pasar mal si recobra el conocimiento.

Observé el cerco de carbón alrededor de la nariz de mi padre, pero sus ropas apenas tenían un poco de hollín y no parecían tan mugrientas como siempre.

—Papi, ¿por qué has vuelto tan pronto?

—Cerraron la mina. Se derrumbó una de las galerías y el inspector nos mandó a casa.

—¿Y qué ha pasado aquí?

Miré el arma colocada junto a sus rodillas.

Entonces lo vi, y un destello en la oscuridad y un creciente furor acabó con mi alivio. Junto al cuerpo de Vester Frazier había un enorme cuchillo de caza y otra lámpara de queroseno.

Recogí mi candil y corrí al establo. Inspeccioné el

cuerpo de la mula con la mano, la inspeccioné lo mejor que pude bajo aquella luz débil y parpadeante. Levanté el pábilo. Se encendió por completo y ardió emitiendo más luz; la examiné de nuevo.

—Solo un rasguño que le manchó la grupa con sangre, pero nada grave —le grité a mi padre y regresé a acuclillarme a su lado—. ¿Y ahora qué vamos a hacer?

—Ayudar a las personas, hija mía. Somos gente temerosa de Dios —respondió con sencillez, aunque sabía que en realidad quería decir «gente prudente», y que se preocupaba por lo que nos pudiese pasar si se descubría aquí a un blanco herido, o algo peor.

—Ha estado dándome caza —dije mientras me apretaba el cuello con la mano, sintiendo la necesidad de desgarrarlo para respirar—. Merodeaba por las colinas acechándome, papi.

Que lo hubiese vuelto a intentar, y que lo hubiese hecho tan pronto, me produjo un escalofrío en todo el cuerpo.

Papi me observó con una expresión fría en sus cansados ojos. Se tragó lo que yo pensaba iba a ser un juramento y se dio un puñetazo en la pierna.

Sé que recordaba mi tálamo nupcial. Mi padre no habló mucho entonces, pero en ese momento lo vi todo plasmado en sus ojos.

—No me hizo ningún daño —le dije, colocando una mano sobre la suya—. Pero Junia se llevó algún rasguño antes de espantarlo. La verdad es que nos salvó a las dos.

Papi miró a Junia con admiración y sorpresa.

—Pensaba asegurar esa puerta… Menos mal que ni me acerqué. Supongo que el animal olfateó su maldad y salió del establo para acabar con él.

—Mira, Papi, este volverá una y otra vez, hagamos lo que hagamos. Y no parará hasta que tenga su oportunidad conmigo.

—Sí… Pero ahora lo importante es que viva, o vamos a meternos en un buen lío. Si el predicador muere, la gente cogerá sus cuerdas…

—Me gustaría saber a dónde ha ido su montura.

Agucé el oído y miré a mi alrededor intentando escuchar al animal.

—Supongo que salió pitando a las colinas tras el estampido.

Frazier tosió, gimió y se movió un poco saliendo de su aturdimiento con un gesto de dolor. De su cuerpo emanaba un hedor a sangre y miedo. Al abrir los ojos y ver a mi padre y a mí inclinados sobre él, se cubrió el rostro con ambos brazos.

—Llevémoslo dentro —dijo mi padre.

Lo miré y me negué.

—¡Ahora! —ordenó lanzándome una mirada de advertencia.

—Sí, señor. —Tragué saliva. Sujetamos al predicador por las axilas y las piernas y lo llevamos a la cabaña.

Una vez dentro, acostamos a Frazier en la limpia cama de mi padre, sobre las sábanas que había estado lavando.

—Lo último que necesitamos es otro Frazier muerto —dijo mi padre—. Será mejor que montes en esa mula, vayas al pueblo y traigas al médico.

XIV

—Tiene el cuerpo destrozado —dijo el médico, cubriendo el cerúleo rostro de Frazier con el áspero paño de muselina. Recogió el estetoscopio, lo guardó en su cabás, nos miró a mi padre y a mí sentados en la mesa y añadió—: Esa mula es peligrosa.

El médico descubrió de nuevo a Frazier y lo observó con un gesto de dolor antes de volver a colocar el tejido sobre el rostro sin vida del predicador.

Sabía que Junia había descargado su ira sobre Frazier, destrozándole las costillas y algunos órganos internos, pero el bote de hierbas medio lleno de digitales colocado junto a la tetera era una novedad que advertí en cuanto regresé a casa con el médico. Una taza vacía estaba posada sobre el taburete junto a la cama. Me invadió una sensación de desasosiego al preguntarme cuánta dedalera le había dado Papi al predicador.

—El pastor se dedicaba a acechar a mi hija, y tenía malas intenciones —le dijo al médico.

El doctor miró primero a mi padre y después a mí, luego volvió a mirar a mi padre y asintió dando a entender que comprendía cuáles eran esas intenciones. Después examinó el jarro y cogió la taza vacía.

—Recobró el conocimiento y... —Un ataque de tos

le cortó la voz—… Y le di un poco de esa infusión de dedalera, para la hemorragia, hasta que llegases… No le di más de lo que tomo yo cuando me duele la cabeza.

Comencé a retorcerme las manos en el regazo y después me senté sobre ellas; al hacerlo sentí el calor azul que las irritaba.

—El animal lo golpeó de lo lindo —continuó diciendo mi padre.

—Será mejor que le pegues un tiro a esa bestia antes de que vengan los del pueblo a hacerlo por ti, Elijah —dijo el médico, colocando con un golpe la taza sobre el taburete—. ¡Pégale un tiro ya mismo! —Cerró su cabás con un movimiento.

Me levanté de un brinco.

—¡No! Junia solo intentaba protegerme y fue capaz de detenerlo.

El médico alzó una mano.

—Nada de eso le importa nadie. Mira, Elijah, se han encontrado muertos dos miembros de la familia Frazier, y los dos relacionados con los azules de la familia Carter; eso no va a sentar nada bien, pongas la excusa que pongas. —Con un gesto de preocupación, el médico se llevó una mano a su mejilla sin afeitar, se frotó sus cansados ojos y me lanzó una rápida y dura mirada—. Primero Charlie y ahora Vester.

Bajé los ojos al suelo, el espantoso recuerdo de Charlie Frazier retumbó en la abarrotada cabaña.

—Nos atacó aquí, ¡en mi propiedad! —objetó mi padre.

—Está muerto, Elijah. Un hombre blanco muerto en casa de gente de color. Solo por eso quemarán tu hogar. Y seguro que te ahorcarán —dijo el médico.

—Somos azules, no negros —puntualizó mi padre.

—Para ellos sigue siendo un color, y, además, uno al que temen —respondió el médico.

—Papi. —Lo agarré del brazo—. Le contaremos al *sheriff* cómo salió a mi encuentro en la ruta de reparto. El representante de la ley garantizó la protección de las libreras.

—Es pariente de los Frazier. —Mi padre se pasó una mano por la cara, preocupado—. Mierda, la mitad del pueblo está emparentada con los Frazier de una u otra manera —dijo, abrumado por la derrota.

—El clan Frazier es numeroso —reflexionó el médico—, uno de los más grandes de la zona. Algunos son una basura, pero hay otros que son buena gente. El *sheriff* es un buen hombre para el trabajo, de buena casta, y se toma su compromiso con bastante respon-sabilidad... —El médico sonrió como si recordase algo desagradable—, aunque a veces no es demasiado serio. Pero es que son dos los Frazier muertos. —Negó con la cabeza.

—El predicador me atacó —dije con apenas un susurro—. Le contaré al *sheriff* que intentó violarme...

Mi padre puso una mano sobre la mía y presionó para que callase. La apretó una vez más, pero con más fuerza, enviando una señal de advertencia con su mano fría y callosa.

Me tragué la acusación y hundí la barbilla sobre mi pecho. Una mujer violada quedaría maldita —sería perseguida— y la despedirían de su trabajo, como le sucedió a la cartera, Gracie Banks, el año pasado, cuando la violaron y lo dijo. No fue la única, pues bastantes mujeres que pasaron por lo mismo que Gracie Banks habían hablado. Pero en raras ocasiones se hacía justicia, y eso solo sucedía cuando los parientes de la víctima se hacían cargo del asunto y administraban el castigo de manera ilegal y discreta. Desgraciada, manchada de ese modo, la gente, también las mujeres, silenciaba, evitaba y culpaba a la provocadora hembra... Se aseguraban de que ella cargase con la mácula del pecado del hombre durante el resto de su vida. A lo largo de los años había visto esa carga en los ojos caídos de algunas mujeres del pueblo. Recuerdo a mi madre, en una ocasión en la que pensaban que no los oía, decirle a mi padre: «El silencio de las mujeres permite que esos malhadados hombres anden entre sus víctimas con total libertad y se crucen tranquilamente con ellas en las calles de Troublesome sin más molestia que la de tener que tocar ligeramente el ala del sombrero o pasar una mano por la entrepierna».

—Pero si me estaba dando caza —le dije al médico, aunque mis palabras perdieron fuerza.

—En mi propiedad —recalcó mi padre, soltándome la mano para señalar hacia la ventana con un dedo—. ¡La propiedad de los Carter!

El médico tomó una respiración, preocupado.

—Seguramente la gente pensará lo peor. —posó su mirada sobre nosotros—. Y el miedo a lo diferente, a las cosas que no tienen nombre ni se pueden entender, puede hacer que el más beatífico de los hombres cometa cualquier maldad bajo este oscuro firmamento, en esta vieja y oscura tierra.

El miedo se instaló en nosotros y miré a las sonrojadas mejillas de mi padre.

Por su parte, el doctor se sentó en la mesa, tamborileando con sus largos dedos en el ajado tablero mientras continuaba lanzándome miradas de soslayo.

—Elijah, tenemos un problema —dijo con la voz envuelta en un tono de preocupación—. Un problema que hay que solucionar. —Descargó su preocupación con un golpe en el tablero y se aclaró la garganta con suavidad—. Sí, señor, sí que lo tenemos.

—Hija, tráenos algo de beber —dijo Papi, observando al médico—. Creo que el doctor tiene sed.

—Ahora mismo, papi. —Temblando, saqué una vieja botella de güisqui del fondo del armario, serví la bebida y coloqué las tazas de hojalata frente a ellos con intención de sentarme.

Mi padre me sujetó por el brazo.

—Vete a ver al animal, comprueba cómo se encuentra y asegúrate de que está bien sujeta y con todo cerrado. —Me apartó con suavidad—. Ve, hija —ordenó, esta vez con cierta brusquedad—. ¡Ahora!

Abrí la puerta y les lancé una mirada por encima del hombro.

Los hombres habían apartado las tazas e inclinaban sus cabezas al frente, disponiéndose a hablar.

Antes de salir eché un último vistazo al cuerpo de Frazier, tapado con la sábana. «Un problema… Que tenemos que solucionar», había dicho el médico, y de alguna manera supe que el arreglo tenía que ver conmigo.

XV

Me acurruqué en la oscuridad con el oído pegado a la puerta intentando oír las palabras que se pronunciaban en el interior. A mi espalda, el caballo relinchó en el poste del patio donde el médico lo había atado. Junia le contestó con un desganado y soñoliento rebuzno.

Apreté más el oído contra la madera. El volumen de la conversación aumentaba y disminuía formando un tableteo de frases incompletas que se deslizaban entre las grietas de la vieja cabaña.

—Frazier lo hizo… La habría matado —decía Papi.

El doctor masculló algo que no entendí. Después la airada voz de mi padre se impuso a la del médico.

—Maldita sea, hombre —prosiguió mi padre—. Cuando Frazier empleó su último aliento para decirme que Dios, mediante una visión, le había dicho que plantase su semilla en el interior de mi hija para liberar a la tierra del demonio azul, ¡recé para que muriese…!

Me tapé la boca para ahogar un sollozo.

Papi murmuró algo más. Después oí la voz del médico, más suave.

Sonaron más palabras solapadas, mezcladas.

—Frazier era el mismo demonio —insistía Papi.

—Era un sacerdote —decía el médico.

—Era un charlatán, eso sí —afirmó entre toses.

—Para algunos era un hombre importante —subrayó.

—Tan importante como cualquier estúpido beodo —contestó Papi.

Un silencio llenó la oscuridad matutina. Después resonaron con claridad las palabras del médico.

—Eso es mucho pedir.

Silencio. Escuché mi nombre una vez, y después otra. Bajaron la voz antes de que el médico montañés añadiese:

—Demonios, Elijah, pedirle a un hombre respetable que mire para otro lado en un asunto así es pedir demasiado, y más si no hay una... Compensación.

Oí más palabras amortiguadas, pero no supe distinguir quién las decía: Pastor, ocultar, nunca lo sabrán...

Hubo más, pronunciadas aprisa, que destacaron entre la confusa discusión.

Se mezclaban palabras como: azul, reconocimiento, Damisela, médicos, cura, análisis.

Después oí al médico insistir de nuevo.

—Soy un hombre honrado. Hazme ese pequeño favor y te garantizaré la seguridad de la muchacha.

Oí un nuevo revoltijo de palabras.

Después, otra vez la voz del médico.

—Te prometo que vivirá en paz hasta el fin de mis días.

Fruncí el ceño intentando sacarle sentido a todo aquello, había oído la palabra «favor» y no dejaba de darle vueltas en la cabeza.

—Entrégame a Damisela, Elijah, y te juro que no sufrirá ningún daño —presionó el médico.

Me sentí como si hubiese perdido pie en la montaña y me revolviese en el aire intentando sujetarme. Mi corazón martillaba con tanta fuerza que llegué a temer que los latidos se escuchasen al otro lado de la puerta y puse una mano en el pecho para amortiguar el sonido.

Oí más palabras solapadas y retazos de una discusión mantenida en voz baja que no puede entender, interrumpida por un fuerte y repentino golpe. Después el ruido de sillas arrastradas por el suelo.

Me aparté de la puerta, salí del porche a toda prisa y corrí hasta el establo de Junia con un revoltijo de palabras bullendo en mi cabeza y las rodillas a punto de fallar.

Al llegar al establo, me derrumbé sobre la mula y, asustada, hundí mi rostro en su suave capa. El animal no se movió, no se estremeció en absoluto. Entonces supe que debía de haber sentido algo. Algo que pronto nos iba a pasar.

XVI

—Pero si yo no estoy enferma, solo tengo un color diferente —le dije a mi padre unos días después, llorando, golpeándome el pecho con un puño feroz—. Y no soy más diferente que la ardilla blanca que vimos en Thousandstick Trace corriendo con las rojas y grises. Todas son ardillas, son lo mismo…

—Cussy, el turno en la mina ha sido duro y no tengo ganas de seguir padeciendo en casa —argumentó—. Solo vas a viajar a la ciudad unas cuantas veces, nada más, y será una vez al mes. No afectará a tus rutas. El médico dice que te puede llevar en tu día libre y me ha prometido traerte a casa sana y salva.

—Papi, por favor —supliqué—, no quiero ir a ninguna parte con él. Yo… Papi, mi día libre es el sábado, y el sábado tengo que trabajar en mis libros de recortes. —Me acerqué a la estantería de los libros—. Tengo que preparar el material de lectura, hacer la limpieza, y…

Me sujetó por la muñeca.

—Mira, hija, tú vas a ir. Y vas a dejar que él y el servicio médico de Lexington te hagan sus análisis. Vas a colaborar con los experimentos del médico.

Me zafé de su agarre y sacudí las marcas de hollín que me había dejado.

—Quizá encuentren una cura para nuestro color, para ti —dijo con un tono que sonaba parecido al de la esperanza—. Nuestra cruz desaparecerá... —Dejó la frase inconclusa.

Sentí como si me hubiese abofeteado.

—Pues lo siento mucho. Siento no ser blanca... Siento no ser la hija que querías... Siento que mi nacimiento fuese tu cruz, papi —susurré al pronunciar unas palabras que sonaban lastimándome.

Sus hombros se hundieron y sus ojos se llenaron de pesar.

Nunca le había hablado así, ni a él ni a mi madre o a cualquier otra persona, y vi que su dolor y su quebranto eran insoportables. Aparté la mirada, recogí tela de mis faldones y la retorcí, haciendo que mi ira desapareciese para ser sustituida por una descorazonadora tristeza.

Se aclaró la garganta.

—Quiero que estés a salvo. Y, además, es la única manera de mantener a ese bien escondido y enterrado ahí fuera y librarnos de la horca. —Señaló con un dedo hacia la ventana—. Para eso el médico tiene que estar de nuestra parte y no hablar.

Seguí con la mirada la dirección hacia la que apuntaba su dedo. Dos días antes, cuando entró la luz de la mañana y los rayos del sol cubrieron la sábana que tapaba a Frazier, el médico se fue a su casa y mi padre me ordenó subir a la buhardilla y quedarme allí. Desde mi pequeño ventanuco lo vi arrastrar el cuerpo de Vester Frazier a través del patio y cavar aprisa en el terreno extendido más allá del establo de Junia, con la temprana luz del día brillando sobre él mientras enterraba al pastor en una tumba apestosa que cubrió con palos y estiércol.

—Papá, el médico sabe que allanó nuestra propiedad y pensaba atacarnos.

—El médico solo sabe una cosa: se ha vuelto a encontrar con un Frazier muerto en compañía de los azules. Y eso es exactamente lo que le dirá a la gente si no haces lo que te pide.

Mis ojos reflejaron mi vergüenza.

—Atacó a la mula y ella se defendió. No hicimos nada —dije con voz débil.

—Los azules no tenemos que hacer mucho, Cussy —dijo en voz baja unas palabras que me erizaron el vello de la nuca y los brazos—. Por menos han ahorcado a gente azul y a mucha gente de color. Anda, prepárate, hoy libras y ya son casi las seis. Vendrá a buscarte dentro de una hora.

«Por menos». Me quedé allí, extinguido el ardor de mi protesta.

—Tenemos que librarnos de la soga, hija —dijo Papi. Luego, cansado, caminó hasta la silla y se dejó caer pesadamente sobre ella, doblado, con los codos apoyados en las rodillas y frotándose la cabeza con las manos.

***

A las siete, el médico se presentó en nuestro patio a lomos de su caballo. Nos turnamos montando el corcel hasta llegar a su cabaña, situada al borde del pueblo. Allí ató su montura y le ordenó a un chico que la atendiese. El ama del médico, Aletha, se asomó a la puerta para saludarlo con el deje musical de su extraño acento

—Buenos días, doctor. Tengo el guiso en el horno…
—Aletha interrumpió el saludo al verme. La gente decía

que aquella vieja negra jamaicana había trabajado al servicio de la familia del médico en Carolina del Sur. Tras el fallecimiento de Lydia, la esposa del doctor, Aletha se mudó a Kentucky para ayudarlo.

—Hoy no tengo tiempo para comer, Aletha —contestó el médico subiendo las escaleras del porche—. He venido solo a recoger mi cabás y un periódico. Tengo que ir a Lexington.

—¿Y no va a comer nada? —Aletha parecía decepcionada.

—Prepare un paquete con algo de fruta y queso —dijo el médico, rodeándola—. Haga pasar a la señora Frazier y ofrézcale una taza de té.

Aletha me lanzó una mirada.

—Pero, doctor, si es una… azul.

El médico no le hizo caso.

—Damisela, entra en casa. Aletha te preparará algo de beber antes de salir de viaje.

Y dicho eso, entró raudo en la cabaña.

Subí las escaleras tras él. Pero Aletha se colocó frente a la puerta con las manos apoyadas en sus anchas caderas.

—Ningún azul va a pisar el patio de la señora Lydia. —dijo, sacudiendo su cabeza cubierta con una pañoleta mientras señalaba el pozo—. Te quedas bebiendo junto al pozo, ahí a un lado —añadió alzando la voz.

—Me quedo… Bien —repetí perpleja, siguiendo con la mirada la dirección que señalaba su dedo.

—Ahí te quedas bebiendo, donde el pozo —volvió a decir—. Nada de azules en el patio de la señora Lydia.

—¿El patio? —pregunté, tonta de mí.

—Sí, el patio, ¡el patio!

Me encogí asustada. Sus palabras tenían musicalidad, pero las que me dedicaba no tenían ninguna melodía.

Aletha alzó un dedo por encima de su cabeza, señalando esta vez la casa del médico.

—El patio. Nada de azules en el patio, nada de azules bebiendo en la porcelana de la señora Lydia. —Pateó el suelo y desapareció en el interior de la vivienda.

La puerta se cerró con un fuerte golpe y me apresuré a bajar las escaleras y esperar. Unos minutos después, el médico salió cargado con sus cosas y me rodeó dirigiéndose a paso rápido hacia su coche.

Mis pies se quedaron clavados en el suelo al ver aquella enorme máquina. Los toscos zapatos negros que calzaba se adhirieron aún más en el terreno cuando el médico intentó convencerme para que entrase en aquel formidable coche de acero, prometiéndome que era un medio seguro.

Había visto coches y camiones de carbón por el pueblo, e incluso había leído acerca de ellos en libros y revistas, pero nunca imaginé que iba a acercarme tanto a uno, y no hablemos de subirme a semejante aparato. Me quedé mirando a la mujer alada hecha de brillante acero colocada en el morro del vehículo.

El médico tuvo que advertir mi desconcierto, pues mostró una amplia sonrisa y dijo que no era más que el adorno del radiador, y que se llamaba «Señorita Voladora».

Sonrojada, bajé el ala de mi sombrero y miré al suelo preguntándome por qué la habría colocado ahí, y desnuda, además.

Entonces el médico abrió la pesada puerta del coche.

—Estamos perdiendo tiempo, Damisela. Vamos, no

es más que un caballo con ruedas —insistió—. Solo es un coche, un Plymouth de 1932, nada más.

Sabía qué era, pero la diferencia entre saber algo y tocar ese algo me parecía abrumadora. Miré al médico, después al coche y saqué uno de los pañuelos de mi padre para secarme la frente.

—Solo es un cómodo caballo con ruedas que nos llevará a la ciudad y luego nos traerá sin problemas —me aseguró despreocupado, como si no hubiese más que añadir.

—¿Cuándo volveremos? —pregunté, inquieta por los quehaceres que tenía previsto hacer aquella jornada y aún más inquieta por los planes del médico.

—Por la tarde —respondió haciendo un gesto con la mano, animándome a que subiese.

Con cuidado, me senté en el bonito asiento tapizado de tela mientras observaba el enorme volante colocado en la gruesa columna situada en el asiento contiguo y las varas y pedales que había en el suelo.

Arrebujé el pañuelo de mi padre en un puño y apreté aquella húmeda bola de trapo hasta que me dolió la mano.

Pateé el extraño suelo dos veces, para asegurarme de que había algo sólido debajo y probar su resistencia, y después inspeccioné la banda de madera de castaño extendida tras el volante y los extraños botones de metal que sobresalían de ella.

Entró el médico y su mano se movió febril, sujetando varas, girando, tirando y apretando botones. Un rugido cercano indicó que el motor había cobrado vida. Me apreté contra el respaldo del asiento. Menos de un minuto después, la pesada máquina se lanzó al frente y progresamos rebotando a lo largo de carreteras comarcales llenas de baches.

Me maravillé con la velocidad, el ruidoso motor y los grandes neumáticos que devoraban tierra y grava; y entonces supe que ningún caballo podía galopar así, tan suave y rápido, por muy firme que tuviese el paso.

Por alguna extraña razón, el ruido del motor y la vibración de los neumáticos me relajaron. Pasé el tiempo mirando por la ventana mientras la pista de tierra se ensanchaba a su paso por amplios campos de labor bordeados con líneas de muretes de piedra. Una hora después, mis párpados comenzaron a pesar y el calor del sol, el ruido regular y las borrosas imágenes pasando a toda prisa me llevaron al sueño. Casi tres horas después el médico pronunció mi nombre con suavidad, despertándome de mi agotado sopor.

—Ya estamos en Lexington, Damisela.

Vi coches circulando a nuestro lado y más allá de estos se alzaba una cortina de altos edificios. Sin duda era una maravilla que Lexington estuviese a poco más de ciento ochenta kilómetros de casa, pues bien podría encontrarse al otro lado del océano a juzgar por la enorme diferencia de su estilo de vida… Con su gente vestida con elegancia, ataviada con guantes, sombreros y zapatos de tacón, sus numerosos edificios altos y el monótono rugido de los motores. En las esquinas había hombres que gritaban a los viandantes agitando periódicos mientras la gente pasaba taconeando a lo largo de calles pavimentadas esquivando coches.

Toqué el ajado cuello de hule del abrigo de mi padre, alisé los pliegues de mi vestido casero, reparé en mis poco lustrosos zapatos de cordones y oculté de inmediato los tacones.

El médico detuvo el coche para permitir que la gente

cruzase al otro lado de la calle. Observé a varias personas coger periódicos en esa esquina y me asombró ver que pudiesen conseguir fácilmente y a voluntad la prensa recién publicada.

De nuevo presioné mi rostro contra la ventanilla, sorprendida por el acelerado ritmo de vida, por la gente que caminaba deprisa recorriendo las aceras para entrar en alguna de las muchas tiendas y comercios abiertos, para ingresar o salir de portales que no tenían marca alguna.

Aquel era el estilo de vida que había leído en mis libros; no pude evitar que mis ansiosas manos tocasen el cristal en un intento por palpar las historias que había leído.

—Vamos, baja la ventanilla —dijo el médico—. Basta con que cojas esa manilla que hay en la parte de abajo y la gires.

Manejé la manivela con movimientos torpes hasta que al final la ventanilla bajó y entraron olores de gasolina, cemento, gas y otras cosas que no supe identificar, percibí el peculiar ambiente del lugar y escuché un zumbido extraño, el himnario de la ciudad.

El hollín, el carburante, el humo y la gravilla de la ciudad atestaron mi nariz, haciéndola arder y llenando mis ojos de lágrimas.

Un coche nos rebasó veloz, dando un bocinazo que me sobresaltó. Otro contestó, después otro más y luego varios. Por todas partes se oían gritos, golpes de martillo, música, saludos lanzados a voces.

—Hay demasiado ruido. ¿Cómo lo soportan? —pregunté tapándome los oídos con las manos, pero girando la cabeza para no perderme nada.

El doctor rio y aceleró hasta girar en una calle

tranquila y bordeada de árboles que llevaba al hospital de Saint Joseph. El amplio edificio de cinco plantas, hecho de ladrillo rosa, se alzaba alto en el cielo de mediodía.

El médico apagó el motor, salió del coche, fue hasta mi lado dando grandes zancadas y abrió la puerta de un tirón. No pude sino mirar boquiabierta al enorme lugar, al porche con su amplia superficie de cemento y altas columnas. En lo alto tenía una larga barandilla de forja. Solo había visto algo de tamaño semejante en las revistas.

—Vamos —dijo el médico haciéndome un gesto. Recogió su maletín del suelo del asiento trasero y me llevó por los anchos escalones hacia las gigantescas puertas de madera.

Dentro, nos recibió una mujer vestida de negro y tocada con un extraño sombrero blanco. El médico la llamó «hermana» y después, inclinándose hacia mí, dijo:

—No hay nada de qué preocuparse, Damisela. Es un hospital católico, el mejor de Lexington, y esta mujer es una monja.

A mí me interesaba más el descomunal vestíbulo, la enormidad de la dependencia y los gigantescos muebles repartidos por el recibidor de pulidas baldosas. Parecía un árbol de cemento con ramas formadas por limpísimos pasillos abriéndose en todas direcciones.

Sentí la mirada de la monja sobre mí y la sorprendí observándome por encima de sus gafas de lectura. Yo también tenía la intención de examinarla. No vivía nadie semejante en Troublesome, ni allí ni en ningún lugar cercano, pero había leído acerca de ese tipo de personas en números de *Reader's Digest* y *National Geographic*.

—Buenos días, hermana —dijo el médico—, ya conocemos el camino.

Me cogió del brazo y me llevó hacia la entrada de un corredor blanco y vacío que se retorcía, giraba y dividía en más pasillos iluminados con bombillas. Me detuve varias veces mirando boquiabierta a las luces, escuchando el rabioso zumbido de las bombillas, hasta que el médico volvía a tirarme del brazo para que avanzase.

Se detuvo para abrir una puerta metálica de buen tamaño y subimos por una escalera hasta llegar a otra puerta que nos llevó a un pasillo que parecía no terminar nunca. Por fin, el médico se paró frente a una entrada abovedada. En un letrero de metal colocado a la altura de los ojos, para que nadie pudiese evitar verlo, había pintadas unas palabras grises: PABELLÓN PARA GENTE DE COLOR.

Nos rebasó una mujer negra cargada con un niño muy inquieto, y poco después pasó una monja con un bebé en los brazos. Un niño echó un vistazo desde un rincón y se ocultó de inmediato.

—Ya hemos llegado —anunció el médico, un poco jadeante. A nuestra derecha vi un cartel que ponía MÉDICO.

Sentí el corazón martillando en mi pecho y la garganta constreñida como si llevase una soga alrededor.

El médico me introdujo en una habitación y cerró la puerta. Comencé a temblar y retrocedí hasta una larga mesa de metal con raíles. Las verdes paredes de la sala desprendían olor a lejía y otros líquidos desconocidos para mí. Había instrumentos médicos colocados sobre pequeñas estanterías metálicas, repletas de cuchillos afilados, botellas y tiras, bolas y pequeños trozos de algodón. En una esquina había una pequeña jofaina. A su lado, en el mostrador, vi un cuenco de cristal lleno de sanguijuelas cubierto con una malla. Identifiqué una lanceta, pues era similar a las empleadas en mis colinas.

Junto a esta estaba un utensilio para hacer sangrías y los recipientes de cristal alargados que se emplean para recoger la sangre extraída de nuestro cuerpo.

El médico se estiró junto a mí, cogió un suave paquete de algodón de un cajón bajo el fregadero y lo abrió con una sacudida.

—Damisela, quítate la ropa, toda, también la interior, y ponte esto, es necesario para comenzar el examen.

Me llevé una mano al pecho y negué con un gesto, pues no quería quitarme el abrigo, y mucho menos mi ropa interior.

Me miró con el ceño fruncido.

—No tenemos mucho tiempo. Deja que te de una pastilla. —Abrió un mueble bajo de metal con puertas de vidrio y sacó una botella que tintineó llena de pequeños comprimidos—. Toma una para calmar esos nervios —ordenó, colocando una en la palma de mi mano—. Te traeré agua.

El médico presionó la jofaina y el agua corrió libre por un caño.

Me sobresaltó un golpe en la puerta. Un hombre de color ataviado con una bata blanca entró con paso enérgico.

—Doctor Randall Mills —trinó el médico montañés—, cuánto me alegro de que hayas podido venir. Pasa, pasa. Esta es Cussy Frazier, de los azules de la familia Carter de los que te hablé. La llaman Damisela.

El doctor Mills se aproximó acercando su rostro a pocos centímetros del mío, asintiendo con la cabeza.

—Una auténtica mujer azul —dijo y me rodeó examinando con la mirada hasta el último centímetro de mí—. ¿Le has hecho un examen de corazón y pulmones, Thomas?

—Hoy mismo voy a ordenar que se lo hagan —respondió el médico con tono complacido.

—Un color asombroso —dijo el doctor Mills, tocándome una mejilla.

Me estremecí y aparté la cabeza.

—En efecto —murmuró el médico palmeando el hombro del doctor Mills—. ¿Podemos hablar fuera, Randall? —Después se dirigió a mí y añadió—: Damisela, apúrate, toma la pastilla, quítate la ropa y vístete con eso.

Los dos hombres salieron de la sala y la puerta se cerró silenciosa tras ellos.

Desplegué la ligera túnica, que en realidad era un harapo, pues tenía abierta toda la parte frontal, ¿o era la posterior? Negando con la cabeza, la envolví y la coloqué sobre la mesa junto a la pastilla.

Unos minutos después, el médico asomó la cabeza por la puerta.

—Está rota de arriba abajo —dije, señalando la bata.

Negó con un gesto y cerró la puerta dejándome de nuevo sola.

Pasaron unos minutos aterradores antes de que el doctor abriese la puerta de par en par y entrase haciéndose a un lado para permitir el paso de dos mujeres de anchos hombros ataviadas con vestidos de monja.

Las monjas se quedaron mirándome boquiabiertas, pero el médico las sacó de su asombro.

—Hermanas, no pierdan tiempo, desnúdenla y pónganle dos supositorios de *Nembutal* —les ordenó y salió de inmediato.

Logré que una protesta brotase de mi garganta cerrada por el pánico e intenté ir tras él.

Una de las monjas me agarró por el abrigo, tiró de él y me quitó el sombrero. La otra rebuscó en el mueble de las medicinas y sacó una botella de buen tamaño.

Se acercaron a mí las dos a la vez, acorralándome contra la pared. Les lancé patadas y bofetones, grité y maldije hasta que la más corpulenta me derribó y colocó una de sus gruesas y nudosas rodillas en mi espalda. La otra me quitó la falda y la ropa interior.

Me debatí intentando levantarme, pero una me sujetaba la cabeza contra el frío terrazo del suelo, hundiendo la rodilla con más fuerza.

Después se arrodilló la otra y pasó ligeramente una mano por mi espalda.

—¿Habías visto algo así, hermana Doreen? Mira, es azul como el agua de un lago en un día soleado.

Presionó un dedo gélido sobre mi piel, y dio un golpecito antes de propinarme un lacerante azote en las nalgas.

Una ira asesina se apoderó de mí y proferí un chillido furibundo mientras luchaba por liberarme, intenté escupirlas y morderlas, pero fallé. La monja más corpulenta me sujetaba con mucha fuerza.

Rio y me dio otro azote.

—Mírala ahora, es púrpura como una ciruela pasa.

—Métele el *Nembutal* —ordenó la que estaba sobre mí y clavó su rodilla con más fuerza aún en mi espalda.

Me abrieron, tiraron de mí y me metieron algo duro que me hizo daño. Entró, resbaladizo y cálido. De inmediato, arrojaron sobre mí la bata abierta. Después me alzaron colocándome sobre la fría mesa de metal;

levantaron mis brazos, separaron mis piernas y sujetaron mis extremidades con unas correas de cuero instaladas en los raíles, dejándome abierta, expuesta bajo el zumbido de la bombilla que colgaba sobre mí.

Muy poco tiempo después mis chillidos se ahogaron, tenía la lengua espesa y apenas podía distinguir los rostros de los médicos inclinándose sobre mí.

Drogada, sentí la piel desnuda y sus manos laboriosas chocando unas con otras, recorriéndome de arriba abajo, por dentro y por fuera, mientras sus entusiasmadas voces flotaban desvaneciéndose en una balbuceante sucesión de palabras: Toma una muestra… Más sangre aquí. Más muestras… Más… Vamos a hacer historia… Las mejores revistas competirán por publicar nuestros artículos, análisis y fotografías.

Intenté moverme, pero el sueño hundía sus garras en mí, los párpados me pesaban cada vez más y de pronto se hizo la oscuridad.

XVII

Me revolví saliendo del sopor de la droga y entonces me di cuenta de que estaba en el asiento trasero del coche del médico. El confuso recuerdo de Saint Joseph, mezclado con revistas médicas y muestras de laboratorio hicieron que me incorporase de un brinco. Alguien me había colocado mi arrugado sombrero bajo la cabeza.

Al apoyar la cabeza en la ventanilla sentí una náusea crecer en mi estómago y subir hasta la garganta, la difuminada bruma de árboles y el rápido movimiento de la carretera me mareaban.

Me acurruqué sobre el asiento, gimiendo, dando breves y rápidas boqueadas. No tardé en caer dormida.

El coche rebotó sobre algo, el motor gruñó y me desperté tapándome la cara con un brazo torcido, la fuerte luz del sol me molestaba y hacía daño en los ojos.

Al instante me sujeté la mano, estaba vendada hasta el brazo.

Presioné la venda y sentí cierta molestia. Desenrollé el paño, seguí las marcas de sangre en mis venas, tenía la piel amoratada e hinchada allí donde aquellas horribles correas se habían clavado dejándome unas buenas rozaduras.

—¿Qué… qué me han hecho? —Me incorporé

despacio hasta recostarme en el asiento, con la voz tomada por el miedo—. ¿Qué...?

El médico volvió la cabeza a medias en mi dirección.

—Ah, te has despertado. Bien. Bueno, no te preocupes, no te dejará cicatriz —dijo tranquilo y después, con un tono más firme, añadió—: Estarás bien, amiga mía. —Volvió a concentrar su atención en la carretera—. Tan bien como se pueda teniendo la sangre oscura como el chocolate, supongo.

¿Chocolate? Me miré el brazo y levanté la tela. Tenía manchurrones de sangre marrón.

—Siento que las enfermeras tuviesen que ser un poco rudas contigo, Damisela —dijo—, pero es que era importante... Mucho... Pronto sabremos más acerca de la sangre que corre por tu familia... Y cómo sanarla... Cómo sanarte, amiga mía.

Sentí un destello de ira justo detrás de mis ojos que me produjo dolor de cabeza. Yo solo quería estar bien siendo azul. Nunca llegué a comprender por qué la gente pensaba que había que arreglar mi color, o cualquier otro.

—Será maravilloso poder solucionarlo, ¿verdad?

¿Solucionarlo? De nuevo se me atragantó esa espeluznante palabra y de pronto deseé que mi madre hubiese arreglado, por así decirlo, mi nacimiento con alguna de sus hierbas amargas. No hubiese tenido que padecer la horrible maldición de ser azul. Sin embargo, el médico dijo que sería maravilloso; no pude evitar preguntarme cómo sería mi vida, y la de mi padre, si nos... arreglaban. Aquellos confusos pensamientos hicieron cobrar fuerza a los latidos que retumbaban en mi cabeza. Levanté una mano y la llevé al cuello, inspeccioné mis brazos y piernas, tocándolos en busca de más puntos doloridos. Sentí un calambre bajo el estómago y un corte un poco más abajo.

—Mis entrañas. Me... Tengo calambres —dije, demasiado cansada para sentir vergüenza.

—Estás bien. Te sacamos algo de sangre y tomamos una muestra de tejido de tu cérvix, un poco de piel de tu cuero cabelludo y de la parte posterior de tu hombro, nada que te pueda perjudicar o causar un dolor permanente, y nada que no se solucione con algo de láudano y una buena noche de descanso. —Agitó una bolsa y sacó una pera—. Aletha metió esto y un pedazo de queso, ¿te gustaría comer algo?

—No tengo hambre. Me duele, me duele todo —dije, doblándome—. No quiero volver a hacer nada de esto.

—No será mucho, te lo prometo. Escucha, Damisela, quizá podamos curarte, hacer que tu piel sea blanca. ¿Acaso no te gustaría? —preguntó con tono amable y paró el coche a un lado de la carretera.

Quizá no hubiese nada que un azul desease más que convertirse en alguien normal, pero el dolor y el miedo me hacían temblar y descartar cualquier posibilidad.

—Sería más seguro para ti, amiga mía. Si fueras blanca, no tendrías que preocuparte por gente como los Frazier o por nadie que quisiera causarte un serio perjuicio, o algo peor, debido a tu aspecto.

Las palabras se posaron gélidas en mi atormentado vientre. Si no dejaba que hiciese las cosas a su manera, mi padre y yo sufriríamos dolores aún peores. La frase «por menos han ahorcado a gente azul y a mucha gente de color» resonaba una y otra vez en mi cabeza haciendo que sintiese un vacío en la boca del estómago.

El médico rebuscó en su cabás, colocado en el asiento delantero, y sacó un pequeño frasco marrón con cuentagotas que luego tendió a su espalda para dármelo.

—Toma una gota de láudano ahora y dos esta noche, antes de acostarte.

Pareció como si los dolores hubiesen comenzado a remitir apenas el cuentagotas tocó mi lengua. Inspeccioné mis brazos con más atención. Los moratones y rasguños ya no eran más que una pequeña molestia.

Curiosa, y luego sorprendida por encontrarme bien, volví a cerrar el pequeño frasco marrón del médico con su diminuto tapón y lo guardé en el bolsillo de mi vestido mientras empezaba a sentir algo más.

—Necesito algo para curar estas heridas —insinué.

—Ah, sí, claro que sí —rebuscó más a fondo en el maletín, revolviendo—. No queremos que te pongas enferma.

—No, señor, no queremos —convine—. Y tampoco es que hayamos comido mucho últimamente, siento como si me flaqueasen las rodillas…

—Aquí tienes, toma esta pera y algo de queso, después te daré más… Coge unos tacos de queso y pan.

¡Tacos de queso y pan! Casi aplaudí de alegría.

—Y aquí tienes un frasco con alcohol de fricción, amiga mía. —Me tendió una bolsa y un frasco de mayor tamaño lleno con un líquido claro—. Y recuerda que después de las friegas con alcohol siempre puedes cubrir las heridas con miel —añadió, rebuscando una vez más para sacar esta vez un tarro lleno de miel—. Quiero que estés cómoda, que tengas todo lo que necesitas.

Cualquier mujer de Kentucky conocía el valor de la

miel, pues era buena para todo tipo de ungüentos. Lo difícil era conseguirla.

Con el hospital y los sinsabores de la jornada casi olvidados, estreché los preciados botes contra mi pecho y me las arreglé para responderle con una sonrisa antes de guardarlo todo en el suave forro de la copa de mi sombrero. No tardé en sentir sueño y me acurruqué acostándome en el asiento.

XVIII

Llegamos a Troublesome justo antes del oscurecer. El viejo médico montañés me llevó a través del bosque a lomos de su caballo, ocupándose de llevarme a mi cabaña sana y salva.

Antes de dejarme, lo sorprendí observando mis arrugadas ropas, mi cabello despeinado y mis trenzas caídas.

Metió la mano en un bolsillo.

—Casi me olvido, Damisela. Cogí esto en el economato, es para ti. —Me dio dos lazos de satén—. Esto… Sí… Se perdieron los tuyos durante el examen —dijo, sonrojándose.

En realidad, mis trenzas no estaban sujetas con lazos, sino con un bramante. De todos modos, quedé maravillada por esos preciosos adornos blancos, así que murmuré un «gracias» que me sorprendió a pesar de que en sus astutos ojos vi que la intención de los regalos era sobornarme para que realizase más exámenes. Era generoso, pero todo podría cambiar si los rechazaba.

Mis ojos recorrieron el patio hasta posarse más allá del establo de Junia, donde el predicador yacía en su poco profundo sepulcro. Un estremecimiento me sacudió los hombros con violencia.

—Te estás enfriando —dijo el médico, alarmado—. Voy a darte esta manta que traigo en la alforja.

Retrocedí al instante, deseando irme.

—Estoy bien, señor.

El médico se colocó las gafas en el puente de la nariz, pues se le caían, y se inclinó acercándose para asegurarse.

—Puedo hacer que te sientas mejor que bien. El doctor Mills y yo pensamos que podremos curarte. Hay una buena posibilidad, Damisela.

Me parecía improbable.

—Bien, buenas noches. Descansa. Pronto os traeré una cesta de comida y volveré a buscarte en cosa de un mes, hacia la tercera semana de junio —prometió. Se subió a su montura sin esperar mi respuesta.

Papi dormía dentro. Parpadeó y susurré:

—Vuelve a dormir. Estoy recogiendo material de lectura para la semana que viene y después atenderé a Junia.

Dejé mi cargado sombrero junto a la puerta y eché un último vistazo a los regalos. Papi masculló algo en voz baja y tosió; comprendí que se había metido en la cama agotado y cubierto de hollín, aunque parecía que al menos se había limpiado a medias los brazos y la cara con un trapo limpio.

—¡Sh! Vamos, descansa una hora más —le dije, cubriéndolo con la sábana.

Buscó mi brazo a tientas.

—¿Y tú, hija? ¿Estás bien? ¿Cuidó de ti?

—Sí, señor. Venga, cierra los ojos. —Me apresuré a colocar el áspero paño de muselina sobre él, pues no quería preocuparlo con las penurias de la jornada y confiaba en que descansase un poco más… Y en que no viese en mis ojos lo que me habían hecho.

Señaló con el pulgar al taburete, donde había dejado un sobre tiznado remitido a R. C. Cole.

—Me lo dio Beck para que se lo lleves al muchacho de la torreta —dijo con voz soñolienta.

Fuera, cogí mi cartera de libros, guardé con mucho cuidado los frascos del doctor, la miel y la carta para R. C. y después fui a ver a Junia.

La mula sacudió la cabeza, resoplando y lanzando sonoros rebuznos, entusiasmada al verme. Abrí la puerta y la saqué del establo. Me acarició la barbilla con el hocico, estiró el cuello para que la rascase y después se tiró al suelo para revolcarse sobre la hierba.

Dejé que Junia se divirtiese durante un buen rato antes de volver a meterla en el establo para darle de comer. Tuve problemas con la puerta que mi padre reparó el día que enterró al predicador; intenté cerrarla mientras lanzaba rápidas miradas a la tumba. Cuando por fin lo conseguí, me incliné para sacar del cubo el jabón, la toalla y el viejo espejo de mano herencia de mi madre, recogí mi candil y fui a bañarme al arroyo con el cálido día primaveral cayendo más allá de las colinas, dejando tras él una cortina de frescor.

Inspeccioné mis brazos y todo mi cuerpo. Había leído artículos relacionados con la medicina y las cosas que hacían los médicos. Pero lo que me habían hecho me inquietaba. Por estos lares, mi padre y muchas otras personas se curaban empleando remedios naturales (bálsamos, raíces, cortezas y hierbas) a no ser que hubiese alguna dolencia que no se curase con pociones caseras. En raras ocasiones llamaban al médico.

Coloqué el espejo frente a mi rostro. No importaba cuántas veces me mirase, siempre me dolía la primera visión de algo tan horrible. Mi piel, aún oscurecida por las penurias de la jornada, mostraba un color azul oscuro. ¿Cómo iban los médicos a cambiar eso? Estaba segura de que ni la más fuerte poción podría lograrlo.

Cambié el ángulo para observar mi espalda, miré mis hombros, gemelos y nalgas. Aliviada por no tener ningún daño permanente y que las heridas se encontrasen principalmente en mi orgullo, me quité aquella larga jornada de encima y me sequé con una toalla vieja.

Al regresar a la cabaña encontré a Papi deambulando por la sala, vistiéndose para ir a la mina.

—Papá, es sábado, ¿seguro que tienes que ir? Deja que te prepare algo para cenar…

—No tengo tiempo, hija. Esta noche hay una reunión extraordinaria antes de entrar.

Con eso quería decir una reunión «secreta» y un encuentro con el sindicato. Ese tipo de encuentros eran tan peligrosos como los derrumbamientos, las explosiones o la silicosis, y la empresa los temía y combatía con ferocidad. Aquellos que pedían unas condiciones laborales más seguras y mejores salarios suponían el mayor peligro para la compañía minera. Y si esta se enteraba, boicotearía las reuniones con amenazas y violencia, quemando las casas de algunos mineros o haciendo desaparecer al jefe de los encuentros.

Papi metió sus pies enfundados en calcetines dentro de las botas junto a la puerta.

—¿Todo bien por la ciudad, Cussy? —preguntó, echándome un vistazo.

Quería fastidiarlo como hacía mi madre cuando iba a

ir a una de esas reuniones, rogarle que no fuese, pero no era capaz de reñir con él o preocuparlo con las cosas que me habían pasado. Bastante tenía ya.

—Sí, señor. Tomaron muestras de sangre y piel, eso fue todo —contesté mientras quitaba de su cama las sábanas manchadas de hollín. Me incliné sobre el colchón, hice una bola con la ropa de cama y lo miré por encima del hombro. Al ver su expresión alarmada, añadí—: No me hicieron daño. Solo tengo algunos rasguños.

—Ponles un poco de ungüento. Ah, y eso me recuerda que esta semana voy a alquilar el caballo de Murphy, agarrar la hoz y limpiarte algo esos senderos. Los despejaré un poco y les quitaré las zarzas.

—Pues muchas gracias. —Le agradecía de verdad que lo hiciese por mí y también por Junia. Cogí la tartera donde llevaba su comida y añadí la pera y el queso del médico, además de una galleta que saqué del horno.

Gruñó algo que no pude entender, agarró su abrigo y la tartera y salió por la puerta dándome las buenas noches por encima del hombro con la luz de su casco guiándolo hacia un sendero blando y ancho que desaparecía en la bruma, escoltado por altos y silenciosos pinos.

Mis tripas no tardaron en sonar y, muerta de hambre, me zampé el resto de las frías y correosas galletas que había preparado por la mañana. Saciada, hice la cama de mi padre con sábanas limpias, herví las sucias en la bañera y me apresuré con las labores del hogar. Al final, reuní tiras de trapos viejos, las fregué con lejía, las herví, las aclaré y las tendí sobre la cocina económica.

Poco tiempo después mis pensamientos me devolvieron al hospital, me coloqué frente al espejo y pasé con suavidad una mano por mi cuerpo mientras mi rostro se oscurecía al intentar imaginar qué me habían hecho los médicos, cuánto habían tomado de mí.

Agotada, pero con la mente lúcida, miré a mi alrededor en busca de algo, algo que fregar, algo que me ayudase a lavar la suciedad de la jornada. Subí a la buhardilla, recogí mi vestido y la ropa interior, los cambié y bajé la sucia. Me puse a lavar y aclarar la ropa y solo me detuve cuando el ardor de la lejía me dejó las manos sangrando y en carne viva, después de fregar y restregar una y otra vez para quitar la suciedad de la jornada y apaciguar mis atribulados pensamientos.

Satisfecha, froté mis manos rígidas por los calambres con linimento para caballos, me senté y dediqué mi atención al material de lectura, a la prensa y a los préstamos más recientes. El diario *The Louisville Times* tenía un artículo acerca de un incendio en el bosque Jefferson Memorial que los forestales habían sofocado con gran valor. Entusiasmada por el hallazgo, doblé el periódico para llevárselo a R. C.

Aparté un panfleto para Angeline sobre cuidados infantiles, después me levanté y saqué de la estantería una de las novelas favoritas de mi madre. También había sido la mía, la estreché contra mi pecho y de pronto supe qué haría con ella. Que fuese lo más audaz que había hecho jamás no importaba tras las penurias de aquella jornada. La empaqueté con el resto de material sintiéndome exaltada.

Recordé al alumno de Winnie que había pedido una receta para su hermana y escribí dos en un trozo de papel que también guardé en la alforja.

Encantada, me recosté en la silla para leer otra de mis publicaciones preferidas, el *National Geographic*, dedicándole tiempo a cada palabra, empapándome con los artículos acerca de pueblos y lugares lejanos, buscando en esa soberbia revista gente como yo.

Horas después, enrollé las tiras de trapo secas, recogí mi cartera de libros y saqué las medicinas. Mis manos temblaron un poco al sujetar los valiosos frascos de láudano, alcohol y miel.

Me acerqué a la cocina y, estirándome por encima, cogí de la repisa la corteza de sauce que me había dado Loretta. Vigorizada con mis renovadas fuerzas y colmada de gratitud, envolví con cuidado los regalos del médico y los guardé en las alforjas.

Más valiosos que el oro, e incluso que los pollos, eso era exactamente lo que el señor Moffit necesitaba para vivir, y sin lo cual no podría sobrevivir su familia.

XIX

Angeline trabajaba en el huerto abriendo un surco de patatas bajo una trémula neblina, entre sus labios se deslizaba una cancioncilla y la brisa de mayo le revolvía el cabello suelto. Más allá, las ráfagas de brisa primaveral agitaban las matas de mostaza castaña y las de amor de hortelano, que podrían llegar a la cintura, situadas al fondo. Cerca del porche, una ajada cuerda para tender la ropa colgaba distendida desde un poste alto hasta el grueso tronco de un árbol. Una nueva ráfaga pasó entre raídas sábanas húmedas y ropas harapientas, tirando de ellas hasta arrastrar la colada por el suelo de tierra.

Al oír el saludo de Junia, se irguió y limpió sus manos en los faldones.

—¡Damisela! —Angeline corrió hacia nosotras, a punto de pisar sus largos y embarrados faldones, con sus pies desnudos chapoteando en charcos y levantando barro—. ¡Junia! —gritó, plantando un beso en el aterciopelado morro de la mula, sacó una pequeña zanahoria del bolsillo y se la dio.

Desmonté y le tendí las riendas. Ató a Junia en el poste.

—¿Va a venir el médico? Lo hemos esperado todos los días —preguntó elevando el tono de voz al pronunciar la palabra «venir». Después metió una mano en el bolsillo y sacó una muñeca casera—. Mira qué he hecho para Honey.

Era una muñeca delgada, sin rostro, hecha con hojas secas de maíz y ataviada con un vestido estampado confeccionado con tela que Angeline había cortado de sus faldones.

—Es preciosa. —Saqué sus semillas, que yo había envuelto en estopilla—. El médico está muy ocupado, Angeline. Lo siento.

Las cogió y se quedó mirándolas durante un tiempo que se me hizo eterno, una expresión de temor se plasmó en su rostro sudoroso.

—Pero es que Willie ya tiene mucha fiebre —dijo con apenas un susurro, y con ojos llenos de lágrimas guardó la nueva muñeca de Honey en el bolsillo—. No he podido bajársela ni una vez.

Saqué para ella el ejemplar de *El cuento de doña Ratoncilla* y el panfleto acerca de cuidados infantiles.

—Angeline, mira, tengo algo más…

—Tiene mucha fiebre —dijo alejándose, sacudiendo la cabeza. Tiró las semillas en el barro, junto al porche, y desapareció entrando en la cabaña.

—¡Angeline! —la llamé mientras buscaba las medicinas en mis alforjas. Subí aprisa las piedras sueltas salvando la alta y áspera maleza que sobresalía entre los tablones podridos. Abrí la puerta con un empujón, eché un vistazo al interior y la llamé en voz baja. El olor de una fuente llena de hierbas silvestres hirviendo atestaba la chabola.

Angeline se encontraba arrodillada a los pies de la cama, con el rostro enterrado en la colcha que cubría al señor Moffit, emitiendo débiles sollozos con sus delgados hombros hundidos por el pesar y la congoja.

En el cabecero, un calendario casero que Angeline había hecho con una placa de madera carcomida colgaba junto a la pata de la cama. En la parte superior había tallado la palabra HONEY. Unos trazos con forma de X pintados con jugo de bayas silvestres marcaban los días que faltaban para el nacimiento del bebé.

—Angeline —volví a llamar con voz suave, colocándome a su lado—. No te preocupes. He traído medicinas. Mira.

El señor Moffit gruñó en sueños y la ropa de cama resbaló dejando su pierna al descubierto, con la herida a la vista. Tenía el pie enrojecido, inflamado y supuraba pus amarillo-verdoso, una dolorosa herida que parecía abarcar casi toda la extremidad. El hedor de la infección hizo que me llorasen los ojos y me revolvió el estómago.

Angeline se levantó y pasó con fuerza una mano sobre sus húmedos pómulos.

—Tengo corteza de sauce para la fiebre. —Se la mostré—. Y podemos limpiar el pie con esta friega de alcohol. —Le coloqué los frascos en la mano—. Después lo puedes cubrir un par de veces al día con una capa de miel y vendarlo con esta gasa. Y aquí tienes algo de láudano para aliviar el dolor.

Angeline colocó todo con cuidado a los pies de la cama, observó sus tesoros y pasó unos dedos mugrientos por los frascos mientras las lágrimas brotaban de sus ojos. Tomó una temblorosa respiración y de pronto jadeó y apretó mi mano contra su vientre.

—Ay, mira, ¿lo has sentido? Honey se alegra porque tendrá un padre —exclamó, abriendo sus brillantes ojos.

Sentí las fuertes patadas de la criatura y después me solté.

—Vamos a curar la herida de ese pie —le dije. Nos pusimos juntas manos a la obra, Angeline chachareaba alegre acerca del bebé, del futuro y de la merendola en el pueblo a la que el señor Moffit le había prometido llevarla el 4 de julio.

Hice una tisana con la corteza de sauce, después llevé una fuente con agua y un trapo a la cama para comenzar a limpiar la herida. Pero al levantarle la pierna, el señor Moffit se despertó lanzándome maldiciones.

—¡No me toques, maldita sea! —espetó, alzando la cabeza antes de volver a desplomarse sobre la cama.

—¡Sh! … Willie, tranquilo —dijo Angeline—. Damisela hará que te encuentres mejor.

—No, nada de eso —respondió entre toses—. No voy a dejar que me toque alguien de color y me empeore la infección.

—¡Willie, no seas cascarrabias! —cortó Angeline.

Retrocedí y bajé la mirada al suelo.

—Damisela, no hagas caso, en realidad no lo piensa —me dijo—, es la fiebre…

—¡No lo quiero! —el ladrido del señor Moffit me hizo retroceder más y tropecé con una bota.

Lo miré y vi el miedo plasmado en su rostro. Su temor se parecía mucho al odio o a algo muy desagradable que él y los suyos tenían enraizado desde mucho antes de que yo llegase. Volví la cabeza.

—Que le vaya bien, señor Moffit.

—¡Ay! Damisela, de verdad, él no… —gritó Angeline extendiendo una mano.

—No te olvides de limpiarlo con alcohol antes de vendarlo —susurré y me fui de inmediato.

XX

Varias horas después ya había entregado los préstamos en las tres cabañas y entraba en el patio de Jackson Lovett, la brisa llevaba aromas de lluvia, puerros silvestres y tierra removida. En lo alto, los gruesos nubarrones de una tormenta progresaban hacia el este y la lluvia caía como una cortina frente a las viejas cumbres que se solapaban a lo lejos.

Jackson se dedicaba a un cultivo de final de primavera, trabajaba con una azada en uno de los muchos surcos que había labrado.

Junia gimió y relinchó, con un último rebuzno de advertencia. Jackson levantó los hombros, dejó la azada y se acercó a nosotras.

—Tranquila, chica —le dije a Junia cuando lanzó una de sus patas delanteras como advertencia al hombre para que no se acercase más.

Jackson sacó un pañuelo de su bolsillo trasero y se secó el cuello.

—Eh, amiga, suave. Había olvidado por completo que es lunes. Pero también me alegro de verte.

Bajé de la inquieta mula, le di unas palmadas en la pata delantera y la hice retroceder en un intento por arreglar el escándalo que estaba formando. Al final logré componerme, saludar, sacar el préstamo para Jackson de las alforjas y entregárselo.

—¿Qué es esto? —preguntó arrugando la frente.

—Su nuevo préstamo. Bueno, en realidad no es un préstamo oficial de la biblioteca. Era de mi madre y lo estoy prestando por mi cuenta. —Se trataba de una edición bastante buena de *Un mundo feliz*.

Sorprendido, inspeccionó la sobrecubierta y ojeó las páginas.

Era un libro prohibido, pero Papi había ahorrado durante seis meses y pagado a su capataz para que se lo trajese de la ciudad hace años, por Navidad, para darle una sorpresa a mi madre. Intenté ver la expresión de sus ojos, cada vez más preocupada.

—Es lo bastante decente —dije con cierto tono de desafío, aunque comenzaba a adoptar una tonalidad azul cobalto similar al pecho de un pavo real. Entrelacé mis manos a la espalda. Aquella novela de Huxley, que trataba de un mundo futuro en el que todos eran felices, era un libro más decente y menos asqueroso que las historias reales que tenían lugar en estas inmundas colinas. Nadie padecía enfermedades, moría de hambre o la sufría, y no había guerras. Una de mis partes preferidas era cuando los agentes de la ley sofocaban unos graves disturbios. No empleaban armas de fuego, flechas o palos, ni siquiera las manos desnudas. Lo que hicieron fue rociar a la multitud con una extraña droga, en forma de neblina, que convertía a la gente en seres felices.

Me imaginaba a los agentes del orden destilando litros y litros de esculetaria de Virginia y mezclando el conocido tónico para los nervios con hierba de la celada, para hacer lo mismo por aquí cuando fuese necesario.

Me aparté un mechón de la cara y lo coloqué bajo el sombrero, pero después no entrelacé las manos a la espalda, pues lo que de verdad me preocupaba era haber sido demasiado audaz con este socio. «¿Y si iba a la central y lo denunciaba?», pensé. Podía, simplemente, perder mi empleo por prestar un libro prohibido. Me podían apartar de los libros para siempre. Quizá incluso se les ocurriese un castigo peor. Ante esa posibilidad, mis manos quisieron volver a entrelazarse a mi espalda y desaparecer.

—Tu madre tiene buen gusto —dijo Jackson.

—Tenía buen gusto. Falleció.

—Te acompaño en el sentimiento —me consoló con voz sincera, y volvió a mirar el libro—. Vaya… ¿Dices que es decente? He deseado leerlo, pero nunca tuve la oportunidad. Gracias, Cussy Mary.

Yo estaba encantada. Bueno, algo más que encantada. Entusiasmada.

—Voy a traerte el préstamo pasado —dijo atravesando el patio en dirección a su cabaña para regresar poco después con una manzana, el libro de Cobb que le había dejado la última vez y otro más.

Me entregó el préstamo antiguo junto a un ejemplar de *Hijos*, de Pearl S. Buck.

—¿Lo has leído?

—No, pero he oído hablar bien de él. El que sí leí fue *La buena tierra*. Con ese ganó el Pulitzer —contesté, intentando devolvérselo.

—Sí, en efecto; ese lo perdí en el Oeste. Una obra excelente.

—El personaje que más me gustaba era O-Lan —dije, pensando en que O-Lan sabía que era demasiado fea para que alguien la quisiera.

Jackson me observó un instante y añadió:

—En realidad, es la verdadera heroína de la historia, ¿sabes?

—Sí, O-Lan era valiente, desde luego. —Admiré que hiciese ese comentario—. También me gustaba que no tuviese que decir demasiado.

—Lo que queda por decir puede ser tan importante como lo dicho —apuntó.

Asentí, contenta por poder hablar de libros con él.

—A mí me gustaba mucho el amor a la tierra que tenía Lung, el campesino —dijo Jackson, contemplando admirado su propiedad—. Reconozco que la tierra tiene un poder de conexión… Para mí, la tierra da vida, y sin ella no tendríamos nada, no podríamos ni respirar.

—Mi padre dice que dejará de alimentarnos si la dañamos. Y eso es precisamente lo que hace la compañía minera.

—Y tiene razón. Y a la compañía no le importa nada. No he vuelto a ver abejas por aquí como cuando era joven. Tú maltratas a la madre Tierra y ella te da una buena azotaina. Eso mismo le pasó a Lung, al campesino.

Estreché el libro contra mi pecho.

—Comenzaré a leerlo esta misma noche.

—Si te gusta, tengo otro: *Un hogar dividido*. Me gustaría que leyeses los dos.

—Se lo agradezco mucho. La verdad es que nunca pensé en que pudiese leer más cosas de ella. La señorita Eula y la señorita Harriet se pasan el tiempo rezongando por si sus libros pudieran ser o no adecuados para la gente de Kentucky; temen que sean una tentación para la recta moral de nuestros vecinos y ofendan gravemente sus pías mentes.

—¿La señorita Eula y...?

—Las bibliotecarias encargadas de la central.

—Imagino que deberían abrir un poco esos pequeños cerebros —dijo con una ancha y pícara sonrisa, pasando la manzana de una mano a otra.

—La verdad es que eso no sería mala cosa —dije, adoptando su misma sonrisa relajada y despreocupada conversación—. Se lo agradezco mucho. Ahora, será mejor que retome mi ruta.

—Y yo debería acabar de trabajar esta parcela para poder cortar la madera antes de que oscurezca y haya que ir a la cama. —Era un hombre fuerte como un roble y los rasgos de su rostro estaban tan marcados como las siluetas de las montañas que nos rodeaban.

—Seguro que por aquí arriba tiene terreno de sobra para trabajar —dije sin querer irme, aunque sabía que tenía que hacerlo.

—Al final acabaré haciéndolo. Va a costar mucho esfuerzo. Y es que no soy rico, sino más bien un tonto con anchas espaldas —dijo estirándose, haciendo chirriar y crujir sus agotados huesos.

Junté las manos.

—No tenía intención de inmiscuirme.

—No tiene importancia. Vendo la madera. Tengo más pedidos de los que puedo sacar yo solo. Hay bosque y trabajo para dos vidas, por lo menos.

Odiaba la idea de que aquello acabase deforestado, de herir a la tierra de esa manera, pero la madera era un buen negocio y muy rentable para cualquier hombre dispuesto a trabajar duro. Examiné el terreno con la mirada.

—Sí que es bonito.

—Solo talaré los árboles necesarios para construir un buen establo, despejar un poco esos bosques y dejar que crezcan árboles nuevos.

Asentí con un gesto. Después, como ya había hablado demasiado, y me había entretenido también demasiado, me despedí:

—Junia, vamos a recoger los libros. Gracias por el préstamo. Que tenga un buen día.

—Es una buena lectura, ya lo verás. Estoy impaciente por saber qué opinión te merece —dijo, siguiéndome hasta donde estaba Junia.

Me detuve. Me asombraba que le importase mi parecer y no pude más que balbucir un agradecimiento.

—¿Cómo está hoy mi vieja amiga? —preguntó a la mula, y le mostró la manzana.

Junia inclinó sus orejas hacia delante, contoneando los músculos de su espalda al montarla.

Jackson sacó su cuchillo, cortó un buen pedazo de fruta y se lo tendió a la mula.

Me revolví en la silla. Mis tripas sonaban produciendo un ruido incómodo. Habían pasado siglos desde el desayuno y aún quedaba un buen rato hasta la cena.

Junia lo cogió de inmediato, saboreándolo con buenos mordiscos, disfrutando.

Jackson le dio un bocado, lo tragó y después me dijo:

—¿Quieres un poco?

Cortó un buen trozo y me lo ofreció.

Era un regalo cordial. Me tendría que arreglar con eso y con lo que llevaba en la alforja hasta la cena. Antes de que me lo hubiese pensado dos veces, me incliné sobre el costado de Junia y recogí el trozo de fruta en el mismo momento en que Jackson se acercó. Lo cogí y nuestras manos se tocaron.

Junia berreó sacudiendo la cabeza de lado a lado, lanzándole rebuznos. La manzana cayó de nuestras manos y fue a parar al suelo.

Tiré de las riendas de la mula y Jackson estuvo a punto de caer de espaldas.

Junia pisoteó el trozo de fruta y luego salió aprisa del patio, conmigo sujetándome a ella con fuerza y sus indignados chillidos entremezclándose con las divertidas carcajadas de Jackson.

XXI

Las nubes se abrieron poco después, justo cuando entraba en el patio de la escuela, entrada que causó un revuelo entre la nidada de polluelos y la bandada de niños que me siguió lanzando gritos.

Winnie salió presurosa de la escuela apartando a gallinas y estudiantes de su camino.

—Pensaba que no vendría este lunes, Cussy Mary —dijo—. Pero me alegro de que pase por aquí.

Permanecí a lomos de Junia.

—Lo siento, ya voy con retraso. Tome, aquí tiene sus libros —contesté, sintiéndome culpable por haberme entretenido demasiado tiempo en casa de los Moffit primero y con Jackson después.

Winnie ordenó a Clementine que fuese a la escuela en busca del antiguo préstamo.

Los niños, ansiosos por echarle un vistazo al nuevo material, rodearon a su maestra. Llamé a Nessie y le di las recetas para que su hermana hornease algo bueno el día del baile; ella, por su parte, giró, hizo una reverencia y agitó el papel.

—Voy a tener que aprenderla a hacerlo, porque no sabe leer. Gracias, señora librera.

Las demás niñas se reunieron a su alrededor mientras ella les leía las recetas en voz alta.

Barrí con la mirada las caras de los estudiantes en busca de Henry. Lo descubrí al fondo del grupo, con una expresión de debilidad en los ojos.

Poco después, Clementine regresó del edificio trastabillando, tirando los libros y levantando un caleidoscopio de mariposas.

Henry fue corriendo hacia ella, la miró enfurruñado, recogió los libros, limpió las cubiertas con sus mangas y las perneras de sus pantalones y le riñó mientras se acercaba corriendo a mí.

—Aquí tiene, señora —me dijo, y de nuevo limpió los libros soplando y frotando las tapas con sus brazos.

Henry tenía el rostro aún más demacrado, sus huesos se marcaban en su harapienta ropa, que habían heredado demasiados hermanos y que le quedaba pequeña y mal.

—Gracias, Henry. —Al inclinarme vi el brillante círculo rojo alrededor de su cuello y el grueso sarpullido escamoso en las palmas de las manos. Tenía pelagra y estaba muriendo de inanición… Delante de mis narices.

Cogí los libros con mano firme, los guardé en las alforjas y luego, estirándome hacia la otra bolsa, saqué lo que me quedaba para cenar. Cogí la manzana.

—Todos dentro —ordenó Winnie con una fuerte palmada, apresurando el paso hacia mí al tiempo que con otra pavorosa palmada envió a Henry y a los demás alumnos corriendo a la desbandada al aula e hizo que Junia caracoleare nerviosa—. Venga, adentro. Sentaos en los pupitres. ¡Ahora! —les indicó dando una nueva palmada. Las manchas de humedad bajo las sisas de su vestido se extendían hasta el pecho.

Una vez estuvieron todos en el aula, me dijo con voz firme:

—No puede darle de comer a uno sin darle a todos, Cussy Mary. Todos tienen hambre —recalcó—, solo que algunos cuerpos son capaces de ocultar las dolencias y penurias mejor que otros.

Tenía razón y, además, no hubiese sido justo. Avergonzada, bajé la manzana a un lado.

Winnie entrelazó las manos.

—Ay, si tan solo llegasen aquí esos planes de ayuda. Si pudiesen enviar un trozo de queso y un bollo con cada libro... —dijo, alzando la cabeza hacia el cielo, como si se lo estuviese diciendo a Dios.

También lo quería yo. Su apetito de lectura les podría ayudar a obtener una vida mejor y librarse del hambre, pero sin alimentos no vivirían ni tendrían la fuerza suficiente para lograrlo.

—Solo un maldito pedazo de queso —reiteró con un susurro.

Pensé en el queso prometido por el médico. Si pudiese negociar con él para obtener más comida, la podría donar a la escuela.

Winnie lanzó un suspiro, dio una palmada en el cuello de Junia, cogió la manzana de mi mano con suavidad y la guardó en el bolsillo de su vestido.

—El nuevo hermano de Henry no sobrevivió —dijo con voz queda.

Entristecida, me volví hacia la escuela y vi un revoltijo de niños mirando por la ventana. Uno de ellos era Henry.

—Me ocuparé de dársela —aseguró dando una palmada en el bolsillo—. Que tenga buena ruta, y dele recuerdos a Martha Hannah y a los chicos. —Se volvió, con sus largos faldones sacudiéndose mientras se apresuraba a regresar a su labor.

Desde el interior, Henry apretó la cabeza contra el cristal de la ventana, observándome. Le dediqué una sonrisa y le prometí en silencio que le conseguiría comida. En el rostro del niño se dibujó una lenta sonrisa e intentó subir la ventana una vez, después otra y una tercera, pero no pudo, era demasiado débil. Tosió, colocó la escamosa y enrojecida palma de su mano en el cristal y vocalizó un «adiós, librera». Después desapareció, como la lechosa marca de su mano sobre el cristal, mientras un escalofrío recorría mi espalda.

XXII

Después de salir del patio de la escuela, me detuve en el sendero y revisé dos veces mis alforjas. No tenía la revista informativa para el señor Prine, así que me dirigí a la casa de Martha Hannah, deseando tener un poco de tiempo para charlar con ella y sus chicos.

Tarareaba una cancioncilla mientras Junia nos llevaba alrededor de gruesos robles, pisoteando raíces de india y llamativos pies de alondra hasta que el animal se detuvo y dio la voz de alarma.

Iba pensando en las pruebas médicas, en la comida. ¿Cuánto podría sacarle al médico a cambio de darle más sangre? Me preguntaba cuánta sangre podía perder una persona y entonces recordé un artículo que había leído acerca de las sangrías que le hicieron a María Antonieta mientras daba a luz. No le causó ningún daño perder sangre.

Después pensé en el libro que me había prestado Jackson Lovett y tanto me perdí en mis reflexiones que dejé de prestar atención al sendero. Especulaba acerca de cómo había sido su vida, su familia. Jackson Lovett se me había metido en la cabeza como una canción que no podía dejar de oír, como esa famosa *Blue Moon* de Benny Goodman que de vez en cuando sonaba en la radio de

Harriet. Me reprendí a mí misma y juré no meterme en los asuntos de mi socio y tener la boca cerrada la próxima vez que estuviese cerca de ese hombre. Había sido demasiado audaz, y además había arriesgado mi empleo.

Junia emitió un fuerte resoplido, como si pretendiese hacerme sentir avergonzada, que me hizo alzar la cabeza y llevar una mano a mi desbocado corazón, casi esperando encontrar a Frazier merodeando por el bosque, acechándome.

Coloqué una mano sobre los ojos para protegerme del brillo del sol y me sentí aliviada por ver al esposo de Martha Hannah, Devil John, y no a otro Frazier. Sin embargo, su actitud no parecía la de alguien tranquilo, sino más bien la de una persona preocupada, rígida, y temí que fuese a tener problemas.

—Librera —llamó plantado con sus finos bombachos, su camisa descolorida y la correa de un largo rifle sujeta al hombro. Devil John Smith se dedicaba a destilar alcohol, y la gente decía, entre susurros, que era uno de los mejores. Llevaba un sombrero negro de alas caídas con el hueso de un pene de mapache sujeto por encima del ala, utensilio que los destiladores de alcohol ilegal colocaban en el alambique de cobre para dirigir el flujo a la jarra y no perder ni una gota del precioso líquido, además de ser un modo de anunciar a cualquier sediento paisano a qué se dedicaba.

—Señor Smith —saludé con una insegura sonrisa, rígida sobre mi silla.

—Señora —respondió tocando el ala del sombrero—. He venido a decirle que hay un problema con esos libros suyos —dijo muy serio.

Sentí como desaparecía mi sonrisa.

Junia emitió un fuerte resoplido y yo sujeté las riendas con fuerza, enrollándolas alrededor de mis sudorosas manos.

—Los chavales no hacen lo que tienen que hacer —prosiguió—, y ayer Martha Hannah se retrasó casi una hora en prepararme la cena. ¡Una hora! Eso es lo que hacen sus libros… Los vuelven vagos. Las muchachas descuidan la colada y el montón de ropa para zurcir ya les llega a las orejas; y los muchachos se pasan el tiempo leyendo junto al arroyo en vez de pescar y trabajar el huerto. No se les puede hacer trabajar porque, simplemente, andan muy ocupados ahí sentados leyendo los estúpidos libros que a usted le ha dado por llevarles. Y eso no lo puedo consentir. No voy a consentirlo.

—Lo siento mucho, señor Smith —dije, aunque conmovida por aquel amor a los libros. Sin esos préstamos, sus hijos no aprenderían nunca nada, pues ese destilador de alcohol se negaba a enviarlos a la escuela. Nadie ni nada, ya fuese un hombre o las leyes de Kentucky, podía obligar a un montañés a ceder en eso. La mayoría de la gente no sabía de la existencia de una ley al respecto. El territorio tenía sus propios códigos, códigos duros para afrontar situaciones aún más duras. Solo enviarían a los chicos a la escuela si les venía bien, y no porque en algún lugar lejano unos cuantos urbanitas que no conocían, ni jamás conocerían, hubiesen escrito algo.

—Han gastado todo el keroseno y las velas, y me están dejando sin un céntimo —se quejó Devil John.

Busqué en mis alforjas y saqué una revista encuadernada y un libro de recortes.

—Quizá estos le sirvan de ayuda, señor.

Devil John hizo una mueca y negó con la cabeza.

—Esos presuntuosos libros no sirven más que para malgastar tiempo. ¡Me están costando una buena cantidad de combustible, mechas y comida, señora librera! Mi terreno se está echando a perder por culpa de la pereza. ¡Menudo desperdicio!

—Esta revista se llama *Boy's Life*.[20] Y mire esto señor, es un buen libro para la gente de las colinas, está lleno de trucos para limpiar la casa y coser ropa.

Cerró los puños y cruzó los brazos.

—Señor Smith, los exploradores nos acaban de enviar el último número de su revista. Trata de caza y pesca y, además, contiene historias bíblicas.

Estuvo un minuto rumiándolo.

—Señor, *Boy's Life* enseña a los jóvenes a hacer nudos, fabricar una buena caña de pescar y cómo atrapar conejos. Mire, señor, aquí encontrarán buenos consejos de caza —dije desmontando y tendiéndole el libro y la revista. Aunque decían que nunca bebía, y que solo traficaba con alcohol para sustentar a su familia, Devil John desprendía el olor dulce de la pulpa que empleaba en su alambique… El espíritu del alcohol o esos efluvios que, según dice la gente, salen de los barriles. Se irguió frente a mí, calzado con sus madreñas, en realidad unos grandes pedazos de madera tallados de modo que parecían pezuñas de vaca y que llevaba sujetos a las suelas de sus botas para dejar huellas parecidas a las herraduras de las reses y despistar así a un posible agente de la ley.

—Y, mire esto, señor Smith, hay un artículo muy interesante acerca de curtir pieles y unas oraciones muy bonitas que también pueden aprender. Además, el libro

---

20 Revista mensual de la asociación de escultismo estadounidense. *(N. del T.)*

de recortes tiene algunos antiguos boletines de la iglesia y sermones de un pastor.

—¡Sermones! —bramó, clavando sus ojos en los míos—. No necesito que ninguno de esos charlatanes agitadores me meta un dedo en el ojo. Sí, lo que faltaba, meter en casa las mentiras del pastor Frazier ese del demonio.

Junia resopló con fuerza y plantó una pezuña en el suelo. Jadeé y aparté la mirada, temblando por dentro, pero no antes de detectar algo implícito en el modo que tuvo de decirlo. Mi mente me trajo el recuerdo del ataque de Frazier. «Aquel día había visto una sombra y oído un ruido. ¿Devil John había encontrado a Junia y había hecho que regresase a mí? ¿Había visto a Frazier abordándome? ¿Lo había visto tirado en el suelo?», pensé.

Devil John era capaz de ver muchas cosas en aquellos bosques, conocía cada rama y cada olor. Al final recuperé el aliento y logré balbucear algo.

—No, señor, sí, tiene razón.

Frunció el ceño y recorrió los árboles con la mirada, pensativo.

—Ya ha pasado una temporada desde que vi por última vez a ese falso clérigo. Aunque por tarde que sepa de él, para mí siempre será demasiado pronto.

Me tragué mi asentimiento.

Después guardó silencio durante un rato.

—Mi Martha Hannah se ocupa de que estudien la Biblia… Les lee algo en cuanto amanece y también por la noche, todos los días —resumió y sus ojos lanzaron una rápida mirada a la revista, después a mí y de nuevo a la revista antes de arrancármela de las manos y pasar sus hojas a toda prisa.

—Claro, señor, no me cabe duda de que Martha Hannah

está haciendo un buen trabajo. También hay un montón de cosas muy útiles para ella en el libro de recortes; como unas sabrosas recetas, por ejemplo. —El libro tembló ligeramente en mi mano—. Hay un patrón para hacer bombachos e instrucciones para confeccionar una buena cesta de pacana, además de un par de recetas para conservas. Trae cómo hacer un montón de cosas buenas, señor Smith. —Abrí el libro de recortes y le mostré una receta de lechecillas y otra de empanada de carne con cebolla—. Esta es la célebre empanada de la señora Hamilton, que ganó un premio —dije, señalando la página y entregándole el libro con la esperanza de que su esposa lo recibiese.

—Mi huerto está sin excavar porque leen demasiado. —Sin embargo, lo cogió y meditó acerca de si podía confiar en lo que le había dicho o no. Devil John, que no sabía leer, sopesó el libro en las manos y lanzó unas miradas a las recetas y a mí. Volvió a abrir la revista *Boy's Life* y señaló el título impreso junto a un pez—. ¿Qué dice aquí, señora librera?

—Guía de pesca infantil —leí, despacio, subrayando las palabras con un dedo.

—Guía de pesca infantil —vocalizó siguiendo los caracteres—. Esta palabra de aquí es la que dice «infantil» —señaló.

—Sí, señor, infantil, «in-fan-til».

Vocalizó las sílabas.

—¿Entonces esta es la de *piesca*?

—Pesca —dije despacio, marcando las sílabas con el dedo—. Pes-ca.

—*Pes-da* —repitió muy serio, vocalizando las letras; después volvió a fijar la mirada en el libro de recortes que le tendía.

Junia se acercó a mi espalda, apoyó su cabeza sobre mi hombro y clavó sus grandes ojos en él.

—Ah, señor Smith, no sé si he mencionado que el esposo de la señora Hamilton aporta un consejo genial para escoger la mejor varilla de zahorí.

Devil John sujetó el número de *Boy's Life* bajo el brazo y se puso a pasar las hojas del libro de recortes.

—Unas varillas realmente buenas, señor.

Los montañeses, se dedicasen al contrabando o no, siempre estaban buscando agua y lugares donde construir nuevos pozos. El señor Hamilton era un zahorí con buena reputación y llevaba décadas empleando varillas de melocotonero bifurcadas para encontrar agua; él se limitaba a marcar el lugar señalado por la varilla. Lo cierto era que ni un alma había cavado un agujero donde no saliera agua si el señor Hamilton lo había marcado como lugar adecuado para un pozo. Sus predicciones eran tan acertadas que la gente decía que el tipo podía concretar a cuánta profundidad se encontraba el agua a partir de la cantidad de veces que la varilla vibraba en la superficie.

—Bueno, reconozco que esto no hace mal a nadie. Puede que incluso los haga trabajar —dijo Devil John desganado, mesándose la barba. Pasó otro eterno minuto en silencio y añadió—: Pero traiga solo los libros de las recetas y las conservas después de la siembra y la cosecha. ¡Traiga solo eso! ¡Y solo entonces! No van a tener más hasta el invierno y solo cuando haya visto que han terminado con sus labores. Y ni un minuto antes. —Sujetó los libros en la sangría del brazo y alzó un dedo—. Ni un segundo antes así se hunda Kentucky, señora librera.

—Sí señor —dije, tragando saliva—. Por favor, dele recuerdos a Martha Hannah y a los chicos.

Lo vi escabullirse entre los árboles con la ligereza de un gato, a pesar de sus grandes y toscos madroños de vaca. Era un hombre peligroso y muy hábil para mantener a los suyos, alguien a quien nadie osaría desafiar. Sequé mi frente sudorosa y arreé a Junia hacia la casa de la señorita Loretta. No descansaríamos hasta haber atravesado el bosque sanas y salvas.

XXIII

R. C. Cole me localizó bien entrada la mañana del miércoles, gritó de alegría desde la barandilla de la torreta y bajó descalzo la escala, raudo como si lo persiguiese un avispón de cara blanca, con el ruido de los escalones haciendo eco al rebotar contra las paredes rocosas de la montaña Hogtail.

Al llegar a la base, me entregó su préstamo con expresión ausente, casi bailando a la espera del sobre mientras sujetaba bajo un brazo sudoroso el periódico que le acababa de entregar sin echarle ni siquiera un vistazo.

—Encontré un artículo acerca de un incendio forestal —dije, le di la carta del señor Beck y me aparté yendo a montar a Junia para procurarle privacidad.

Rasgó el sobre y sacó la carta. Oí un bufido, me volví y vi su rostro pálido y sus ojos enrojecidos y arrasados de lágrimas.

—Ha dicho que no —murmuró R. C., pasándose la mano por los párpados—. ¡Que no! Dice que no soy lo bastante bueno para Ruth, que mi empleo no es un trabajo honrado y que no tengo un hogar adecuado para su hija. —Agitó la carta—. Quiere que tenga a un minero del carbón como esposo. —levantó el papel sujetándolo con un puño—. ¡Un minero del carbón!

Susurré una palabra de consuelo.

—Tengo un buen sueldo, y aún cobraré mejor cuando sea guarda forestal. Le construiré un buen hogar, mejor que el que pueda tener ningún minero. —Golpeó la pierna con la carta—. ¡Eso haré!

—Sé que lo conseguirá, R. C., usted continúe leyendo, yo le traeré los libros.

—Mire —dijo, levantando la carta, señalando un párrafo—, dice que no concederá su mano a nadie que esté en el programa de la Administración de Meteduras de Pata.[21] Dice que son empleos para haraganes.

Oírlo me apenó. Así llamaban algunos al programa de la Administración de Proyectos Laborales. Muchos hombres de la zona preferirían morir de hambre antes que participar. Pensaban que recibir los setenta y cinco centavos al día que ofrecía el Gobierno por construir una sencilla letrina externa para gente que no tenía, abrir caminos de acceso en las colinas y sus alrededores o tender puentes de madera sobre los arroyos era una limosna, un trabajo deshonroso y un hecho total y absolutamente pecaminoso. Trabajos para haraganes, decían los orgullosos montañeses.

R. C. estiró el cuello para observar la cima de la torreta. El pesar le arrugaba su frente pecosa.

—Pero es que la amo...

Dobló la carta, despacio, la guardó en el periódico y lo metió todo en la holgada cinturilla de sus pantalones.

---

21 *We Poke Alone*, en el original, «metemos la pata solos»; así satirizaban los republicanos las siglas de la Administración de Proyectos Laborales (*Works Projects Administration* o WPA, según sus siglas en inglés) establecida por Franklin Roosevelt en 1935. *(N. del T.)*

—No pienso dejarla. No pienso consentir que un harapiento cavador se la lleve.

Me avergoncé al pensar en Papi y los demás mineros, pero sabía que el muchacho estaba herido y no lo decía en serio.

—Tengo que ir a la estación. Tengo que recoger a mi novia —dijo, y después, con la mandíbula encajada, partió colina abajo dando unos pasos tan fuertes que parecían subrayar su intención sobre la rojiza tierra del sendero.

Yo no sabía nada de asuntos del corazón más allá de lo que había leído en los libros, pero mi mano se cerró con fuerza y alcé un puño, deseosa de que su intención acabase en victoria.

XXIV

Durante los días de mayo que faltaban para el baile de las Tartas, se habló mucho de la desaparición de Vester Frazier, se realizaron algunas conjeturas acerca de su paradero en las que se afirmaba de todo, desde que se había fugado con una fulana hasta que había sido presa de un oso enfurecido o de una jauría salvaje. La gente de los alrededores había oído hablar de mi breve matrimonio con Charlie Frazier, pero no sabían nada de que su pariente me había estado acechando.

Las habladurías no me molestaban demasiado. La gente sabía que los azules no pertenecíamos a ninguna Iglesia y no me relacionaron con el predicador. Sin embargo, no podía evitar temer que descubriesen su cadáver o preocuparme porque Devil John hubiese visto algo, aunque en realidad me inquietaba más que el médico hablase o que el perro de caza de alguien pasase por allí y lo desenterrase. Últimamente había estado observando la parte de atrás del establo de Junia, echando hojas sobre la tumba del predicador, apilando más palos y rocas, e incluso arrastrando hasta allí algún tronco de la pila. Me aseguraba de que estuviese bien enterrado, de que sus malvados y mezquinos dedos no sobresaliesen entre la oscura tierra y agarrasen a un pecador.

Papi me riñó y me ordenó que dejase de hacerlo, me dijo que empeoraría la situación si me dedicaba a colocar tan enorme señal. Pero no podía dejar de preocuparme por la tumba de Frazier ni podía evitar apilar más escombros sobre ella. Llegó la última semana de mayo y mi padre se aseguró de que no volvería a remover el asunto. Me desperté y descubrí el lugar limpio y la fosa vacía, tan vacía y hueca como la conversación de Papi.

Las habladurías de la gente derivaron del predicador desaparecido a la lucha sindical por obtener mejores salarios y condiciones laborales para los mineros y los muchachos que picaban pizarra en la galería y rogaban por unos mejores alojamientos en el campamento erigido al otro lado del pueblo. La empresa se empleó a fondo con el sindicato; hubo más violencia, amenazas de cierre y mineros que desaparecieron en extrañas circunstancias.

Comenzando con Papi.

Ya habían pasado dos días desde la jornada en la que regresé a casa después de completar mi ruta y vi que no estaba, aunque en ese momento pensé que habría ido a una de sus reuniones. Pero cuando a la mañana siguiente vi que aún no había vuelto, me preocupé mucho. Deambulé por la cabaña elevando plegarias, recorriendo los viejos tablones del suelo hasta que sus crujidos y chirridos me rompieron los nervios y tuve que salir. Corrí al establo de Junia.

—¡Tenemos que ir a buscarlo! —grité.

Seguimos el recorrido que hacía Papi para ir al trabajo en busca de cualquier indicio del ataque de un animal, de cualquier cosa que me llevase a él, hasta que vimos la mina a lo lejos y detuve a Junia con un tirón de riendas.

Estaba frenética por recibir noticias suyas, pero no osaba acercarme más y tampoco podía preguntar abiertamente en el pueblo. La jornada anterior, después de comprobar que no había regresado, escribí una carta con la esperanza de averiguar algo acerca del paradero de mi padre. La remití al señor Moore, un minero a quien Papi siempre dedicaba buenas palabras, luego fui directamente a casa de Queenie y le pedí a Willow que se la diese. Eso me llevó media mañana, después tuve que arrear a la mula para recuperar el tiempo perdido y completar la ruta.

Ya habían pasado tres días desde que Papi se fue y yo no había disfrutado de tres segundos de tranquilidad.

Cuando los mensajeros dejaron notas en los puestos de las libreras pidiéndonos que fuésemos a la central una semana antes para ayudar con el enorme envío que había llegado en el tren, me sentí más que ansiosa con la esperanza de que Queenie me diese noticias de mi padre o me dijese que lo había visto por el pueblo.

Una vez en la central, coloqué el correo y el material de lectura en mi mesa sin dejar de vigilar el economato de la empresa minera, situado al otro lado de la calle, ni de buscar a mi padre. Si oía algún ruido fuera, corría a la ventana para ver si se trataba de Queenie, pues confiaba en que Willow se hubiese acordado de darle mi carta.

Tiré alguna que otra cosa en más de una ocasión, pues los nervios me estaban destrozando. Cuando Harriet plantó con un golpe un montón de tarjetas de lectura en mi mesa, di tal respingo que desparramé varios libros por el suelo.

—¿Se puede saber qué te pasa? —ladró, lanzándome una mirada suspicaz mientras ponía más tarjetas—.

¿Estás enferma o algo así? —preguntó, alejándose un paso—. Esta mañana estás bastante torpe.

—No, señora. Lo siento —masculle. Recogí los libros y comencé a ordenar las tarjetas en el archivo improvisado que elaboramos con cajas de queso que la tienda de la empresa minera había tirado a la basura, mientras Eula y Harriet se dedicaban chismorrear acerca del ya inminente baile que se celebraría el viernes.

Vi de soslayo al médico, fuera, en la calle; el hombre alzó una mano dedicándome un amistoso saludo al pasar. Aún no había dejado la prometida cesta de comida, y esperé tener la oportunidad de preguntarle por ella. La última vez que regresamos de Lexington en su coche, me dijo que pasaría a recogerme el tercer sábado de junio, así que supuse que habría de esperar hasta entonces para hablar con él.

Observé a Eula y Harriet charlando del baile de las Tartas y tuve la tentación de salir a hurtadillas y hablarle, pero mi ánimo se esfumó al verlo entrar en la tienda de la compañía minera. Recordé, con el ceño fruncido, que pronto pasaría a recogerme. Me aseguraría de conseguir la comida. Suponía un alivio saber que Winnie podría disponer de ella para los niños de la escuela; por unos instantes, me permití imaginar a los estudiantes henchidos de felicidad y con el aspecto rechoncho de los niños representados en mis libros de cuentos.

Eula cambió de tema y la conversación se centró en la Fundación Centavo, creada por Lena Nofcier, y eso me animó. La señorita Nofcier era la presidenta del servicio bibliotecario de la Asociación de Padres y Profesores de Kentucky y animaba a sus miembros a donar un centavo para la compra de libros nuevos.

Seguro que iba a ser un espectáculo tener una sala llena de libros nuevos, llevar las alforjas repletas y ver las caras de los montañeses. Sería emocionante repartir montones de las últimas ediciones de periódicos, coloridas revistas y libros con portadas nuevas, perfectas, con la tinta aún fresca y páginas limpias.

Me dediqué a vigilar la calle y archivar las tarjetas de lectura mientras escuchaba retazos de otros chismorreos de Eula y Harriet, como uno acerca de un derrumbe parcial en la mina, de la interrupción de la explotación carbonífera por parte de la compañía, de que alguien había perdido un perro de caza y de los recientes nacimientos de varios bebés.

Ya había oído hablar de ese derrumbamiento hacía unas semanas, cuando mi padre me contó cómo hubieron de cavar para sacar a dos chiquillos.

Las dos bajaron la voz hasta apenas un susurro, mirando a su alrededor, en todas direcciones excepto en la mía. Les daba igual si yo oía algo. Mi presencia no importaba más que la de una polilla agotada en el alféizar de la ventana. De todos modos, continué prestando atención por si escuchaba las crueles e hirientes cosas que otros podrían decir acerca de mí y de los que eran como yo. Al parecer, había aprendido a escuchar muchas conversaciones que otros me creían incapaz de oír.

Harriet parloteaba mientras encuadernaba un libro.

—La señora Vance tuvo a su bebé siete meses después de casarse, aunque dice que una fiebre súbita hizo que naciese prematuro.

—Tenía las uñas de una vieja —dijo Eula—. Esas uñas han estado nueve meses creciendo, te lo digo yo.

—Nueve meses después de que él fuese a cortejarla —resopló Harriet.

—Ay, ¿has visto al recién nacido de Mable Moss? —preguntó Eula con los ojos desorbitados—. Nació con una horrible mancha roja a lo largo de su larga lengua que le sobresale por los labios y no se le va.

—Vaya. Y encima dice que es porque el bebé se cayó de la cama del parto —dijo Harriet—. Me da pena el pobre señor Moss por haberse casado con esa modesta chica para que al final ella le diese un mentiroso deslenguado.

—Sí, desde luego esa es la marca de un mentiroso —asintió Eula con seriedad.

Me acerqué a las mujeres para colocar unos libros en las viejas escaleras de buhardilla que habíamos dispuesto a lo largo de las paredes para utilizarlas como estanterías. Aproveché para mirarlas y escuchar sus palabras mientras andaba por detrás de sus mesas, con la esperanza de oír alguna noticia sobre los mineros desaparecidos, sobre Papi.

Murmuraban acerca de las últimas enfermedades de varias personas, de la última de Harriet y de las friegas de *Lysol* que empleaba para curarla. Agucé el oído para escuchar los detalles de la sorprendente dolencia de Harriet.

—Es... —comenzó a decir, levantándose e inclinándose sobre la mesa en dirección a Eula, apoyándose en el borde. Después, con un elaborado tono confidencial, añadió—: Bueno, tuve ese espantoso picor. —dijo señalando las partes íntimas de Eula, y levantó su sonrojado rostro cuando la mirada de la directora descendió hasta su bajo vientre—. No podía ir al médico, ya sabes, no hubiese estado bien. —Hizo una pausa y, con la cara enrojecida por un fortísimo rubor, volvió a mirar a su alrededor por si acaso hubiese entrado alguien a hurtadillas.

Eula asintió con gesto comprensivo, aunque en sus desorbitados ojos no había comprensión alguna.

—Pues bien —prosiguió bajando aún más la voz, lo cual me obligó a esforzarme—, entonces vi un anuncio en *Movie Mirror*. Verás, estaba comprobando que no hubiese ninguna depravación que pudiera ofender a nuestros piadosos socios, cuando vi la fotografía de una botella marrón de *Lysol* en la que anunciaba que un enjuague con eso limpia y mata los gérmenes.

También yo había visto anuncios de higiene femenina en periódicos y revistas. Las fotografías de una llorosa señora llevándose un delicado pañuelo a los ojos, mostrando que había sido «una buena madre, ama de casa, anfitriona y cocinera», todo eso, hasta las seis de la tarde.

El anuncio del producto de higiene femenina regañaba a la apenada señora recalcando que esa perfecta ama de casa había perpetrado una fechoría, que su esposo no podría perdonar, al olvidar sus olorosas partes femeninas. Advertía a las mujeres de los peligros de descuidar la higiene íntima y les recordaba que hiciesen el «lavado femenino para evitar un fracaso matrimonial». El producto decía ser un «poderoso germicida» capaz de acabar todo tipo de cosas, por extrañas y fuertes que fuesen, de las que yo ni siquiera había oído hablar, como «materia orgánica»… «Mantendrá a su esposo feliz y le asegurará un dichoso matrimonio».

Coloqué otro libro en la balda y, lanzando una mirada al exterior, elevé una plegaria por la seguridad de mi padre.

—Le pedí a mi primo, el que vive en Virginia, que me enviase el *Lysol* de inmediato—continuó Harriet—. Pero cuando Bill, ya sabes, el cartero, me dio el paquete resulta que estaba abierto. Ese simplón me dio la botella allí mismo, ante Dios y todos sus fieles —afirmó, llevándose la mano al pecho.

—Ay, no me digas —se espantó Eula golpeándose el suyo con un puño.

—Sí, el cartero ese farfulló algo sobre la «limpieza general», pero yo se la arranqué de las manos y me la llevé a casa, y rapidito. Ay, Señor, la verdad es que el *Lysol* me funcionó muy bien —dijo Harriet, orgullosa por su nueva cura—. Justo a tiempo. Ah, por cierto, Cory Lincoln va al baile del viernes —añadió, pero en esta ocasión con voz más fuerte.

Harriet estaba enamorada de Cory Lincoln, su primo. Lo contrataron en la mina después de que el mes pasado saliese de la penitenciaría. Y con «justo a tiempo» quería decir que estaba próximo el baile anual y el concurso de tartas.

—He terminado mi vestido —le dijo a Eula alzando una ceja maliciosa.

—¡Ah! —exclamó Eula—. ¿Le has puesto encaje en la bastilla o…?

—Ya lo verás —respondió con voz cantarina y mirada maliciosa, como si guardase un secreto.

Charlaron entusiasmadas acerca de qué hombre podría disfrutar de su compañía en el baile nocturno, especularon sobre posibles candidatos y cotillearon un poco hablando de otras muchachas, adjudicándoles pretendientes aburridos con estallidos de carcajadas subrayando cada insulto.

Ya había colocado los libros en el peldaño de la escalera y me dirigía a la siguiente sección cuando oí a Junia organizando un escándalo en plena calle; fui a mirar por la ventana. La mula daba patadas al poste y tiraba del ronzal.

Jackson Lovett se encontraba frente a ella, vestido con un estiloso pantalón de tiro alto sujeto con tirantes como los que había visto en las revistas. Llevaba un ramo de flores azules sujeto con un lazo. Parecía que intentaba rebasar al animal, quizá para entrar en la central o recoger algo en la estafeta, lo cual era más probable. Pero la vieja mula le cortaba el paso.

Observé, sabiendo de antemano quién ganaría el enfrentamiento. Quise levantar la ventana y advertirle, pero me lo impidió la idea de hacerlo con las supervisoras en la sala.

Junia resoplaba frente a él; sus fuertes soplidos atestaban el tranquilo ambiente matutino.

Eché un rápido vistazo a las encargadas por encima del hombro, volví a mirar a Jackson y subí la ventana con cuidado de no dañar aún más las deshilachadas cuerdas que sujetaban la hoja. Estaba decidida a advertirle del mal genio que tenía esa vieja mula.

Miré de nuevo a Eula y Harriet, clavadas como garrapatas en sus cotilleos.

Saqué la cabeza en el momento en el que Junia llevaba sus orejas hacia delante e inclinaba la cabeza para colocar muy despacio su nariz sobre el ramo y, acto seguido, arrancarlo de un mordisco y mascarlo, saboreándolo como si fuese un regalo especialmente dedicado a ella y tragándolo de un solo golpe. Dejó caer las orejas en dirección al hombre, encantada.

Jackson masculló una maldición y le sacó el lazo de la boca. Con él salió una flor y ambas cosas cayeron al suelo.

Junia le mostró los dientes como si le diese las gracias y frotó la mano del hombre con su suave belfo.

—Vaya, así que también te gustan las flores, vieja amiga —dijo Jackson, riéndose con suavidad mientras le rascaba una oreja y le daba palmadas en el cuello… Cosa que el animal le permitió hacer; él era el primer hombre en disfrutar de tal privilegio.

Me tapé la boca con la mano para ahogar una carcajada, sorprendida porque hubiese comido las flores de inmediato y asombrada por lo bien que se llevaban, cosa que deseaba.

—Pues eran para una dama muy bella —le dijo a Junia, sin dar indicios de haberme visto mirar boquiabierta por la ventana.

Me pregunté a quién estaría cortejando Jackson, a qué mujer mayor iba a visitar.

Jackson levantó la vista, miró a su alrededor y después directamente a mí.

—Supongo que a Junia, como a todas las damas, le gusta recibir flores de vez en cuando.

Retrocedí apartándome apenas un paso de la venta y choqué con Harriet, que se había colocado a hurtadillas detrás de mí. Chilló y me apartó con un golpe de cadera.

Los ojos de Harriet se clavaron en Jackson, después en mí y luego de nuevo en él.

—Hasta pronto, Cussy Mary —dijo Jackson.

El hombre, sin dejar de sonreír, recogió la única flor que cayó al suelo y la puso en el bolsillo de su camisa, saludó con el sombrero y se fue paseando.

—Te pasas el día mirando por la ventana con tus ensoñaciones. Vuelve al trabajo —dijo cerrando la ventana con un golpe que hizo vibrar los cristales y rompió la cuerda de un lado de la polea haciendo que el peso cayese dentro del marco—. ¡Mantenla cerrada! Ya huele bastante mal aquí dentro sin necesidad de que entre el hedor de la apestosa mierda de tu mugrienta mula.

Alzó la barbilla, se tapó la nariz con dos dedos retrocediendo hasta su mesa con pasos pesados y se dejó caer en la silla, desperdigando papeles.

—Endógamos apestosos —resopló.

Eula simulaba estar leyendo la correspondencia.

—Jackson es lo bastante bueno para saludar a nuestra Arándana —cloqueó—. Un hombre caritativo capaz de sentir lástima por ella, de malgastar cortesía con gente como esa.

Me volví y mantuve la vista fija en Junia mientras una lágrima corría por mi mejilla. Sabía que la madre de Harriet se había casado con alguien de su familia y que los de su refinada clase tenían relaciones con parientes cercanos. Pero eso no se reflejaba en su piel blanca como la leche... Aunque sí en esos pequeños ojos apretujados sobre su nariz respingona. Su clan era como la mayoría de las familias por estos lares. Era difícil cortejar y, además, los caballos o las mulas tampoco servían para desplazarse muy lejos, así que era complicado conocer y casarse con alguien que no viviese en estas colinas. Sin embargo, mi bisabuelo hizo precisamente eso, pues había llegado de Francia. Y era precisamente Harriet quien se había enamorado de su primo.

Me volví a medias hacia Harriet. Tenía la cabeza inclinada sobre una caja de tarjetas de lectura. Me había llamado «apestosa». Bajé la cabeza, adelanté un hombro y olí mi axila. Olía igual que las demás, incluso mejor que algunas.

—He dicho que vuelvas al trabajo —graznó Harriet.

Lancé otro vistazo por la ventana en busca de mi padre antes de regresar en silencio a la estantería, preocupada por dónde podría estar.

Otra librera salió de la estafeta, entró en nuestra sala y se hizo el silencio. Birdie, de dieciocho años, la porteadora de libros más joven, pasó a mi lado. Su ruta seguía los rocosos lechos de los arroyos y cruzaba el río hasta una comunidad vecina llamada Silver Shale. Para eso, Birdie tenía que dejar a su caballo atado a uno de los árboles de la ribera, tomar un pequeño bote para poder cargar sus libros y completar el resto de la ruta a pie.

Era una chica alta y delgada, de la que se burlaba Harriet llamándola Nido;[22] siempre se mofaba preguntándole si acaso escondía uno en la cabeza y siempre soltaba una risotada a cuenta de su propia y manida impertinencia.

—¡Hola, Damisela! —me saludó dedicándome una brillante sonrisa—. Las he pasado canutas para arrear al Viejo Paul. Ese jaco perezoso no quiere moverse ni salir del establo. Aunque yo tampoco. —Me guiñó un ojo. Le devolví la sonrisa. Birdie cogió una caja de libros de texto anticuados y la colocó en una mesa vacía, bostezando—. Y, además, el bebé se ha pasado la noche dando guerra.

El esposo de Birdie se había ido de Troublesome para trabajar en una fábrica de la ciudad, dejándola sola con el bebé hasta que pudiese llevarla con él.

---

22 El nombre del personaje, Birdie, significa «pajarito». (*N. del T.*)

—Buenos dí... —susurré.

—Buenos días, Nido —dijo Harriet, cortando mi respuesta al saludo.

—Buenos días —respondió Birdie; después, vocalizando en silencio a espaldas de Harriet, añadió—: Señorita Cabeza de Chorlito.

Constance Poole entró en la central deslizándose a mi lado elegante y estilosa, más impresionante que un coro de góspel con su bonito vestido.

—Tengo algunos nuevos patrones de costura que os pueden servir —le dijo a Eula con un tono que rezumaba pretensión. Constance era la jefa del club de costureras y de vez en cuando donaba colchas y patrones a la central para hacer libros de recortes. Siempre le gustaba parar y contar historias acerca de la reunión mensual de su club de costura: las jóvenes y talentosas damas que siempre se divertían muchísimo intercambiando telas, hilos y alegres conversaciones.

Eula y Harriet se apiñaron alrededor de ella, juntaron sus cabezas y comenzaron a cotillear acerca de cosas relacionadas con el baile de las Tartas, a reír e intercambiar rápidos susurros.

Pasados unos minutos, Constance les dijo a las encargadas que iba a la tienda a comprar hilo e ingredientes para la tarta.

—Solo quedan tres días para el gran baile, señoras, y aún no he decidido qué tarta haré —les confesó. Después me rodeó guardando cierta distancia, aunque dedicándome un breve «hola, viuda de Frazier» al pasar.

Queenie entró por la puerta trasera, dejó sus alforjas sobre una mesa y se puso a rebuscar en el zurrón.

Harriet encendió la radio.

Fijé la mirada en Queenie, intentando averiguar si tenía que contarme algún secreto, si había recibido mi nota o si sabía algo de mi padre, pero no hacía más que ir de un lado a otro.

—Buenos días, Queenie —saludamos Birdie y yo, mientras Eula y Harriet evitaron decir nada, como si no estuviese allí.

Queenie murmuró un «hola» y siguió a lo suyo, rebuscando en las bolsas.

—Comienza con las cajas que llegaron en tren —le ordenó Harriet.

—No, no creo —le dijo, cortante.

Más o menos cada seis semanas, recibíamos cajas llenas de libros procedentes de todas las centrales de Kentucky. Los intercambiábamos y devolvíamos embalados en cajas de unos cincuenta libros que se enviaban a la estación. La compañía ferroviaria L&N donaba los costes de transporte, se ocupaba de llevar los libros a otras bibliotecas de Kentucky o traer los nuestros a portes pagados.

Desembalar los nuevos, empaquetar los viejos en las cajas y enviarlos al punto de recogida podía ser una labor agotadora. Harriet siempre hacía que Queenie fuese la primera en comenzar la tarea, pues decía que solo así podía lograr que cerrase su parlanchina boca; si ella no estaba me lo ordenaba a mí.

Queenie sacó un sobre y lo agitó frente a Harriet.

—Conseguí el empleo. Asistente de biblioteca en la gran Free Library de Filadelfia. He venido a dejar mis libros en la estantería y después me voy a la estafeta para enviar mi conformidad. Empaquétalos tú. —Queenie se acercó a ella y golpeó el tablero de su escritorio con el sobre.

Harriet se inclinó hacia atrás apartando las manos. No pensaba tocar el sobre. Eula se acercó presurosa al puesto de su asistente y abrió la carta.

Le echó un vistazo al escrito y después a Queenie. Al final, dobló la carta y la guardó en el sobre.

—Harriet, publica una demanda de empleo —dijo Eula, limpiándose las manos con un pañuelo—. Que se entere todo el mundo.

—Encantada —trinó Harriet, sacudió una hoja de papel de buen tamaño y comenzó a escribir el anuncio.

—Porteadoras, haced que corra la voz —nos dijo a Birdie y a mí—. No podemos perder esa ruta.

Iba a ser complicado que alguien solicitase una ruta tan difícil, los socios iban a sentirlo y se perderían sus queridos libros. Verifiqué todos los míos, mis recorridos diarios y me detuve en el nombre de uno de los socios masculinos.

—Sí, señora. Enhorabuena, Queenie —dijo Birdie con voz cantarina, interrumpiendo mis pensamientos. Queenie sonrió.

—Enhorabuena —dije también yo, pero mirándola preocupada a los ojos en busca de algo que me indicase que sabía de mi padre, que tenía noticias.

—Parece que es un buen ascenso —comentó Birdie.

—Lo es, señorita Birdie, gracias —contestó Queenie—. 4,85 maravillosos dólares más al mes.

Harriet emitió un siseo.

—Es un crimen pagar más a una negraca. Eula, nosotras solo ganamos noventa y cinco centavos más que ella. ¿No es así, Eula?

—Así es —respondió casi sin resuello, atravesando con su mirada la espalda de Queenie.

—Eula, tienes que escribir de inmediato una carta reclamando un aumento —rezongó Harriet—. Yo voy a enviar una queja a la biblioteca de Filadelfia, les pienso decir que es una vergüenza malgastar un buen sueldo con gente como esa. —Lanzó una furibunda mirada a Queenie y una aún más furibunda a mí.

Sabía que mis condiciones laborales iban a ser más duras tras la marcha de Queenie y que iba a padecer el doble al ser la única persona de color. Pero ni siquiera Harriet pudo arrebatarme la sonrisa. Estaba orgullosa de Queenie. Admiraba y envidiaba su valor a partes iguales. En Filadelfia. Y asistente de biblioteca, nada menos. Me coloqué junto a ella. Tendió las manos y yo las estreché encantada.

—Qué buena noticia —le dije, sincera—. Es un buen sitio, vais a estar muy bien. —Sujeté sus manos un poco más, observando su rostro en busca de noticias—. Mi padre… —dije con un susurro. Pero los ojos de Queenie estaban arrasados de lágrimas y no veía más que su futuro fuera de este lugar.

—Ay, cielo, si supieras… Tienen una gran colección de cartas de Dickens y, ah, también manuscritos y…

—Vas a ver esos documentos, vas a tenerlos en tus manos —le dije, consciente de lo que le gustaba ese antiguo escritor.

—Están formando a bibliotecarios negros en la Universidad de Hampton. —Secó las lágrimas de su mejilla con el dorso de la mano.

—Seguro que serás muy buena —afirmé. Saqué mi pañuelo y se lo ofrecí sujetando su mano. Me incliné acercándome a ella y, de nuevo, con apenas un susurro, pregunté—: ¿Has recibido…?

—¡Vuelve al trabajo! —ordenó Harriet. Y después, dirigiéndose a Eula, añadió—: Señor, estos haraganes oscurecidos aprovechan cualquier excusa para no trabajar.

Queenie la miró insolente.

Un rato más tarde, Queenie se situó a mi lado, colocó un libro en la estantería por encima de mi hombro y me empujó con suavidad.

—De parte de tu padre —susurró poniendo una nota en mi mano—. Pasaré por aquí antes de irme. —Regresó a su mesa de trabajo para recoger el resto de los libros.

Mi corazón martilleaba tan fuerte que temí que me arrancase los botones del vestido y cayese desmayada. Guardé inmediatamente la carta en un bolsillo y me apresuré a colocar en la estantería los últimos libros de mi lote; la mitad se me cayó al suelo mientras los llevaba a la balda. Harriet masculló algo desagradable y me di prisa por terminar. Finalizada la tarea, recogí mis alforjas y un periódico de una especie de expositor casero hecho con un palo de escoba junto a la mesa de Harriet y ya estaba saliendo por la puerta cuando el golpe de la mosquitera despertó la ira de la directora.

—¡Viuda de Frazier…! —gritó Eula.

—¡Damisela! Damisela, tienes que pedirme permiso para coger la prensa —chilló Harriet—. Vuelve aquí o haré que restriegues la letrina de las damas y pulas el suelo hasta que te sangren esas malditas rodillas azuladas. Eula, ordénale…

Por una vez no me importaron ni sus pensamientos ni el castigo que pudiera descargar sobre mí. Tenía un

periódico para mi socio, Queenie iba a trabajar como
asistente de biblioteca en una gran ciudad y lo mejor de
todo: mi padre se encontraba a salvo.

XXV

Esperé hasta haberme alejado un buen trecho del pueblo para descansar. La sensación de alivio que tenía por saber que Papi estaba vivo me abrumaba. Nada era más importante que el único miembro de mi familia que me quedaba y eso hizo que me olvidase de todo excepto de él. Después, al comprender qué había hecho Queenie, me golpeó una gélida sensación de pánico. Si la compañía hubiese descubierto que llevaba una carta, que llevaba notas de los miembros del sindicato, le hubiesen dado una paliza y quemado la casa, quizá incluso la hubieran asesinado, y después habrían ido a por su familia. Que la hubiese puesto en peligro, a ella y a su socio, para saber de mi padre me hizo sentir avergonzada y temer por su vida.

Hacía más o menos un año que la empresa se había presentado en la casa de Gordon Brown, en pleno campamento minero, después de descubrir que su esposa servía como mensajera pasando cartas de su marido llamando a la huelga. Como no encontraron al señor Brown, saquearon la casa, destruyeron todas sus pertenencias y aguardaron toda la noche para pegarle un tiro a su esposo. Al día siguiente, como Brown no regresaba a casa, los dueños de la empresa desahuciaron a la mujer y a sus siete hijos. No había pasado una semana cuando un compasivo abogado de un condado vecino fue a reunirse con los jefes de la compañía en nombre de la familia Brown y otros mineros maltratados. El joven letrado murió dos días después, tras la explosión de una bomba colocada en su coche.

Mis manos comenzaron a temblar y las llevé al bolsillo, presioné una palma sobre la carta. «Queenie está a salvo. Mi padre también», pensé. Eso era lo único que importaba, me dije. Después, despacio, escudriñé la arboleda, miré a mi espalda y a todo mi alrededor. Lo hice una segunda vez y después una tercera para asegurarme de que estaba sola.

Junia nos llevaba por un sendero del bosque cuando abrí el sobre y leí la carta lo mejor que pude, sin dejar de mirar a mi espalda por si los jefes de la empresa hubiesen ordenado seguirme.

Papi me decía en su carta que se encontraba cerca de la frontera con Tennessee asistiendo a «charlas familiares», que se estaba bien de salud y que regresaría a casa pasadas un par de noches.

«Charlas familiares» era la expresión en clave para referirse a reuniones con los mineros. Pasadas un par de noches… Jamás había salido de estos valles más de dos minutos. Me preocupaban esas charlas y los problemas en los que se pudiese meter… El descontento de los mineros y los riesgos que corrían.

Mamá se preocupaba y lo expresaba en voz alta cuando estaba viva. Pero cada vez que yo intentaba hablar con Papi del asunto, se limitaba a lanzar unas cuantas maldiciones y marcharse enfurruñado, rezongando.

Junia se detuvo y entonces fue cuando la vi. La mula pateó el suelo y dio un golpe de advertencia, pero el crótalo se quedó quieto, moviéndose despacio hasta adoptar una rígida posición con forma de «S», con parte de su cuerpo alzado, sacando su lengua bífida y agitando el cascabel sin la menor intención de escabullirse.

Tiré de las riendas de Junia, obligándola a rodear la serpiente. Pero la vieja testaruda no quería aceptarlo. Agitó su cola, miró a su izquierda, alzó la nariz y mostró sus fuertes dientes.

Sacudí las riendas.

La serpiente hizo sonar su cascabel con más fuerza, alzándolo.

—Retrocede, muchacha. Arre, vamos, rodéala —advertí.

La mula resopló, retrocedió y se balanceó deseando pisotear. Volví a tirar de las riendas, ordenándole que retrocediese y la rodease, como ya le indicase antes, y darle tiempo a la criatura para que marchase.

—Atrás, Junia. ¡So! ¡So! —ordené, aferrándome a sus flancos con mis rodillas—. ¡Tranquila!

Y entonces caí, reboté en la tierra y salí despedida en dirección a la serpiente. Me llevé las manos al rostro y me encogí formando un ovillo con la intención de protegerme de su mortal mordedura.

Los cascos golpearon el suelo, y en ese momento un lejano chillido estalló entre los pinos. Por un instante no supe si lo proferí yo, Junia o alguien más.

Tomé unas fuertes respiraciones y me atreví a abrir los ojos. Vi, con horror, que la carta de mi padre se encontraba cerca del crótalo. Me retorcí rodando sobre el vientre y estiré un brazo muy despacio, centímetro a centímetro, con los ojos fijos en la serpiente hasta que casi pude tocar el papel con los dedos.

Se oyó una descarga y Junia rebuznó ante el ensorde-cedor estampido de un arma de fuego. Retrocedí protegiéndome la cabeza, mientras se apoderaba de mí un terror como no había sentido jamás al pensar que la compañía me había encontrado.

Hundí la cara en la tierra y me cubrí la cabeza con los brazos mientras sentía el peso de mi crimen lastrando mi pecho, enterrándome en una tumba poco profunda, dejando mi carne expuesta como un cebo para el veneno de la serpiente o una diana para las balas de los hombres de la compañía. Segundos después oí unos pasos que no tardaron en detenerse y entonces me arriesgué a levantar un poco la cabeza para mirar.

Angeline se encontraba en medio del sendero cubierto de hojas con un brazo posado sobre la pequeña protuberancia que formaba su vientre, una vieja soga rodeaba su hinchada cintura y atado a ella colgaba contra sus faldones un conejo muerto, tenía su rubia cabeza cubierta con un sombrero de alas caídas, una expresión hosca combaba su boca y sus manos empuñaban una escopeta de un solo cañón con tanta fuerza que tenía los nudillos blancos.

—Junia, vieja amiga, eras una apóstola con muy mal genio. ¡Fuera! —Angeline le dio un ligero golpe en la rodilla con la culata, apartándola de la serpiente muerta—. Quítate. Esta es mi cena y no voy a dejar que la machaques antes de que la meta en la sartén.

—An... Angeline —dije, apenas capaz de respirar, y me incorporé de rodillas. Me llevé las manos al pecho, donde mi corazón latía desbocado, tomé otra temblo-rosa respiración y me levanté despacio.

Angeline me sujetó por el brazo para ayudar a levantarme.

—La mula… No quería salir del sendero —dije.

Junia emitió un fuerte gemido. Apuntaba con la nariz a un lado sacudiendo las orejas, sin mirar a otra cosa que no fuese un montón de rocas destacado entre la alta hierba.

—Maldita sea —dijo Angeline y me soltó el brazo.

Abrió la escopeta, extrajo el cartucho vacío, sacó uno del bolsillo de su falda y recargó el arma. Tanteé en busca de las riendas de Junia. Apuntó a la base de las rocas, disparó y la munición levantó tierra, hierba y unas cuantas crías de serpiente.

El aire se llenó con el olor de la pólvora quemada.

Angeline corrió hasta las rocas.

—Les di. Estoy casi segura de que era el nido —anunció—. Por eso Junia no quería dar el rodeo; temía pisarlo. —Lo tocó con el arma—. Y esa vieja serpiente se estaba asegurando de que tú tampoco lo hicieses. —Se volvió hacia mí—. Ay, Damisela, no estás herida, ¿verdad?

Exhalé una respiración.

—Estoy bien, Angeline, gracias. —Me quité la tierra de las mangas a manotazos, abrí y cerré las manos y busqué indicios de alguna herida—. No esperaba encontrarte por aquí.

Me quitó una hoja rota del cabello y frotó una mancha de tierra que tenía en la mejilla.

—He salido a conseguir algo de comida, ahora que hemos conseguido unos cartuchos del hojalatero que pasó por allí. Willie se los cambió por unas raíces de ginseng.

Parecía una pequeña salvaje, allí en pie, feroz, con sus curtidos pies plantados sobre viejas raíces nudosas como si la tierra fuese para ella las sandalias de la Cenicienta. La trenza suelta de su claro cabello destellaba como un filo de luz.

Por un instante la envidié, quise enviar a Junia de vuelta a casa, desatar mis pesados y apretados zapatos y echar a correr con ella, libre, para escapar de Frazier, del doctor y sus pruebas médicas y de todo lo que me hacía daño... Cazar y pescar en el bosque como hacía cuando era niña. Ser salvaje. Tener un corazón salvaje en esta tierra oscura llena de árboles y criaturas feraces. Había lugares en estas colinas donde un extraño jamás entraría, en los que no osaría aventurarse (cárcavas estrechas y cañones sin salida, partes angostas y ocultas de las verdes y oscuras colinas) pero en las que Angeline y los montañeses se encontraban a sus anchas y sin nada que temer. Deseé ir descalza por antiguos senderos y volver a ser salvaje.

—Willie no tardará en andar por ahí buscando provisiones —dijo Angeline—. Ya se está poniendo bien. Renquea, pero sale al patio todos los días y es capaz de volver a la cabaña solo. Lo de esas botellas que nos diste lo está curando.

—Me alegra saberlo.

Angeline se llevó mi mano a la boca y la besó.

—Gracias por salvarlo, Damisela.

Aparté la mano de un tirón.

—No debes hacer eso, Angeline. Alguien podría verte tocándome. Una azul. Y te podrían buscar problemas. Podría enfurecer a Willie...

—¡Bah! El orgullo de Willie cabe en el cuenco de un

mendigo. No estaría aquí si no fuese por ti. Y no me importa que se cabreen esos que nunca se han preocupado ni de mí ni de los míos —dijo, regalándome una brillante sonrisa—. Ya estamos en junio y Honey, que nacerá el mes que viene, tendrá un padre gracias a ti. —Se inclinó, recogió la serpiente y la sujetó en su cordel—. Y yo he conseguido buena carne para comer. Más que suficiente para una cena.

¡Cena! Me relamí al pensar en eso. Había tenido muy pocas últimamente. Anoche había recogido unas ortigas para hacer sopa.

XXVI

El viernes cocí una fuente de ortigas con la esperanza de que regresara mi padre. El brillante caldo verdoso hervía a fuego lento sobre la chapa de la cocina y la brisa de junio entraba en la cálida cabaña trayendo los aromas de la tierra mientras el largo día llamaba al ocaso.

Intenté leer el libro de Jackson, pero bastaba el simple crujido de un tablón del suelo o una pequeña vibración en la ventana para sobresaltarme; la inquietud no tardó en sacarme al patio. Escudriñé los árboles aguardando inquieta por su regreso, dando un respingo cada vez que una hoja o una bellota caían al suelo. Se acercaba la noche y vi al último pájaro volar apresurado a su nido.

No fui capaz de resistir más, cogí un candil y fui a Troublesome a lomos de Junia.

Al llegar, rodeamos varias veces la tienda de la empresa cubiertas por el manto de la noche. Inspeccioné el edificio del juzgado en busca de mi padre o cualquier otro minero, fui a la estafeta con la esperanza de encontrarlo y, finalmente, deambulé hasta llegar al viejo almacén de piensos.

El local rebosaba música y jolgorio. Sorprendida, detuve a Junia, desmonté y la até a un poste. Me había olvidado del baile de las Tartas, que se celebraba precisamente el primer viernes de junio. Me acerqué sigilosa a una ventana y eché un vistazo.

Los hombres llevaban el cabello peinado hacia atrás con fijador e iban bien afeitados. Muchos vestían parkas y pantalones bombachos de tiro alto, se reunían formando pequeños grupos, observándose unos a otros y a las mujeres. Parecía divertido, pero yo solo podía vivir algo así a través de mis libros.

Me maravillé ante los ajustados vestidos de las mujeres, con sus audaces estampados, sus grandes mangas acampanadas, sus preciosos botones y sus cinturones de aspecto elegante. Vi unos cuantos peinados al estilo de los que Bette Davis, la gran estrella de cine, llevaba en las revistas. Las damas, sentadas en sillas de respaldo recto, aguardaban por el concurso de tartas taconeando con suavidad las envejecidas tablas del suelo, charlando nerviosas entre ellas mientras lanzaban rápidas miradas a los hombres y al jurado del concurso.

En efecto, había una gran mesa repleta de tartas. Tras ella, tres hombres tocaban el violín y un cuarto la armónica; sus atrevidas canciones creaban un animado ambiente en aquella sala atestada de humo, salían por las rendijas y se esparcían a lo largo de las tranquilas calles de Troublesome. Algunos tipos descarados escogían compañeras y entonces las parejas se ponían a bailar alegremente en un suelo cubierto de serrín, entre bocanadas de humo de tabaco.

Vi a Constance Poole. Sus costureras se apiñaban a su espalda, observando por el rabillo del ojo mientras ella hablaba con los hombres. Esa noche lucía un estiloso vestido de color pera y una banda de seda ceñida alrededor de su delgada cintura; llevaba el cabello perfectamente arreglado, peinado hacia atrás y sujeto con un lazo a juego. Constance charlaba con dos leñadores; observé cómo los hombres se inclinaban hacia ella y adoraban cada una de sus palabras.

Eché un vistazo a la mesa donde estaban las tartas y me pregunté cuál era la que había preparado... ¿Cuántos pujarían por ella? Pensé en mi propia receta, con sus dulces trazas de sorgo oscuro y la crujiente capa mantecosa que le preparaba a Papi. Por un instante me permití imaginar a un hombre pujando por la mía; la idea me hizo soltar una risita que hube de ahogar tapándome la boca con la mano. No había vuelto a reírme por una tontería desde el fallecimiento de mi madre. Oír mi propia risa, durante tanto tiempo silenciada, fue como si en realidad perteneciese a otra persona y yo se la hubiese robado. Probé de nuevo, esta vez más alto.

Junia resopló como si entendiese mi vanidad y perfidia; le lancé una mirada haciéndola callar y volví a mirar por la ventana.

Harriet se encontraba en una esquina, agarrada del brazo de su primo, con un vestido de bastilla demasiado alta que casi dejaba sus piernas desnudas hasta la rodilla.

Un hombre entonó una estrofa de *Liza Jane* y los violinistas tocaron la animada canción mientras los asistentes se colocaron en el centro de la sala formando dos líneas, las damas a un lado y los caballeros al otro. Los dos situados en los extremos avanzaron un paso saludándose con una reverencia y luego, entrelazando los brazos, comenzaron a girar alrededor uno de la otra, dando palmadas y taconeando entre las líneas. Otra pareja tomó el relevo e hizo lo mismo, ejecutando un patrón similar de palmadas y taconeo.

Parecía una ensoñación salida del anuncio de una de esas revistas urbanas. Apoyé la barbilla en el alféizar y acerqué el rostro a la ventana.

Los violinistas ralentizaron el tempo de la canción hasta convertirla en una suave melodía en la que sus notas se mezclaban con los crudos trinos de la armónica mientras las parejas deshacían las filas e iban a bailar a los rincones.

Sentí la música en las caderas y mis manos se movieron al ritmo del ligero compás. Quería ponerme a dar vueltas, bailar como hacían mis padres en el porche cuando mi tío nos visitaba con su violín. Al final, el tío Colton ralentizaba el tempo de la melodía y mi madre comenzaba a cantar una antigua nana francesa, *Au clair de la lune*. Su voz se elevaba suave en el húmedo aire nocturno perdiéndose en la creciente oscuridad. Yo cantaba con ella entonando aquellas hermosas palabras francesas, con la grave voz de mi padre subrayando el estribillo en inglés. Mi madre siempre terminaba la canción con lágrimas en los ojos.

A la luz de la luna,
Amigo Pierrot,
préstame tu pluma,
para escribir una palabra.

Mi vela está muerta.
No me queda luz.
Abre tu puerta
por el amor de Dios.

Me dejé llevar por el asombro, fascinada por los emperifollados asistentes y la música; su emocionante poder me fascinaba. Nunca en mis diecinueve años de vida había sido testigo de tal cosa, no podía haber imaginado el esplendor del baile de las Tartas del que hablaban Eula y Harriet, y mucho menos que algo así tuviese lugar en Troublesome.

Yo, pegada a la ventana, no lo vi acercarse a hurtadillas hasta que fue demasiado tarde y sentí el calor de su aliento cargado de güisqui en el cuello y sus brandes brazos a mi alrededor, agarrando mis pechos. Sobresaltada, proferí un chillido que espantó a Junia.

El hombre se pegó a mi espalda.

—Venga, cariño, dime, ¿cómo es que algo tan bonito como tú está aquí fuera tan sola? —preguntó, arrastrando las palabras como un borracho.

—¡Déjame en paz! —grité, intentando zafarme, pero él apretó el abrazo. Un sentimiento de pánico subió hasta mi garganta, espeso y con sabor a bilis.

—Venga, esa no es forma de tratar a un tipo amable que solo quiere un trozo de tarta.

—¡Suéltame, por favor! —Intenté apartarme de la pared y huir. Pero me sujetaba con fuerza contra el edificio, inmovilizándome.

Vi de soslayo a Junia tirando del ronzal y corcovear intentando soltarse mientras sus chillidos se mezclaban con la música. Si el animal se soltaba, mataría al hombre.

Chillé y forcejeé de nuevo. Me aplastó la frente contra la pared haciéndome un corte en la cabeza y me tapó la boca con una mano mientras que la otra se escabullía hacia abajo.

—Venga, cielo, dale al viejo Allen un trozo de pastel.

Se oyó un golpe sordo, sentí que sus brazos se relajaban y el hombre cayó al suelo desmadejado. Di media vuelta y lo vi retorciéndose en la tierra, sujetándose la cabeza.

El *sheriff* Kimbo se encontraba en pie encima de él empuñando su arma.

Retrocedí hasta la sombra de la pared.

—Allen Thompson —dijo el *sheriff*—, tienes un minuto para hacer que tu triste y beodo pellejo marche de vuelta a Cut Shin. Si vuelvo a verte por aquí, te envío a chirona. —Le propinó una buena patada en un costado y se golpeó la palma de la mano con la culata del arma—. ¡Largo!

La noche traía los bajos y temblorosos gemidos de Junia.

El hombre se dio la vuelta como una tortuga y se levantó despacio, vacilante, con una mano sujetándose la nuca y con la otra en el vientre. Se acercó a mí tambaleándose y dando trompicones. Entonces me vio y su boca se abrió de par en par, igual que sus feos ojos cruzados por venas sanguinolentas.

—Tú —dijo señalándome con un dedo—, Dios te maldiga, tú no eres más que una atracción de circo.

Me escupió. La saliva cayó en mi pecho. Levanté los brazos para protegerme el rostro y retrocedí hasta la pared intentando escapar.

El *sheriff*, rezongando una maldición, lo agarró por los hombros y lo empujó a la calle. El borracho se alejó tambaleándose.

El jefe de policía se volvió hacia mí y yo bajé la cabeza, hundiéndome más entre las sombras del edificio.

—¿Quién eres? —preguntó el *sheriff*, avanzando un paso—. ¿Damisela? —Entornó los ojos—. ¿Eres tú, muchacha?

Logré maullar una débil afirmación.

—¿Cómo es que estás en el pueblo? —preguntó, enfundando el arma.

—Yo… esto…

—¿Elijah sabe que estás aquí?

Humillé la mirada.

—¿Has venido por cosas de la biblioteca? Vamos, muchacha, contesta, ¿qué haces aquí?

Intenté urdir una mentira. Antes de que se me ocurriera nada, el hombre señaló al almacén de pienso.

—Es por el baile de las Tartas. ¿Querías bailar? ¿Es eso?

—¡No! Yo… Ay… No, señor, solo quería ver cómo era.

Negó con la cabeza y frunció el ceño.

—Mira, Damisela, tengo una hija de más o menos tu edad que solía ir al baile antes de casarse, pero las reglas son las reglas. No puedo permitir que infrinjas la ley ofendiendo a esa gente en su gran noche —Su cerrada perilla señaló el cartel de NO SE PERMITE GENTE DE COLOR—. Ahí dentro tengo un puñado de borrachuzos de los que soy responsable. Y no podré serlo si tengo que atender a la gente como tú. Vuelve a casa con Elijah, muchacha.

—No… Bueno, sí, señor. Ya iba de camino. Siento haber causado molestias, *sheriff*, no volveré a pasar.

Apenas había caminado dos pasos en dirección a Junia cuando el *sheriff* volvió a llamarme.

—Por cierto, Damisela, ¿has visto a mi pariente por ahí arriba cuando haces tus rutas? Me refiero al viejo Vester, ¿lo has visto por esa parte del bosque? Verás, hace tiempo que el paisano no da señales.

Me detuve. La pregunta estuvo a punto de derribarme. «Es difícil darlas a dos metros bajo tierra», contestó mi mente dando un vuelco, aterrada.

—No encontramos al predicador por ningún lado —prosiguió—. La verdad es que no lo echo de menos, pero, bueno, espero que no le haya pasado nada o se haya metido en un lío.

—¿El predicador Frazier? —pregunté despreocupada, manteniendo los ojos fijos en Junia, obligándome a seguir caminando hacia la mula y no volver la mirada hacia el representante de la ley bajo ningún concepto. En cuanto llegué junto a ella, llevé mis manos a su peludo pellejo, le di palmadas y la acaricié intentando obtener algo de fuerza—. No, señor. La verdad, *sheriff*, es que en mis rutas no veo un alma… No sé si habré visto a alguien aparte de mis socios.

Ay, pero había visto a los muertos, y sabía que también el *sheriff* los vería si lograba ver mis ojos en la oscuridad.

XXVII

Me apresuré a regresar a la cárcava a lomos de Junia y me juré no decirle ni una palabra a Papi acerca de mi excursión al pueblo, al tiempo que rogaba para que el *sheriff* tampoco lo hiciese. No tenía la menor necesidad de que mi padre fuese a defender mi honor y que eso nos colocase en una situación más peligrosa.

Inquieta, me puse a trabajar en casa mientras esperaba su regreso. Cuando terminé de barrer el suelo, me detuve frente al espejo para arreglarme el cabello; lo aparté del rostro y estudié mi reflejo pensando en las damas del baile con sus elaborados vestidos y sus estilosos peinados. Me incliné hacia el cristal y retorcí un mechón alrededor de un dedo; luego, al recordar algo que había visto, vacié mi alforja y me puse a hojear las viejas revistas hasta encontrarlo. El artículo explicaba, con bocetos a lápiz, cómo rizar el cabello empleando horquillas. Bajo la ilustración, una señora enseñaba a elaborar tiras de tela para lograr unos bonitos tirabuzones. Inspeccioné la sala. En casa no había ninguna horquilla para el pelo, pero sí harapos de sobra.

Subí a la buhardilla, rebusqué en el viejo arcón de mi madre y encontré algunos restos de tela que había guardado. Bajé a la sala principal y comencé a cortar estrechas tiras de tejido, después las empapé en una pequeña cubeta de agua.

Me coloqué frente al espejo, tomé un mechón de cabello y envolví con mucho cuidado las puntas alrededor de la tira dándole un par de vueltas para asegurarlo y después enrollarlo hasta la raíz antes de sujetarlo con un nudo bien apretado.

Al terminar, contemplé mi reflejo. Una antigua balada brotó de mis labios y extendí un brazo como si aceptase bailar con el buen hombre que había ganado mi tarta. Giré por la habitación una vez, dos, tres y continué dando vueltas hasta que me golpeé un dedo con la pata de la cama de Papi y chillé. Cerré los ojos con fuerza y regresé cojeando frente al espejo. Me miré sintiéndome una tonta, arranqué las tiras del moldeado y aparté mi cada vez más sombrío rostro del espejo mientras desenredaba mi húmedo cabello y me rascaba la cabeza.

Pasada aquella patética noche, Papi entró tan fresco en la cabaña al amanecer, eso sí, agotado y de mal humor. Tenía un ojo morado y un corte en la mejilla. Plantó una abultada mochila de lona sobre la mesa.

—Te he traído algunos conejos. Y también el maldito gato montés. —Luego, señalando al porche, añadió—: Te voy a hacer un buen manguito para el próximo invierno. Ah, y antes de que me olvide, encontré al doctor por ahí fuera y me recordó que vendría a buscarte el 20 de junio.

Tiré el morral al suelo y los bichos muertos se desparramaron por el vetusto suelo de madera.

—¡Tienes que dejar de ir a esos sitios, papi! Esas… Charlas… son peligrosas…

—¡Cállate! ¡Me escogieron a mí y tuve que hablar en nombre de mis compañeros para reivindicar mejores sueldos y unas condiciones laborales más seguras! Es un robo eso que hacen ahí en las galerías, donde la silicosis aguarda para arrebatarte hasta el último aliento. Esas larguísimas y duras jornadas. Y ahí están los jefes de la compañía, asesinando a cualquiera que pretenda conseguir algo mejor... Esquilman nuestra tierra y tras ellos no dejan más que ceniza y suciedad, además de camiones averiados y campamentos mineros fantasmas. Eso sí, dejan las huellas de sus bonitas botas por todos lados y en todas partes, sobre todo en la espalda de los trabajadores. Hasta los peces se mueren por culpa del veneno que corre por nuestros arroyos.

—¿Y por qué tú, papi? ¿Es que no puede hacerlo otro?

—Comenzaron a sudarme las manos y no pude evitar preguntarme si no lo habrían escogido por su color... Porque creían que su vida era menos valiosa, como la de las mulas que empleaban para inspeccionar posibles fugas de grisú.

—¿No será porque eres un azul, papi?

No contestó, pero pude ver la respuesta en sus ojos, la verdad oculta, y entonces deseé más que nunca que fuese blanco y que la carga de su duro trabajo no se multiplicase debido a nuestro feo color de piel.

«Si pudiese mantenerlo a salvo», pensé. Sentí un nudo en la garganta y en ese momento fui más consciente que nunca de que deseaba que fuese blanco. Que disfrutase de la paz que nunca había tenido. Por un instante me permití pensar en lo fácil y segura que sería nuestra vida si no tuviésemos la piel de este color. Elevé una silenciosa plegaria rogando para que el médico encontrase una cura, y cuanto antes.

—Papi. —Tiré de una de sus mangas—. Es porque eres azul...

—Es porque soy un minero de Kentucky, y un buen minero, además —ladró con voz recia.

—Ay, papi. Perdóname... No quería... —Se me atragantaban las palabras. Lo estreché entre mis brazos, abrumada por mi mezquindad, apretándome contra él, hasta que poco después noté su perdón en las palmadas que me daba en la espalda.

*
*

***

El médico llegó a las siete de la mañana del tercer sábado de junio para llevarme a Lexington, justo cuando la bruma comenzaba a ascender por la corteza de los cedros despejando la salida de la cárcava donde vivíamos.

En el coche, el médico me dio la última edición del *Lexington Herald-Leader*. A pesar de tan generoso regalo, me sentía abatida. Quería pedirle comida, pero eso parecería demasiado menesteroso. Pensé en preguntarle por las pruebas que iban a hacerme, pero tenía mucho temor a la respuesta. Hicimos casi todo el recorrido hasta el hospital en silencio, roto solo cuando el médico me señalaba puntos de referencia o me decía los nombres de las grandes granjas dedicadas a la cría de caballos.

—Son unos animales magníficos, ¿verdad? —dijo—. Esos edificios son los establos.

—¿Viven ahí? —pregunté asombrada.

El médico redujo la velocidad y yo me quedé anonadada observando los majestuosos edificios donde cobijaban a los reyes de las carreras, a los príncipes de

Kentucky, contemplando aquellas magníficas bestias pastando en prados verdes como esmeraldas, suaves como el terciopelo, contentos y mantenidos en la abundancia.

—Sí, eso es —afirmó.

—Nunca había visto algo tan espléndido. Son como grandes mansiones. Y si eso lo construyen para los animales… ¿Dónde viven los dueños? ¿En castillos?

—Pues sí, en castillos —respondió sonriendo.

Escudriñé el paisaje en busca de alguno.

Al llegar al aparcamiento del hospital, encontré valor suficiente para decirle al médico:

—Haré las pruebas, pero no con esas monjas.

Por mucho que desease que mi padre y yo nos convirtiésemos en blancos en ese mismo instante, y la comida para los pequeños escolares, había visto el aterrador fondo de los corazones de las monjas y temía que me matasen.

El médico enarcó una ceja.

—Lo digo en serio —logré decir, a pesar de que en mi interior temblase por mi osadía, y eché hacia atrás mi abrigo para mostrarle el cuchillo de caza de mi padre enfundado en su resquebrajada funda de cuero rojo.

—Son unas… —comencé a decir, pero me reprimí—. No van a volver a ponerme una mano encima. ¡Y no pienso quitarme la ropa interior!

Vi que en el rostro del médico comenzaba a plasmarse una expresión de protesta, pero finalmente dijo:

—Bien, nos aseguraremos de que no te molesten, pequeña… Me ocuparé de que se respete tu recato.

Animada, sostuve la mirada del médico y esperé su promesa.

—Te doy mi palabra.

Dejé caer la solapa del abrigo.

—Necesito comida. Mucha comida —dije, pensando en los escolares—. Pasamos hambre. ¡Morimos de hambre!

—Ahí atrás hay una caja. Verás que está repleta.

Me volví y la vi repleta de pan y queso. Aliviada, apoyé la cara en la ventanilla y observé el enorme terreno con el corazón rebosante de gratitud, casi a punto de estallar.

El médico, confundiendo mi gratitud con preocupación, estiró un brazo y me dio una palmada en el hombro.

—Encontraremos una cura, Damisela. Lo conseguiremos.

Tener comida para los pequeños y hacer realidad su declaración sería una fantasía mayor que cualquiera de las plasmadas en mis libros.

Entramos en el hospital y rebasamos el puesto de las monjas, a las que lancé mi peor mirada mientras un siseo subía por mi garganta amenazando con brotar entre mis labios y arañarlas. El médico me llevó aprisa hasta el pabellón para la gente de color, sin detenernos, ni siquiera cuando una de las monjas lo saludó.

Una vez en el pabellón, una niña asomó la cabeza en una de las habitaciones. La pequeña, al verme, lanzó un chillido y comenzó a llorar.

Una monja llegó corriendo y abrazó a la histérica jovencita, interponiéndose entre las dos para que no viese mi cara.

El médico me cogió del brazo y tiró para que continuase caminando. Luego, en la silenciosa sala de pruebas, el doctor Mills y el médico montañés me plantearon un montón de preguntas y tomaron nota de mis respuestas.

—¿Bebes? ¿Beben tus parientes? ¿Destiláis alcohol? ¿Ponéis algo más aparte de grano? —preguntó el doctor Mills.

Cerré la boca con fuerza, negando con la mirada.

—Damisela y su padre trabajan duro, tienen buen carácter y su ética es intachable, Randall —dijo el doctor con un tono suave, aunque un poco ofendido.

Nunca nadie había hablado así de los azules y miré al doctor, agradecida; vi que hablaba en serio.

—¿Dolencias? ¿Enfermedades? —preguntó el doctor Mills, observándome con atención.

Levanté una mano hacia mi oído dañado, lo rocé con los dedos y negué con la cabeza; no quería hablarle de Frazier y de las dolencias que me había legado. El brazo que me había machacado aún me dolía de vez en cuando y apenas oía nada por un oído.

Una señora ataviada con un elegante vestido entró en la sala, se sentó en silencio en la silla del rincón con un cuaderno y un bolígrafo y comenzó a tomar notas.

La miré con recelo, cerciorándome de que no fuese una monja disfrazada.

Los médicos examinaron más radiografías.

—El corazón y los pulmones presentan un aspecto normal —dijo el doctor Mills—. ¿Qué hay del padre, Thomas? —preguntó volviéndose al médico.

El médico me lanzó un vistazo.

—Trabaja en una mina de carbón y está enfermo —respondió en voz baja—. Después discutiremos el caso del señor Carter, ¿de acuerdo?

Me tomaron la temperatura y me hicieron unas preguntas muy curiosas acerca de mis parientes.

—¿Conoces la procedencia de tu familia? —preguntó

el doctor Mills—. ¿Sus nombres? ¿Con quién estaban casados?

—Sí, señor, ¿quiere que se los escriba?

—¿Sabes escribir? —preguntó.

El médico apoyó una mano en mi brazo y dijo:

—Nuestra Damisela, aquí donde la ves, trabaja al servicio del proyecto de la Biblioteca Ecuestre. Es una de las inteligentes libreras que tenemos en el pueblo. —El tono de su voz sonó orgulloso, como el de un padre presumiendo de hija.

—¿Librera? ¿En Troublesome? —dijo el doctor Mills arrugando su oscura frente, intercambiando una mirada con el médico.

—Sí, eso es, librera y en Troublesome —respondió el médico, sonriéndome.

—Dele lápiz y papel, señorita Palmer —indicó el doctor Mills a la mujer.

—Por supuesto, señor —respondió la dama, tendiéndome un bolígrafo y una hoja de papel nueva. Me incliné sobre la mesa y escribí los nombres mientras los médicos asomaban sus cabezas por encima, observando mi caligrafía.

Ralenticé el ritmo de modo deliberado, escribiendo tal como me había enseñado mi madre, redondeando las letras con trazos grandes y derechos, dándoles la inclinación perfecta.

Me detuve y me llevé la punta del bolígrafo a los labios, di unos golpecitos pensando en más nombres.

No había muchos de los míos cuyo nombre no conociese, pero dejé algunos en el tintero, pues no era capaz de recordarlos. Tuve primos, tíos abuelos y algunos que no llegué a conocer, los que habían sufrido vergüenza y humillación y que habían empujado a lo más profundo de las colinas, a recónditas cárcavas; según me contó mi padre, hubo otros a los que ahorcaron, además de algunos que abandonaron las viejas montañas de Kentucky, perdiéndose su rastro para siempre, y que acabaron muertos en alguna parte.

—Mi padre dice que soy la última de mi clase, aunque no estoy segura de que haya escrito los nombres de todos. Mi padre sabe más de estas cosas.

—Está bien, pequeña. Le pediré a Elijah que escriba los que recuerde.

Al parecer, mis habilidades no convencieron al doctor Mills, así que colgó en la puerta un cartel lleno de filas de letras y me pidió que leyese comenzando por arriba.

—Ya le he demostrado que no soy analfabeta.

Crucé los brazos y me negué, ofendida. El médico se apresuró a explicarme que ese panel de oculista servía para comprobar el estado de mi visión.

—Damisela, si tu vista no es buena, podríamos corregirla poniéndote gafas.

Después de pasar la prueba me preguntaron por la comida, qué comíamos y qué no.

—Conejo, pavo, ardilla, bayas y montones de uvas de América… lo mismo que todo el mundo, cuando podemos —dije, enfadada—. Mi padre a veces comercia con la caza y recoge raíces y hierbas para cambiarlas por huevos, maíz y tomates. De vez en cuando tenemos pavo o jabalí. —No les dije que últimamente, con mi padre enfermo, no habíamos tenido mucho de nada.

Me preguntaron por la edad de todos los parientes que recordaba y cuánto habían vivido.

—A no ser por la gripe de mi madre y la silicosis de

mi padre —dije, irguiéndome—, todos mis parientes estaban sanos y vivieron mucho tiempo, alrededor de ochenta años; algunos incluso más de noventa, según me han contado. Bueno, exceptuando a Daniel y esos que asesinaron por su color … Al menos los pocos casos que conozco, hay más de los que mi padre no habla. Guardamos notas en casa, en la Biblia.

—Una longevidad sorprendente, ¿no te parece, Thomas? —dijo el doctor Mills con voz de pito.

—Sí, estamos bastante bien cuando nos dejan en paz —apunté.

El rostro del médico se puso tan colorado como los ladrillos del hospital. El doctor negro apartó la mirada. Después se aclaró la garganta, cogió un papel y lo estudió. La dama que tomaba notas dejó de escribir y me dedicó una sonrisa amable, como si estuviese orgullosa de mí, aunque también como si le inspirase lástima.

El doctor Mills tosió ligeramente.

—Bueno, pues vamos a ver. —Me observó en silencio durante un incómodo periodo de tiempo y después se dirigió al viejo médico montañés—. Amigo mío, no tengo palabras.

El médico pareció sentir cierto entusiasmo.

—¿Has leído el informe de Scott acerca de ese trastorno sanguíneo hereditario descubierto en indios y esquimales alasqueños?

—Pues sí. —Los ojos del doctor se iluminaron—. Recuerdo que especulaba con la posibilidad de que se debiese a la falta de cierta enzima. ¿Podría ser lo mismo?

—No estoy seguro —respondió el médico—. Pero quizá deberíamos tenerlo en cuenta.

—Quisiera ingresarla. Tenerla aquí unos días, quizás

una semana —dijo el doctor Mills—. Señorita Palmer, vaya a recoger impresos.

La mujer asintió y abandonó la sala.

Alarmada, metí la mano bajo el abrigo y empuñé el cuchillo.

—No pienso quedarme —dije con voz fría, retrocediendo hacia la puerta.

—Randall, creo que no va a ser necesario —apuntó el médico, con sus viejos ojos fijos en mí—. Verás, Damisela tiene un empleo que atender y un padre al que cuidar. No deberíamos impedir que cuide a su padre o que no cumpla con la importante tarea encomendada por el Gobierno.

El doctor Mills negó con la cabeza y cruzó sus brazos apoyando la espalda contra el armario.

—No necesito ningún permiso, Thomas. Puedo ponerla en cuarentena. Sería, digamos, un asunto de salud pública —dijo, taimado—. Mi deber para con la gente…

—¡Y un cuerno la vas a poner en cuarentena! —tronó el médico—. ¡No voy a consentir que esta mujer, sana, se quede encerrada aquí sirviendo a tus intereses! Tú deberías saber, mejor que nadie, cómo se siente uno cuando lo persiguen. Habéis llevado la marca del látigo durante toda la vida.

El doctor Mills se retrajo y tocó su espalda baja como si de verdad las tuviese.

—Vamos, doctor Mills, salgamos un momento —le dijo. Luego añadió—: Damisela, tú quédate aquí.

Los médicos salieron y cerraron la puerta.

Oí sus voces alzándose fuera de la sala, mezclándose. Hubo un momento de silencio y después oí maldiciones. Maldiciones y más maldiciones, incluso alguna palabra hiriente. Entonces algo o alguien golpeó la puerta. Corrí hacia el otro extremo de la sala y ya estaba a punto de sacar mi cuchillo cuando regresaron.

El doctor Mills se arreglaba su arrugada bata blanca, ajustándola en los hombros.

—Bueno —dijo el médico, también alisando su abrigo y peinando con los dedos sus cabellos blancos como la nieve—, Damisela, creo que voy a tomar más muestras de sangre para hacer ese análisis y comprobar si los azules carecéis de la misma enzima que los indios y los esquimales. ¿Te parece bien? Solo tienes que arremangar un brazo, nada más.

Miré el bote de sanguijuelas y las herramientas para extraer sangre. Los ojos del médico siguieron a los míos.

—Tomaremos la muestra de un brazo y emplearemos una jeringuilla, pero solo una pequeña cantidad. No te dolerá, Damisela —me aseguró—. Después nos iremos, porque ya le hemos hecho perder mucho tiempo al doctor Mills. —Le lanzó una mirada cortante—. ¿No es así, Randall?

El doctor Mills se sacudió la bata con la mano y asintió de mala gana.

Levanté un poco el brazo.

—Muy bien —dijo el médico—. Puede que te sientas un poco mareada, quizá tengas náuseas. —cogió una aguja—. Pero pasará pronto.

Alarmada, apreté el brazo contra un costado y miré a los médicos. Había perdido el conocimiento cuando las monjas me dieron aquella medicina. Y me hicieron toda clase de cosas horribles mientras dormía.

—No te preocupes, solo será un ligero pinchazo. Después te llevaré con Elijah sana y salva —insistió—.

Es lo único que podemos hacer si queremos encontrar una cura, Damisela. Lo único.

Las palabras de mi padre resonaron en mi cabeza: «Es la única manera de librarnos de la horca».

—Es absolutamente necesario que encontremos una cura —reiteró—. Quiero curarte. Quiero ayudar a tu padre. ¿Tú no? —Su mirada era amable, como si lo dijese en serio.

Bueno, la idea de librarme no solo yo de mi color, sino también Papi, y de todos los ataques y penurias que sufríamos hizo que me pareciese razonable correr cualquier peligro. Que mereciese la pena realizar aquellas aterradoras pruebas. En ese momento no había nada que desease más que pensar en mi hogar, la gente de Troublesome, mi trabajo y mi padre, así que me arremangué un brazo. Los médicos miraron boquiabiertos cómo mi brazo azul se oscurecía debido a la inquietud.

—¿Damisela, estás de acuerdo? —volvió a preguntar el médico.

—¡Sí! —espeté, rabiando por marchar, salir de allí y dejar de perder tiempo.

Le tendí el brazo.

XXVIII

La caja de comida que me había dado el médico contenía dos quesos, tres hogazas, un bote de mermelada, cuatro piezas de fruta y una docena de pequeños caramelos masticables de forma cuadrada. Lo había contado todo tres veces, tocando cada elemento con mis temblorosas manos. El lejano tañido de una campana llegó subiendo por el valle, llamando a los fieles a la misa dominical. «Es domingo. ¿Qué día podría ser más apropiado para ayudar a los niños que el dedicado al Señor?», pensé. La mayoría se presentaría en clase al día siguiente con el estómago vacío. Así que decidí salir con Junia envuelta en la oscuridad matutina y con el húmedo aire de junio azotándome el rostro.

Mi candil derramaba haces de luz en el patio de la escuela, lo apagué, desmonté y me apresuré a desatar el pesado paquete que transportaba. Los pollos cacareaban tranquilos en la penumbra. Junia les contestó con un gemido, haciéndolos callar.

Me dirigí sigilosa al porche, me acerqué al poste de la esquina y colgué el saco de comida de una viga lo bastante alto para que no lo alcanzase ningún bicho.

Salí al patio y contemplé mi obra. Me quedé allí mientras el sol salía sobre las montañas iluminando la vieja tierra cubierta de sombras con destellos naranjas y amarillos terrosos; me sentía como un orante, como si ese domingo me encontrase en la iglesia. No pude evitar bajar la cabeza y rezar al Señor dándole las gracias por aquellas bendiciones. Solo con pensar en que a la mañana siguiente los pequeños podrían llenar sus estómagos, hacía que mereciese la pena pasar los exámenes del médico.

—Vamos a casa, amiga mía —le dije a Junia. Monté con el corazón henchido, casi a punto de estallar.

El miércoles sufrí un sobresalto cuando alguien golpeó la puerta de la cabaña con tanta fuerza que hizo vibrar las hojas de las ventanas y a punto estuvo de arrancar sus viejos cristales.

Aquella noche me encontraba leyendo algo acerca del hijo menor de Wang Lung en la novela *Hijos*. Sorprendida, me levanté de un brinco lanzando la silla hacia atrás. Mis pies desnudos resonaron contra los tablones de madera del suelo y palpé en busca de la escopeta.

—¡Damisela! —tronó una voz conocida al otro lado de la puerta—. Soy yo.

Volví a colocar el arma bajo la cama, atravesé la sala corriendo y abrí la puerta con el corazón martillando en mi pecho.

—Doctor, ¿qué está haciendo aquí fu…? Ay, Dios, casi me deja pálida del susto —dije llevándome una mano al pecho, riendo nerviosa.

El médico rio y alzó su maletín.

—Precisamente esa es mi intención. Vamos dentro, rápido. Tengo que enseñarte una cosa. —Tiró su cabás sobre la mesa—. Fue un poco complicado, pero he aprendido algo acerca de tu dolencia.

Guardé silencio, perpleja.

—Sí, mi querida amiga, lo que tienes tú y los que son como tú se llama metahemoglobinemia.

—Me… ¿Meta-qué?

—Siéntate. Deja que te explique.

Me senté; él recogió la silla tirada en el suelo, la colocó junto a mí y se sentó a la mesa conmigo.

—Se trata de un trastorno sanguíneo, Damisela. —Sus ojos centellearon—. Los nuevos análisis han revelado que os falta la misma enzima que a los indios y los esquimales. Tenéis algo que se llama metahemoglobinemia —anunció de nuevo.

Que por fin se hubiese encontrado un nombre para mi peculiaridad me dejó asombrada, pero que fuese tan largo y difícil, me asustó.

El médico debió de detectar mi mezcla de alivio y temor, pues se estiró y me dio una palmada en la mano.

—Estás bien. Y todo va a salir bien. Vuestro color azulado se debe a un raro trastorno hereditario.

Estaba pasmada, aún no lograba entenderlo.

—Todos los Carter lo llevan en la sangre ya desde tiempos de tu bisabuelo y aún antes. Tu sangre, y la de los tuyos, es pobre en oxígeno, eso es todo. Y eso es lo que le dificulta llegar a ciertos tejidos corporales. A vuestra piel —dijo pellizcándose ligeramente la masa carnosa entre el pulgar y el índice.

—Meta… meteham… —dije, tratando una vez más de pronunciar tan difícil palabra.

El médico alzó un dedo y dijo muy despacio.

—Me-ta-he-mo-glo-bi-ne-mia.

Vocalicé la palabra sin pronunciarla. Volví a intentarlo, esta vez con un poco más de acierto.

—Me-te-he-mo-glo-bi-ne-mia.

El médico aprobó el esfuerzo con un asentimiento.

La pronuncié de nuevo para memorizarla.

Rebuscó en su maletín, sacó un estetoscopio y me auscultó el corazón.

—Muy bien —dijo. Después sacó un frasco de cristal y una aguja—. Ahora viene lo mejor. Este compuesto se llama azul de metileno, amiga mía. He sabido que puede ser el antídoto perfecto.

Confusa, examiné con atención la enorme aguja.

—Me gustaría inocularte una dosis. Si funciona, no tendrás que volver a Lexington. Yo puedo estudiar… Bueno, atenderte. Puedo atenderte aquí, en Troublesome.

Apenas oí eso, me arremangué.

—Comenzaremos con cien miligramos —llenó la aguja—. Este compuesto ayudará a tu sangre a portar más oxígeno y eso hará que cambies tu color. Han comenzado a emplearlo hace unos años como antídoto para la intoxicación por monóxido de carbono y cianuro.

Cianuro. Había leído algo sobre esa sustancia en mis libros.

—Dime si sientes cualquier molestia, si tu corazón se acelera o te duele.

Si me duele… Presioné el pecho con una mano y contuve la respiración. Algunas hierbas medicinales podían curar a una persona o hacer que su corazón se detuviese.

Antes de que tuviese oportunidad de cambiar de idea, me había puesto la inyección en mi vena. Flexioné el codo, frotando el pequeño pinchazo. Un rato después contemplé asombrada cómo mis manos adquirían un color blanco normal.

El médico colocó la palma de su mano junto a la mía.

—¡Un milagro! —exclamó—, ni más ni menos. ¡Damisela, estás blanca como la nieve! Vamos, mira. —Me acercó al espejo que estaba colgado en un rincón, junto al aguamanil de pino—. Asombroso —susurró—. ¿Cómo te sientes? ¿Alguna molestia? —Me auscultó de nuevo y murmuró—: Bien.

—Me siento igual que estaba, doctor.

Pero me miré en el espejo y vi que no era así, y que nunca lo sería. Pasé una mano despacio por mi cara, me toqué los labios, entonces con una bonita tonalidad rosácea, igual que mis mejillas, que eran de color rosa pálido. ¡Era normal! Volví a observar a aquella desconocida que me devolvía la mirada y después lancé una mirada interrogativa al médico.

—¡La medicina moderna! —exclamó.

—Soy una desconocida —dije, con la mirada clavada en mi reflejo.

—Sí, una desconocida muy bonita —comentó el médico. Volví a mirarme en el espejo y me observé con más atención.

«Bonita. ¿De verdad lo soy?», pensé. Mi cuello se veía blanco, a juego con mis manos. Levanté una mano y la llevé a la base del cuello. Una lágrima descendió por mi mejilla, después otra y luego unas cuantas más que fueron a parar a mi blanca mano. Era blanca y esa bonita desconocida de piel blanca era yo. Yo…

El médico me apretó un hombro.

A no ser por sus venas marcadas, sus manos y antebrazos casi eran del mismo color que los míos. Levanté el vestido por encima del tobillo y me miré los pies.

—Hasta mis pies son blancos —dije, sin dar crédito.

—Blancos como la nieve —afirmó el médico, orgulloso.

—Blancos.

Me pellizqué las mejillas y apreté los labios dos veces, sorprendida de que no recuperasen su color azul. Entonces abrí la boca para expresar mi sorpresa cuando un repentino dolor creció en mi cuero cabelludo haciendo que mi cabeza latiese. Unos segundos después, me sacudió una arcada. Me cubrí la boca, fui aprisa a la puerta y salí corriendo a la oscuridad. Me doblé en medio del patio y vacié mi estómago una vez y después otra más.

Oí al médico llamándome a mi espalda.

—Damisela, querida…

Agité una mano, apartándolo con un gesto.

Me tocó en el hombro.

—La náusea suele desaparecer. Es algo pasajero, una molestia, no te preocupes.

—Me duele la cabeza —dije.

—Volvamos dentro, tengo que auscultarte de nuevo y debes descansar. Esto solo es temporal —volvió a decir, cogiéndome del brazo.

Sí, era temporal.

Me refiero al color blanco como la nieve.

El jueves, al despertarme, pude ver cómo la sustancia milagrosa abandonaba mi piel, vaciándose en la bacinilla. Bajé de la buhardilla donde dormía y arrojé la orina azul al exterior.

El médico regresó poco después de que Papi volviese del trabajo.

Mi piel casi había recuperado su habitual color azul. Sin embargo, conservaba cierta blancura y Papi pudo ver con sus propios ojos que el medicamento funcionaba.

—Elijah —dijo el doctor, intentando convencerlo—, toma al menos una pastilla si no quieres la inyección. He traído suficiente para que tengáis durante una semana, y os traeré más. Con una al día será suficiente.

Colocó el bote de pastillas sobre la mesa.

—Tómala —le rogué—. Hará que las cosas mejoren…

—Prueba una, Elijah —lo animó el médico.

—Mira lo que te digo, hombre —dijo Papi. Le mostró sus manos manchadas de carbón, señaló su rostro embadurnado de polvo negro y después se golpeó el pecho, lo cual levantó una nubecilla de hollín. Se golpeó el pecho de nuevo y tosió—. Lo único que necesito arreglar es esta negra enfermedad que llevo dentro. A ver, doctor, ¿tienes algún tónico que la cure?

El médico hizo una mueca y apretó uno de los hombros de mi padre. Muchos de sus pacientes sufrían silicosis.

Yo, desilusionada por el rechazo de Papi, metí el cazo en el cubo del agua, bebí un buen trago y tragué una pastilla con la esperanza de que cambiase de idea.

—Por favor, papi, solo una. ¡Una!

Agitó una mano, rechazando la oferta.

El médico le hizo unas preguntas a mi padre acerca de los nombres de nuestros parientes. Se los dijo con aire ausente. El médico sacó un cuaderno, los escribió y luego, sediento de información sobre nuestra gente, quiso saber más.

Poco después, mi corazón martilló y me comenzó a doler la cabeza, todo daba vueltas, hasta se me revolvió el estómago. Levanté las manos y vi que mis manos volvían a ser blancas.

Papi tosió con violencia, asombrado.

—Estás blanca como una azucena. ¡Como una azucena! —gritó.

Por un instante me sentí como si fuera la hijita perfecta. Sonreí y le di agua.

—Una hija blanca —susurró antes de beber. Se dejó caer en la silla, impresionado, y me observó con atención. El médico le dijo más cosas acerca de las pruebas y le habló del artículo que pensaba escribir para una revista médica.

—Papi, podrías ir a la mina como un hombre blanco. Toma una.

Pero no hizo caso de mis palabras ni de las del médico; minutos después corrí a la puerta para aliviar mi estómago, como hiciese la noche anterior.

Al terminar, regresé tambaleándome. Mi padre se quedó boquiabierto al verme.

—Hija, ¿estás bien…? —preguntó, alarmado.

El médico negó con un gesto.

—No te preocupes, Elijah, es un efecto temporal. El del medicamento también lo es.

—¿Temporal? Entonces hablamos de vanidad, no de cura —contestó mi padre.

Cerré los ojos con fuerza.

—Debería sentirse mejor de inmediato. Solo es una pequeña molestia que pasará sola, Damisela —dijo el médico, con tono compasivo.

—Orgullo —masculló Papi—. Eso es peligroso.

—Es un medicamento seguro —insistió el médico—. Y Damisela es fuerte.

Papi lo miró con el ceño fruncido.

—La belladona también cura enfermedades, pero se vuelve tóxica y es capaz de matar al más pintado.

—Mira, pequeña, puedes dejar el medicamento cuando quieras si la reacción es demasiado fuerte —me dijo el médico.

No pude murmurar más que un «sí, señor», pero la idea de abandonar mi nuevo color y volver a esa fea tonalidad me ponía aún más enferma.

Volví a animar a Papi para que tomase una, pero se limitó a lanzarme una mirada pétrea.

El médico, entusiasmado, le contó a mi padre todo lo que había descubierto acerca de la gente azul, de nuestros antepasados y de nuestra deficiencia de oxígeno; mientras tanto, Papi mantuvo su mirada fija en mí, todo el tiempo, sin dejar de observarme, de observar mi piel.

Yo apenas me di cuenta. Mis ojos recorrían mis manos y cualquier centímetro de piel desnuda a la vista y, además, no podía evitar tocarme para comprobar si mi carne sentía el contacto de modo distinto.

Me miré en el espejo y vi el reflejo de mi padre. Me lanzó una mirada de desaprobación y me retraje. Pero un instante después volví a contemplarme en el espejo, encantada, fascinada por mi hermosa y normal piel blanca. No tardé en practicar sonrisas y susurrar a mi reflejo imitando lo mejor que pude la voz de las locutoras radiofónicas.

XXIX

Después de que el médico marchase, resonó un largo rebuzno de Junia, miré por la ventana y me sorprendió ver a una mujer.

Queenie llevó a su montura cerca del porche.

—Voy a cobrar el finiquito —dijo, desmontó de su caballo y, en ese momento, se detuvo llevándose una mano al pecho—. Por el amor de Dios, ¿qué te ha pasado, cielo? Has perdido tu color. No hay rastro del color arándano ese…

No lo dijo con maldad, pero sus palabras hicieron que me sonrojase. Me arremangué; el tiempo a finales de junio era cálido y pegajoso.

—Vaya, vaya… —Se quedó mirando mis brazos.

—El médico me trajo unas pastillas para que las probase. Y la verdad es que funcionan.

—Pues sí, desde luego que funcionan. Santo Dios. —Me cogió una mano y la inspeccionó—. Si antes no eras ya lo bastante bonita, seguro que ahora lo serás. Tú y todos los tuyos.

Su cumplido hizo que me sonrojase aún más.

—Vamos. Tienes que acompañarme al pueblo y enseñarles a esas relamidas señoras lo guapa que estás. Esa caterva de comadrejas se van a sacar los ojos cuando te vean. Sobre todo, la señorita Harriet, esa mofeta apestosa. —tiró de mi mano, riendo—. Vamos, es jueves y lo único que tienes que hacer es ir a tu puesto.

—También yo pensaba ir a cobrar, aunque más tarde, pero supongo que adelantarme un poco no le hará daño a nadie. Espera un momento, voy a coger tu diccionario.

Alzó una mano.

—Quédatelo, cielo, porque allá donde voy tienen salas enteras llenas de diccionarios.

—Pero es que este era de tu padre…

—A mi querido padre le encantará saber que serás la guardiana de las palabras. Y a mí también; además, me harás saber las que has aprendido. La única diferencia es que habrás de escribirlas en una carta.

—Letanía, ligazón, liviano, lozano, lumbrera —dije, recitando mis últimas palabras, sonriendo mientras su musicalidad flotaba en el aire.

—Pero bueno, mira cómo estás enriqueciendo tu léxico —dijo Queenie, igual de orgullosa que yo—. Has llegado hasta la ele, y rápido, además. Sigue así, cielo. No te quedes en esa letra.

—Muchas gracias. Ya me ocuparé de hacerlo y te escribiré, claro.

—Sí, y quizá algún día incluso vayas a visitarme. Sería bonito pasear juntas por la ciudad.

—Sí, seguro que sí.

El único problema es que jamás tendría dinero para realizar semejante fantasía.

—Bueno, tú inténtalo, cielo. —Me dio una palmada en el brazo—. Te hará mucho bien conocer a gente que no tenga que ver con estos montañeses.

Cabalgamos hacia el pueblo. Tuve que detenerme

una vez al sentir la náusea y desmontar para aliviar mi estómago en la linde del sendero. Jadeaba, me costaba respirar.

—¡Señor...! —exclamó Queenie y corrió para colocarse a mi espalda—. ¿Estás bien, cielo? Espera, deja que te de algo para el ardor de estómago. ¿Has desayunado hoy? —preguntó, preocupada, apartándome el cabello de la cara.

—Se me pasará en cuanto la medicina se asiente. Estoy bien —dije entre jadeos.

Un momento después me puso en la mano una galleta rellena de mermelada y me la ordenó comer.

La rechacé.

—No voy a comer tu almuerzo.

No se me ocurriría, sería como robar para satisfacer mi vanidad. La idea me produjo un nudo en el estómago que me hizo presionar el vientre con un puño.

Queenie me colocó una mano sobre el hombro.

—La comerás porque te conozco y sé que me hubieses dado la tuya. Come algo, cielo.

Me senté en el suelo y comí mientras ella se aseguraba de que yo tragaba cada bocado.

Me sentí más fuerte y lista para el viaje cuando hube acabado hasta con la última migaja.

Queenie me ordenó descansar unos minutos más, de modo que cuando volvimos a montar ya había pasado media hora y me sentía coqueta, inquieta y asustada al pensar en cómo me mirarían y qué dirían de mí.

Queenie charlaba acerca de su nuevo empleo.

—Y pensar que voy a tener tiempo para celebrar el Día de la Independencia... ¡El de mi independencia! —Sonrió—. Creo que en esa ciudad organizan un gran desfile. —Me echó un vistazo—. Este año deberías ir al de Troublesome.

—Solo he ido una vez —respondí, contando los once días que quedaban hasta el cuatro de julio.

—Creo que no podrán impedírtelo ahora que has perdido tu color.

Le di vueltas a la idea.

Queenie volvió a hablar de su trabajo.

—Pienso sacar el título de bibliotecaria.

—Un título —dije, asombrada.

—Siempre he soñado con tener una oportunidad —comentó—. Siempre he pensado en lo importante que es tenerlas. Ellas son las que ayudan a moldear la vida.

Absorbí su reflexión y estuve un rato dándole vueltas.

—Mis hijos, y los hijos de mis hijos—prosiguió—, las tendrán y no sufrirán por el color de su piel, ni perecerán ahogados por los hilos de esos que pueden controlar las cosas porque sí.

Hasta ese día no pude imaginar que hubiese tales oportunidades en mi mundo azul. Pero entonces mi mente comenzó a flotar gracias a su alegre parloteo, llevándome a pensar en lo que podría ser y en quién me podría convertir, sumergiéndome en mundos atractivos alejados de allí.

Yo, en la seguridad de mis pensamientos, tenía valor suficiente para aprovechar esas oportunidades que había leído en los libros y hablar de ellas como si fueran mías.

Llegamos al pueblo, sujetamos nuestras monturas en la parte trasera de la estafeta y entramos juntas en la central. Queenie parloteaba encantada y eso hacía que me alegrase por ella, por las dos.

Al entrar, alisé mis faldones y ya había comenzado a

estirar las mangas cuando Harriet reparó en mi rostro y brazos. Exhaló un jadeo y después se levantó de un brinco.

—¡Fuera, fuera!... ¡Fuera! —chilló, señalando la puerta con un dedo—. Sabía que tenías alguna enfermedad. Pero, claro, estabas esperando el momento para contagiarnos a nosotros, gente temerosa de Dios. Las dos. ¡FUERA! Eula... ¡Eula! ¡Haz que se vayan!

Bill, el cartero, asomó la cabeza por la puerta de la oficina postal.

—¿Viuda de Frazier? La viuda de Frazier está enferma de verdad. —dijo, y su cabeza desapareció tras la puerta y lo oímos decirle a alguien—: Señor, me parece que debería ver esto.

Un momento después, el médico entró detrás del cartero, que le llevaba la correspondencia.

—¿Qué ocurre, Bill? —preguntó, apartándolo a un lado.

El jefe de Correos me señaló.

—¿Se puede saber qué diablos...? Vamos a ver, ¿qué pasa? —quiso saber el médico, confuso.

—Ay, doctor, mire, es una de esas coloreadas. La azul —chilló Harriet—. ¡Mire! Su enfermedad la ha hecho blanca y nos va a contagiar a todos.

Eula, respirando con dificultad debido al pañuelo que apretaba sobre la nariz, corrió al lado de Harriet.

Yo solo quería dar media vuelta y correr a casa, pero Queenie me sujetó por el brazo agarrándome con fuerza.

—¡Fuera, he dicho! —ordenó Harriet—. Lleva tu asquerosa enfermedad lejos de nosotros. Estás despedida. Eula, despídela...

Sentí que me quedaba sin aire. Queenie me dio una

palmada en el hombro y me dijo algo al oído con un suave susurro.

El médico avanzó un paso.

—No está enferma. La señora Frazier es mi paciente, está bajo mi cuidado y declaro que está en tan buena forma física y mental como dos hombres fuertes de por aquí.

—Pero si es blanca… ¡Blanca! —dijo Harriet.

—Y de las más bonitas que he visto, a decir verdad. Y he visto muchas, señorita Hardin—replicó el médico, mirándola por encima de sus gafas.

Los ojos de Harriet se llenaron de ira. Me barrió de arriba abajo con la mirada. Alzó su barbilla y en el gesto vi el destello de los celos.

—Pero mírela, ¡mírela! —dijo Harriet, señalándome el rostro, el cuello y el cuerpo—. Toda ella… Todo su…

—¡Cállese, señora! —ladró el médico; y luego plantó un dedo frente a Harriet que hizo bajar poco a poco hasta llegar a su vientre y darle un toquecito—. Usted, querida señora, le haría un gran favor a su salud si se ocupase de su figura… Y si no puede ver eso —clavó de nuevo su dedo—, téngalo bien presente, ningún hombre lo verá.

El anciano médico desplegó una fuerza y furor que jamás había visto, el destello de sus viejos ojos mostraba un espíritu fuerte y juvenil.

Queenie reprimió una risita llevándose un dedo a los labios.

Harriet mostró sus dientes dando un bufido.

Me di cuenta de que estaba conteniendo la respiración, así que decidí exhalar el aire despacio antes de marearme o algo peor.

El médico adelantó la mandíbula hacia la supervisora adjunta.

Harriet, sujetándose el pecho, abrió la boca y luego la cerró con fuerza. Sus labios temblaron y una ira cruel se asomó a sus ojos derramando cálidas lágrimas. Abrió la boca, la volvió a cerrar y formó un puño. Yo, asustada, bajé la mirada y retrocedí un paso. Recogió sus faldones, corrió al servicio de las damas y cerró con un portazo tan fuerte que hizo vibrar puertas y ventanas.

Eula se dejó caer sobre la silla más cercana, sin levantar la mirada, retorciendo su pañuelo.

—¡Damisela! —voceó el médico lo bastante fuerte para que yo supiese que Harriet lo oiría, bueno, Harriet y todo Troublesome—. ¡Si me permite decírselo, hoy se ve especialmente bella, señora!

Queenie murmuró su conformidad y sentí que el rostro me ardía de orgullo y vergüenza. Nunca en mi vida me habían dicho que era bonita. Mi lengua intentaba arañar un agradecimiento adecuado, pero las palabras se revolvían en mi interior, bloqueadas, como una rana ahogándose.

—Sí, señor —dijo el médico—. Apuesto a que es la dama más atractiva de Kentucky... Señora Johnson, señorita Foster. —Inclinó la cabeza hacia nosotras a modo de saludo—. Que tengan un buen día.

Y dicho eso, salió.

Exhalé un tembloroso suspiro.

Eula aún tenía las manos apoyadas en su regazo, estrujando y estirando su pañuelo como si esperase a que alguien le dijese qué hacer a continuación, e incluso que lo hiciese por ella.

Exactamente eso fue lo que hizo Queenie, siempre generosa, al acercarse a la mujer y decirle:

—Señorita Foster, he venido a cobrar mi finiquito.

—Ah, sí, claro, por supuesto —logró decir con voz ronca, pasándose el pañuelo por la boca. Se levantó, sacó un sobre del escritorio y lo colocó en el borde del tablero. Queenie lo recogió.

Eula tragó saliva dos veces antes de decir:

—El… —Sorbió por la nariz y tomó una pequeña respiración—. El personal de la Biblioteca Ecuestre le agradece sus servicios. Vaya con Dios, viuda de Johnson.

Queenie le dedicó una sonrisa tensa y después levantó una mano hacia mí, tocándome el brazo.

—Te escribiré, cielo, en cuanto me haya instalado. Contéstame.

—Claro que sí —le prometí. Y Queenie salió. La mosquitera golpeó dos veces contra el marco, como despidiéndola.

Me quedé mirándola, pensando en los lugares que vería, la gente que iba a conocer y las oportunidades que tendría. Al final iba a vivir la vida que había leído en los libros.

Eula me llamó.

—Viuda de Frazier.

—Dígame.

Arrastró un sobre hasta el borde del escritorio.

—Su paga.

—Gracias, señora. —Lo guardé en el bolsillo y me dirigí a la puerta.

Birdie entró a paso vivo, con su bebé sujeto en la cadera, pero entonces se detuvo y se volvió hacia mí; sus jóvenes ojos parecían apagados debido a las noches en vela.

—Damisela, estás…

—Blanca —dije, alegre.

—Blanca… ¡Ah, claro! Eres blanca.

Asentí.

—El médico me ha dado una medicina.

—Pero bueno, si eres preciosa —dijo—, la margarita más bonita que he visto. ¿No es verdad, Samuel? —Lo sacudió arriba y abajo sobre la cadera. El bebé rio encantado, se llevó un dedo a su boca babeante y me dedicó una amplia sonrisa—. Sí, señor, nuestra Damisela es una belleza y los muchachos van a querer salir con ella —le dijo al bebé, burlona—. Si hasta tú has comenzado a flirtear con ella.

Harriet salió del servicio de las damas.

—¡Ajá! Qué dama tan bonita —dijo Birdie.

Los tacones de Harriet se detuvieron a mi lado. Acercó peligrosamente su cabeza a la mía.

—Aunque la mona se vista de seda, mona se queda —escupió, dejando su húmedo siseo flotando en el aire al rebasarme para ir a su escritorio.

Me volví hacia ella. Sus ojos enrojecidos se clavaron en los míos. Sostuve la mirada sin un pestañeo y alcé mi barbilla, orgullosa, recuperando parte de la dignidad que me habían arrebatado.

XXX

Fue una mañana de junio perfecta, salí del pueblo montada en la mula, encantada por tener dinero que dar a mi padre y encantada con mi nuevo color.

Encontré un lugar en el arroyo donde detenerme para que Junia bebiese y me entretuve un poco más pensando en la conversación inteligente que iba a mantener con el señor Lovett el lunes siguiente, ansiosa por mostrarle mi nuevo color.

Monté y me dirigí a mi puesto, impaciente por ver qué había dejado el mensajero. Los sinsabores de la mañana pasada en la central, la despedida de Queenie y el escándalo de Eula y Harriet, no tardaron en pasarme factura y poco después un dolor de cabeza se instaló en mis sienes formando una banda alrededor del cráneo.

Presioné mi frente con el pañuelo y me abaniqué el cuello. En Knob Trail me crucé con gente que iba al pueblo, un hombre con una carretilla llena de enseres y una mujer y un niño pequeño cargados con cestas. Pasados unos minutos, oí el relincho de la montura de otra persona.

Tiré de las riendas de Junia llevándola a la derecha, apartándome un poco del sendero para ceder el paso al jinete.

La mula se detuvo y enderezó sus orejas al verlo.

Jackson Lovett cabalgaba hacia nosotras a lomos de un fuerte alazán. Junia resopló dos veces para que se apartasen. Él prosiguió con su galope hasta detenerse a nuestro lado.

—Hola, Cussy Mary. Voy con mi nuevo caballo al pueblo a reunirme con unos madereros. Y mira por dónde, te encuentro aquí justo a tiempo para saludarte.

Su sonrisa se esfumó. Se inclinó hacia delante con sus ojos fijos en mí y las cejas fruncidas con un gesto de preocupación, la misma que se plasmaba en su mirada. Volvió a escrutar mi rostro.

Sentí cómo mi piel comenzaba a arder y se me secaba la boca al saludarlo. Después, todo se volvió borroso y caí. Caí. ¡Caí!

Recuperé el conocimiento en el suelo, con la cabeza de Jackson inclinada sobre la mía, que sostenía y acariciaba con sus manos.

Me había desmayado o me había muerto, o ambas cosas, no estaba segura. Pero sentía que mis labios dibujaban una sonrisa soñadora y había un calor en su toque como nunca había sentido.

Me apretó la mano y me llamó una vez. Después otra.

—Cussy Mary.

Me tocó un hombro con suavidad y acarició mi mano. Me alcé como un rayo, incorporándome sentada, observando los alrededores segura de que todo había sido un sueño.

—Cussy, ¿estás enferma? —Me sujetó un brazo. Pestañeé, miré hacia la voz y vi sus ojos desorbitados y sombríos—. Háblame. ¿Estás bien? ¿Te han…?

—Estoy… Estoy bien. Solo es un efecto de la medicina.

—Presioné mis cálidas mejillas con las manos y sacudí la cabeza para salir del adormecimiento.

—¿Medicina?

Me incorporé hasta ponerme de rodillas y tomé unas respiraciones. Jackson me ayudó a levantarme.

Junia emitió un débil rebuzno, con su enorme ojo fijo en nosotros, vigilándonos.

—Yo… Esto… El médico encontró una cura para mi color —Me arreglé el pelo y sacudí mis faldones sintiéndome terriblemente avergonzada.

—¿Y eso hace que te desmayes?

—No, me revuelve el estómago y me provoca unos espantosos dolores de cabeza. Es la primera vez que me pasa… Esta especie de hechizo. Normalmente se suaviza a medida que transcurre la jornada y el medicamento me sale del cuerpo… Y vuelvo a ser azul —Sacudí mis faldones de nuevo.

—¿Vuelves? ¿Es solo temporal?

Dudé, quería que el momento fuese eterno… Que siempre me viese así.

—Sí —respondí, sintiendo cómo me invadía el pesar mientras buscaba un indicio de desaprobación en sus ojos—. Es… Ay… Temporal.

Jackson negó con la cabeza.

—Podrías haberte partido el cuello ahí mismo —dijo e hizo una pausa, pensando; después añadió—: Hay muchos remedios que son peores que la enfermedad. ¿Tienes que tomarlo siempre o lo puedes dejar?

—Ah… —vacilé—. El médico dice que la puedo dejar si no soporto la reacción.

Sentí un rubor en mis orejas que se iba extendiendo por mi rostro. Fue mi vanidad lo que me hizo tomar, y seguir tomando, la medicina del médico. La soberbia es uno de los pecados capitales, nos dijo nuestro Señor. Y ahora Jackson creería que yo, además de tonta, era vanidosa.

—No hay nada malo con tu color, si es el tuyo —aseveró, convencido—. No hay nada malo en lo que Dios nos ha dado, es Su mundo, Cussy Mary.

Él no sabía, no podía saberlo, la carga que había soportado por el mero hecho de ser azul, el escarnio, el desprecio y el truculento matrimonio. Mi padre me había llamado vanidosa y ahora Jackson acababa de hacerlo. «¿Cómo se atreve?», pensé.

—No hay nada malo… —repitió.

Retrocedí alzando una mano temblorosa.

—No, Jackson Lovett, se equivoca, en realidad no hay nada malo con su color en su mundo, en un mundo que solo quiere a los blancos.

Se estremeció y en sus ojos se plasmó una mirada de dolor, pena y, quizá, compasión, aunque no estaba segura y no pensaba esperar a averiguarlo.

Giré sobre mis talones y agarré el ronzal de Junia. Monté, arreé a la mula con un golpe de rienda y partimos a trote rápido.

—Dios santo —dije cuando nos hubimos alejado lo suficiente, presionando la cara, mi vergüenza, sobre Junia—. Dios mío, ¿qué me está pasando? ¿En quién me he convertido? ¿Qué ínfimo ser soy? Ay, Mamá se avergonzaría de mí.

Pensar en ella, en la carga que hubieron de soportar los míos y la elegancia con la que la sobrellevaron me hizo sentir aún más insignificante.

XXXI

El calor del segundo día de julio me agotó y descansé más veces de lo que antes me hubiese atrevido en mi ruta a la montaña Hogtail, sintiéndome cada vez más enferma y cansada. Ya habían pasado nueve días desde que comenzase a tomar la medicina del médico y aún me sentía mal, y sedienta, sobre todo por las mañanas. Parecía como si cada día que pasaba el medicamento me debilitaba y hacía que me encontrase peor. Tan mal que decidí dejar los préstamos en los porches y evitar encontrarme con mis socios. Intenté comer algo, pero la comida salió por mi garganta apenas había entrado.

A mi espalda, los grandes ojos de Junia me observaban preocupados; la mula me acarició con su hocico la segunda vez que vacié mi estómago en el camino.

Sentía la piel enfebrecida y la garganta en carne viva por los vómitos.

Por fin, y con un fuerte dolor de cabeza, llegué a la torre de vigilancia de R. C.

R. C. se asomó por encima de la barandilla, saludó con la mano y desapareció dentro de la caseta.

Até a Junia y eché un vistazo a la abrupta escalera. Rebusqué en la alforja de los libros y saqué la revista de R. C. y el folleto con las celebraciones programadas para el 4 de julio que los del economato de la compañía habían dejado en la central para que los repartiésemos. Esperaba que R. C. no hubiese descubierto un incendio en alguna parte y recé para no tener que subir, estaba dispuesta a hacerlo cualquier jornada menos aquella, pero siempre quería complacer a mis socios y dejar los préstamos donde me lo pidiesen.

Esperé un buen rato, pero no oí sus pasos sobre los escalones de metal ni su voz saludándome mientras bajaba. Tendría que afrontar la subida. Maldije la sustancia azul y mi propia vanidad mientras salvaba fatigosamente los escalones que llevaban al primer descansillo. Desde lo alto me llegó el ruido de R. C. abriendo la puerta y el sonido de sus pisadas al descender las escaleras.

Exhalé un tembloroso suspiro, me agarré a la barandilla y esperé.

Al ver a R. C., tuve que taparme la boca para ahogar un chillido.

Pero el muchacho no lo ahogó. Corrió hacia mí dejando atrás a la chica que bajaba con él.

—¡Librera! Señora Damisela, ¿qué le ha pasado? —gritó. Salvó los tres últimos escalones de un salto, se colocó a mi lado y dejó caer el antiguo préstamo al suelo. El acero traqueteó, la vibración subió por mis pies hasta retumbar en mi dolorida cabeza, dejándome un poco temblorosa.

El muchacho había sufrido un accidente, o quizá algo peor. Su rostro tenía moratones tan azules como el color que manchaba mi bacinilla todas las mañanas desde que comencé a tomar el metileno.

—Vamos, siéntese —dijo, señalando un escalón—.

Está blanca como la niebla que se levanta por aquí después de un buen chaparrón.

Cuántas veces había codiciado esas palabras, «¿blanca como…?». Con cuánta desesperación las había querido para mí, para satisfacer mi orgullo. Podía tirar la medicina y detener aquella locura en ese mismo instante, pero el ansia por el color podía conmigo.

—No crea que me siento muy bien, R. C.

Vi, por encima de su hombro a una chica situada tras él. Era delgada como un junco y tenía unos grandes ojos de cierva. También tenía un corte en la boca y uno de esos grandes ojos castaños estaba tumefacto, tan morado que parecía púrpura.

El muchacho mostraba un aspecto aún peor. Tenía la nariz torcida y uno de sus brazos colgaba inerte, plegado hacia un costado. Le faltaba uno de los incisivos y buena parte de la oreja izquierda.

—Pero, R. C., ¿qué le ha pasado? ¿Le duele? —pregunté—. Pues claro que le duele, le tiene que doler mucho. Venga, siéntese —indiqué, haciéndome a un lado.

R. C. hizo un gesto restando importancia a mi preocupación.

—Usted quédese donde está, señora. Quédese ahí sentada que yo voy por algo que la alivie.

—Estoy bien. Por favor, no se moleste —le rogué, preocupada porque aún se hiriese más por culpa mía, pero se fue raudo escaleras arriba, con sus pasos resonando hacia la cabina.

La jovencita me miraba fijamente, meciéndose sobre sus pies. Miró al pico de las escaleras y dijo en voz baja:

—Mi hombre es una buena persona. Es listo. Va a aprenderme los libros también.

Yo, sintiéndome fatal, solo pude hacer un gesto de asentimiento.

—Dice mi papá que podemos vivir con él, pero esa habitación de hojalata de ahí arriba, cerca del cielo —señaló alzando la barbilla—, es más grande que su cabaña —añadió, parlanchina—. Así que R. C. lo rechazó. Dijo que ahí arriba vamos a criar a nuestros hijos, como hizo su familia con él. Va a trabajar hasta hacerse guardabosques y después irá al colegio para ser agente forestal. Va a ser la autoridad de todo el bosque. Es muy listo —reiteró, orgullosa.

—Lo es. Y estoy segura de que aquí serás feliz. —Lo deseaba de verdad.

—Seguro que aquí seré feliz con mi hombre. Mis hermanos eran unos auténticos cascarrabias y ellos y mi padre me arreaban de lo lindo, pero R. C. me ha jurado que no me zurrará.

R. C. bajó las escaleras haciendo ruido. Me tendió una taza de agua y puso en mi mano un buen trozo de raíz amarilla.

Murmuré un agradecimiento entre pequeños sorbos y masqué la raíz mientras R. C. y Ruth me observaban. Un momento después, la hierba surtió su benéfico efecto. Me levanté, les di las gracias de nuevo, coloqué la taza en la barandilla, guardé el resto de raíz amarilla en el bolsillo, recogí el periódico que dejé la última vez y después le entregué el nuevo préstamo, consistente en un folleto y un número de la revista *American Forest* en un estado razonablemente bueno.

—Recién llegada de Lexington —dije, encantada por dársela.

—¡Ah, señora Damisela, seguro que es muy buena revista! —exclamó R. C.—. Mira, Ruth, ¡esto es lo mejor!—dijo, tendiéndole el anuncio de los festejos del 4 de julio—. Esta es la fiesta de la que te hablé. —Le mostró el papel y la atrajo a su lado—. ¡Ostras! Ay, perdone, señora, ¿dónde habré dejado mis modales? Mire, esta es Ruth. Ruth Cole, mi prometida. Ruth, esta es la librera, pero la puedes llamar Damisela, aunque la verdad es que hoy no se parece a esas que andan por el arroyo —añadió, con una ancha sonrisa.

—Hola, Ruth —saludé, consiguiendo componer una sonrisa.

Ruth bajó la mirada hacia sus pies descalzos.

—Ya nos hemos conocido, R. C. —Y me dedicó una pequeña reverencia—. Hola otra vez, señora.

R. C. mostró una radiante sonrisa.

—Señora, ¿cree que podría traerle alguna de esas revistas femeninas y un libro de recortes? Voy a aprenderla a leer.

—Por supuesto.

—Ruth, será mejor que subas a vigilar el Osborne, hoy vamos a tener un día muy caluroso. Yo me quedo aquí con la librera.

La joven me dedicó un tímido gesto de despedida y dijo:

—Espero verla mañana, en la fiesta del Día de la Independencia, señora. R. C. me ha hablado mucho sobre eso. Y el servicio forestal le ha concedido dos días de vacaciones pagadas a partir de mañana.

R. C. me llevó escaleras abajo.

—Nunca le di las gracias como Dios manda por traerme la carta el otro día, señora —dijo al llegar a la base de la torreta—. El señor Beck no quería que Ruth dejase la casa y le dio una tunda. —Levantó la cabeza mirando al cielo con los ojos entornados—. Tuve que pegarme con él por ella.

Había oído que eso hacían algunos pretendientes rechazados por los padres. Tenían que pelear por la novia. Era como una prueba para ingresar en el clan.

—Lo siento mucho, R. C. —le dije, permitiéndole hablar del asunto.

—Sus hijos y él fueron a por mí y me arrearon bien. —Arrugó su rota nariz con un gesto de dolor y después se frotó un hombro—. Esto no tiene mucha importancia, ya estaba estropeado. —Se golpeó el pecho—. Aguanté la zurra, y fue una buena … Pero también llevaron lo suyo, no crea —añadió—. Luego dijeron que me la había ganado y bebimos juntos.

Su sonrisa seguía siendo infantil, pero después de aquello había un destello de masculinidad en su rostro.

—Un predicador nos casó en Crooked Branch y después su familia preparó un buen banquete.

—Enhorabuena por vuestro matrimonio. Os deseo lo mejor —dije, atreviéndome a tocar ligeramente su brazo.

No lo apartó, se limitó a rascarse la cabeza y sonreír.

—Llevé una docena de estacazos por esa muchacha.

Me quedé mirándolo, asombrada por lo que algunos podían hacer por amor.

—Sí, señora, quizá incluso dos —dijo, orgulloso.

No se me ocurría que hubiese ningún hombre dispuesto a soportar uno solo por mí, y por un instante intenté imaginarlo.

—Pero ya me siento mejor, señora, y usted siga mordisqueando esa raíz, ya verá cómo también se pondrá bien. Usted es importante para todos nosotros. No podemos dejar que enferme o algo peor.

«Algo peor». La expresión caló en mí dejando una huella amarga. Que el compuesto me causase tan fuerte reacción hizo que de pronto me plantease si la situación podía empeorar.

XXXII

El calor vibraba sobre los bosques de esbeltos pinos y lamía la rocosa montaña que dominaba Troublesome. La manecilla de mi reloj de bolsillo aún no marcaba las ocho y la mañana de ese día de julio ya se sentía tórrida, como cubierta por una capa húmeda y pegajosa; el aire estaba atestado con las voces de entusiasmo que brotaban del pueblo y su pequeña celebración del Día de la Independencia.

Cerré el reloj y lo guardé en el bolsillo de mis faldones, luego, subida a lomos de Junia y medio oculta tras un frondoso arbusto y un alto brezo, observé cómo un grupo de gente disponía mesas allá abajo yendo de un lado a otro para adornar el pueblo con motivo de los dos días de grandes festejos.

Miré varias veces a mis pálidas manos, sintiéndome aliviada cada vez que las veía; mi nerviosismo creció cuando me atreví a bajar y mezclarme con los blancos.

Las mujeres llevaban pasteles, empanadas y todo tipo de platos deliciosos, y los colocaban en mesas cubiertas con manteles de cuadros rojos. Los hombres cortaban rodajas de sandía y preparaban un magnífico banquete con embutido de ciervo y otras presas que habían cobrado para la fiesta. Había grupos de personas charlando alrededor de la entrada al economato de la empresa. Las familias se situaban en lugares herbosos, a la sombra, extendían sus mantas y disponían cestas cargadas con sus preciadas recetas.

Pasé la mano por mi gruesa alforja. Llevaba un bizcocho de las Escrituras, una de las primeras recetas que me enseñó mi madre para que fuese aprendiendo versículos de la Biblia mientras lo cocinaba. Le había añadido canela, higos y una cucharada de carísimo sorgo para el que había ahorrado y que mandé a mi padre traer de la tienda de la compañía después de que Queenie me propusiera asistir a la fiesta. Normalmente, Papi refunfuñaba por gastar el dinero así, por derrochar un sueldo ganado con tanto esfuerzo, pero se ablandó cuando le dije que era la receta de mamá. Hice un bizcocho más pequeño para él, que comió de muy buena gana mientras gruñía halagos entre bocado y bocado.

No me cabía duda de que era digno de la ocasión.

Junia, impaciente, resopló para que nos pusiésemos en marcha. Luché por mantener vivo mi valor, debatiéndome entre regresar a casa o unirme a los paisanos del pueblo. Miré a la multitud, alcé un brazo y admiré mi nuevo color. Ya no tenía que contemplar los festejos desde una ventana, así que cogí aire y sacudí las riendas.

—Arre.

La mula aceptó la orden de buen grado y partió al trote ladera abajo.

La guie hasta la oficina de correos, desmonté y me puse a observar las idas y venidas de gente alegre, niños con los ojos desorbitados por la curiosidad, hombres emperifollados con sus trajes y sombreros de los domingos y mujeres con vestidos recién confeccionados. Los jóvenes jugaban a polis y cacos y a la billarda en la polvorienta calle. Un grupo de niñas mostraban sus nuevas muñecas hechas con gruesas manzanas verdes que sus madres habían pelado y tallado, presumiendo de las extrañas caras esculpidas en la fruta. Había tres niños sentados en la escalera de entrada a la estafeta con un montón de palos haciendo molinetas, primero tallaban muescas en un palitroque con sus navajas y después seleccionaban con mucho cuidado las ramas más resistentes para labrar las hélices que le acoplarían.

—¡Yupiii! —chilló uno, levantando su nuevo juguete al tiempo que frotaba furioso las muescas del listón con un palo grueso para hacer que la hélice girase.

Unos cuantos habían dispuesto mesas para vender pieles de ciervo, gorros de mapache, amuletos hechos con patas de conejo y otras pieles obtenidas en sus cacerías. Junia levantó la nariz hacia la gran marmita colocada sobre una pequeña hoguera. El aire olía a sopa de tortuga con ajo, cebolla y varias especias.

El economato de la compañía había colocado un puesto bajo un estandarte con franjas rojas, blancas y azules junto a la bandera de Estados Unidos. Frente al puesto, un hombre ataviado con una pajarita amarilla gritaba a los transeúntes.

—¡Consigan sus billetes para el sorteo de la colcha del Día de la Independencia, cosida por el excelente grupo de costureras de Troublesome! Mañana, al anochecer, un afortunado ganador se llevará la de este año. Vengan y adquieran su billete aquí mismo —berreaba.

El puesto estaba repleto de banderines, bengalas, buscapiés, petardos, chucherías y todo tipo de cosas que podrían ofrecer a los lugareños. La celebración del

4 de julio era la única festividad en la que la compañía cerraba la mina durante dos días y hacía donaciones a Troublesome. Familias enteras abandonaban sus cárcavas, vadeaban arroyos y salvaban hoyas, para disfrutar de los festejos gratuitos, atiborrarse y socializar con sus vecinos.

Los míos me habían traído una vez, de pequeña. Fuimos con el tío Colton. Se desencadenó una pelea cuando un borracho le puso las manos encima a la esposa de Colton. Las palabras y los insultos golpearon a los azules como puñetazos; Papi cogió al tío Colton, a su mujer, a mi madre y a mí y nos llevó a la cárcava a toda prisa. Esa fue la última vez que vi a mi tío… La última vez que asistimos a la fiesta del Día de la Independencia.

—Ya, pero ahora soy blanca y una librera respetable —le había dicho a mi padre anoche, cuando insistió en que me quedase en casa.

—Hija mía, nada bueno vas a lograr mezclándote con esa gente —me advirtió.

—Papá, ahora soy igual que ellos. Mírame, mira el color de mi piel.

—No me gusta —masculló—. Los que no pueden ver más allá del color de la piel de una persona se tienen por diferentes. Y esa diferencia es como un fuego. Mira, cuando te vean seguirán viendo a una azul. No hay medicina en la ciudad que cure la estrechez de mente… El modo que tienen de afrontar las diferencias. Según ellos, que viven en la uniformidad, no hay remedio para nosotros. Quédate en tu sitio, Cussy.

Dos jovencitos pasaron corriendo a mi lado, tan cerca que rozaron mis faldones. Reconocí a uno de ellos, era alumno de Winnie. Se detuvo, giró en redondo y agitó un puñado de bengalas.

—Librera, mire esto —dijo alzando aún más los voladores—. ¡Hoy es 3 de julio y son para mí! ¡Cumplo ocho años y mi padre me ha dicho que estos cohetes son por mi cumpleaños! Y vamos a celebrarlo el jueves y también el viernes.

Me sonrió y salió corriendo en busca de su amigo sin dar indicio alguno de que había advertido o que le importaba mi color. Volví a mirarme las manos.

La multitud congregada para la fiesta continuaba creciendo y estallaban carcajadas por toda la calle. Até a Junia en su poste, junto a la estafeta, alisé mis faldones y llevé el bizcocho hacia una de las mesas comunales que habían construido los del pueblo; de pronto fui consciente de que nadie me prestaba la menor atención, de que mi padre se equivocaba. Yo pertenecía a ese lugar igual que todos los demás.

Iba caminando ligera por la calle cuando me sorprendí sonriendo. Vi a Jackson a lomos de su caballo y lo observé atándolo junto a la tienda de la empresa. Harriet, ataviada con un nuevo vestido estampado, corrió a saludarlo rebosante del fervor anual que se apoderaba del pueblo el día de su fiesta grande.

Se puso a parlotear alegremente con él mientras intentaba mantener el paso de las amplias zancadas del hombre hasta que Jackson le dijo algo, se llevó una mano al ala del sombrero y prosiguió su camino dirigiéndose hacia un grupo de hombres. Uno de ellos, el señor Dalton, banquero de Troublesome, lo saludó dándole una amistosa palmada en la espalda y los demás estrecharon su mano de muy buen grado.

No me vio al pasar apresurada hacia el círculo de las costureras. Es probable que tampoco tuviese muchas ganas de encontrarse conmigo después del escándalo que le había formado en el sendero. Pero no pasaba nada. Solo era otro socio de la biblioteca. Y yo había sido una tonta al creer que nuestra amistad era algo más, o que podría llegar a serlo.

Me acerqué a la mesa, donde se arremolinaban siete mujeres. Constance Poole y su grupo de costureras charlaban despreocupadas sobre pliegues de tejido dando los últimos retoques a la colcha de la celebración. Me quedé admirando su trabajo apenas a unos metros de distancia, examinando el diseño de las franjas rojas y blancas y el recuadro azul de las estrellas y escuchando su animada conversación.

Levanté una mano, toqué el cuello de mi vestido y después inspeccioné el estado de mis mangas de casquillo, de confección propia. Había investigado los anuncios de las revistas en busca de vestidos y peinados y después registrado los arcones de casa, en los que encontré un viejo encaje y varias perlas cultivadas de mi madre que cosí alrededor del cuello y las mangas de mi viejo vestido marrón claro para hacerlo un poco más moderno y menos apagado. Invertí la semana pasada en practicar la técnica del moldeado de cabello para conseguir unos suaves tirabuzones. Aquella misma mañana me había despertado horas antes del alba para preparar con sumo cuidado húmedos tirabuzones alrededor de tiras de tela. Una vez secos, los peiné hacia atrás sujetándolos con los nuevos lazos blancos del médico.

Veía a Constance Poole y las demás compartiendo entretenidas historias mientras sus hacendosos dedos corrían sobre la colcha, cosiendo y anudando con gran pericia. Una de las damas animó a Constance para que fuese a saludar a alguien.

—Bastará con un saludo de cortesía por las fiestas —la instó—. Además, es un buen elemento al que cortejar.

Las demás se metieron en la conversación mostrando su conformidad entre cuchicheos, y entonces oí su nombre. Constance miró por encima del hombro directamente a Jackson. Sus mejillas se sonrojaron cuando las voces de las muchachas se trocaron en risitas y cotilleos acerca del nuevo hombre disponible que se había instalado en Troublesome.

Su animada charla también giró en torno a otros hombres e historias de cortejos, pero sorprendí un par de veces a Constance lanzando discretas miradas a Jackson. Estaba segura de que le gustaba. Harían una bonita pareja, ella con su hermoso rostro marfileño y él con su fuerte atractivo masculino. La verdad es que podrían ser una de esas asombrosas parejas que había visto en las revistas. *La cenicienta y el príncipe*.

Mi viejo color se plantó en mis pensamientos, me pinchó la duda y miré hacia otro lado sintiéndome eclipsada por su belleza, consciente de que mi nuevo aspecto solo era temporal... Y que en cualquier momento la carroza podría convertirse en calabaza. Observé mis manos, aliviada porque ellas no traicionaban mis celos.

Los chillidos de un grupo de chicos que pasaron corriendo junto a la mesa, persiguiéndose, interrumpieron mis pensamientos. Con el bizcocho bien sujeto en una mano, empleé la otra para alisarme los faldones, repasar los pliegues del cuello y dejar que mis nerviosos dedos subiesen preocupados por la situación de mi nuevo peinado.

De pronto, el bizcocho me pesó en la mano, como pesado y agobiante me resultaba el calor. Comencé a sentir un leve dolor de cabeza en la base del cráneo que fue subiendo por detrás de mis orejas; cerré los ojos con fuerza y moví los hombros para superarlo. Conté en silencio los pasos que me llevarían sana y salva al lugar donde estaba Junia, y cada número parecía decirme con voz quejumbrosa que regresase con ella de inmediato. Un comentario que no oí hizo estallar la mesa de las damas en carcajadas. Escudriñé sus rostros sonrosados y miré mis brazos. «Blanca, soy blanca», pensé, clavando la declaración en el cerebro, desechando mis dudas. Tomé una respiración, después otra y me dirigí hacia Constance.

—Que tengan un feliz 4 de julio, señorita Poole y compañía —saludé, mostrándoles el bizcocho con mi mejor sonrisa—. Esto… Mire, he hecho un bizcocho de las Escrituras y me parece que quizá a las señoritas costureras les gustaría probar un poco. Era el preferido de mi madre… Es una vieja receta familiar que le pasó su abuela.

Los ojos de Constance se abrieron desorbitados y un silencio roto solo por jadeos entrecortados se apoderó de las laboriosas lenguas de las demás.

—¿Por qué se ha vuelto blanca, viuda de Frazier? ¿Se encuentra usted bien? —preguntó sacando un pañuelo de sus faldones con el que se toqueteó su frente perlada de sudor y las comisuras de los labios. Las demás mujeres se arremolinaron acercándose tanto que hicieron chocar las patas de sus sillas; los siete rostros femeninos se quedaron fijos en mí, escudriñándome de arriba abajo.

—Me encuentro muy bien, gracias. Le he añadido a la receta una cucharada extra de melaza. —Le ofrecí el bizcocho para que lo cogiera. Pero se retrajo dejándose caer sobre su silla—. Yo solo... Bueno, quería pasar por aquí por si podía unirme a ustedes, incluso ayudar con la colcha. Tengo una puntada recta excelente, mi madre siempre decía que era una de las mejores que había visto y... —Pasé un dedo bajo el cuello del vestido, cada vez más húmedo, tiré un poco y observé sus rostros. Luego, como me pareció que podría sonar más amistoso y seguro, añadí—: Por lo menos yo no recuerdo un 4 de julio tan cálido como este.

Un silencio incómodo se instaló en el grupo, hirviendo a fuego lento bajo el calor estival. Un petardo explotó cerca de nosotras, haciéndonos dar un respingo que las dejó jadeando nerviosas.

Constance pasó una mano cerrada sobre unas costuras de la colcha.

—También tengo un punto de cadeneta bastante bueno y mi punto atrás es... —Dudé, la desesperación se apoderó de mi temblorosa voz.

La mujer miró a sus compañeras planteándoles a cada una de ellas una pregunta muda. Una inquietante respuesta se plasmó en sus ojos entornados. Lancé una tímida sonrisa al grupo, esperanzada. Constance se aclaró la garganta.

—Viuda de Frazier, nuestro grupo de costura consta de siete miembros y así nos gustaría que permaneciese, con una cómoda cantidad como esta. Siete.

Volvió la cabeza hacia las miradas aprobadoras de las

mujeres, lanzó una tensa sonrisa de satisfacción, cogió una aguja y comenzó a coser la colcha cogiendo velocidad. Pasó un momento de tensión y zumbaron duras voces cuchicheantes antes de que las damas retomaran su cháchara acerca de la costura y los acontecimientos de la celebración, ignorándome.

—¡Lo nunca visto! Una pagana cociendo un bizcocho de Biblia —espetó una en voz baja.

—Ignominioso… Espectáculo —siseó una mujer mayor mientras su compañera lanzaba una discreta mirada compasiva hacia mí. Una muchacha más joven con hoyuelos y fríos ojos azules me miró como si fuese una pequeña molestia. Una mostraba una expresión de triunfo en los ojos y los de otra ardían de ira.

Ignominioso… Espectáculo… Pagana. Bajé la cabeza. Las palabras que lanzaron me hirieron como pedradas. Parecía como si el calor del aire me envolviese haciéndome arder, como si me ahogase.

Explotó otro petardo, y este tuvo el efecto de sacarme de mis pensamientos y hacer que corriese hacia Junia con el bizcocho bien sujeto entre mis manos. Me arriesgué a echar un vistazo a la mesa donde las damas se reían nerviosas, después me pellizqué la muñeca y vi cómo mi blanca piel se arrugaba y hundía en mi carne, en mi vergüenza y pesar. Me pellizqué de nuevo, más fuerte, con saña, aunque el castigo no estaba a la altura de la transgresión cometida.

Había sido una idiota. Había caído lo más bajo posible. El medicamento no fue mi redención. No pertenecía a la deslumbrante y feliz reunión de gente alborozada y animadas conversaciones. Pertenecía a los lugares oscuros donde me situaban mis aún más oscuros pensamientos, donde la luz del sol, las voces alegres y las cálidas caricias jamás me tocaban. Y no había pastilla capaz de cambiarlo.

Arrojé mi bizcocho a un arbusto, monté en Junia y eché una última ojeada al gentío. Al otro lado de la calle, Jackson hablaba con un sonriente grupo de hombres y mujeres. Levantó la cabeza hacia mí, alzó una mano y me llamó:

—¡Cussy Mary…!

No podía soportar que viese mi desgracia, que viese cómo era de verdad, en quién me había convertido a ojos de la gente.

—¡Arre!

Di un fuerte golpe de rodillas en los flancos de la mula y el animal salió disparado hacia nuestro oscuro y tétrico agujero.

XXXIII

A pesar de que las porteadoras de libros teníamos dos días libres por la festividad del 4 de julio, dejé las celebraciones y cabalgué hasta mi puesto para estar sola; tuve que detenerme en dos ocasiones para vaciar el estómago; la medicina y los nervios me estaban destrozando. Decidida, volví a montar y continué mi camino.

Ya que estaba allí, recogí los nuevos paquetes que había dejado el mensajero para mi ruta del viernes. No podía decepcionar a la pequeña comunidad que mañana esperaba recibir los nuevos préstamos y, por otra parte, necesitaba pasar un tiempo a solas con mis pensamientos en aquella pequeña capilla. Poco tiempo después mi resentimiento desapareció y mi estómago se asentó mientras indagaba en el material de lectura y me perdía entre mis libros.

Invertí la jornada del viernes en llegar a mi socio a través de sombríos pasos. Tuve que llevar, a lomos de Junia, las alforjas más pesadas, unos veinte kilos.

La mula avanzó con trabajosos pasos a través de veredas accidentadas, repletas de plantas trepadoras, ramas y escaramujos; juntas vadeamos caudalosos arroyos y evitamos espesas matas de pino hasta llegar a un pasaje tan angosto que nos impidió continuar.

Se abrieron los cielos y comenzó a caer una lluvia constante que levantó el aroma a tierra nueva y rancia podredumbre. No me importó lo más mínimo. En realidad, me ayudó a entumecer mis dolorosos pensamientos acerca del grupo de costureras, de Jackson Lovett, de lo que se había dicho, de lo que había quedado sin decir y de lo que entonces supe que jamás iba a suceder. Alcé el rostro y dejé que la lluvia me lavase, me golpease.

Vi a mi socio allá al frente. Las condiciones atmosféricas jamás lo detuvieron; yo, a pesar de sentirme fatal, me sequé la cara y lo saludé con la mano.

Allí estaba Oren Taft, tan desenfadado como agradable, con sus cuarenta años, su piel curtida por el sol y una brillante gorra verde cubriéndole su largo cabello castaño, esperando junto a las pequeñas lápidas que sobresalían entre la maleza.

Le devolví la sonrisa sintiendo su calor incluso en un día tan nublado como aquel.

No muy lejos del pequeño cementerio se encontraba la abandonada casa de sus abuelos, apuntalada con maderos inclinados, hundidas sus paredes grises, con huecos entre los tablones podridos por las inclemencias del tiempo, debilitadas tras años de soportar la lluvia y la humedad del bosque, con gruesos parches de glicina en un tejado derrumbado bajo el lluvioso firmamento. Las rosas silvestres trepaban por la desmoronada chimenea de piedra, subiendo por una pila de pedruscos en la que sus flores de color claro se mezclaban con la fuerte tonalidad púrpura de la glicina e impregnaban la lluvia con su aroma animando tan desapacible jornada.

—Buenas tardes, dama de los libros, no la esperaba hoy, al ser 4 de julio. Vine de todos modos, por si acaso, y me alegro de haberlo hecho —dijo afable, montando guardia sobre dos bolsas de arpillera.

—Buenas tardes, señor Taft. Feliz 4 de julio tenga usted.

La mula estiró el cuello y resopló hacia él.

El señor Taft se apartó del paso de Junia y fue en dirección a la casa de sus abuelos, poniéndose a una distancia prudencial de la malhumorada mula hasta que la atase.

Sujeté a Junia en un árbol situado junto a un trozo de lápida y descargué los libros sobre una plancha situada bajo el grueso arco que formaba un emparrado, obra realizada por el señor Taft con el fin de proporcionar cierta protección a los libros.

La pequeña comunidad del señor Taft estaba compuesta por once familias que vivían en la montaña donde nos encontrábamos, concretamente en un lugar llamado Tobacco Top. El acceso era imposible incluso para la más pequeña bestia de carga. En aquellas hoyas y cárcavas vivían los más pobres entre los pobres, a quienes despreciaban la mayoría de los montañeses. Todos los viernes, sin fallar uno, se encontraba conmigo junto al antiguo hogar de su familia después de recorrer a pie casi trece kilómetros para dejar los antiguos préstamos, recoger el nuevo material de lectura y llevarlo a las aisladas familias que aguardaban por él.

El señor Taft me lanzaba miradas al rostro, perplejo por mi nuevo color.

—¿Se encuentra bien? —preguntó acercándose a mí—. Espero que no la estén tratando demasiado mal.

Coloqué ordenadamente el material de lectura bajo el arco.

—Estoy bien, señor, solo un poco harta de la lluvia —respondí, bajando las caídas alas de mi sombrero sobre mi blanca frente, lo cual hizo que el agua de lluvia goteease por el borde cayéndome sobre los zapatos.

El compuesto aún me ponía enferma cada vez que lo tomaba. Mi padre me picaba al menos una vez al día para que dejase de tomar las pastillas y amenazaba con tirarlas.

El señor Taft sacó una pequeña bolsa de tela.

—Esto le curará cualquier mal. Mi mujer me ha pedido que se lo dé y que le agradezca que traiga los libros.

Abrí la abultada bolsa y un fuerte olor a cebolla me picó en la nariz. Estaba llena de gruesos puerros silvestres.

—Mire, también añadió una nota para usted —dijo.

Saqué el papel y lo coloqué bajo el ala del sombrero, a refugio de la lluvia.

—Es buenísima, quizá sean los mejores bollos de estos lares —aseguró el señor Taft.

—Sí, eso parece.

Se trataba de una receta para hacer bollos de puerros silvestres con carrilleras de cerdo.

—Solo tiene que dejarlas bien crujientes, mezclarlas con esos puerros y añadirlos al bollo —dijo, dando una palmada en su delgado vientre—. Quedan mejor que los de mi abuela.

—A mi padre le encantará esta receta, y seguro que la gente la cocinará. Dígale a su esposa que le estoy muy agradecida. Gracias a los dos.

Le devolví la bolsa, reacia a aceptar los puerros, sobre todo después de haber tirado el bizcocho cuando había tanta gente pasando hambre.

Hizo un gesto de rechazo.

—Ah, no, señora. Mi mujer me despellejaría vivo si no se lleva todo.

Ayudaría a dar sustancia a unas cuantas magras comidas. Comidas que temía estar arrebatándole a otros. Comidas que no merecía. Observé sus brazos, delgados como cañerías y sus ajados zapatos.

—Quedan muy bien con los huevos —añadió—, y si consigue un buen pavo, ya verá, mi mujer los rellena con eso. —Volvió a frotarse el vientre—. Muy buena comida.

—Debe de ser una gran cocinera.

—Sí, señora, lo es. No hay ninguna mejor en estas colinas. Hace los mejores bollos que jamás haya comido en esta tierra de Dios —dijo con una gran sonrisa.

—Gracias, señor Taft. Es un gran regalo. Bueno, debería empezar a guardar esos préstamos en mis alforjas y usted los suyos en las sacas antes de que se desencadene una tormenta de verdad.

Concluimos la conversación y el señor Taft volvió a darme las gracias con gran efusión mientras ataba sus petates.

Monté en Junia y lo observé cerrando las sacas. Él, como yo, no fallaba un solo día, así granizase, nevase o lloviese. Era una gran extensión de mi función de préstamo, un porteador de libros por derecho propio. Tanto era así que decidí decirle algo.

—¿Señor Taft?

—Dígame.

—En la central hay anunciada una plaza vacante para el servicio ecuestre… Y he pensado en usted, señor. —Me detuve, preocupada por haber sido quizá demasiado audaz al decirle eso a un hombre humilde. ¿Lo tomaría como un acto de caridad? ¿Se enfadaría conmigo? Miré de nuevo sus zapatos, el cuero pelado y lleno de agujeros, y después a él con la esperanza de no haberlo ofendido. Estaba a punto de disculparme cuando enarcó una ceja.

—¿Como librero? —Su rostro se iluminó con una expresión de alegría y sorpresa.

La plaza aún estaba vacante. Era difícil encontrar a alguien dispuesto a cubrir la ruta de Queenie. Pero si había alguien capaz, ese alguien era él.

—Sí, señor, hay pocos hombres empleados y usted desempeñaría bien el trabajo. El sueldo es digno.

—¿Sueldo? —preguntó con ojos desorbitados—. Ha pasado mucho tiempo desde que viese algo parecido.

Sin duda las supervisoras lo contratarían, aunque solo fuese por tener un hombre para el que acicalarse y que ayudase con las pesadas cajas y paquetes, es decir, que se ocupase del trabajo duro.

Observé la antigua casa de su familia. Con unos cuantos arreglos podía ser un buen puesto para recibir los préstamos que le dejase el mensajero.

—¿Lo anuncian en la central? —preguntó.

—Sí, señor. También puede recoger la solicitud en la estafeta.

—Le agradezco su amabilidad, dama de los libros. Será un honor y una bendición para mí y los míos. Dios la bendiga. —Colocó las bolsas de libros ajustándolas un poco más altas en su espalda—. Librero. Esa sí que es buena. Ya verá la sorpresa que se lleva mi mujer. —Sacudió la cabeza intentando hacerse a la idea. Después añadió—: Pero, bueno, menudos modales tengo. Espero que pronto se recupere, señora. Echo de menos ver a mi lindo Picasso. —Sonrió.

Lo miré sin comprender.

—Ya sabe, ese cuadro de Picasso, el de la bonita dama azul, ¿no se titula *Mujer con casco de pelos*? Lo vi en una de las revistas que nos trajo. Usted me recuerda a ella. Tiene ese bonito color. Mi mujer dice que Dios escogió el mejor color para Su hogar —afirmó señalando un claro de cielo abierto entre las grises nubes—. Supongo que debió de sobrarle algo de pintura.

Sentí, asombrada, el calor en mi rostro. Nadie, nunca, ni un alma, me había dicho que mi antiguo color era bonito. «El mejor color», pensé.

Y se fue.

La mula mantuvo sus ojos fijos en el hombre hasta cerciorarse de que se encontraba a una distancia segura.

—Vamos, amiga mía, ya es hora de irnos.

Lo observé un instante y después arreé a la mula con un golpe de rodillas.

El señor Taft cargaba con las bolsas de libros a la espalda como hacía Papá Noel en las ilustraciones de los cuentos, silbando en un día lluvioso, serpenteando sendero abajo y desapareciendo en el pequeño claro abierto en la neblina al principio de un recodo.

XXXIV

El fin de semana llegó conmigo desmayándome de nuevo al subirme en el travesaño inferior de la escala de la buhardilla para caer en brazos de Papi. Al recobrar el conocimiento, me reprochó mi vanidad y mi nuevo color, además de maldecir la carga que soportábamos por ser gente azul.

—Maldita sea, Cussy —dijo, cogiéndome por los hombros—, no vas a tomar más pastillas de esas cuando sales de ruta. Es fatuo, peligroso y, además, te lo prohíbo.

Me zafé de su agarre y me desplomé. Mi padre se arrodilló a mi lado, sus rígidas articulaciones crujieron, y me estrechó entre sus brazos, acunándome.

—Lo siento, hija mía. Siento mucho haberte pasado esta desventurada maldición. Ay, Señor, cuánto me gustaría no haberlo hecho. Dios Santo, perdóname.

Una lágrima brotó de sus ojos y cayó en mi brazo. Entonces, asustada, me avergoncé por mis estúpidos delirios de grandeza, por haber sido incapaz de ver su dolor, su tristeza, y no pude más que hundir mi rostro en su pecho y sollozar.

Aquella fue la última mañana que tomé azul de metileno. Fui consciente de mi orgullo y de las penurias que había descargado sobre Papi, y todo eso me dolió más de lo que era capaz de soportar. No podía volver a desmayarme, no podía perder mi ruta. Las pastillas ya me habían destrozado el humor y los nervios. Tenía que entregar los libros a mis socios y al cuerno con el color de mi piel.

Las palabras que me dijo Jackson en el camino también encerraban una dura verdad. Además, también estaban esas que me había dicho Oren Taft el día anterior, y cuanto más pensaba en aquel retrato de la época Azul de Picasso —«su bonito color, el mejor color»—, más me convencía de que tal fue la voluntad de Dios. Si era bueno para Él y para tan afamado artista, por fuerza tenía que ser bueno para mí.

«El azul va a ser mi color», me juré. A la mañana siguiente, me miré en el espejo un poco asustada. El color blanco no había tardado en desaparecer y el azul tiñó mi piel con una tonalidad profunda, casi amoratada, mientras entornaba los ojos y verbalizaba mis reflexiones con un susurro…

—Este color tiene que ser bueno. Yo soy buena.

Mi padre se colocó a mi espalda, posó en silencio sus nudosas manos azules sobre mis hombros y los apretó con delicadeza.

Al médico no pareció importarle.

—Está bien, amiga mía, no hay necesidad de aumentar la incomodidad de tus penurias.

Entendí que con «penurias» quería decir la suerte que me había tocado… Mi color.

—Damisela, si por alguna razón cambias de parecer, dímelo y te traeré más —me recordó mientras dejaba una canasta llena de pan y fruta. Había estado ocupado con sus propios asuntos (según dijo, escribiendo para publicaciones médicas y redactando nuevas cartas) antes de pasar a examinar el estado de los pulmones y el corazón de mi padre, y el mío también.

Pero sus visitas fueron haciéndose cada vez más breves, espaciadas y escasas hasta el punto en el que apenas lo veíamos, y si lo veíamos era solo porque pasaba por casa, agitaba una mano y nos dedicaba un alegre saludo.

Esa jornada entré a lomos de Junia en el desierto patio de la escuela. Una cálida brisa azotaba aquel día de julio, y todo lo que podía hacer frente a ella era soltar un poco el empapado cuello de mi vestido y agitar mis pegajosos faldones. La cabra y las gallinas no hicieron caso de la consabida llamada de Junia. Una nidada de polluelos asomó sus emplumadas cabezas desde el fondo del gallinero, curiosos por nuestra llegada. Una gallina bajó del palo, protectora, preocupada por sus crías.

La escuela parecía inusitadamente tranquila para ser lunes y pensé que quizá tuviesen un examen. Las escuelas de montaña no seguían un horario estricto y se ajustaban, más o menos, al calendario natural. Si un duro invierno solo permitía unos pocos días de escuela, significaba que en cuanto mejorase el tiempo habría más clases. En días cálidos, los estudiantes tomaban su lección fuera, al aire libre, bajo la sombra de un árbol.

Winnie salió a la puerta cargada con los préstamos. Dirigí a Junia en su dirección. En el instante en que desmonté, la mula se clavó en el suelo negándose a que la atase.

—Vamos —dije, tirando una vez del ronzal, y después otra. Ni se inmutó. Al final lo solté, pues sabía que Junia no iba a ir a ninguna parte y, además, no tenía por qué ganar todos los enfrentamientos.

—Cussy Mary —saludó Winnie mientras descendía por los escalones de madera hasta el patio de tierra—. Los niños sentirán haber perdido otra oportunidad de verte.

—Lo siento, señora. —La semana anterior, cuando me sentí enferma, entré en el recinto con mucha discreción y dejé el préstamo en la escalera de la entrada, pues no quería que viesen mi nuevo color ni el malestar que me causaba—. ¿Los ha mandado a casa tan temprano?

—Hoy no hay escuela. Vino el superintendente para mantener la reunión anual e interesarse por los estudios de los chicos. Supongo que ya iba siendo hora, pues ya hacía dos años que no pasaba por aquí.

Guardamos juntas el viejo préstamo en mis alforjas.

—Claro, cómo no, señora —asentí y monté.

—Me dijo que la Administración de Proyectos Laborales va a construir una nueva escuela de piedra.

—Una escuela de piedra —repetí, asombrada.

Eso era algo con lo que Winnie soñaba. Con lo que todo el mundo soñaba.

—No la veré —dijo, jugueteando con su mandil y pasando la mano por el apretado moño que le recogía el cabello en la nuca—. Albert me envió un mensaje a través del superintendente. Dice que vaya a reunirme con él en Detroit. Me recogerá en la estación el día 8 de agosto.

—Se alegrará mucho de verla, señora. ¿Enviarán a una nueva maestra? —pregunté, preocupada porque tuviese que marchar.

—Eso puede llevar un tiempo. Ojalá pudiese retrasar mi marcha hasta que encontremos a alguien. Se lo he dicho, pero… —Winnie se miró las manos y se frotó las enrojecidas yemas que sobresalían de sus cortas uñas—. Bueno, está impaciente por mi llegada.

—Siento que no pueda quedarse.

—Yo también, pero ya sabe cómo son estas cosas. Pueden pasar entre seis meses y un año antes de que encuentren a alguien para sustituirme.

Winnie había estado enseñando durante casi tres años, más tiempo que cualquiera antes que ella. Era imposible encontrar a un maestro en estas colinas, y si encontraban a alguien apenas sabía escribir. La mayoría no servía para el trabajo y se llevaban sus bártulos a mitad de año.

—Me gustaría quedarme por aquí, aunque solo fuese un poco más —suspiró—. Pero el superintendente me dijo que no me daría permiso a no ser que lo concediese mi esposo.

Para Winnie tenía que resultar duro abandonar a sus estudiantes. En cualquier caso, no podía hacer nada sin el consentimiento de su marido.

Winnie se secó la frente y toqueteó su enrojecido cuello.

—Cussy Mary, necesito que me haga un favor.

—Encantada.

—Algún alma caritativa ha estado dejando algunas sacas de comida, pero de momento, el único necesitado de verdad y… —Se frotó sus ojos llenos de lágrimas—.

Bueno, es Henry. No volverá. Está demasiado débil. Su madre ha pedido que le enviemos algo de comida y lectura.

La melancolía se apoderó de mí.

—Claro que sí, señora. Me aseguraré de incluirlo en mi ruta.

—He escrito una petición a la central. Vaya con Dios —dijo, me pasó una nota con un apretón de manos y regresó presurosa a la escuela vacía.

***

El martes encontré la petición de la maestra esperándome en la central. La jornada siguiente no fui a la torreta de vigilancia, me dirigí a casa de Henry con el corazón apesadumbrado, cubriendo kilómetros a lomos de Junia hasta que encontré la pequeña cabaña encajada en una montaña, oscura por la madera de pino negro y con poca luz.

Dos cuervos bebían en los cenagosos charcos del patio. En lo alto había otros que graznaban antes de puntear el patio con su estiércol. Dos pollos enfermos picoteaban alrededor de una esquina de la cabaña, sus crestas y lóbulos estaban devastados por la viruela aviar. Un perro tan escuálido que solo era hueso y pellejo dormitaba en el desastrado porche. Junia resopló y el animal logró alzar su maciento cuerpo y alisar sus orejas comidas por las pulgas antes de escabullirse.

Esta vieja tierra tenía más muertos despiertos que dormidos y la madre de Henry, un ser pálido y demacrado, demostró la veracidad de esa aseveración al abrir la puerta.

—Sí, es aquí. He rezado para que viniese, librera —dijo con voz débil, llevándose una mano al pecho—. Soy Comfort Marshall, la madre de Henry.

El destino había robado con gran crueldad hasta el último rastro de la felicidad que implicaba el nombre, dejando solo la marca.[23]

—No durará mucho —dijo—. Le agradezco que haya venido, librera. El buen Dios acabará con el sufrimiento de Henry por la mañana y Se llevará a mi dulce criatura.

—Aquí tiene provisiones, señora —le dije tendiéndole mi bolsa de comida. Una débil expresión de sorpresa se plasmó en sus apagados ojos. El médico nos había dejado una caja el día antes y yo había metido todo en la saca para donárselo a la familia.

—Gracias, muchas gracias. Pase... Ah, permítame darle... —La madre de Henry miró por encima del hombro buscando algo desesperadamente, algo que darme a cambio. Rebuscó en los bolsillos de su delantal, palpó sus costados y entonces tocó con la mano su hundido pecho—. Esto. —Metió una mano en los amplios pliegues de su vestido y sacó un cordón de cuero que sujetaba una cruz de metal ennegrecido con Cristo crucificado—. Era de mi madre —me dijo, sacándoselo del cuello y tendiéndomelo como si me diese una saca de oro—. Llévelo encima y Jesús la protegerá.

—Ay, no, señora —dije con voz suave—. El Señor tiene que estar con usted. —Atravesé el umbral. Si había un lugar en el mundo que necesitase desesperadamente Su presencia, era aquel.

—Dios la bendiga, bondadosa librera. —selló el ruego

---

23 El nombre se podría traducir como *La que reparte comodidad*. (*N. del T.*)

con un beso en los pies de Cristo crucificado y volvió a colocar el colgante en el cuello, frotando el metal con sus nudosos dedos.

Dentro de la silenciosa chabola flotaba un leve aroma a maíz. Un montón de chiquillos se apiñaban cubiertos bajo unos cubrecamas sobre un colchón relleno de rastrojos de maíz. Asomaron las cabezas cuando entré, los rígidos tallos crujieron bajo su peso y la trémula luz de una candela iluminó sus rostros.

La alacena de la casa, abierta, estaba vacía a excepción de una bolsa de nueces que se derramaban por los agujeros roídos por los ratones. Las colmenillas y los trozos de crucíferas que había en una sartén colocada sobre la cocina, es decir, unas setas y unas hierbas, era toda la comida de la familia. Al lado de la sartén había una cazuela llena de sopa de cardo silvestre cuyo aroma iba llenando la sala mientras hervía a fuego lento.

Un pequeño se arrodilló en una esquina para hacer sus necesidades en un agujero abierto en uno de los tablones, un bebé desnudo se acurrucaba junto al abombado vientre de la cocina y mascaba un palo.

La madre de Henry señaló al otro lado de la sala.

—Henry —llamó con voz desmayada, y atravesó pesarosa la habitación llevándome al lugar donde yacía encogido sobre un apestoso camastro colocado junto a la pared.

—Librera… —saludó Henry, intentó sonreír e incorporarse hacia mí, pero le falló la garganta y la tos destruyó el saludo.

—Henry —susurré destrozada—, mira, te he traído esto. —Le mostré el libro.

Estaba demasiado débil para cogerlo.

—*Peter Pan y Wendy* —graznó, fijando los ojos en la cubierta.

—Eso es. Te he traído el maravilloso cuento del señor Barrie.

—Es… Seguro que es el mejor, señora —Henry intentó incorporarse sobre los codos, pero cayó temblando, con sus huesos golpeando su escasa carne.

Me arrodillé junto al niño y coloqué el cobertor sobre él, en realidad sometí alrededor de su escuálido cuerpo la sucia tela de un saco de harina que alguien había intentado convertir en una manta. Los huesos de sus hombros y caderas sobresalían bajo el recio tejido. Los labios de Henry mostraban una pálida tonalidad azul y sus mejillas estaban hundidas, formando oscuros hoyos.

La luz se colaba por los agujeros abiertos en el suelo. Los pollos se apiñaban sobre la tierra, cacareando bajo los tablones; el hedor del suelo y la enfermedad se filtraba por los astillados maderos.

Abrí el raído libro, pasé las páginas hasta el comienzo de la historia, saqué un pequeño parche con forma de caballo que yo misma había confeccionado con trozos de tela y lo coloqué en la mano de Henry.

—Aquí tienes tu placa de librero, Henry.

Entornó sus enfebrecidos ojos.

—Señor, alce la mano derecha.

Henry lo intentó y yo la sujeté.

—Señor Henry, voy a tomarle juramento como porteador de libros honorario. ¿Promete por su honor cuidar de sus socios, entregarles sus libros y leer para ellos?

Los acuosos ojos de Henry destellaron y aceptó la

ristra de condiciones sin dudarlo un instante. Luego, orgulloso, estrechó el parche contra su pecho.

A mi espalda oí un débil sollozo. La madre de Henry se encontraba en la entrada cubriéndose la boca con el delantal, secándose sus empapados ojos mientras el pesar convulsionaba su esquelético cuerpo.

Los niños acurrucados en la cama murmuraron, asomaron sus cabezas y unas desdentadas expresiones de sorpresa se plasmaron en sus rostros pálidos y enfermizos, en la escamosa piel de sus cuellos y en las mejillas repletas de los sarpullidos causados por la pelagra.

Hice un gesto para que sus hermanos guardasen silencio.

—Vamos, pequeños, no temáis. Reuníos alrededor del nuevo librero para que nos lea.

El rostro de Henry rebosaba orgullo. Intentó incorporarse de nuevo, pero se desplomó y un chillido de dolor se escapó entre sus dientes apretados. Arreglé el cobertor sobre él y froté su frágil hombro.

La madre de Henry los empujó con suavidad.

—Vamos, niños, haced caso a la librera.

Salieron de la cama uno a uno apiñándose silenciosos en el suelo junto a Henry y a mí. La niña más pequeña se acurrucó al lado de su hermano descansando la cabeza sobre su brazo. Con un sufrido esfuerzo lanzó una sonrisa, más bien era una mueca de dolor, a la pequeña e intentó levantar la manta para compartirla con ella.

Me quité el gorro, lo doblé y coloqué con cuidado el suave tejido bajo la cabeza de Henry a modo de cojín. Me incliné acercándome al niño, abrí el libro y lo coloqué por encima de su rostro.

—Librero, ¿nos leería *Peter Pan y Wendy*?

Henry asintió solemne, llevó un dedo a la página y, subrayando cada palabra con una uña roída hasta la carne, comenzó a leer la primera frase con voz dura y áspera.

—Todos los... —Me miró y tragó saliva—... niños crecen... —Hizo una pausa para toser cuando casi había terminado, con los ojos radiantes de felicidad y la fiebre matando su brillo. Tosió una vez más y logró decir—: excepto uno.

XXXV

Devil John me salió al paso cuando iba de regreso a casa después de la visita a Henry. Estaba tan abrumada por el pesar que no lo vi hasta que Junia me advirtió.

—Librera —me saludó, descubriéndose. Retorcía el sombrero y se mesaba su larga barba—. Quería que supiese que los chicos han trabajado bien. El huerto está a punto y los demás quehaceres también. Martha Hannah ha conseguido que las niñas se pongan al día con la costura y que se sirva la cena a tiempo.

—Muy buenas noticias, señor —respondí.

Solo podía pensar en Henry, deseaba acunarlo. Pero no tenía derecho a arrebatarle a su madre ese importantísimo rito final. Dejé al niño moribundo en sus manos y salí en silencio para darle algo de dignidad a la familia. Henry moriría por la mañana y probablemente toda la familia Marshall habría desaparecido en menos de tres meses.

—Carson, mi hijo mayor, le pide que traiga algún libro más de los exploradores. Lo que más le gusta a ese chico es leer —añadió con más orgullo que fastidio—. Se come los libros y se pone a leer historias a los pequeños, como su madre. Y se ha empeñado en leerme cosas y... —Se aclaró la garganta—, bueno, resulta que ha tenido a bien mejorar mi ortografía. Ese pelma de niño me ha dado una lista de palabras que debo aprender. —Se sonrojó, aunque vi que no estaba molesto, sino complacido consigo mismo.

—Pues es todo un detalle por parte de Carson, señor.

—Y, además, cazó él solito un buen jabalí y trajo a casa un caldero lleno de truchas. Creo que no hará ningún daño que traiga algún libro de esos exploradores.

—Intentaré traer uno el próximo lunes —respondí, ansiosa por concluir y seguir mi camino.

—Ah, y tráigale a Martha Hannah una Biblia en buenas condiciones. De tanto pasar los dedos ha borrado casi todas las páginas.

—Claro que sí, señor. Recibimos montones de Biblias.

Y era cierto, les dábamos Biblias a todos los socios; las enviaban de Lexington, Louisville y Cincinnati en tal cantidad que no pedíamos que nos las devolviesen. Parecía como si la gente de la ciudad hubiese abandonado su religión, como si se hubiese separado de Cristo.

Me pregunté si en ese momento de ausencia, de luto, no debería hacer lo mismo.

Podía sentir los ojos de Devil John fijos sobre mí. Sin duda veía los míos, rojos e hinchados. Intenté sonreírle.

—Que tenga un buen día, señor. La semana que viene le traeré el material de lectura.

—Una Biblia y el libro de los exploradores; nada más —dijo Devil John, observándome con atención antes de sacar medio litro de licor casero de la parte de atrás de sus pantalones y posarlo en el sendero—. Supongo que para una librera tiene que ser agotador llevar todos esos libros a la gente de por aquí. Sí, esa dura labor tiene que acabar con uno.

Se caló el sombrero y se fue.

Desmonté, cogí la botella de licor y la guardé en las alforjas.

Dos horas después hice mi última parada, le entregué a Timmy Flynn su nuevo préstamo sin desmontar y guardé el antiguo en las alforjas.

Timmy se acomodó bajo un árbol y enterró la nariz en su nueva lectura.

Ya me disponía a marchar cuando alguien me llamó.

—¡Librera! ¡Espere, librera!

Era la señora Flynn.

—¡Aguarde! —ordenó.

Hice una mueca y confié en que no fuese a organizar un escándalo. Había sido algo atrevido dejar el libro de recortes, pero creía que quizá encontrase algo útil en él; además, deseaba tener a toda la familia de Timmy como socios.

La señora Flynn chapoteó atravesando el arroyo con el libro en sus manos, la bastilla de su vestido de calicó se oscureció por el agua y sus pies tanteaban cuidadosamente el resbaladizo lecho de roca. El gorro se deslizó y quedó colgando a su espalda.

La mujer, sin resuello, se detuvo al lado de Junia y me tendió el libro.

—¡Aquí tiene, librera! Tráigame más libros como este de aquí —Me lo colocó en la mano, dio media vuelta y vadeó el arroyo de regreso a su hogar.

Me quedé mirándola. Mis tensos hombros se relajaron un poco y exhalé una profunda respiración. Después de todo aquel tiempo por fin había realizado su primer préstamo, y a partir de ahora pasaba a ser una nueva socia. Toda la familia leería junta. Un pequeño destello de alegría animó mi espíritu a pesar de los sinsabores de aquella aciaga jornada.

Timmy apartó la mirada del libro y sonrió.

—Mi padre dijo que había hecho las mejores tortas de aceite que ha comido jamás. La tía dijo lo mismo y las hizo para el baile; nos contó que había pillado a un hombre alto y grandote.

✳✳✳

Dejé el hogar de los Flynn y decidí seguir el arroyo de regreso a casa. Poco después, Junia se dirigió al agua y yo aproveché para desmontar, sentarme sobre un claro de hierba suave y dejar reposar la cabeza colocando las rodillas bajo mi barbilla. Una mosca predadora llegó volando junto a mí, se posó sobre un saltamontes y comenzó a devorarlo como almuerzo.

Me aparté del horroroso insecto. Poco después Junia se acercó paseando. Saqué mi botella con funda de cuero de las alforjas y vi que estaba vacía. Tenía la garganta reseca, pero no me atreví a beber agua del arroyo. Nunca se sabe si alguien ha construido una letrina corriente arriba o si lleva escombro de las minas.

Me quedé mirando el licor de Devil John intentando decidir si eso pudiera calmar mi sed. «Un trabajo duro», había dicho. La verdad es que me parecía que sí, así que cogí la botella de licor y me fui a otro claro herboso junto a la orilla. El agua del arroyo resbalaba sobre una roca grisácea, pasé una mano por la agostada hierba e inhalé el aroma de la rápida corriente.

Alguien tocaba un violín a lo lejos; la suave melodía

de sus melancólicas notas se deslizaba entre las altas copas como si barriese las penas del día.

Un zorzal maculado comenzó a cantar por encima de mí y sus notas de viento se mezclaron con las de cuerda.

Le quité el tapón a la botella, levanté el licor y tomé un trago que me hizo toser y derramar algo de aquel ardor, escupir y limpiarme la saliva con el hombro.

Me arriesgué a dar otro trago y toser un poco más. Después di otro. Y aún otro. El licor, entonces más suave, me calentó el vientre y aplastó los problemas que bullían en mi interior

Después se me subió a la cabeza y mantuve una conversación con el Señor, con el Jesús de Henry, en la que me dediqué a lanzarle reproches al amadísimo Dios Todopoderoso, asombrada y asustada por lo enfadada que estaba con Él por lo que le había hecho a Henry y sus hermanos.

—A ver, Señor —susurré—, ¿qué te hizo el pequeño Henry para que lo condenases a sufrir tu ira? ¿Se puede saber qué pudo haber hecho esa criatura?

Junia se arrimó a mí y emitió un seco relincho.

Di un puñetazo en la hierba y chillé.

—¿Por qué? ¡Sí! ¿Por qué no lo amabas como yo? —tragué más licor de maíz y limpié mi barbilla las gotas del aliento de la bestia.

—¿Por qué no le dejaste crecer? —Me encogí hasta formar una bola sobre el ensangrentado suelo de Kentucky, llorando por Henry y por todos los *Henry* de aquellas oscuras cañadas que no pudieron crecer como cualquier persona. Por los que siempre fueron como Peter Pan.

XXXVI

Estuve a punto de no verla al guardar en las alforjas los panfletos que había dejado el mensajero en mi puesto. Y al descubrirla la miré sin poder creerlo, pasé mis dedos sobre la elegante caligrafía con la que había escrito mi nombre, asombrada porque solo hubiese tardado dieciséis días en recibir la carta.

Mantuve el sobre guardado a lo largo de la jornada, pues al dejar el puesto me había jurado no abrirlo hasta regresar a casa. Me detuve varias veces a lo largo del sendero para sacar la carta y contemplar el matasellos de Filadelfia y la estampilla de tres centavos con la efigie de una tal Susan B. Anthony con la leyenda *Sufragio para las mujeres* escrita bajo la imagen. Qué extraño era aquel sello... ¿Qué era eso del sufragio?

Por la tarde, sentada en mi cama con las piernas cruzadas, estreché contra mis labios azules la primera carta que había recibido de una amiga, olí el aroma del sobre, le di vueltas y lo observé a la luz de la candela una y otra vez presa del trance causado por el asombro.

Pasé uno de mis oscuros dedos por la dirección de Queenie, su caligrafía de letra pequeña y elegante, la tinta azul... Me incliné hacia la luz, cogí el cuchillo de mi padre y la abrí con el mayor cuidado.

Filadelfia, 9 de julio de 1936

Querida Cussy:

Hemos llegado a Filadelfia sin novedad. Pude alquilar un apartamento a catorce manzanas de la biblioteca. La verdad es que estamos algo apretujados, pues solo tiene dos habitaciones y somos cinco; además, por aquí no hay porches ni colinas a las que salir.

Filadelfia es una ciudad gris desde el firme de las aceras hasta las cimas de sus altos edificios de cemento. Aquí, en la ciudad, la noche no tiene estrellas y eso es lo que más echo de menos. Es un lugar cálido, ruidoso y parece que nunca duerme. Se me hace extraño pensar en cuánto tarda Troublesome en iluminarse, en recibir luz, allí hundido en la sombra de esas montañas brumosas, y en cómo en esta ciudad nunca se apagan las luces de sus cegadoras farolas.

Las calles están llenas de mendigos, los hay donde quiera que mires. Un ladrón me robó el bolso y otro derribó al pequeño Aaron y se llevó su sombrero. Abunda el hambre. Hombres, mujeres y niños forman largas colas a la espera de comida.

La vida aquí es muy agitada y la gente siempre anda por ahí yendo de un lado a otro apresurada como abejas. Ay, cuánto me gustaría que vieses esta gran ciudad y a toda esta gente deambulando por las calles. Aquí, en la gran ciudad, los blancos no me prestan atención, al contrario de lo que sucede en Troublesome.

La biblioteca es enorme, más grande que todo Troublesome. No la he recorrido entera, pero mi jefe, el señor Patchett, me ha prometido que pronto se tomará un día libre y me la enseñará. El señor Patchett es de Inglaterra y dice que soy muy lista. También dice que soy una mujer muy capaz y una negra bastante inteligente. Me ha animado a matricularme en la Escuela de Biblioteconomía de Hampton e insiste en darme una carta de recomendación.

Esto es todo, de momento. Escribe pronto, cariño. Dios os bendiga a tu padre y a ti,

Queenie Johnson

Releí la carta muchas veces, hasta que se apagó la candela y no pude volver a leerla… Hasta que la luz de la mañana llegó después de pasar una noche agitada, con fantasiosos y aterradores sueños de la ciudad.

XXXVII

Ya iba a lomos de mi mula hacia el hogar de los Moffit cuando comenzó a despejarse la niebla; el sol ya podía iluminar una nueva mañana de la última semana de junio, agotadora y terriblemente tórrida como la del día cuatro.

Lo vimos a la vez. Junia avanzaba a medio galope y de pronto, alarmada, titubeó al borde del patio de los Moffit. Los cuartos traseros de la mula patinaron bajo su vientre hasta quedar casi sentada en el suelo. Un blanco y fino reguero de espuma brotó por la comisura de su boca y sus ojos se pusieron en blanco mientras se esforzaba por hacerse a un lado, por ir a cualquier parte excepto al frente, allí donde estaba aquella cosa.

No fui capaz de apartar los ojos mientras intentaba por todos los medios dominar a Junia y la arreaba con golpes de talón. La mula se envaró con las patas rígidas y el cuello estirado, lista para lanzarse al galope. Yo, con la mirada fija al frente, me afirmé en la silla y le hablé con delicadeza al tembloroso animal. La atondé de nuevo con un golpe de rodillas. Como la mula retrocedía o se movía hacia los lados —o en cualquier dirección excepto al frente— levanté los talones y la arreé con fuerza. Junia emprendió un galope forzado, entrando a toda velocidad en el patio antes de detenerse con un violento derrape. Di un fuerte tirón de riendas. Frente a mí se balanceaba un cuerpo colgado de la gruesa rama de un árbol.

De la tierra brotaban unos furiosos llantos y bajé la mirada hacia el suelo.

Un bebé yacía en el polvo junto a una lata de buen tamaño volcada en el suelo; la lata de *Mother's Pure Lard* que utilizaba Angeline. El pequeño, envuelto con la bata de su madre, agitó sus delgados brazos con las manos cerradas en dirección al cadáver de ojos vidriosos y cuerpo desmadejado que se mecía casi en redondo bajo una cálida ráfaga de viento.

La rama crujía, se quejaba por su pesada carga. Un calcetín ensangrentado resbaló por un pie azul como el metileno y cayó junto a la sollozante criatura.

Decidí lanzar otro vistazo y levanté la mirada, después coloqué una mano frente a mi rostro azul y comparé mi piel oscura con la del cadáver colgado.

Junia golpeó el suelo, volvió la cabeza y soltó un fuerte resoplido.

Desmonté y corrí hacia el bebé, levanté al recién nacido y me apresuré hacia la cabaña.

—¡Angeline! ¡Angeline! —llamé.

Yacía en el interior, sobre una cama cubierta con sábanas sucias. Había sangre derramada por el suelo y el líquido amniótico de la placenta se filtraba entre las grietas de los tablones. El cálido ambiente del interior de la cabaña estaba cargado y tenía un putrefacto olor metálico.

Durante el parto hubo una complicación que terminó terriblemente mal. Cerca del lecho, en el suelo, había un cuchillo de caza salpicado de sangre y el cordón umbilical del bebé enredado en su filo.

—Damisela… —dijo Angeline con voz desmayada, estirando una mano ensangrentada hacia mí.

—¡Ay, Angeline! —chillé, sorprendida de que estuviese viva.

—Mi bebé… Mi be… bé.

Se atragantó y escupió.

—Está aquí. —Me apresuré a colocarme a su lado y me arrodillé junto a la cama, un hedor a sangre, paja vieja y sábanas mohosas me golpeó el rostro.

—Dámela. Mi pequeña Honey. Tiene que comer…

Coloqué a la niña en la sangradura de su brazo, cerca del pecho. El fuerte llanto del bebé cesó en cuanto encontró el pezón.

Angeline hizo una mueca.

Había mucha sangre. Demasiada. Sangre que mancharía de rojo los tablones de pino para siempre…, como una marca de nacimiento.

—¿Cuándo la tuviste? —pregunté.

—Me puse de parto ayer por la mañana. Di a luz hará una hora o algo así —contestó, esforzándose con cada palabra—. Ay, Damisela, Willie se puso como loco y se la llevó. Me quitó a Honey. —Besó la cabeza del bebé y sus lágrimas se derramaron sobre la frente de la pequeña—. Temía que fuera a hacerle daño… Daño de verdad. Decía que apestaba.

—¿Cómo? ¿Por qué iba a hacer un padre semejante cosa? —Aparté la mirada hacia el mugriento suelo preguntándome cómo iba a contarle lo que pasaba con Willie y el mal que pesaría sobre él.

—No la quería. Willie no quería a nuestra Honey.

—Las lágrimas arrasaron sus ojos—. Decía que se había casado con una blanca, no con alguien de color. Y la gente sabría que no era así.

—… De color… Pero eso no es así…

—No la quería. ¡No me quería! Dijo que prefería morir antes que vivir marcado por nosotras.

Angeline apartó el envoltorio del bebé y lo vi. Vi qué era eso que Willie rechazaba y quería ocultar. La pequeña no era del todo azul, pero tampoco era completamente blanca. La piel de Honey estaba salpicada con la pegajosa sangre de su madre, pero se podía ver una suave tonalidad azulada, delicada como el azul crepuscular, y unas uñas oscuras.

El bebé pateó y pude ver que las pequeñas uñas de sus pies eran iguales.

—Willie tenía el azul en él… Le salía cuando se ponía enfermo. —Tomó una profunda respiración—. Fui yo quien se casó con alguien de color sin saberlo.

—No puede ser.

Tosió.

—A mí no me importaba, e intenté decírselo.

Pensé en las uñas de Willie, en los destellos que había detectado.

—Voy a buscar al médico.

Angeline, gimiendo, negó con la cabeza.

—Estoy malherida. No tengo tiempo. Siento cómo la vida me abandona y llega el frío.

Una mancha roja se extendió por la delgada sábana bajo sus piernas, más oscura en sus muslos y nalgas.

—Tengo que ir a avisarlo —repetí.

—No me dejes. No me queda mucho. —Hizo una mueca y gimió. El bebé dio un respingo y un agudo chillido, después se calmó para mamar—. Damisela, tú... —La voz de Angeline se debilitaba—... Llévate a Honey.

Me aparté de ella.

—¿Llevármela?

—No tengo a nadie más. Él jamás volverá a buscarla. No tiene a nadie más que a Willie y a mí. Todos los míos están muertos y Willie se crio sin padre, y su madre lo entregó a unos desconocidos cuando era un bebé.

—Por favor, Angeline, deja que te ayude. Tiene que verte el médico. —Miré a mi alrededor buscando algo en aquella pequeña cabaña, hierbas, cualquier cosa que le ayudase. Pero el hogar estaba vacío a excepción de las hojas de periódico que empapelaban las paredes, llenas de líneas impresas y escritos de Angeline. Presioné mi atribulada frente con los dedos, intentando pensar.

—Ya no me queda tiempo —resolló mientras intentaba incorporarse sobre un codo tembloroso y sujetaba al bebé con el otro brazo—. Ya lo vi con mi madre cuando dio a luz a su último hijo. Llévatela, Damisela —rogó y se desplomó.

Lancé una mano para proteger la cabeza de la pequeña.

—Pero si no puedo...

—Es una azul y nadie la va a querer. Nadie excepto tú. —Sus inteligentes ojos, vacíos bajo la luz oblicua, me hicieron recordar.

Toqué la mano del bebé con los ojos llenos de lágrimas mientras mi memoria repasaba las pérdidas y el insoportable dolor de la soledad. Ningún vecino del pueblo, ni una sola de aquellas almas temerosas de Dios me había aceptado a mí, ni a los míos, en sus poblaciones, sus iglesias o sus hogares en los diecinueve años que llevaba viviendo en este mundo. Lo que sí hacían era colmar cada segundo que pasaba en Kentucky con el vacío generado por su odio y desprecio. Era como si a los azules no se nos estuviese permitido respirar el mismo aire que su amoroso Dios había tenido a bien concederles, ni fuésemos dignos de las migajas que Él otorgaba al más diminuto bicho del bosque. No era nada en su mundo. Para ellos era inexistente. Miré a los agonizantes ojos de Angeline y vi en ellos mi realidad y la realidad de su hija. Sabía que al final, sin amor, su bebé no tendría nada ni a nadie y estaría condenada a morir sola con su dolorosa aceptación. Nada. Aquellas certezas se agolparon en mi pecho, ahogándome.

—¡Por favor! Eres todo lo que tiene —imploró Angeline.

El bebé se retorció y un débil gemido brotó de sus labios. Cogí su pequeña mano y acaricié sus ahuecados dedos azules.

La niña sufriría todo eso, y sola. Toda la dureza del odio. Cada minuto de una soledad maldita. Honey merecía amor y algo más que las migajas que el mundo de los blancos tuviese a bien darle.

—Damisela, por favor. Por favor, prométeme que serás su madre.

¿Madre? ¿Su madre?

—Por favor, ayuda a mi bebé. —Agitó la cabeza con la frente empapada de sudor—. Cristo bienaventurado, ayúdame… Lleva a esta azul contigo.

—¡Chist! No te preocupes más —la consolé. La niña soportaría la tremenda carga de ser la última azul, a la que darían caza y maltratarían si no la protegía—. Me la llevaré, Angeline, y la querré como si fuese mía. Te lo prometo. —Esas palabras salieron de lo más profundo de mí, de un recóndito lugar más allá de mis pensamientos, del recoveco más apartado de mi cauteloso corazón, de mi alma herida. En silencio, juré a Dios que amaría a esa niña, que la mantendría a salvo de todo el daño y el odio que mi familia, yo y todos nuestros antepasados habíamos sufrido.

¡Todo acaba con Honey! Cerré los ojos y elevé la cruda intención a Dios y a toda la humanidad.

Angeline llevó mi mano a su boca, la besó y la apretó contra su húmeda y pálida mejilla.

Tomé su mano, le devolví el beso y acaricié con suavidad a Honey.

—Te lo prometo —repetí.

La respiración de Angeline se hizo más trabajosa, alzó un dedo y señaló a la revista.

—Se… Se… estropeó cuando a Willie le dio el ataque —dijo con voz trémula, pero aún con aquella suave y tímida sonrisa.

Recogí su antiguo préstamo, un viejo número de la revista *Good Housekeeping*.[24] La portada, que mostraba a una niña de cabello castaño leyendo, estaba destrozada, tirada en un suelo manchado con huellas de pisadas sangrientas. Las de Willie. A su lado se encontraba la muñeca de hojas de maíz que había hecho Angeline, entonces rota y hecho jirones.

—Creo que no es nada que no pueda arreglar —dije, esforzándome por devolverle la sonrisa.

---

24 Revista femenina en la que se publican, entre otras cosas, análisis de distintos productos, recetas, y artículos literarios. (*N. del T.*)

—¿Me leerías algo?

—Sí.

—Léenos a Honey y a mí la página que habla de la madre bonita y el bebé feliz. Lee eso, Damisela.

La abrí por la página que Angeline había marcado con un trozo de papel y vi a la madre, estilosa, atractiva y ataviada con un bonito vestido de primavera y zapatos blancos de tacón. Estaba sentada en una mecedora de buena calidad y le leía a un bebé regordete y sonriente vestido con un hermoso camisón con volantes. La criatura sujetaba un muñeco caro adornado con ropas a juego… Un bebé que jamás conocería esta áspera tierra, no sabría qué es pasar hambre, morir de inanición o perder a una madre.

—«Cómo hacer feliz a tu bebé» —comencé, leyendo el título.

—Quiero que seas capaz de leerlo todo cuando hayas crecido un poco —murmuró Angeline dirigiéndose a Honey—, quiero que sepas las letras, como yo… Como me enseñó tu nueva madre —me lanzó una mirada dulce, volvió a besar al bebé y cerró los ojos.

Pasé el dorso de la mano por su mejilla y el hueso de la mandíbula con mucha suavidad, deseando recordarla para describírsela a Honey. Angeline emitió un leve suspiro y yo leí durante cinco minutos, mirando de vez en cuando por encima de la página, y cada vez que lo hacía veía su pálido rostro contraído de dolor junto a la tranquila expresión de Honey, que dormitaba con la boca cubierta con gotas de leche materna.

A pesar de ser azul, Honey no parecía distinta a cualquier otro bebé dormido en brazos de su madre, pero iba a crecer y sentir que el mundo la veía de modo diferente debido a su color.

Leí el artículo durante otros cinco minutos con palabras entrecortadas y ahogadas por las lágrimas, arrancando rápidos retazos de oraciones al tiempo que contemplaba cómo se apagaba la vida de aquella frágil madre de dieciséis años.

Angeline volvió a toser, hice una pausa.

—A Honey y a mí nos encanta que nos leas —dijo con voz soñolienta.

—Y a mí leeros a vosotras —susurré—. Te quiero, Angeline.

—Ay, esas palabras son tan bonitas como los cielos. —Tanteó en busca de mi mano, cogió las mías con las suyas y las llevó a la boca, colocando nuestros dobles puños bajo su barbilla—. Quiero que leas un montón de libros —le murmuró al bebé dormido—. Los libros te aprenderán, Honey.

Continué leyendo hasta que su agarre se aflojó, y aún unos minutos más, hasta que mi lengua no fue capaz de pronunciar una sola palabra más y mis ojos arrasados en lágrimas osaron mirar a los suyos, muertos.

La revista cayó al suelo. Una plegaria brotó de mis labios como un suave tarareo. Después otra y aún otra más. Los ruegos al Dios que había abandonado suplicaban por la recuperación de Angeline, resonaban contra las paredes cubiertas con hojas de periódico por su partida.

—¡Dios! —grité y golpeé un lugar vacío del colchón esparciendo la paja del relleno. La cama se tragó mi ira acunando a madre e hija. El bebé se sobresaltó, emitió un chillido y se calmó.

Me subí a la cama con Angeline y el dormido bebé. Me acurruqué junto a sus cuerpos, las estreché con un brazo y lloré, aullé... Un aullido seco como el lecho de un río abrasado por el dolor, la angustia y las penurias, hasta que el llanto llenó los pozos y las profundas grutas de mi alma y se desbordaron los ríos de la agonía.

XXXVIII

Me quedé en la cama de los Moffit durante un buen rato, mirando por la ventana, destruida por el pesar, y después entoné el himno que mi padre cantó a mi madre en su lecho de muerte.

> Me he apartado de Dios
> Y ahora vuelvo a Él
> Mucho tiempo he vagado
> Por la senda del pecado
> Oh, Señor, ¡vuelvo a Ti!
> Vuelvo a Ti,
> Vuelvo a Ti
>
> Para jamás vagar
> Abre, por favor,
> tus brazos de amor
> Oh, Señor, ¡ya vuelvo a Ti!

Al terminar el estribillo, aparté con mucho cuidado un mechón de la mejilla de Angeline.

Algo que pasó zumbando me sacó del estupor del duelo.

La primera mosca de la carne aterrizó en el alféizar y

frotó sus esqueléticas patas negras ansiosa por alimentarse de Angeline. Grité enfurecida y la espanté de un manotazo.

Otra la reemplazó de inmediato y fijó sus horribles ojos en Angeline.

La aplasté.

La pequeña pateó, di un respingo y me apresuré a mecerla en mis brazos. ¿Qué iba a hacer yo con un bebé? Y, además, con una azul…

Cubrí a Angeline con el cobertor de su cama, salí al porche con la recién nacida y me senté en la escalera. Me quedé mirando al árbol mientras mecía al bebé al oscilante compás del cadáver de su padre. El trino de un cardenal, posado en una rama por encima del señor Moffit, se combinó con el distante sonido de un tren; los himnos se extendieron por las colinas.

Me obligué a apartarme. Los viejos creían que cuando un cardenal cantaba cerca la muerte te besaba, y por primera vez pensé que podría ser cierto.

Estreché a Honey contra mi seno, tapándole la cara, protegiéndola. Besé su cabeza, le acaricié su mejilla azul claro. Ella sí era la última de los nuestros. La mecí estrechándola aún más, deseando fervientemente poder arrebatarle a esa indefensa pequeña tan dudoso privilegio.

Junia se encontraba al otro lado del porche, con su grupa hacia el árbol, y hacia mí, como si no soportase ver el espectáculo. La cabeza de la mula colgaba triste, sus músculos temblaban. No se acercaría a saludarme.

Intenté poner en orden mis pensamientos. Si pedía ayuda a Papi, la gente podría culparnos de estas muertes, Peor aún, podrían herir a Honey. ¿Habría alguien que echase de menos a este bebé? ¿A quien le importase? Me preocupaba que Angeline y Willie hubiesen recibido correspondencia, ¿y si el viejo cartero había visto el abultado vientre de Angeline cuando estaba embarazada? Parecía tan delgada cubierta con todos aquellos faldones… Nunca supe que hubiesen recibido una carta durante el tiempo que pasé con ellos. Seguramente me la habría dado a leer si hubiesen tenido alguna. Sabía que los parientes de ella habían fallecido y de él no sabía mucho más, aparte de que procedía de lo más profundo de las colinas. Era como si el mundo jamás hubiese sabido de los que se habían asentado en este lugar e intentado ganarse la vida luchando cada día para mantenerse vivos. ¿Era la única testigo? ¿Alguien más sabría que habían muerto? En cualquier caso, tenía que asegurarme que la familia de Honey tuviese un funeral digno.

La pequeña se estiró en mis brazos y pestañeó. La senté a mi lado, derecha, cubriéndola con una mano para protegerla de los rayos del sol, y me volví hacia el oeste, pensando.

Un rato después me acerqué a Junia.

—Tenemos que llevar al bebé a un lugar seguro —le dije a la mula—. Y tenemos que hacerlo con cuidado. —Junia frotó su hocico contra mi cuello y le acaricié la crin—. Vamos a llevar a Honey a casa, hagámoslo por Angeline. —La mula alzó las orejas como si hubiese entendido, miró con ojos abiertos y solemnes hacia el porche a la espera de que saliese la chica que le daba zanahorias. Apreté una mejilla en el suave morro de Junia y la besé—. Esto es de su parte.

Saqué el material de lectura de una alforja y lo embutí en la otra. No confiaba en mi tembloroso cuerpo para llevar al bebé en brazos. La bolsa vacía tenía espacio suficiente para llevar a la delgada criatura, que no era más grande que la muñeca de trapo que mi madre me hizo tiempo atrás. Satisfecha con el resultado, me quité el gorro y lo dispuse como cojín antes de colocar a Honey, cuidándome de asegurarla en su improvisada cuna y de echar la cubierta de cuero hacia atrás para ventilarla.

Monté y guie a la mula hacia la casa de Jackson Lovett, la más cercana en la ruta, rezando para que se encontrase por allí y estuviese dispuesto a ayudar con los dos enterramientos.

—Tranquila, chica —dije, y bajé la mirada a un costado para observar a la dormida Honey antes de lanzar un último vistazo a la cabaña de los Moffit.

Un instante después encontré una de las nanas de Angeline grabada en mi corazón. Junia emitió un suave relincho al son de la dulce melodía. Elevé la voz y le canté la canción de cuna al bebé. Aunque ella no estaba triste ni asustada, como yo.

XXXIX

Cabalgué subiendo por la colina de Lovett llena de recelos. Di la vuelta en varias ocasiones, pero solo para volver a retomar mi camino mientras la angustia me empapaba el cuello del vestido haciendo que lo sintiese pegajoso.

Al no ver a Jackson en el patio, desmonté y saqué a Honey de su alforja. Me quedé un buen rato a la puerta de su casa abriendo y cerrando un puño antes de atreverme a llamar. No lo había visto desde hacía semanas, concretamente desde el 4 de julio. No lo encontré en ninguna de las ocasiones en las que pasé para entregarle los libros.

Quizá no quería que lo encontrase, quizá ya no quería acercarse ni a mí ni a los libros.

Ya me disponía a marchar, desolada, cuando abrió la puerta vestido solo con su peto de trabajo y un lápiz colocado en una oreja. En el interior vi una mesa con libros y papeles desparramados sobre el tablero.

—Entra, Cussy Mary. —Se volvió, sin apenas echarme un vistazo, quitó prendas de ropa de una silla, las tiró al otro lado de la sala y amontonó papeles y libros en la mesa para hacerme un sitio—. Perdona el desorden. No esperaba visitas.

—¿Cómo estás? —preguntó después, por encima del

hombro—. Escucha, siento mucho haber tenido el libro durante tanto tiempo. —Se frotó la cabeza examinando la sala—. Bien, ahí está. Últimamente he estado yendo y viniendo de Georgia para ayudar a un amigo con su campo de cornicabra. —Se dirigió a la puerta, la abrió de par en par y me tendió el libro de mi madre—. Me alegro de ver...

El bebé se removió en mis brazos. Jackson se quedó mirándolo, confuso, y después rio.

—¿De dónde has sacado eso? —preguntó, enarcando una ceja a Honey—. ¿Estás sustituyendo a la cigüeña?

Me miró a la cara y advirtió mi aspecto desaliñado y la sangre de Angeline que manchaba mi ropa; por mi parte, advertí la expresión de alarma en sus ojos.

—¿Qué...? ¿Estás bien? ¿Qué ha pasado, Cussy Mary? Pasa, por favor... Entra, hazme el favor —pidió, haciéndose a un lado.

—Los Moffit —dije apresurada—. Son los Moffit... Están muertos. ¡Muertos!

—Un momento —dijo y de nuevo me invitó a entrar con un gesto—. ¿Pero se puede saber de qué estás hablando? —preguntó lanzando una mirada al bebé.

—Esta niña es de los Moffit. Es hija de ellos —farfullé y atravesé el umbral—. Su madre la entregó a mi cuidado antes de morir por las complicaciones del parto.

—¿Y dónde está el padre?

—Se ahorcó.

—¿Qué...?

Aparté la ropa del bebé.

—El señor Moffit dijo que no pensaba tenerla... Por el color y todo eso. —La pérdida de la pequeña me partía el corazón—. Salió y se quitó la vida en el patio.

—Por el amor de Dios… ¿Y el bebé está bien?

—Se llama Honey. Es el nombre que le puso Angeline. No da ninguna guerra. —Bajé la mirada y la vi chupándose un nudillo, conforme con poner a remojo cualquier cosa a su alrededor.

—Necesito ayuda, señor Lovett…

—Jackson, llámame Jackson.

—Jackson, necesito algo de leche. Y tengo que ir a enterrarlos antes de que se los coman los bichos. ¿Me podrías ayudar?

—¿Y sus parientes?

—No tiene. Por eso me entregó al bebé. Tengo dinero para pagarte…

Agitó una mano haciéndome callar.

—¿Para enterrar al ladrón de pollos o para llevarme a la huérfana?

Estreché a Honey contra mí como si aquella horrible palabra pudiese llegar a ella y herirla.

—Yo… Yo… —Sentí el ardor de mis lágrimas y retrocedí un paso—. ¡Yo soy su madre! —espeté las palabras recalcando su certeza—. ¡Su madre! Y pienso enterrar a los Moffit, y del modo adecuado, Jackson Lovett. Lo haré sola —aseveré saliendo por la puerta con mis faldones siseando una maldición a través del umbral.

—Espera… —dijo siguiéndome escaleras abajo.

Junia resopló y agitó la cabeza de un lado a otro intentando librarse del dogal.

—¡Quédate ahí!… Ahí quieto hasta que saque al bebé de aquí —le grité, y después, alzando una mano hacia Junia, añadí—: ¡So! Tranquila, ¡tranquila!

Jackson retrocedió hasta el porche, como contrariado por la protección de Junia.

Una vez hube asegurado a Honey en mi sangradura, desaté a la mula con mi mano libre, cogí las riendas y la llevé fuera del patio.

—¡Cussy Mary! —llamó Jackson—. ¡Yo les daré sepultura!

Me detuve y me volví hacia él.

—Tan digna como sea posible en esta malhadada tierra —dijo con ojos tristes y atribulados—. Los habré enterrado antes de la caída del sol. Tienes mi palabra.

Todo lo que pude hacer fue asentir con la cabeza y suspirar un áspero «gracias», antes de ponerme en camino.

XL

Coloqué a Honey junto a la cocina mientras esperaba que se enfriase la papilla que le había preparado. Un rato después mojé un trapo en la sopa de pan y llevé la mezcla a su boquita abierta. Papi se quedó cerca, alargando el silencio para suavizar un poco nuestra discusión.

—Esto no está bien, hija mía —dijo al fin.

—Papi, voy a quedarme con ella. —Dejé el paño con el que le daba de comer y la acuné—. Es mi…

—¡Cállate! ¿Qué va a decir la gente? ¿Una madre soltera con un bebé? ¡Piénsalo! No es un bicho que puedas adoptar porque te gusta.

—¡Es una azul! Me tomaré una semana libre y dejaré que crean que es de Charlie Frazier.

Nadie lo sabría. Solo Jackson. También el médico, pues me había examinado, pero nunca visitó a Angeline y, además, estaba demasiado ocupado con sus publicaciones médicas y sus pacientes. No se me ocurría nadie que pudiese descubrirme, y los fantasmas no hablan.

—El tiempo coincide —añadí—; hay muchas mujeres que ocultan sus vientres bajo esos amplios faldones cuando están embarazadas. Mírala, papi. Mírala bien, debe de ser pariente nuestro. ¡Es una azul!

—Tonterías, lo que le pasa es que está enferma. Tú eres la última azul.

—Está fuerte, no hay duda, y eso no es verdad. El médico dice que todos los azules están emparentados de uno u otro modo. Somos parientes unos de otros. El señor Moffit tenía el azul en él. Lo he visto con mis propios ojos. Igual que Honey. —Le mostré al bebé dormido.

Papi la observó más de cerca y murmuró una maldición.

—Se rumoreaba que mi tío Eldon tenía un bastardo por ahí. ¿Podría haber encontrado a una azul que no conocíamos? —se preguntó, frotándose las patillas.

—Le pasó al bisabuelo. Eso tuvo que ser. No podemos dejar vivir como una huérfana a una de los nuestros.

—Dicen que la mujer de Eldon se fue a Ohio y que nunca más se supo de ella. —Observó a Honey y se rascó un poco más dándole vueltas a la idea.

—Papi, la mujer de Eldon dio a su hijo en adopción. Dio a Willie. ¡Por favor! Tengo que cuidarla como si fuese mía. Tengo que darle un hogar, ser su madre. No hay nadie, no hay un alma en este mundo de extremos que lo haga si no lo hacemos nosotros. Por favor, papá, se lo prometí a su madre.

Tocó la uña azul del bebé y le acarició una mejilla. Algo se ablandó en su interior.

—Henry, mi socio, ha muerto —susurré—. Murió de pelagra, papi. La enfermedad de Kentucky se lo llevó y seguro que acabará llevándosela a ella. Eso es lo que le pasará sin nosotros. Es nuestro último pariente.

La niña parpadeó, abrió los ojos, los entornó y miró a mi padre. Una pequeña sonrisa se dibujó en la comisura de sus labios al retorcerse para chuparse un dedo. Papi le pasó el meñique por la boca pensando en todo aquello. Honey se revolvió, le cogió el dedo y lo chupó.

Los ojos de mi padre se desorbitaron observándola un poco más.

—Pero, bueno, ¿qué clase de madre eres tú? —gruñó, apartando la mano—. Prepárale la cama al lado de la cocina y después súbete a ese bicho gruñón que tienes ahí fuera y vete al pueblo a por leche de verdad. ¡La niña tiene hambre!

Me quedé mirándolo, atontada y agradecida.

—Vamos, vete antes de que empiece a fastidiarme dando guerra —dijo y se apartó.

—Sí, señor.

Salí por la puerta sonriendo mientras corría hasta donde estaba Junia.

XLI

Después de ensillar a Junia, fui a ver a mi padre y a la pequeña; Honey dormía. Papi también dormía, acomodado en una silla cerca de la cama del bebé, sujetando en el regazo uno de mis libros de cuentos.

Me dirigí al hogar de los Moffit, ansiosa por detenerme un momento antes de ir a por la leche para el bebé. Tenía que asegurarme de que la familia de Honey había recibido la sepultura prometida por Jackson.

A medida que nos acercábamos a la desvencijada cabina, Junia cambiaba el ritmo cada pocos pasos y caminaba de lado, enfilaba la nariz hacia el hogar de los Moffit y emitía un suave rebuzno como si llamase a su amiga Angeline.

El aire olía a cieno. Auras gallipavo trazaban círculos en el cielo plasmando manchas negras bajo el fuerte sol de Kentucky.

Encontré a Jackson detrás de la cabaña y a su caballo atado en un poste. Estaba en el mísero cementerio donde había terminado de cavar dos tumbas, las de Angeline y Willie, marcadas con sendos montículos bajo un árbol medio roto, la única sombra en el lugar. Jackson me daba la espalda con un brazo en la pala y la cabeza baja como si estuviese reflexionando o rezando. En su camisa se marcaba un círculo de humedad como señalando al sol de junio dónde enviar sus oleadas de calor.

Desmonté de la mula y jugueteé con las riendas antes de decidir soltarlas. En vez de quedar quieta, la mula trotó en dirección a Jackson, resopló sobre su hombro y, para mi sorpresa, se frotó contra su brazo.

—Hoy no hay flores —dijo con voz seria y le acarició el cuello.

Me coloqué a su lado y rebusqué en el bolsillo.

—Gracias, Jackson. He traído tu paga.

Saqué el dinero.

Dejó caer la pala y levantó una mano, rechazándolo.

—Guárdalo para el bebé. ¿Cómo va?

—Ya la he instalado. La he dejado en manos de mi padre. Parece que está bien.

Jackson señaló a una de las tumbas, se aclaró la garganta y dijo:

—Tienes que ser una mujer fuerte y especial para aceptar ser la madre de un bebé así, Cussy Mary. Me refiero a criar a la hija de la señora Moffit.

Observé el sepulcro de Angeline. El montículo de tierra suelta. Incluso eso era escaso.

—Ella es una niña especial —contesté, aunque en realidad mis palabras se dirigían más a los cielos con la esperanza de que alcanzasen al espíritu de Angeline.

—Y afortunada. —Metió la mano en el bolsillo, sacó un cordel de pelo trenzado con forma de anillo y me lo dio—. Se me ha ocurrido que quizá Honey quisiera tener unos mechones de sus padres. Los corté para hacerle un recuerdo. —Advertí el pesar en sus palabras.

Lo había hecho para Honey… Había pensado en cortar unos mechones de sus padres para ella. Los trenzó por separado para unirlos después formando un solo cordón, el que representaba a Honey.

Luego, como si hubiese leído mis pensamientos, dijo:

—Tenía doce años cuando mi madre murió de viruela, y una semana después perdí a mis hermanos gemelos. —hizo una mueca—. Aún puedo oír a mi padre diciendo que era importante honrar a los muertos manteniendo con vida una parte de ellos. Él guardó sus mechones en nuestra Biblia. Y yo hice otro tanto con los suyos dos años después, cuando se mató bebiendo.

—Lo siento. —Luego, sin pensar, le dije—: Después de que falleciese mi madre, mi padre se hundió... Se fue al bosque, a alguna parte. Se bañó en alcohol, y la verdad es que creo que libró una terrible lucha interior. No salió de esas colinas hasta pasadas tres noches, ni más ni menos, cuando los mineros lo encontraron y lo llevaron a rastras de vuelta a casa. Creí haberlos perdido a los dos.

Nunca había le había hablado a nadie de la crisis de mi padre. Me asustó que Jackson me la sacase con tanta facilidad y observé su rostro para ver si mis palabras lo habían afectado de alguna manera.

Jackson asintió como solo lo hacen quienes saben algo que no sabe nadie más.

—Terminé abandonando este cruel territorio a los catorce años, y juré no regresar jamás. Vagabundeé por el país hasta que me asenté en el Oeste. Trabajé mucho intentando olvidarme de todo. Pero, maldita sea, es bien sabido que los de Kentucky no vamos a dejar que nuestras andarinas piernas echen raíces en ninguna parte que no sea aquí... Sí, podemos tener un pie por ahí fuera, pero el otro siempre estará señalando a casa.

Sus palabras reflejaban alivio y arrepentimiento y sus ojos se iluminaron con el destello de viejas heridas.

Le dediqué a Jackson una sonrisa empática y le dije:

—Mi bisabuelo llegó desde una aldea francesa, aunque los míos siempre dijeron que vino a Kentucky para recoger su corazón. También me contaron que yo era su preferida y que por eso me pusieron el nombre de su pueblo natal.

—Cussy... ¿En Francia? —Jackson me miró como si hubiese descubierto algo nuevo. Después, añadió—: Bueno, tampoco había pensado que fuese por tu boca.[25]

Sonreí.

—Es un lugar bastante bonito, por lo que he visto en *National Geographic*. —Le eché un vistazo al anillo que había hecho—. Muchas gracias, Jackson. Este es un regalo muy especial y lo guardaré en una Biblia para Honey. —levanté el recuerdo y observé el fino trenzado del anillo compuesto por el cabello oscuro de Willie y el rubio de Angeline. Un valioso trozo de su vida para la nueva vida de Honey que podría conservar para siempre. Lo apreté contra mis labios elevando una plegaria en silencio y lo guardé en el bolsillo, agradecida porque a Jackson se le hubiese ocurrido hacerlo.

—Esta vieja tierra... —comenzó a decir con la mirada perdida—, es capaz de hacer que reniegues de ella al mismo tiempo que la añoras.

—Nunca he tenido la oportunidad de irme —le dije, preguntándome si él volvería a marchar, si marcharía yo alguna vez. Una inquietud nueva, muy particular, se apoderó de mí al pensarlo.

---

25 Una de las acepciones de *cuss* es «palabrota». *(N. del T.)*

Jackson fijó sus ojos en los míos sin apartar la mirada.

—Queenie Johnson quiere que vaya a visitarla. Dice que hay oportunidades en Filadelfia. Que es un buen lugar para criar hijos de color. —Por primera vez pensé seriamente en Honey, en el tipo de vida que iba a tener por aquí y en la posibilidad de que las cosas serían mejores en cualquier otro lugar, más sencillas.

—Cussy Mary, quisiera disculparme por lo que te dije el otro día cuando nos encontramos en el sendero. No tenía derecho a decir cómo deberías sentirte, ni a pretender que sé de cosas que jamás sentiré. Nunca sabré qué es sufrir maltratos o ir al exilio por el color de mi piel, ni sentiré las heridas de los látigos de cuero o de las lenguas rabiosas.

Cambié el peso de un pie a otro, incómoda.

Jackson se acercó a mí.

—Perdóname. Me porté como un maldito idiota, estaba ciego y no veía más que a una librera inteligente, a una dama íntegra. Ahora veo más… Veo la carga que soportas y el pesar que te aflige, y lo siento mucho.

Se hizo el silencio mientras observaba sus angustiados ojos intentando digerir sus palabras.

Estaba a punto de añadir algo, pero se detuvo y señaló hacia una colina situada más allá de las tumbas.

—Aún no he terminado.

Seguí su mirada.

—Deberían tener alguna clase de señal. —Subió por la rocosa ladera y escogió dos piedras de un palmo, las sopesó y bajó con ellas. Colocó una en la cabecera de cada sepulcro y retrocedió un paso para observarlas—. Me las voy a llevar a casa, a ver si puedo tallarles unas lápidas decentes. Las traeré mañana a primera hora.

—Te lo agradezco mucho.

Jackson tomó un puñado de tierra junto a los sepulcros y la derramó sobre ellos. Después inclinó la cabeza.

Seguí su ejemplo, cogí otro puñado y los derramé sobre aquella hambrienta tierra.

—Descansen en paz, que bien lo merecen. Dios los acoja en su seno —dijo Jackson y recogió las piedras para las lápidas. Se acercó a su caballo y las guardó en las alforjas. Montó y se alejó al galope.

Yo estuve un rato junto a los sepulcros farfullando cosas a Angeline, rezando, prometiéndole que cuidaría de Honey hasta que se hiciese mayor… Hasta el día de mi muerte. Repetí mis oraciones y promesas hasta que pareció como si el suelo se moviese y Junia lanzó un rebuzno de advertencia. Cerré los ojos con fuerza y al abrirlos vi que los buitres habían cerrado su vuelo circular, que las sombras proyectadas por la luz de la tarde se acercaban, crecían.

XLII

Honey ya había cumplido una semana el día que recorrí los poco más de dos kilómetros que había hasta la casa de Loretta Adams y llamé a su puerta.

—Pero, bueno, si es Damisela, pasa hija. Entra.

—Sí, soy yo, señora, la librera.

—Ando mal de la vista, no del oído —contestó, como siempre.

Las candelas parpadeaban derramando aún más luz en el interior de la cabaña. Loretta se sentó en la mesa con la cabeza inclinada sobre un tejido, cosiendo.

—Estoy haciendo un delantal nuevo. Este ya está muy raído —dijo, dándole un tirón al canesú del viejo.

—Seguro que va a quedar muy bien, señorita Loretta.

Cosió unas cuantas puntadas más en el nuevo delantal de zapatero que estaba haciendo y examinó su ribete de encaje.

—No has pasado por aquí —me amonestó—. No he hecho té. —Clavó la aguja en la almohadilla de un alfiletero y apartó las largas piezas del delantal.

—No señora. Y hoy no he venido a leerle.

Me acerqué a su silla y me incliné.

—He venido a presentarle a Honey. —Levanté la ligera ropa del bebé y lo acerqué al rostro de Loretta.

Honey emitió unos suaves ruiditos.

—¿Honey? ¿Un bebé?

—Sí, señorita Loretta, un bebé. Mi niña.

No dijo nada, y yo sabía que sus modales le impedían indagar.

Loretta observó a Honey más de cerca y el bebé balbuceó, levantó sus pequeños puños y bostezó.

—Coloquémosla en mi cama.

Mirto y Algodoncillo salieron de debajo de la estufa de leña y Loretta los espantó haciéndolos salir. La anciana renqueó yendo a la cama más rápido de lo que la había visto jamás.

—Deja que la coja, hija mía. ¿Puedes abrir un poco más las cortinas? —Se sentó en el colchón y coloqué a Honey en sus brazos.

Aparté las cortinas caseras y la luz se derramó sobre la arrobada sonrisa de Loretta.

—Señorita Loretta…

—Vamos, siéntate. ¡Siéntate! —me apremió, dando una palmada en el colchón mientras continuaba observando a Honey.

—Gracias, señorita Loretta.

—Es preciosa. —Levantó la manita azul de Honey y tocó con cuidado sus deditos.

—Sí que lo es, y muy buena, además.

—Es perfecta. Hacía siglos que no tenía un bebé en los brazos —dijo Loretta con un extraño tono ahogado—. Gracias por traerla.

—Señorita Loretta, tengo que preguntarle una cosa… ¿Estaría dispuesta a cuidar de ella mientras hago mi ruta? Si le apetece, por supuesto. Le pagaré en mano y el bebé no necesita mucho…

—¿Si me apetece? Hija, no hacen falta ojos para saber qué necesita Honey. Crie a mi hermana pequeña. Le di de comer, la lavé, la vestí y la acuné, y ella sí que daba guerra. Y creció siendo una niña muy sana hasta convertirse en una buena mujer. Cuando falleció, también me ocupé de criar a su hijo. Estoy más que segura de poder cuidar a nuestra querida Honey.

Suspiré aliviada.

—Claro que sí, señora, sabía que había hecho un buen trabajo, por eso se la he traído. Le pagaré puntualmente.

—No pienso aceptar ni un centavo —afirmó categórica—. No puedo aceptar dinero por disfrutar de la compañía de este ángel.—Le dedicó a Honey una gran sonrisa desdentada y acercó su temblorosa cabeza hacia el bebé—. Un ángel, la más bonita de las petunias —le dijo—. Una bendita belleza azul…

—Insisto, señorita Loretta. No estaría bien.

—No pienso aceptarlo. —La mujer parpadeó y se frotó sus ojos cansados; vi que le dolían.

Supuse que Loretta era demasiado orgullosa para aceptar dinero. La observé un momento y dije:

—Bueno, pues le pagaré al médico para que pase por aquí y le trate los ojos con alguna de esas maravillosas medicinas suyas de la ciudad.

—El médico es un buen hombre —afirmó—. Lo conozco desde hace mucho tiempo.

—Lo es, y la cuidará muy bien, señorita Loretta. Podría incluso recetarle unas gafas.

—¡Unas gafas! —Miró por la ventana y después a Honey.

—Sí, ayudarán a sus débiles ojos a ver mejor… Los arreglarán dejándolos como nuevos.

—Ay, volver a ver... —reflexionó, frotándose los ojos—. Eso estaría muy bien. No habría nada mejor. —Me cogió de la mano y la apretó—. Gracias, hija, gracias por traerme a Honey. No le faltará de nada. La atenderé perfectamente.

Mi corazón me decía que eso era exactamente lo que haría.

—Me aseguraré de traerle leche y trapos limpios para los pañales.

Pero no me escuchaba, estaba bajo el dulce hechizo de Honey. Loretta se inclinaba y frotaba sus labios contra la suave cabeza del bebé, le cogía de la mano, separaba sus deditos y besaba cada una de sus diminutas protuberancias. Cuando Loretta levantó la mirada, pude ver que radiaba con un brillo fuerte y juvenil.

—Honey y yo nos vamos a llevar muy bien, hija —me dijo, tendiéndome el bebé—. ¿Dónde tengo la escoba? —Saltó como una vivaz jovenzuela y se puso a rebuscar por todas partes—. Tengo que limpiar todo esto. ¡Ay, vaya por Dios! Tengo que sacudir las alfombras. Y limpiar la estufa. No, esto no está preparado para recibir a un bebé. Desde luego no para mi Honey.

XLIII

Honey apenas había cumplido dos semanas el día 7 de agosto de 1936 cuando Papi encendió de nuevo una vela de cortejo, derramó la cera fundida sobre una bandeja de goteo de cristal que había elaborado a partir de un platillo y afianzó el pábilo desnudo en el charco de cera para que después ardiese durante una alarmante cantidad de tiempo. Una columna de humo se elevó recta hacia las vigas de madera y se estremeció bajo la brisa que se colaba por la ventana abierta.

—Así está bien —dijo—. Tiene que estarlo porque no tengo dinero para comprar una nueva. Y no puedo emplear la vieja porque no quiero ofender a los difuntos de esa manera —rezongó.

Yo daba vueltas a su alrededor con el bebé en brazos y la piel erizada por la inquietud.

—Papi, no lo hagas.

—¡Hija! —dijo, haciéndome callar, mostrándome que la discusión lo estaba cargando.

Se inclinó y apagó la vela con un soplido. Satisfecho, la sacó al porche. Estaba decidido. Decidido a hacer que su hija soltera cargada con un bebé se casara y que su nieta tuviese un padre.

Coloqué a Honey en la cuna que él mismo le había hecho y lo seguí.

—Papi, por favor, no quiero volver a casarme.

—Cussy —dijo, levantando la candela—. Voy a hacer de ti una mujer respetable, como le prometí a tu madre. Y voy a asegurarme de que Honey tenga un padre. Esto se va a mantener encendido, hija.

—Yo ya soy respetable...

—Honey necesita un padre y tú un hombre. Un buen hombre que te cuide como es debido.

—Por favor, si estamos bien. Mira, cobro un buen sueldo por el servicio ecuestre y Loretta la cuida mientras estoy trabajando.

—Loretta es vieja... Y ciega —dijo con voz rasposa, tragándose varias toses.

—Dispondrá del dinero que le daré al médico todos los meses. Y de momento, esta semana ha hecho un buen trabajo con Honey. ¿Te acuerdas de Lila Dawson? Está ciega, es viuda y sacó adelante a cuatro bebés...

—¡No me da la gana! —dijo golpeando la barandilla, ahogándose—. La mina va a cerrar en una semana y debo asegurarme de que tengas a alguien que cuide de ti.

—Papi, puedes conseguir trabajo en la Administración de Proyectos Laborales. Ahora hay muchas ofertas para los desempleados.

Me hizo callar con una mirada aviesa.

—¿Mendigar por migajas? ¿Aceptar la limosna del Gobierno? Si un hombre no lo logra de una manera, lo consigue de otra.

—Ofrecen un montón de empleos dignos...

—¿Te refieres a que firme su declaración de indigencia? —preguntó, profundamente ofendido. Una mano callosa y oscurecida por el carbón voló a su pecho.

Hice un gesto de dolor. Era cierto. Cualquiera que aspirase a un empleo de la Administración de Proyectos Laborales tenía que firmar una declaración de indigencia, jurar su veracidad y dejar su despensa y armarios abiertos por si acaso un inspector gubernamental le diese por pasar y comprobar que uno continuaba siendo adecuadamente pobre. Yo tuve suerte. Los delegados no se habían aventurado hasta nuestra cañada, al menos de momento. Y no por falta de personal, sino porque estábamos metidos en un lugar tan recóndito que no importaba cuántas veces le diese indicaciones al supervisor encargado de entregárselas a los hombres del Gobierno; acababan abandonando y dando la vuelta.

—Papi, deja que me ocupe de nosotros. No quiero otro pretendiente... Otro esposo. —Me retorcí las manos, agrietadas y oscurecidas por hervir los pañales de Honey y la ropa y sábanas de mi padre—. Estaremos bien; tú estarás bien.

—Deja que te diga una cosa, Cussy: la vida del minero es breve.

—Ay, papi. —Aparté sus palabras con un gesto.

—Hija, este enero sepultaron a ocho tras el derrumbamiento. Sellaron la galería con esos ocho desgraciados dentro.

Había oído el horroroso relato. Cómo hombres y niños se habían quedado atrapados tan profundamente entre las rocas y el polvo negro como la medianoche que no hubo modo de sacarlos. Después hubo un escape de gas que los adormeció. No se pudo hacer nada, no hubo manera de rescatarlos, y no quedó más remedio que cubrir el sepulcro y traer a un sacerdote para que oficiase el funeral frente a la boca de la mina.

—Mira, no voy a abandonar este mundo y dejar a mis dos chicas a merced de un tipo de la calaña que la ambición está sembrando en nuestras colinas. —Afirmó, adelantando la mandíbula.

Me emocionó que incluyese a Honey como suya y me conmovió la facilidad con la que el bebé lo había conquistado y suavizado su mal humor en las últimas tres semanas. Ella trajo luz a nuestro sombrío hogar y apesadumbrados corazones. Y toda esa calidez me había dado más paz que ninguna otra cosa. Sin embargo, se me hacía un nudo en el estómago cada vez que mi padre se empecinaba y decía cosas horribles.

—Papi, no está bien que te mates trabajando así. Podríamos ir a la ciudad, a Filadelfia. Allí tienen buenos médicos que cuidan a la gente de color.

—¡Basta! Se lo prometí a tu madre. —Tosió un poco más, como si la ira atacase a sus pulmones.

Me dejé caer en la silla.

—Papi, ¿quién va a querer casarse con una azul? —dije, dándole la vuelta a la conversación—. Y además de azul, con un bebé… —Entrelacé las manos, frías por el miedo, y las oculté entre los pliegues de mis faldones—. Nadie sale ganando con esto.

Mi padre se acobardó y posó sus ojos grises en el arroyo.

—No quiero dejar mi hogar. No quiero dejarte —dije.

—Cussy —suspiró, desplomándose sobre la silla—, soy yo quien tiene que dejarte. El médico dice que no ando bien de salud.

—Iremos a Lexington y conseguiremos mejores

medicamentos. Iremos a un hospital de verdad, de esos de la ciudad. Por favor, papá, deja que me quede y cuide de ti...

—Este no es lugar ni para ti ni para Honey.

—Puedo sacar adelante a mi bebé, no necesito ningún esposo para eso. Tengo mis libros.

—Tu niña y tú merecéis algo mejor —dijo con la voz empañada—. Merecéis todo lo que tu madre y yo no os hemos podido dar.

—¿Y quién nos va a dar algo mejor? ¿Quién querría hacerlo? Cualquier mujer blanca, por sencilla que sea, es más bonita que yo. Para ellos soy como una mancha, papi... Una proscrita... Papi, mírame, haz el favor.

No lo haría. Pero vi cómo se enrojecían sus ojos, destacando su color bajo el mohín cubierto de carbón.

—En el pueblo apenas queda un puñado de hombres solteros —comenté en voz baja—. La mayoría ya me ha rechazado. Y los demás están demasiado asustados.

Sus hombros se hundieron un poco.

—Tengo que lograr que alguien se ocupe de ti y del bebé.

—¿Quién va a casarse con una azul? Dime, ¿quién? —repetí, presionándolo de nuevo.

Alguien silbaba a lo lejos con suavidad, imponiéndose al débil relincho de un caballo. La melodía se deslizaba ligera entre los pinos, las aguas cantarinas y las lisas rocas.

—Ese —respondió mi padre, y levantó su afilada barbilla hacia el arroyo. Tomó su sombrero, la tartera del almuerzo, me dio las buenas noches con un susurro, bajó las escaleras y se fue a la mina.

Junia, sujeta al pesebre, roznó con fuerza emitiendo rebuznos y resoplidos de advertencia.

Me incliné y escuché la débil melodía del pretendiente cobrando fuerza; airada, apreté la barandilla y después me tapé los oídos con las manos.

Cogí la vela de cortejo de encima de la mesa y la arrojé al patio. El platillo giró violentamente en el aire, se hizo añicos al caer sobre una roca y la vela se soltó rebotando por el suelo; esa era mi señal de que no estaba disponible. Le diría a mi padre que el pretendiente se fue en cuanto me vio de cerca.

Me recosté y comencé a tararear una melodía improvisada, mirándome las manos mientras estas adquirían una débil tonalidad azul claro.

XLIV

Fue como la cálida luz de una candela derramándose en invierno sobre un libro querido y ajado. Aquella noche, en una deslumbrante exhibición de audacia, Jackson Lovett recogió mi vela de cortejo del suelo, la llevó hasta el porche y la guardó en el bolsillo.

—Cussy Mary —dijo—, creo que voy a necesitar esto para recibir al primer pretendiente de mi hija.

Me levanté.

—¿Tú?

Mostró lo que llevaba oculto a la espalda: un ramillete de azulejos.

—Bueno, si Honey y tú me aceptáis.

Había un tono de promesa en su voz, esperanza en sus ojos y un leve rastro de empecinamiento en su rostro.

—El bebé y yo ya tenemos todo lo que necesitamos, Jackson Lovett.

Jackson adelantó su mano libre y cogió la mía. Asustada, me solté de un tirón y crucé los brazos para ocultar mis horribles manos. Me daban miedo los sentimientos que sentía correr bajo mi piel.

Desde el establo llegó flotando en el ocaso un gemido de Junia. El corcel de Jackson contestó con un resoplido.

Las ranas y otras criaturas de la noche trinaron saludando al ocaso, lo cual agravó mi incomodidad.

Jackson posó las flores silvestres sobre la barandilla, dio media vuelta para colocarse frente a mí y me cogió de las manos.

—No acepto actos de caridad, Jackson. —Me zafé de nuevo y me dispuse a entrar—. No la necesito. Tengo una posición respetable, mis libros me proporcionan una vida digna. Y ya me ocuparé de que Honey y yo vivamos bien. —Cogí el picaporte.

—Cussy Mary —dijo, acercándose, y me colocó un dedo bajo la barbilla buscando mis ojos con la intención de fijar nuestras miradas—. La Administración de Proyectos Laborales ha decidido hacer excepciones con las mujeres casadas, así que me encargaré de que puedas seguir llevando libros. Para la gente de aquí, los libros y tú sois como la luz que nos alumbra. Para mí también.

Oí sus palabras y aun así lo aparté con una mirada recelosa.

—He leído los papeles —dijo Jackson—. Y eso a pesar de que las damas de la central no se mostraron muy dispuestas a ayudar cuando les dije el porqué… Por ti.

Podía imaginarme a Harriet y Eula pellizcándose, sus caras confusas, sus rostros enrojecidos y su envidia contenida.

—Cussy, acudí a tu padre en busca de permiso para un cortejo formal, para pedirle tu mano.

Me volví hacia él con los ojos desorbitados.

—Tú… ¿Fuiste a hablar con mi padre? —pregunté, sorprendida porque no hubiese sido mi padre el que acudiese a él para cortejarme.

—Pues sí. La primera vez fue cuando me llevaste

aquellos libros a la colina y la segunda después de verte en la central. Luego una tercera, esa fue después de que cierta mula se comiese tus flores. —Se aclaró la garganta—. Incluso hubo una cuarta y una quinta. La verdad es que tu padre me rechazó seis veces. Seis veces... —Mostró seis dedos, los movió uno a uno y negó con la cabeza.

—¿Seis?

—Sí, y no iba a haber una séptima, eso se lo tuve que explicar a Elijah Carter —dijo con firmeza—. Lo mismo tuve que hacer cuando esas liantas de la central intentaron no darme los papeles.

—¿Por qué ibas a querer casarte con una azul?

—Le dije a tu padre que te amaba, y ahora te lo digo a ti, y estoy dispuesto a esculpir esa declaración en cada peñasco o clavarla en cada puerta del maldito Kentucky. Te quiero, Cussy Mary. Y querré a nuestros hijos, ya sean blancos o azules; eso es lo de menos.

Siempre había dejado que la oscuridad y los quebrantos viviesen en mí... Había dejado que los demás los mantuviesen allí. Sus palabras eran tan reconfortantes como las de un predicador y quise con toda mi alma caer en sus brazos y encontrar la redención, pero después de aceptar durante tanto tiempo las cosas que los otros pensaban de mí, era más sencillo y seguro no hacerlo.

—Le prometí a tu padre que cuidaría del bebé y de ti. Ahora te hago esa misma promesa.

Saber que el bebé podría estar a salvo, protegido, era algo que todas las madres de Kentucky añoraban conseguir en esta salvaje y despiadada tierra. Con todo, aún tenía mis rutas y mis libros, y esos tesoros me daban seguridad, los necesitaba, pues de ellos sacaba más fuerza que de ninguna otra cosa.

—Te doy mi palabra... Todo mi amor —dijo—. Cussy...

Coloqué una mano en las astilladas maderas de la cabaña donde había nacido, criada por los míos, por la que ya no estaba y por el enfermo al que le quedaba poco.

—No, Jackson, no puedo. No voy a dejar solo a mi padre enfermo.

—En la colina hay sitio para Elijah... Para todos.

Me pasó, siempre con suavidad, un pulgar por el cuello.

El dolor de pobreza y los años de vergüenza, escarnio y soledad palidecieron e intenté liberarme y aferrarme a la esperanza, abrazar ese maravilloso y extraño sentimiento llamado amor.

—Te quiero. A ti. Me propongo ser el buen hombre que mereces y prometo aceptar lo mejor que saques de mí. Quiero sentarme junto al hogar todas las noches y leerles a nuestros pequeños y envejecer juntos. Por favor... —Levantó la palma de su mano, aguardando, con sus palabras envueltas en una extrañeza que jamás había oído—. Cussy, acepta y abandona esta oscura cañada. Ven a la colina conmigo.

En ese momento lo miré a los ojos y supe que sus tiernas palabras eran sinceras, todas y cada una de ellas. Y supe que quería estar con él en la colina para siempre.

Me atrajo hacia él y selló sus promesas en mis labios, poniendo en ellos un fuego de rugientes llamaradas rojas y anaranjadas.

—Para mi hermosa novia librera —susurró, recogió

las flores y colocó en mis manos el ramillete de atercio-
peladas flores blancas y azules.

Nadie me había susurrado palabras así, nadie había
visto o detectado nada en mí que no fuese un feo color
azul y nadie se había privado de decírmelo o hacérmelo
saber como si fuese una verdad inamovible. Pero ese no
fue el caso de Jackson Lovett. La fealdad desapareció
por primera vez en mi vida y sentí una luz brillando en
oscuros lugares perdidos bajo mi piel.

—¿Te casarás conmigo?

Escuché la pureza de su proposición, el ruego de su
corazón y la certeza de que la mantendría toda su vida
para mí.

Las lágrimas ahogaron mi voz. Solo pude aceptar con
un febril gesto de asentimiento.

XLV

Habían pasado horas desde que Jackson se fue y aún no era capaz de descansar. Tenía que moverme, no podía evitar asombrarme ante el novedoso sentimiento del amor, ante su energía.

Atendí al bebé muchas veces, lo alimenté y le cambié la ropa. Honey también debía de sentirlo, pues tampoco podía echarse a dormir. Pero no lloraba ni daba guerra. Cogí *Milly-Molly-Mandy* y comencé a leerle.[26]

—Érase una vez… —dije, abrí el libro de cuentos y me detuve—. Mira, Honey, ¿ves a esta niña? —Señalé la imagen de una jovencita ataviada con un vestido. Honey parpadeó y se quedó mirándola—. Se llama Milly-Molly-Mandy. —Le hice cosquillas en su regordeta barriguilla y ella se revolvió entre balbuceos—. Pero, mírate. —Sonreí—. Estás ansiosa por aprender todas esas palabras, ¿eh?

Al terminar el primer capítulo, cerró los ojos y se quedó quieta.

Fuera, en el porche, me dediqué a doblar los pañales mientras tarareaba una cantinela con el cosquilleo del beso de Jackson aún en los labios. Un rato después cogí

---

26 Primer libro de la serie infantil homónima obra de la escritora Joyce Lankester Brisley (1896-1978). *(N. del T.)*

un libro y me puse a ojear sus páginas. La candela lanzaba una suave luz sobre mis hacendosos dedos mientras mi mente estaba a punto de bullir con imágenes de nosotros tres leyendo juntos. Un día le enseñé mi ruta a Honey y la presenté a mis socios. Pensé en las oportunidades que tendría la pequeña. En cómo el servicio de la biblioteca ecuestre, sus libros, había abierto mis ojos mostrándome lugares y gentes muy alejados de estas colinas, y cómo entonces me proporcionaba una nueva vida con Jackson. Honey lo tendría todo. «Los libros te aprenderán» fueron las últimas palabras que le dijo Angeline y yo había jurado facilitárselos al bebé. Le daría todo lo que mi querida Angelina hubiese querido y los sueños que con tanta desesperación yo deseaba que viviese. Mucho más animada, cerré el libro y retomé mi tarea.

Los relinchos nerviosos de la montura de alguien me sacaron de mis pensamientos. Levanté la mirada de la colada y vi una fantasmal luz de candelas, se aproximaban dos mulas y arrastraban algo que rascaba el suelo.

Se me cayó el paño en las tablas y me levanté despacio, tragándome mis hasta entonces alegres pensamientos mientras el miedo me paralizaba las piernas y se asentaba formando un nudo en mi vientre. Uno de los animales tenía el arnés de una camilla.

Observé con los ojos entornados los rostros oscuros y duros de los hombres y corrí escaleras abajo con los latidos de mi desbocado corazón martillando mis oídos.

—¿Papi? No, no... Papi... ¡Papi! —atravesé el patio corriendo, caí junto la camilla y sacudí sus hombros—. ¿Papi? Ay, papi... ¡Despierta! —Me arrodillé a su lado, chillando, y volvía a sacudirlo con la voz convertida en un feo graznido, rota por los ruegos lanzados para reanimar aquel bulto inerte, con las manos desesperadas por traer al muerto a la vida.

—¡Por favor! —Agarré su camisa sucia de carbón y lo sacudí más fuerte clavando mis uñas en aquel maldito tejido que lanzaba al aire nubes de hollín, los restos del mortal aliento de la mina—. No me dejes. Despierta, que tengo que hablarte del pretendiente. ¡Papi! Me voy a casar. —Cogí su mano muerta y con la otra mecí su cabeza manchada de carbón—. Papi. ¡Ay, papi! La vela se mantuvo encendida —le dije, inclinándome sobre su rostro—. Todo salió bien. Has elegido a uno muy bueno. Papi, no nos dejes —le rogué—. Por favor, no te vayas. —Y posé mi ardiente mejilla sobre la suya, fría y dura.

Las ráfagas de viento arrastraban los nerviosos rebuznos del animal mezclados con mis desgarrados sollozos hacia las maderas de la casa, sus viejas grietas y las resquebrajadas ventanas, y esparcían aquellas explosiones de locura nocturna entre los pinos.

—Señora —llamó una suave voz masculina desde lo alto. Levanté la mirada en el momento en que el minero desmontaba aproximándose a mí con una candela—. Señora… Eh… Señorita Cussy, soy Howard Moore. Siento en el alma haber tenido que traerlo a casa de este modo. —Hizo un gesto de dolor y negó con la cabeza, cerrando con fuerza sus enrojecidos ojos—. Esta noche tocó quitar puntales.

Esa era una de las labores más peligrosas de un minero, y una que intentaban evitar a toda costa. El último trabajo para la empresa consistió en quitar los puntales que aseguraban el techo de la galería con el fin de evitar un posible derrumbe.

—Elijah quedó atrapado. Lo siento mucho. —El

señor Moore posó la candela en el suelo y por un instante jugueteó con el casco con lámpara de carburo. Limpió el polvo de carbón de la lámpara de mi padre y la alzó—. Su padre fue uno de los mejores, señora. Se presentó voluntario conmigo cuando nadie más quiso hacerlo. Era un buen hombre que trabajaba duro y siempre se preocupó por nosotros. Hizo que saliese primero. Insistió. No fui capaz de encontrarlo en la boca... Y cuando por fin lo encontré ya no le quedaba mucho para dejar este mundo... —Su voz se ahogó y el minero se llevó un puño a la boca—. Tomé su mano y hablamos y rezamos un poco antes de que el Señor se lo llevase. Todos lo echaremos de menos, y su recuerdo perdurará en estas viejas montañas de Kentucky.

Los demás asintieron con suaves murmullos.

Frotó el casco de Papi con una manga y me lo tendió. Lo recogí, lo apreté contra la mejilla y presioné el tiznado casco con mis temblorosos labios.

Los mineros cavaron duro en la oscuridad. Después, al oírlos hablar entre susurros en el porche, eché un vistazo y los vi pasándose bebida. Una tradición suya. Uno, o quizá más, se quedaría con el cuerpo velando a su compañero, pues nunca dejaban al difunto enfrentarse solo en sus últimos momentos entre los vivos antes de devolverlo a la tierra como es debido.

Alrededor de las cinco de la mañana oí un fuerte relincho y abrí la puerta.

Alguien había entrado en el patio con un carro tirado por un caballo. Salí al porche, levanté la candela y vi el féretro. Después vi al hombre que lo traía.

¡Jackson!

Bajé corriendo las escaleras del porche. Jackson saltó

del carro y abrió sus brazos envolviéndome en su fuerte abrazo.

—Fui al pueblo para reunirme por última vez con Amos Dolton y ajustar el asunto de la madera cuando me enteré del accidente en la mina. Te acompaño en el sentimiento, Cussy Mary. Vi a los mineros venir hacia acá y quise ayudar. Hicieron un fondo común para asegurarse de que Elijah tuviese un buen ataúd y yo le pedí a Amos que me prestase el carro para traerlo. Nos ocuparemos de que Elijah tenga un funeral digno. El predicador vendrá al amanecer.

En un brevísimo periodo había perdido a Henry, a Angeline y a Papi. El pesar me abrumaba, me ahogaba. Jackson me estrechó contra él, hundí el rostro en su pecho y un llanto enorme estremeció mi cuerpo mientras me sujetaba con un firme y reconfortante abrazo.

Al amanecer encontré al señor Moore sentado junto a la camilla donde reposaba cubierto el cadáver de mi padre y a los demás medio dormidos en el porche. Se levantaron y me dijeron que Jackson había ido en busca del predicador.

El cielo se convirtió en una bestia gris. El viento se llevó sombreros, agitó abrigos y silbó oraciones entre las copas de los árboles mientras sepultamos a Papi en la loma donde se encontraba el viejo cementerio de los Carter, allá, con mi madre y los demás azules.

XLVI

Papi siempre estuvo convencido de que una boda en otoño suponía una especie de renacimiento que ayudaba al matrimonio a brotar despacio y experimentar un crecimiento sano y constante, mientras que el enlace sería breve y estéril si tenía lugar durante el cálido verano. Fijamos la fecha de nuestra boda en octubre. Honey ya tendría tres meses y estaría en buenas condiciones para realizar su primera visita al pueblo.

Había comprado tela en la tienda de ropa que habían abierto tras el cierre del economato de la empresa minera y empleé un sencillo patrón de Butterick que encontré en la caja de donaciones para la biblioteca que tenía en mi puesto.[27]

El dobladillo descansaba ligero sobre mis tibias. El vestido tenía un bonito estampado dorado y chocolate, un ceñidor a juego, un modesto cuello redondo y mangas largas y suaves. Era perfecto. Mi traje de novia, ni demasiado serio ni muy informal, se adecuaba perfectamente al tiempo de aquel otoño.

—Menudo vestido bonito, hija mía. Y mira esas puntadas... de lo mejor que he visto —afirmó Loretta en

---

27 Sastre que en 1867 fundó una revista mensual con patrones de costura y noticias del mundo de la moda. *(N. del T.)*

el porche de su casa, mirando con sus gafas nuevas las cosas que le estaba enseñando—. Sí, desde luego que la tela hace juego con esas viejas colinas de Kentucky y este día tan especial.

Ese otoño las colinas se vistieron con sus mejores colores, creando un estallido de tonos púrpuras, naranjas y dorados. Las hojas caídas se estremecían levantándose con la brisa como si hiciesen respirar a la moribunda estación.

La mañana del día 20 de octubre me encontraba junto al sepulcro de mi padre, pensando en él, en los días pasados desde su fallecimiento y en la permanencia de su recuerdo en aquellas adormecidas colinas.

—Papi, te echo de menos, y a mamá también. Hoy me caso y me gustaría que pudieses verlo... Ver cómo nos unieron los libros. Estoy llena de amor. Jackson es un buen hombre, el mejor. Honey está sana y crece bien. Vamos a estar bien. Bien. Puedes descansar en paz. —Y posé una mano sobre la lápida de mis padres.

Una hora después llegamos a Troublesome en el pequeño carro de Jackson, que aparcó junto a la estafeta. Antes de ayudarnos a bajar, levantó un dedo y dijo:

—He traído tu regalo de bodas.

Y sacó un paquete marrón del bolsillo interior de su chaqueta.

—Ay, yo no te he traído ninguno... —protesté mientras él cogía a Honey y me daba el regalo.

—Ábrelo —me animó.

Con cuidado, desenvolví lo que resultó ser una antología de poemas de Yeats.

—¡Gracias! Es precioso.

Pasé los dedos por el bocací gris y las hojas biseladas, dibujando el título sobre las letras de cuero.

—Será perfecto para comenzar una biblioteca, Cussy Mary.

—Una biblioteca —susurré, asombrada por su amor a los libros.

—Nuestra biblioteca.

Abrió la antología hasta la portadilla, me miró y leyó la dedicatoria que había escrito junto a una estrofa de un poema de Yeats.

Para Cussy Mary Lovett, mi amada prometida y librera,
20 de octubre de 1936
Y vergonzosa como un conejo,
servicial y tímida.
A una isla en el agua
Con ella volaría.[28]

Seguí su caligrafía con un dedo para llevar su espíritu a mi corazón. Con él volaría allá donde nuestras alas nos llevasen. Jackson colocó una mano sobre la mía y el libro y la apretó con suavidad.

Nos ayudó a bajar de su capitoné, ató al caballo a un poste y después cargó a Honey en un brazo y me cogió con el otro.

Harriet y Eula salieron de la central con los rostros enrojecidos y los ojos desorbitados.

Jamás les había hablado de mis cosas, y la verdad es que ellas nunca me preguntaron. Yo, aún de luto por mi padre, no había pasado por la central durante el mes

---

28 Publicado por el profesor don Pedro Peña en https://williambutleryeatsen-castellano.blogspot.com/2015/06/a-una-isla-en-el-agua.html. *(N. del T.)*

de septiembre y me había dedicado solo a mis rutas. Y a comienzos de octubre volví a faltar porque Honey se puso enferma, con fiebres. Consciente de la situación, seguí el reglamento de la Administración de Proyectos Laborales y compensé esos dos días con repartos en fin de semana.

Jackson se volvió hacia las damas de la central, les dedicó una amplia sonrisa y se detuvo para llevarse una mano a su nuevo y encantador sombrero de fieltro.

—Una magnífica mañana, señoras.

Alcé los ojos para ver su alegre mirada.

—Sí, señoras, una mañana perfecta para casarse con la mejor muchacha de Troublesome —dijo, prácticamente gritando.

Harriet y Eula tenían las manos pegadas al pecho y las bocas abiertas de par en par, tentando a las moscas.

Honey se quitó su gorro nuevo, se lo volví a colocar y lo até al tiempo que le daba un beso en su regordeta y preciosa mejilla.

El rostro de Eula se ablandó un poco al verlo. Sacó un pañuelo del bolsillo, se lo pasó por los ojos y se sonó.

Harriet le susurró algo dándole un codazo. Eula, confusa, se apartó y negó con un gesto.

Entonces Harriet gritó:

—¡Damisela! —dijo levantando una mano y agitándola a modo de saludo—. Damisela, has faltado dos días en la central. —Salió del porche—. ¡Estate aquí el lunes, y sé puntual! Vas a pasarte ese día y el siguiente embalando libros para Oren.

Me alegró oír que habían contratado al señor Taft y no me importó en absoluto tener que hacer el trabajo duro. Haría su labor todo el día y todos los días con tal de estar entre libros y pasar las noches con Jackson. Lo miré y sentí un calor expectante por nuestra primera noche.

Jackson también lo sentía. Advertí su ansia en el brillo de sus ojos y vi que su amor sería delicado y hermoso.

—A las siete en punto, Damisela, no te atrases ni un segundo —espetó Harriet haciendo que su orden tronase calle abajo.

Jackson se volvió y dijo con voz suave:

—Me aseguraré de que mi prometida no llegue tarde.

Después les dedicó un desvergonzado guiño a las damas de la biblioteca antes de atraerme hacia él y darme un feroz beso en público.

Honey chilló, Jackson le pellizcó una mejilla y se apartó de mí, aunque ambos lo hicimos a regañadientes.

Harriet jadeó y formó un silencioso siseo con los labios. Las dos mujeres tenían el cuello estirado en nuestra dirección y sus ojos se clavaban en mí con una mezcla de asombro y sorpresa. Entonces Harriet volvió a susurrarle algo a Eula, pero la directora agachó la cabeza y desapareció regresando al interior de la biblioteca.

Harriet salió en dirección a la tienda de ropa pisando con tanta fuerza que sus airados faldones levantaban hojas.

Jackson nos llevó al juzgado y, una vez dentro, recorrimos el pasillo hasta llegar a un pequeño despacho.

—¡Pero si son los novios! —dijo el señor Dalton, banquero y amigo de Jackson, dedicándonos un alegre saludo. Tenía un aspecto elegante vestido de traje.

El médico dio un paso hacia mí, me besó en la mejilla y dio una ligera palmada en la espalda de Jackson.

—Damisela, eres una novia preciosa. Y hoy es un día magnífico para celebrar una boda, qué duda cabe.

El oficiante del enlace se pasó un dedo bajo su corbata de lazo, estirándola. Un poco después su esposa entró en la sala con una Biblia.

—Buenos días, siento haberles hecho esperar —dijo mientras sus ojos recorrían los rostros de todos antes de detenerse en el mío.

—Ah, Margie, buenos días. Te presento a esta encantadora pareja: Jackson y Cussy —dijo el oficiante.

Margie saludó con un tímido «hola». Abrió la Biblia, encontró una página concreta, pasó el libro a su esposo y se colocó a su lado.

—Estamos aquí reunidos ante Dios y ante los hombres para unir a esta pareja en santo matrimonio —dijo.

Honey descansó la cabeza sobre el hombro de Jackson y él me cogió de la mano.

Un súbito golpe en la puerta nos interrumpió y, a continuación, Howard Moore, el minero, asomó la cabeza.

—Perdone, señor, pero tiene que detener la ceremonia.

Un coro de siseos jadeantes recorrió la cálida sala.

Jackson se tensó y lo cogí de la mano, me sudaban las palmas.

—Salga de aquí —exigió el médico, avanzando al tiempo que atravesaba al minero con una mirada encendida.

El señor Moore hizo un gesto de negación.

—Tengo que hablar con el oficiante. Es muy importante. No tardaré mucho. —El hombre retorcía su sombrero en las manos, ansioso.

El oficiante se excusó y abandonó la sala. El médico se inclinó hacia nosotros y envolvió nuestros hombros con sus brazos.

—Seguro que vuelve en un momento; en menos de una hora ya estaréis casados—susurró.

Hizo un firme asentimiento y ocupó su lugar a nuestra espalda.

Nos quedamos mirando la puerta, expectantes.

El calor molestaba a Honey, que se revolvía en brazos de Jackson. El ambiente se hizo pegajoso, como si la sala estuviese llena de melaza.

Cuando por fin unos minutos después regresó el oficiante, lo hizo acompañado por el señor Moore y otros dos de los mineros que aquella noche de agosto habían llevado el cadáver de mi padre a casa.

—Cussy —dijo el oficiante—, estos hombres tienen que hacerte una pregunta importante.

Los mineros tenían los rostros rosáceos y bien limpios, estrechaban los raídos sombreros contra sus vientres e iban ataviados con pantalones de trabajo limpios, aunque manchados de carbón, y camisas planchadas.

Perpleja, murmuré mi consentimiento y el señor Moore se adelantó.

—Señora… Digo, señorita Cussy, las últimas palabras de su padre fueron para usted. Me pidió que ocupase su puesto cuando se celebrase la boda. Le prometí que lo haría… Y, mire, señorita Cussy, si no le es mucha molestia, me gustaría cumplir mi palabra y cuidar de que su matrimonio se haga bien. Será un honor entregarla al novio, señora.

—Sí —acepté, apenas capaz de respirar.

—Muy bien, señor Moore —dijo el oficiante—. Ahora podemos comenzar la ceremonia con su pasaje.

El señor Moore ocupó su puesto a mi lado, sacó un desastrado trozo de papel y dijo:

—Elijah me pidió que leyese el versículo seis del capítulo ocho del Cantar de los Cantares.

Y así lo hizo, poniendo gran cuidado.

—«Grábame como un sello sobre tu corazón; llévame como una marca sobre tu brazo. Fuerte es el amor, como la muerte, y tenaz la pasión, como el sepulcro. Como llama divina es el fuego ardiente del amor» —leyó el minero.

Me volví despacio hacia el señor Moore y allí vi a mi padre con su candela, hablando a través de él.

La ceremonia no duró más de cinco vertiginosos minutos y terminó cuando Jackson me besó y el juez de paz nos llamó señor y señora Lovett y, con gran amabilidad, añadió a la señorita Honey Lovett. Una ráfaga de besos, enhorabuenas y palmadas en la espalda barrió la atestada sala.

Me sorprendió encontrarme fuera con Birdie y su chico esperándonos en las escaleras del juzgado. R. C. y su joven prometida estaba junto a ellos, además de Martha Hannah, Devil John y sus hijos, que andaban por allí, y otros transeúntes curiosos.

Un destello en los ojos de Jackson traicionó su secreto.

—¿Los has invitado tú? —pregunté.

—Quizá mencioné algo acerca de la boda a unos cuantos mientras limpiaba y arreglaba un poco los senderos de tus rutas.

Me emocionó que quisiera que mis socios estuviesen allí, acompañándome, y más aún que asumiese la tarea de mi padre: limpiar los senderos de ramas y arbustos para que Junia y yo los recorriésemos seguras.

Vi a Timmy Flynn y a su madre situados detrás del pequeño cortejo. Timmy corrió hacia mí, me entregó una margarita desarrapada y me abrazó la cintura antes de desaparecer tras las faldas de su madre.

La gente nos rodeó llenando el aire con unos cuantos vítores y voces deseándonos lo mejor cuando nos dispusimos a salir del pueblo.

Jackson nos ayudó a subir al carruaje. Un joven llegó cojeando y se presentó como Alonso, sobrino de Loretta Adams. Se estiró para entregarme un voluminoso paquete.

—La tía Loretta me ha pedido que le traiga este regalo. Dios los bendiga, señor y señora Lovett. —El güisqui ralentizaba sus palabras.

—Gracias por venir, Alonso.

Le pasé la pequeña a Jackson y abrí el regalo. Era una colcha de calicó con colores de distintas tonalidades. La nota de la señorita Loretta decía así:

20 de octubre de 1936

Mi querida niña:

Que vuestro matrimonio florezca y vuestras vidas se colmen de color en el glorioso tejido de nuestro Señor.

Con los mejores deseos de tu socia de biblioteca,

Srta. Loretta Adams

Miré a Jackson y nuestra hermosa niña, después observé las coloridas montañas de Kentucky y a mis queridos socios sintiéndome bendecida por el glorioso tapiz que me brindaban, por sus vidas que tanto habían enriquecido la mía. No quería marchar, quería dar las gracias, quedarme y compartir aquel momento, ese instante, con todos y cada uno de ellos. Amaba a esa gente y, por primera vez, sentí que ellos me correspondían.

Oí que alguien llamaba a Jackson a mi espalda. Lo llamó una vez y después otra con tono más apremiante.

—¡Deténgase, Lovett!

Era el *sheriff* acompañado por su ayudante, y ambos parecían nerviosos. El médico los seguía de cerca con el rostro enrojecido.

Jackson me devolvió a Honey.

Una puerta crujió al abrirse y por ella Harriet salió de la central y cruzó sus brazos con gesto petulante.

Examiné, confusa, rígida sobre el asiento del carruaje, los rostros de los representantes de la ley.

—Vamos, Davies, no puedes tener nada contra esta buena gente —dijo el médico, apresurándose a colocarse junto a Jackson. Muchos de mis socios se arremolinaron para observar mientras se esforzaban por escuchar la conversación.

A pesar del fresco día otoñal, El rostro de Honey se sonrojó y no tardó en lanzar molestos sollozos. Le di unas palmadas, froté su espalda con mi cada vez más oscura mano y le hice cosquillas en una rodilla.

—Jackson Lovett, está usted arrestado —dijo el *sheriff*.

Jackson dio media vuelta encarándose con él mientras una creciente expresión de estupor se plasmaba en sus ojos.

—¿Cómo? ¿A qué viene todo este...? —exigió saber Jackson.

—Leyes contra el mestizaje —cortó el *sheriff*—. Según las leyes de Kentucky, los matrimonios interraciales, con negros o personas de otro color, están prohibidos y penados.

—Eso es absurdo —terció el médico—. Charlie, pariente tuyo, Davies Kimbo, estuvo casado y bien casado con ella.

—Damisela no se puede volver a casar —aseveró el *sheriff* con voz monótona—. Revisaron la ley en junio y es de una claridad cristalina: ningún color y ninguna mezcla.

Se estaba reuniendo más gente, agolpándose a nuestro alrededor.

—¡Encarcelad a esos pecadores! ¡Inmorales! —chilló alguien.

—¡No! —gritó otro.

—¡Paganos! —berreó un tercero.

Me quedé sin aliento. Jamás había pasado algo parecido, aunque había leído acerca de esas leyes en la prensa de la ciudad y sabía que las estaban haciendo cumplir en otros lugares. Acusaban a gente y la encarcelaban por cortejar a alguien diferente, por llevar a una persona de otro color al tálamo nupcial. Se trataba de una ley espantosa que permitía a unas personas actuar frente a otras como si fuesen dioses y decidir a quiénes se podía amar y a quiénes no.

—*Sheriff*, usted no tiene nada contra mí —respondió Jackson sin concederle más importancia y colocó un pie disponiéndose a subir al carro.

El *sheriff* cambió el peso de una pierna a otra y cuadró los hombros.

—La ley manifiesta con toda claridad que el matrimonio con alguien de color destruye la supremacía moral de nuestro pueblo temeroso de Dios, es dañino y amenaza a la paz social.

—Mire, voy a llevar a mi esposa y a mi hija a casa —contestó Jackson.

—Escúcheme, Lovett, usted cree que puede volver tranquilamente a Kentucky con sus aires de grandeza y pisotear a la gente. Pues no, señor mío, ¡esto no es el Oeste! —replicó el *sheriff* con el rostro ardiendo de ira.

Las voces de la multitud crecieron como un enjambre de abejas furibundas.

Honey comenzó a llorar y se frotó los ojos llenos de lágrimas. Volví a darle unas palmadas y estrecharla contra mí.

—¡Eso es! —aulló una voz entre la multitud.

—¡Habría que fustigarlos bien! —mugió otro.

—¡Eso no es natural, *sheriff*, no está bien!

—¡Cierra el pico, Horace! —cortó alguien—. Lo único que no está bien aquí es tu cabeza.

—Será mejor que venga por las buenas, Lovett —advirtió el ayudante del *sheriff*.

El señor Dalton se abrió paso entre el gentío.

—Haré que respondas por esto ante el alcalde Gibson, Davies Kimbo —dijo y regresó al edificio de los juzgados.

—¡Déjate de tonterías, *sheriff*! —exclamó el médico—. Aquí nadie ha violado ninguna ley. Una simple pastilla puede hacer que Damisela se vuelva blanca.

Por un instante se hizo el silencio en Troublesome y después un nuevo zumbido comenzó a atestar el aire hasta el punto de hacerse ensordecedor, de marearme.

Algunos me miraban y señalaban; otros intercambiaban comentarios con quien tuviesen al lado.

Honey enterró un sollozo en mi pecho y yo intenté

decirle algunas palabras tranquilizadoras que se impusieran a los martillazos de mi corazón.

—Es cierto, Davies —afirmó el médico.

El *sheriff* me lanzó una mirada, inseguro, y negó con un gesto.

—Eso sí es una bobada, Thomas —dijo—, y te la puedes guardar para el juez. Conforme a la ley, se le acusa de fornicación, matrimonio ilícito y cohabitación con una ciudadana mestiza y de color.

¿Fornicación? Perpleja, abrí y cerré la boca balbuceando débiles negaciones.

—No… No…

—Váyase al cuerno, Kimbo —dijo Jackson imponiendo su voz.

—¡Maldita sea! —La maldición del médico se impuso a la de Jackson—. Esto es una barbaridad y pienso demostrar que Damisela padece una enfermedad que se puede tratar con unas simples pastillas.

—Es verdad, *sheriff* —intervino R. C., adelantándose con la cabeza baja—. Sí, señor, lo es. Lo he visto con mis propios ojos. La señorita Damisela… Quiero decir, la librera, se presentó frente a mí completamente blanca.

—¡Es de color, maldita sea! —afirmó el *sheriff* dirigiéndose a la multitud. Un hombre y una mujer abuchearon, otro jadeó.

Honey comenzó a inquietarse y revolverse de nuevo en mis brazos y yo intenté mecerla.

Jackson nos miró con el rostro desencajado por la pena, la preocupación y un indicio de algo molesto.

—Lo vi, *sheriff*, y también Ruth… —insistió R. C. con voz tranquila.

—Vuelve a tu torreta, muchacho, o haré que esos

forestales que tienes de jefes te enseñen lo que es bueno
—ladró.

Algunos rieron a carcajadas.

R. C. se encogió asustado y su cara pecosa adquirió el
tono anaranjado de un penique.

El médico lanzó un exabrupto y rogó:

—Vamos, Davies, por el amor de Dios, es una mujer
decente…

El *sheriff* me lanzó un rápido vistazo.

—Sé que Damisela es una buena muchacha, pero sigue
siendo de color. —Me señaló con un dedo acusador—.
Y sé de sobra que ya has declarado que está bien de salud
y en sus cabales.

Harriet se destacó entre la multitud para mirar y yo
bajé los ojos al recordar que eso mismo le había dicho el
médico a ella.

El hombre miró a Harriet y al *sheriff*, observándo-
los con atención, y después se fijó en la ayudante de
la directora con una creciente expresión de desprecio
plasmándose en su ceño fruncido.

Harriet tenía la mirada desafiante y elevó la barbilla
con gesto triunfal.

Jackson entornó los ojos, tiró su sombrero en la caja
del carro y abrió el cuello de su camisa recién planchada.

El médico negó con la cabeza.

—No es de color. Ya te lo he dicho, es una dolencia
y se…

—¡Pues claro que lo es! —bramó el *sheriff*—. Es una
dolencia para esta buena gente. Apártate.

—Estamos legalmente casados, *sheriff* —dijo Jackson,
y a continuación buscó en su bolsillo para sacar la licencia
matrimonial que llevaba plegada y la abrió.

Intenté decir algo, pero las palabras se agolpaban en mi garganta, ahogándome. Honey se echó a llorar y la coloqué sobre los tablones con manos temblorosas en un intento por calmarla para poder ir con Jackson. Se tranquilizó un poco, bajé del carro y me coloqué junto a mi esposo.

Algunos de mis socios hablaron.

—Tiene razón. Deje que se vayan. Déjelos en paz, *sheriff* —dijo un hombre al fondo del gentío; estaba segura de que era Devil John.

—Será mejor que circules, Devil, no sea que vayas a beber algo más fuerte de lo que puedas tragar… ¿O es que quieres volver a pasar el tiempo conmigo y dejar sedientos a tus clientes? —gritó el *sheriff*.

Se oyeron risas contenidas.

Devil John avanzó con decisión, pero Martha Hannah lo sujetó por una manga y le susurró algo al oído.

—Todo esto es una farsa, así que me llevo a mi mujer a casa. Vamos, Cussy Mary —espetó Jackson, cogiéndome del brazo.

—Es la ley, y la ley dice que es igual que cualquier otro negraco —escupió el *sheriff*, sujetando a su vez a Jackson por una manga.

Las palabras flotaron plomizas sobre los animados susurros de los asistentes. Entonces los siseos de Harriet llegaron a mis oídos…. Una maldición… Pecadores…

Jackson gruñó en voz baja profiriendo un reniego, se volvió hacia el *sheriff*, basculó el cuerpo y su puño se estrelló de lleno contra el rostro del representante de la ley. La licencia matrimonial planeó hasta aterrizar en el suelo.

La cabeza del *sheriff* se echó violentamente hacia atrás; el hombre se volvió a medias, pasó una mano por sus labios partidos y escupió sangre. Su ayudante se lanzó a la espalda de Jackson, sujetándole los brazos con un fuerte abrazo. El *sheriff* lanzó un brazo hacia atrás y lo golpeó en el vientre, después en la cabeza y aún le dio otro puñetazo en el plexo solar.

Grité llamando a Jackson. El médico me cogió del brazo y me echó hacia atrás.

El ayudante del *sheriff* empujó a Jackson.

Jackson trastabilló, chillé y me zafé del agarre del médico en el momento en que mi esposo se desplomaba en el suelo. Me incliné hacia él, pero el ayudante se colocó frente a mí.

El médico se adelantó lanzando maldiciones.

—¡Detén esta locura, Davies! ¡Te he dicho que la detengas! ¡Ya!

—Sube al carro, Cussy —jadeó Jackson intentando ponerse de rodillas—. Yo ya… —Se llevó una mano al costado—. Yo no tardaré mucho.

El médico, preocupado, le posó una mano en el hombro, pero se la quitó de encima con un movimiento y cogió aire, manaba sangre de su frente. Ya casi estaba en pie cuando el *sheriff* echó una de sus botas hacia atrás y lo pateó en un costado, derribándolo, y volvió a golpearlo en el vientre.

Jackson se encogió en el suelo como un ovillo, luchando por alzarse sobre sus rodillas. El *sheriff* volvió a propinarle una fuerte patada.

—¡Quédate ahí! —ordenó.

La mandíbula de Jackson cayó sin fuerza sobre la tierra, levantando una nubecilla de polvo. Entonces el ayudante alzó una bota y descargó un golpe sobre la pierna de Jackson. Oí el truculento sonido del hueso rompiéndose al mismo tiempo que el chillido de mi esposo, que retumbó como el eco del mío.

Un aplauso brotó entre la multitud seguido por varias voces de protesta, pero nadie osó dar un paso.

Jackson estiró un brazo e intentó recoger la licencia matrimonial entonces manchada de tierra, dejando en el papel una marca sanguinolenta.

—He dicho que te quedes donde estás, muchacho, a menos que quieras terminar muerto como uno de esos amantes de los negracos. —El *sheriff* desenfundó su arma—. Vamos, todo el mundo a casa antes de que os encierre por obstrucción a la justicia.

Algunos se volvieron despacio, disponiéndose a marchar mientras sus refunfuños amainaban hasta convertirse en débiles susurros.

Jackson gimió.

El *sheriff* lo apuntó con su arma.

—¡No, por favor, no le haga daño! —caí junto a Jackson, abrazándolo, rogando—. *Sheriff*, por favor, no somos ninguna amenaza para nadie. Déjenos ir.

Jackson lanzó un último gruñido y se desmayó.

Sacudí su rostro.

—Despierta, Jackson. ¡Despierta!...

El *sheriff* enfundó su arma y me tocó el muslo con la punta de su bota, dejando una marca de tierra en mi vestido de novia.

—Vamos.

Retumbó un alarido y R. C. cargó contra el representante de la ley doblado sobre sí, embistiendo al vientre del *sheriff*. Pero este era mucho más fuerte y rápido que el chico; así que lo agarró por los hombros y lo arrojó al suelo.

El representante de la ley le plantó una bota en el pecho.

—Vuelve a atacarme, apagafuegos, y te envío a sofocar incendios a la cárcel, eso si antes no te meto seis pies bajo tierra.

R. C. apartó la pierna con un golpe, rodó sobre sí mismo y se levantó.

—Oiga… Quite sus mugrientas manos de la librera.

Ruth chilló llamándolo, corrió hasta él y tiró sacándolo de allí.

—Damisela —dijo el *sheriff*—, venga, muchacha, llévate a esa cría vuestra, que también es de color, no lo olvides, y vuelve a tu cañada antes de que te arreste a ti también, o te haga algo peor.

Pareció como si el cielo y la tierra se estremeciesen cuando me froté mis ojos arrasados de lágrimas y levanté la vista hacia él… Algo peor… Las palabras de mi padre me golpearon como un gélido filo de acero. «Por menos han ahorcado a gente azul y a mucha gente de color».

—Que alguien traiga mi maletín —bramó el doctor mientras plegaba su abrigo bajo la cabeza de Jackson y, preocupado, tanteaba sus huesos rotos con las manos.

Un llanto agudo perforó el aire diluyéndose entre la brisa de Kentucky, perdiéndose entre los pinos, sobresaltándome. Logré dominarme y reconocí los sollozos de Honey.

—Ya me ocupo yo de él, Damisela. Déjame sitio —dijo el médico.

Me levanté, las piernas casi no me sostenían y el corazón me dolía y lo sentía pesado como una roca.

El *sheriff* se acercó a Jackson y le hizo un gesto de asentimiento a su ayudante.

—Vamos a levantarlo, lo llevaremos al calabozo. Allí podrá atenderlo el médico.

El ayudante señaló a dos individuos. Levantaron a Jackson y se lo llevaron hasta los calabozos, al otro lado de la calle, con el médico haciendo aspavientos tras ellos.

El *sheriff* se frotó la herida mandíbula y tocó ligeramente su torcida nariz. Hizo un gesto de dolor y después dijo algo en voz baja.

—Mira, Damisela, voy a dejar que te vayas por respeto a Elijah y a los sacrificios que hizo a favor de nuestros bravos mineros. Y porque sé lo fácil que le resultó a Lovett engañar a una ingenua azul.

Me quedé mirándolo, asombrada. Los sollozos de Honey se convirtieron en un llanto acongojado y en ellos oí las cargas que soportó mi familia, sus luchas y los inenarrables horrores que sufrieron. Una furia ciega hizo que cerrase los puños, me alimenté de su ardor y alcé una mano oscura.

—Para vosotros, mi padre solo fue una mula, alguien dispuesto a sacrificarse en la mina —le dije, sosteniendo la mirada del representante de la ley—. Y él, que era un hombre bueno, como tantos otros azules honrados, se sacrificó para que usted y los que son como usted no tuviesen que hacerlo. —Miré a la muchedumbre—. Para que vosotros y vuestras blancas familias estuvieseis a salvo y disfrutaseis de la protección y la vida que jamás tuvimos nosotros… La vida que dais por sentada. —El desprecio elevó el tono de mi voz hasta hacerla fea y cortante.

Brotaron murmullos entre los montañeses y vi la certeza de mis palabras reflejada en sus rostros serios.

El *sheriff* bajó la mirada, golpeó la licencia matrimonial con la punta de la bota y dejó caer el tacón, rompiéndola en dos.

—Bueno, la ley dice que ya hemos terminado. Y a partir de ahora procura que no te pille pululando por aquí a no ser que sea por algo relacionado con los libros.

Nuestro matrimonio se había partido con la misma facilidad que una manzana, y ese corte me produjo un insoportable dolor en el corazón.

—Vamos, Damisela, vete de aquí antes de que te arreste y envíe a esa afligida cría a Frankfort para que la recojan en el Asilo de los Subnormales —espetó el *sheriff* con una rotundidad que permaneció suspendida en el ambiente.

—Mi bebé… —dije en voz tan baja que mis palabras se perdieron en el viento. Cogí el borde del carro con manos temblorosas y lancé un vistazo al interior de la caja, donde la pequeña niña yacía sobre las tablas con los ojos llenos de lágrimas. Honey estiró los brazos hacia mí, hipando entre sollozos.

Ese hombre lo haría, la enviaría al viejo asilo para niños afectados de idiocia o debilidad mental… Un lugar horrible para dementes o niños distintos a los que nadie quería.

Sentí que me fallaban las rodillas. El miedo me machacó y retorció hasta dejarme débil y mareada.

Devil John pasó airado junto al *sheriff* y se puso a mi lado.

—Solo quedan tres semanas hasta las elecciones, Davies Kimbo, y ya me aseguraré de pasar el tiempo haciendo que las pierdas. La ciudad te va a quitar la placa por esto. ¡Te va a quitar tu empleo!

Un murmullo creció entre el gentío hasta convertirse en un rugido.

—¡Que le quiten la placa! ¡Que se la quiten!

Al oír las protestas, Harriet giró sobre sus talones y corrió a la central. Eula salió bloqueándole el paso. El rostro de la directora estaba crispado de furor, sus palabras y los gestos de sus manos volaban rápidos y vehementes alrededor de la afectada sonrisa de su ayudante.

—¡La placa! ¡La placa! —tronaba la multitud con unas voces que rebotaban en la polvorienta calle subiendo por los boscosos y antiquísimos peñascos de Troublesome.

El *sheriff* retrocedió y empuñó su arma enfundada.

—Vayan a casa, amigos, no sea que los encierre a todos.

Su ayudante se acercó y empuñó su arma lanzando nerviosas miradas a todas partes.

—Ya me habéis oído. Circulad. ¡Ahora!

El gentío se calmó y poco a poco comenzó a disolverse.

—Librera, si lo desea me ocuparé de llevarlas a las dos sanas y salvas a casa —ofreció Devil John.

Negué con la cabeza y me sujeté al pescante.

El *sheriff* me dio la espalda e indicó con un gesto a su ayudante que soltase nuestro caballo del poste.

—Vuelve a tu lugar, muchacha —gruñó—, donde las leyes de Dios y los hombres han decidido poner a los vuestros.

Miré a la rota licencia matrimonial manchada de sangre. Subí al carro como anestesiada. No había más que decir. El *sheriff*, Dios y Kentucky lo habían dicho todo por mí.

Había sido una tonta por permitirme soñar.

Sacudí las riendas.

Los sueños son cosas de los libros.

XLVII

27 de noviembre de 1940.

Querida Queenie:

Gracias por tus maravillosos libros. Me ha entusiasmado saber que ya casi ha concluido tu preparación como bibliotecaria y que el día de la graduación se acerca. ¡Bibliotecaria! Parece que fue ayer cuando abandonaste Troublesome. Me alegro de que estéis todos bien y tengo que decirte, encantada, que nosotros también.

Te agradezco mucho el libro que le enviaste a Honey por su cuarto cumpleaños. Es uno de sus preferidos. Me pide que se lo lea apenas amanece, y por la noche también, e insiste en que la llame Mei Li.

Ayer, mi hija declaró su intención de ser bibliotecaria y, la verdad, es que para mí sería todo un sueño.

Las obras del nuevo edificio de la biblioteca van progresando, y pronto Troublesome abrirá su primera sucursal de préstamo. El mes pasado, recibí una invitación de la Federación de Clubes Femeninos de Kentucky, en Louisville, y me concedieron un premio en reconocimiento a mi buen hacer y dedicación al servicio ecuestre.

Para mi sorpresa, y a pesar de los berridos de protesta de Harriet, al regresar a la central, Eula cogió el cartel de NO SE PERMITE GENTE DE COLOR y lo tiró a la basura, sin decir una palabra.

Jackson está bien, aunque me temo que aún sufre secuelas de la paliza y no se ha recuperado del todo desde su salida de la prisión. Ha estado buscando un hogar donde instalarnos algo más al norte, cerca de Meigs Creek, en Ohio. Ha sabido de una comunidad que necesita con urgencia los servicios de una porteadora de libros.

El señor Dalton ha sido muy generoso. Como una de las condiciones para que Jackson saliese de prisión era que no podía volver a Kentucky en veinticinco años, nos ha estado ayudando y al final ha conseguido vender por su cuenta la última parcela de la montaña Lovett. Según me han contado, Davies Kimbo ronda el pueblo vigilando el posible regreso de Jackson, como si mantener su destierro fuese una especie de deber moral para él, y eso que perdió las elecciones a sheriff y nunca más ha sido reelegido.

Rezamos todos los días para que las leyes de este Estado cambien a favor de los matrimonios interraciales y que cada cual pueda casarse con quienquiera. Como ves, aún tengo esperanza en nuestra seguridad y nuestro futuro.

Bueno, voy a terminar y entregarle esta carta al señor Taft para que le dé tiempo a echarla mañana en Warbranch. Dale recuerdos a Willow y a los chicos. Y escribe pronto.

Tu amiga,

Cussy Mary

—Mamá, quiero leer el libro que me dio la señorita Loretta —gritó Honey.

Levanté la punta del lápiz antes de firmar y aparté la mirada de la carta, del papel encerado marrón doblado, arrugado bajo mi mano.

Honey levantó un colorido cuento: *El conejito ABC*.[29] Una suave sonrisa desdentada se dibujó en su rostro azul claro, iluminando la umbría cañada y caldeando la cabaña que mi padre construyó para mi madre y para mí hacía ya tanto tiempo.

—Te voy a leer una historia muy bonita, mamá —dijo, levantando el libro aún más—. Es sobre el Conejito haciendo amigos. Conoce al Gatito, a la Rana Risueña y a… ¡Ay!… ¡Un erizo! —Corrió hacia mí—. Los libros te aprenderán, mamá. Ya verás, voy a ser la bibliotecaria y te voy a leer esta historia.

—Venga, pequeña bibliotecaria, vamos a leer al porche mientras tu madre termina la carta —le dijo Jackson, apretando ligeramente su hombro.

Volvería a las colinas de Tennessee antes del alba, aunque aquellas visitas secretas no lograban saciarlo de Honey ni de mí.

Levanté la barbilla para mirarlo a los ojos.

—Quiero oír esa historia feliz —dijo Jackson, dejando su mirada reposar un instante sobre la mía antes de coger a la revoltosa Honey y llevarla fuera—. Léeme, pequeña bibliotecaria —canturreó—, léele a tu padre una historia feliz.

---

29 *ABC Bunny*, silabario obra de Wanda Gág e ilustrado por ella misma. *(N. del T.)*

Me sentí animada, alisé el papel con la mano y añadí *Lovett* a mi firma, con una plegaria llena de esperanza.

FIN

NOTA DE LA AUTORA

La librera de Kentucky, inspirada en las vivencias de la amable y noble gente azul de Kentucky y el valiente y esforzado servicio de las porteadoras de la Biblioteca Ecuestre, programa del conjunto de medidas impulsadas por Roosevelt y conocido como *New Deal*, pone de manifiesto una fascinante e importante nota a pie de página de la historia estadounidense.

Mi esperanza al escribir la novela fue la de dar a conocer y comprender la situación de la caritativa gente con la piel azul que vivía en Kentucky y rendir tributo a las imponentes libreras ecuestres... Además de escribir una historia muy humana ambientada en un escenario único. Conocer una parte de este mundo, de la tierra, el cielo, las plantas, la gente y el aire que respiramos, nos ayuda a conocer otros lugares y a nosotros mismos. Creo que a eso se refería Eudora Welty cuando escribió: «Conocer un lugar nos ayuda a conocer mejor otros lugares».[30]

La metahemoglobinemia es una enfermedad extremadamente rara que confiere a la piel una tonalidad azul. En Estados Unidos se descubrió por primera vez en los

---

30 Escritora estadounidense ganadora del premio Pulitzer en 1973. *(N. del T.)*

miembros de la familia Fugate de Troublesome Creek, en el sector oriental de Kentucky.

Martin Fugate, un huérfano francés, llegó a Kentucky en 1820 para reclamar una concesión de terreno situado a orillas del arroyo Troublesome, en un aislado paraje del Estado. Martin se casó con una mujer kentuckiana, blanca y pelirroja, llamada Elizabeth Smith. Martin y Elizabeth no tenían ni idea de lo que les aguardaba. Tuvieron siete hijos, cuatro de ellos azules.

Lo cierto es que apenas existía alguna posibilidad de que Martin encontrase, al otro lado del océano, a una mujer que tuviese el mismo gen recesivo causante de esta enfermedad.

La metahemoglobinemia se contrae habitualmente al sufrir una dolencia cardiaca, una obstrucción en las vías respiratorias, con el consumo excesivo de ciertas, etc. Una vez contraída la enfermedad, esta puede ser crónica.

Sin embargo, la metahemoglobinemia presente en la familia Fugate era un caso de herencia genética. Muchos miembros de esta familia fueron muy longevos, y llegaron a ser octogenarios, e incluso nonagenarios, sin padecer ninguna dolencia vinculada a su piel azul.

La metahemoglobinemia congénita se debe a la deficiencia de una enzima que causa una elevada cantidad de metahemoglobina —una forma de hemoglobina— en la sangre que supera a la de hemoglobina, lo cual reduce la capacidad de liberar oxígeno en los tejidos. Menos oxígeno en la sangre implica que esta sea de un color similar al del chocolate oscuro, y no roja, y eso causa que la piel muestre una tonalidad azul y no blanca. Los médicos pueden diagnosticar el origen congénito por el indicio que proporciona el color de la sangre. Se trata de una mutación genética hereditaria transmitida por un gen recesivo.

Estimado lector, me he permitido alterar un dato histórico en este relato para poder incluir información relevante acerca de los aspectos médicos y los descubrimientos clínicos. No fue durante la década de los treinta, sino en los años sesenta, cuando Madison Cawein, un hematólogo kentuckiano, supo de la gente azul y fue en su busca. En la década de los cuarenta, un médico ya había realizado descubrimientos similares en Irlanda.

El doctor Cawein encontró a los miembros de la familia Fugate asentados en cañadas aisladas, en las espesas colinas de los Apalaches próximas a Ball Creek y Troublesome Creek, en Kentucky. Logró convencerlos para que le permitiesen tomar muestras de sangre, examinarlos, hacerles análisis y tomar más muestras. La familia Fugate era gente noble y amable, según los informes del doctor Cawein. Después de llevar a cabo pruebas e investigaciones, Cawein descubrió que los Fugate padecían metahemoglobinemia.

En primer lugar, los trató con inyecciones de azul de metileno, que les ponía la piel blanca al instante. Pero eso solo era un remedio temporal. El organismo tarda unas veinticuatro horas en expulsar por la orina el azul de metileno, un compuesto empleado sobre todo para tratar intoxicaciones de monóxido de carbono y que puede causar desagradables efectos secundarios. El médico les dejó una generosa provisión de pastillas para que pudiesen seguir un tratamiento diario. Además, Cawein se convirtió en su protector, y se negó a revelar la ubicación de sus domicilios cuando los medios de comunicación y Hollywood se trasladaron a Kentucky para ver a esa gente tan extraña.

El doctor Cawein, con los ancianos de la familia, sus anotaciones guardadas en las Escrituras y sus recuerdos, siguió la genealogía de la familia hasta un antepasado llamado Martin Fugate, quien se cree el primer portador de este gen recesivo.

En 1943, el estado de Kentucky prohibió el matrimonio entre primos hermanos. Esta prohibición no solo tenía como objetivo evitar posibles defectos de nacimiento, pues tenía otros motivos. El Ku Klux Klan había presionado para obtener la prohibición y se empleó a fondo para conseguir que se presentase un proyecto de ley destinado a mantener la supremacía blanca y la pureza racial, mientras otros pretendían mantener vivas las enemistades entre clanes montañeses, lo cual evitaría que jóvenes enamorados se casasen con primos de una familia rival y se convirtiesen en unos seres desleales que engrosaban las filas del enemigo. Las leyes segregacionistas de Kentucky estuvieron en vigor desde 1866 hasta los años sesenta del siglo pasado. El reo podía ser condenado a pagar una multa, a una pena de cárcel o ambas cosas.

Según la información disponible, la familia Fugate procedía de Francia y era descendiente de los hugonotes. ¿Es posible que su anomalía se debiese a que eran auténticos personajes de «sangre azul» descendientes de la realeza europea? Sin embargo, en vez de ser aceptados por su singularidad, fueron condenados a la endogamia. Debido al color de su piel, su herencia genética, sufrieron el rechazo, la humillación y el aislamiento… Incluso se les acusó de endogamia, perpetuando así viejos estereotipos en una época en la que se permitían matrimonios entre parientes cercanos en la amplia mayoría de los clanes estadounidenses.

~

En 1913, la Federación de Clubes Femeninos de Kentucky persuadió a John C. Mayo, el magnate local del carbón, para que patrocinase un servicio bibliotecario ecuestre que pudiese llegar a la gente de las zonas más pobres y aisladas. Pero el programa expiró un año después, con el fallecimiento de Mayo. Pasarían casi veinte años hasta que se restableciese el servicio.

Fue en 1935 cuando se estableció el Proyecto de la Biblioteca Ecuestre, que estuvo en funcionamiento hasta 1943. Este servicio formaba parte de las iniciativas de la Administración de Proyectos Laborales (*Works Proyects Administration* o WPA, según sus siglas en inglés), implementada por el presidente Franklin D. Roosevelt, y tenía como objetivo la creación de empleo femenino y llevar libros y material de lectura al corazón de los Apalaches, las zonas más pobres y aisladas del este de Kentucky, que apenas contaban con alguna escuela, ninguna biblioteca y sus caminos solo eran senderos de muy difícil acceso.

A estas mujeres se las conocía como «libreras», aunque con ellas también trabajaba un reducido número de hombres. Estas imponentes libreras de Kentucky viajaban a caballo, en mula, a veces a pie e incluso a bordo de un bote de remos, para llegar a las zonas más remotas vadeando arroyos y superando gargantas, cañadas, paupérrimos lugares aislados, bosques oscuros y alcanzar pueblos con nombres como Hell-fer-Sartin, Troublesome y Cut Shin;[31] tarea que les obligaba a recorrer entre ochenta y cien kilómetros a la semana, o más, bajo la lluvia, el granizo o la nieve.

Las porteadoras de libros recibían un salario de veintiocho dólares mensuales y tenían que aportar su montura. Los libros y el material de lectura, además de los lugares para su almacenamiento y clasificación, eran donaciones y no adquisiciones pagadas por el departamento financiero de la Administración de Proyectos Laborales.

Las porteadoras, con tan pocos medios y ayuda financiera, recogían libros y material de lectura donados por asociaciones de escultismo, la Asociación de Padres y Profesores de Kentucky, clubes femeninos, iglesias y el Departamento de Sanidad. Las bibliotecarias elaboraron ingeniosos modos de obtener más fuentes de lectura, como la confección de libros de recortes en los que se coleccionaban recetas, consejos de limpieza doméstica y cosas similares que los montañeses les facilitaban como agradecimiento por su labor. Coloreaban dibujos para hacer libros de cuentos infantiles, revistas y periódicos, además de buscar donaciones desesperadamente.

A pesar de las dificultades financieras, las duras condiciones del terreno y, en ocasiones, la feroz desconfianza de la gente en una de las épocas más violentas de la historia de Kentucky, el servicio ecuestre recibió la aceptación y el cariño general. Aquellas inteligen-

---

31 Los nombres se podrían traducir como Auténtico Infierno, Problemático y Tibia Cortada, respectivamente. *(N. del T.)*

tes mujeres hicieron que su programa de préstamo itinerante fuese todo un éxito.

A lo largo de sus años en activo, más de mil mujeres sirvieron en el Proyecto de la Biblioteca Ecuestre y los informes indican que su labor influyó en aproximadamente seiscientos mil residentes repartidos por treinta condados del este de Kentucky, considerados «condados paupérrimos». Durante todos esos años, el querido programa dejó un formidable legado y enriqueció las vidas de incontables ciudadanos.

~

Hablemos, por último, de las velas de cortejo. Es probable que el diseño en espiral de las velas de cortejo elaboradas hace un siglo tenía el propósito de mantener a la vela en su sitio mientras se derretía la cera e impedir que resbalase, un asunto meramente práctico, más folclórico que real, aunque más tarde es muy posible que los patriarcas las empleasen para enseñarles a sus hijas a respetar su juicio y un modo de controlar a posibles pretendientes.

Sin embargo, me ha parecido una solemne y curiosa inducción al cortejo. Tan poderosa que la candela podría ser la fuente de la miseria o la dicha de alguien a lo largo del resto de su vida, para después pasar de mano en mano a través de generaciones… Qué maravillosas conversaciones se tuvieron que mantener cerca o ante ella.

~

Y un último apunte para concluir. Querido lector, este es uno de los libros más importantes que he escrito hasta la fecha. Lo quiero de todos los modos y en todos los sentidos imaginables. He intentado ofrecer una novela ambientada dentro de un marco histórico concreto, lo cual conllevó una profunda investigación, entrevistas y encuentros con hematólogos, médicos, guardias forestales y otros profesionales, el estudio de los programas de la Administración de Proyectos Laborales de Roosevelt y, más que nada, vivir en los Apalaches. Si hay algo que se haya omitido o confundido, la responsabilidad es exclusivamente de la autora, es decir, mía.

AGRADECIMIENTOS

EN PRIMER LUGAR, gracias a los fantásticos lectores que me permiten entrar en sus hogares. A mis queridas y encantadoras Kristy (Kristy Bee) Barrett, Linda Zagon y muchos otros lectores, clubes de lectura y blogueros que con tanta generosidad y alegría apoyáis mi libro y muchos otros; sois un valioso regalo para cualquier escritor.

Quiero darte las gracias a ti, Ron Cole, montañés de Bry City y antiguo guardabosques, por compartir una cena de Navidad y tus inspiradores relatos acerca de ti y de la torre de vigilancia contra incendios históricamente perteneciente a tu familia. Y también a ti, mi querido Beau Brasington, por tu siempre generosa hospitalidad y amable apoyo.

Quiero expresar mi cariño y agradecimiento a Eon Alden, Chris Wilcox y al resto de la pandilla por la incansable difusión de mis libros. Y mi más sincero agradecimiento a los esforzados bibliotecarios y vendedores de libros por toda la dedicación y pasión que han invertido en ayudar a mi libro, y a tantos otros, a llegar a las manos y corazones de otras personas.

A mis editoras, las talentosas y trabajadoras libreras Shana Drehs y Margaret (MJ) Johnston. Siempre estaré en deuda con vosotros, por vuestra perspicaz mirada, sabiduría y previsión, por arremangaros y hacer que *La librera* obtuviese su mejor brillo y lustre.

También deseo expresar el profundo agradecimiento que siento hacia los agentes de Writers House, Stacy y Susan, por haber luchado a favor de este libro desde el principio y por su inquebrantable apoyo… Sois los mejores agentes que jamás podría tener un escritor. *Y, Stacy, este va por ti.*

En ocasiones, escribir es una aventura solitaria, pero en esta ocasión todo ha resultado más sencillo gracias al apoyo de la amable y talentosa tribu de bibliotecarias: dedico todo mi amor y agradecimiento a Karen Abbott, Joshilyn Jackson y Sara Gruen por compartir su sabiduría, risa, amistad y fuerza.

Y a G. J. Berger, mi primer lector, estimado amigo y crítico.

Siempre os querré, Jeremiah y Sierra. Joe, a ti te amo como la sal a la carne.